© 2010 Fandango Libri s.r.l.
Viale Gorizia 19
00198 Roma

Tutti i diritti riservati

ISBN 978-88-6044-181-2

Copertina:
Concept e progetto grafico Studio Jellici
Illustrazione digitale Papirus
Collaborazione al progetto grafico Federico Mauro

www.fandango.it

Stampato su carta Oikos delle Cartiere Fedrigoni. Carta riciclata non patinata, composta dal 50% di fibre riciclate e dal 50% di pura cellulosa ecologica certificata FSC.

Sandro Veronesi
XY

*A Nina, in questo mondo
e a mia madre, nell'altro.*

Prima parte

Un fatto non può "tornare" come torna un conto, perché noi non conosciamo tutti i fattori necessari ma soltanto pochi elementi per lo più secondari. E ciò che è casuale, incalcolabile, incommensurabile, ha una parte troppo grande.

Friedrich Dürrenmatt

Il destino non è invisibile

Borgo San Giuda non era nemmeno più un paese, era un villaggio. Settantaquattro case, di cui più della metà abbandonate, un bar, uno spaccio di alimentari e la chiesa con la sua canonica – spropositate, in confronto al resto. Fine. Niente giornalaio, niente barbiere, niente pronto soccorso, niente scuola elementare: per tutto questo, e per gli altri frutti della civiltà, bisognava andare a Serpentina, oltre il bosco, oppure a Doloroso, a Massanera, a Gobba Barzagli, a Fondo, a Dogana Nuova, o addirittura giù a Cles. Però c'era un fabbro, per dire, Wilfred, che faceva i chiodi a mano e sembrava Mangiafuoco, e un cimitero con oltre trecento tombe. Vivere lì non aveva senso, ma ci vivevamo in quarantatre – anzi, in quarantadue, da quando era morto il vecchio Reze'. Era un posto che non esisteva quasi, e nessuno riuscirà mai a capire perché quello che è successo sia successo proprio lì, dove non succedeva niente.

Succedeva una cosa sola, d'inverno, a San Giuda: l'arrivo della slitta di Beppe Formento. I Formento erano una delle quattro famiglie di San Giuda – la più *potente,* si potrebbe dire, se non facesse ridere. Suo fratello e sua sorella possedevano il bar e lo spaccio, e i loro figli erano i soli giovani che vivessero lì. Una, Perla, figlia di Rina, aveva fatto parte della Nazionale di biathlon, e aveva anche vinto una medaglia nella staffetta; l'altro, Zeno, figlio di Sauro, era stato una promessa del salto dal trampolino, ma poi aveva smesso. Beppe Formento amava i cavalli e possedeva un centro ippico, vicino a Serpentina; d'estate c'era un certo giro di villeggianti che andavano a noleggiare i cavalli per fare le passeggiate, e d'inverno Beppe riusciva ad accalappiare una decina di turisti al giorno e li portava a fare un giro sulla slitta a cavalli: vecchi, mamme e bambini piccoli al seguito delle settimane bianche, che trovavano il dépliant negli alberghi della zona e decidevano di provare l'emozione di una gita da XIX secolo. L'itinerario era sempre lo stesso: dal centro ippico su verso il trampolino da salto abbandonato, da lì attraverso il bosco fino all'albero ghiacciato (lo ghiacciava lui stesso, tutti gli anni, col cannone da neve, per dare un'emozione ai suoi clienti), poi dritto a San Giuda e ritorno. Alle dieci in punto, tutte le mattine, Beppe Formento fermava la slitta nella piazza del villaggio, scendeva, annunciava una sosta di venti minuti e i turisti infreddoliti si rifugiavano nel bar di suo fratello a bere caffè e cappuccini. Era lui che portava la verdura fresca e la carne, ogni mattina, e l'acqua minerale, il latte, il caffè, la pasta, il formaggio, il vino e le bibite allo spaccio dei suoi fratelli, su un carrello coi pattini attaccato dietro alla slitta. Mentre i turisti si rifocillavano lui scaricava la roba e poi, prima di ripartire, consigliava a tutti una visita alla chiesa; i turisti gli davano sempre retta e a quel punto entravo in gioco io: li accoglievo all'ingresso, mostravo loro il crocifisso ligneo del XV secolo, il pulpito tardogotico con i suoi bassorilievi, la statua della Madonna delle Selve e quella del nostro Santo, sul conto del quale spiegavo le cose che c'erano da spiegare: San Giuda Taddeo (tutti credono sempre che si tratti di Giuda Iscariota, il traditore), apostolo, fratello di Giacomo il Minore e cugino di Cristo, morto martire in oriente, protettore dei diseredati e di tutti quelli che non hanno speranza. Certe volte le mie parole erano più ispirate, o magari tra i turisti c'erano veramente dei disperati, e allora si perdeva un po' di tempo perché qualcuno decideva di inginocchiarsi davanti alla statua a recitare la preghiera per chiedere una grazia. D'altronde, è una preghiera bellissima. Poi tutti risalivano sulla slitta, Beppe Formento faceva schioccare la frusta e i due cavalli, Zorro e Malinda, ripartivano scampanellando al trotto leggero e delicato che Beppe Formento aveva insegnato loro. Buck, il suo pastore tedesco, restava un altro minuto al caldo del bar, poi scattava al galoppo e raggiungeva la slitta prima che svoltasse la curva che riportava verso il bosco, e così era, da dicembre ad aprile, tutte le mattine, domeniche comprese. Beppe Formento non tornava mai al villaggio, nel pomeriggio: aveva sempre molto da fare al centro ippico, e da quando qualcuno, anni prima, una notte aveva rubato tutte le selle e i finimenti dalla scuderia, dormiva là in una stanzetta dietro l'ufficio.

Tutto questo dovrebbe essere sufficiente a rendere l'idea dello sconvolgimento che è piombato su di noi quella mattina, quando alle dieci la slitta si presentò in piazza, puntuale come sempre, ma vuota. Non c'era Beppe Formento, non c'era Malinda, non c'erano i turisti, non c'era il carrello coi viveri e non c'era Buck che la seguiva. Solo la slitta trainata da Zorro al galoppo, in un terrificante sferraglio di campanacci che ha insospettito immediatamente tutti noi che l'abbiamo udito. Si dice che il destino sia invisibile, ma almeno quella volta, per noi, non avrebbe potuto essere più appariscente. È il momento che ha cambiato le nostre vite, tutti lo abbiamo riconosciuto e nessuno di noi potrà mai dimenticarlo: tutti ricorderemo per sempre cosa stavamo facendo (io stavo preparando la marmellata di arance, per esempio), e l'urgenza con cui l'abbiamo interrotto per uscir fuori a vedere, nonostante nevicasse fitto. E nessuno di noi che siamo usciti in piazza dimenticherà gli occhi di quel povero cavallo, la sua espressione terrorizzata, e gli spasmi, credetemi, *umani*, che percorrevano il suo muso perduto. Se mai una bestia è stata sul punto di parlare, è proprio Zorro quella mattina; ma anche se gli fosse stato dato di farlo, credo che non avrebbe trovato le parole, perché di parole per dire quello che avrebbe dovuto dire non ce ne sono.

✗

Sangue. Sulle lenzuola, sul cuscino, dappertutto. Mi hanno ammazzata? Sono entrati mentre dormivo e mi hanno tagliato la gola? Il cuore batte all'impazzata, ho paura: ho paura di scoprire che mi hanno ammazzata. Eppure devo guardare, devo controllare. Sto bene, però, mi sento bene: potrebbe non essere mio, il sangue. E di chi è? Questo mi fa ancora più paura. Mi alzo, fa freddo. Che ore sono? Le dieci e quarantacinque – cioè in realtà le nove e quarantacinque, perché non ho mai rimesso la radiosveglia con l'ora solare: non ho dormito niente – e questo sangue, sul letto, sul cuscino, è sangue mio. Eppure sono viva, sto ritta sulle gambe, e non sento dolore. Il sangue è sulla mano, la sinistra, sulle dita – è sangue fresco. Devo sedermi di nuovo, sto per svenire. Sempre stato così. Anche all'università, la vista del sangue mi faceva svenire. Ecco, seduta va meglio. Dovrei guardarmi allo specchio, lo so, ma ho paura che il sangue sia anche sul viso. Sfigurata non potrei vivere. Ma poi, sfigurata da chi? Alberto? Lui ha ancora la chiave: è impazzito, è venuto qui mentre dormivo e mi ha— ma che sciocchezza: povero Alberto, come mi salta in mente una cosa del genere? Eppure qualcosa è successo, c'è sangue sulle lenzuola, sul cuscino, sulla mia mano – rosso, fresco. Dalla mano sta ancora uscendo, ecco: gocce di sangue, sul pavimento. Devo guardare assolutamente, devo controllare, non devo svenire. Sono un medico o no? Coraggio: la mano, la mano sinistra. Ecco. Le dita. Il dito indice, soprattutto, sulla falange – oh, Dio, no. Oh, no. La cicatrice. Ma com'è possibile? Come diavolo è possibile? Eppure è proprio la cicatrice: s'è riaperta. Ma non è possibile che si sia riaperta – dopo quanto? Era l'ultimo anno in cui facevo le gare, avevo sedici anni – *dopo quindici anni*. Eppure è proprio la cicatrice, quella cicatrice. Sì, è lei. S'è proprio riaperta, guarda qui. Si vede l'osso, oh Dio, come quando mi tagliai, quindici anni fa – mi sento male, svengo. Si vede l'osso, il sangue continua a uscire a fiotti, io mi sento male ma devo fermarlo, devo fare qualcosa: prendere un fazzoletto, ecco, stringerlo attorno al dito, sì, legarlo, certo – con cosa? L'elastico per i capelli no, non regge; quei cerotti che ho nel bagno andrebbero bene, ma nel bagno c'è lo specchio, e io ho paura di guardarmi allo specchio: e se sono sfigurata? Però devo farlo, e in fretta, sennò va a finire che muoio dissanguata. Ecco, sono in bagno. Ecco, mi guardo allo specchio. Niente, il viso è a posto, solo le occhiaie, e un pallore cadaverico – per forza, sto per svenire, sto per morire dissanguata. E invece no, resisto, respiro e resisto, prendo i cerotti nell'armadietto, anzi no, meglio il cerotto a nastro, ecco qua, una bella legata, il fazzoletto è già zuppo di sangue, e ora che faccio? Respiro, torno in camera, mi risiedo sul letto. Respiro. Yoga. Dentro. Fuori. Dentro. Fuori. Il mantra com'è? *So Ham*, mi pare. Sì. *So Ham.* Guarda qua, che macello, sembra davvero che mi ci abbiano sgozzato. Che faccio? Torno al pronto soccorso, certo, c'è Crocetti, è montato quando me ne sono andata io, ci siamo incrociati nel vestibolo: ci penserà lui. Devo vestirmi, però, e sporcherò tutto di sangue: devo mettere la tuta, la felpa, roba che si lavi facilmente – ma poi che me ne importa? Devo evitare di morire dissanguata, che importa se sporco o non sporco i vestiti? E devo fare presto, sto per svenire, ma non posso svenire, anzi devo uscire, ma prima devo prendere le chiavi, già, e il telefonino, e respirare, respirare profondamente – *So Ham* – e poi uscire, sì, con la giacca a vento e il cappello. Nevica ancora, non posso andare a piedi. Devo rischiare con la macchina. Devo arrivare il prima possibile da Crocetti, lui mi ricucirà. Accidenti, la Clio è quasi coperta di neve, quanto avrà messo in un'ora e mezzo? Almeno dieci centimetri. Avanti, Giovanna, entra in macchina. Avanti, metti in moto. Aziona il tergicristallo. Brava, così. E respira, e non guardare il dito, e nemmeno il fazzoletto zuppo di sangue: aziona l'aria, piuttosto, che qui si sta appannando tutto. Brava. E ora esci dal parcheggio, piano piano, però, col piede leggero sul gas, così. La strada perlomeno è sgombra, gli spalaneve stanno lavorando, e vai, ecco, così, piano piano, seguendo le tracce delle altre macchine, tenendo le ruote nel binario pulito. Così, sì: senza strattoni, senza frenate, per carità – per fortuna in giro c'è poca gente. La cicatrice si è riaperta. Ma com'è possibile? Avrò picchiato il dito contro qualcosa, dormendo, qualcosa di tagliente, che ne so, sul comodino, occhio qua, la curva va fatta senza strappi, rotonda, così, o sulla testiera del letto, una botta mentre mi voltavo nel sonno, sì, contro qualcosa di tagliente. Occhio all'autobus. Non sorpassarlo, fermati dietro. Fai scendere la gente, aspetta che riparta. No. Dopo quindici anni una cicatrice non può riaprirsi, così profonda e precisa come – Dio, se ci ripenso svengo. Respirare, respirare, e poi cos'è questa paura? Perché ho ancora paura? Di che cosa? *So Ham*. Non mi hanno sgozzata nel sonno, non sono sfigurata, non sono svenuta e ormai non muoio più dissanguata, ecco l'ospedale, ecco la sbarra del pronto soccorso. Il guardiano è cambiato, ora c'è quello rasato, che ha la sorella con la leucemia, poveretta: mi riconosce, alza la sbarra, mi saluta, ma dopo quindici anni una cicatrice non può riaprirsi da sola, non c'è niente da fare, avrò visto male, mi sarò ferita lì accanto, certo, sullo stesso dito: devo per forza aver visto male, colpa della paura, questa paura che non se n'è ancora andata. Guarda, c'è un posto libero – piano, però, occhio al mucchio di neve. Meglio fare manovra. Ecco, bella dritta, così. Fatto. Scendere, ora, e fare attenzione a non cadere su questo nevischio che— cazzo, non ci posso credere: non ho messo le scarpe. Sono uscita in pantofole, ho guidato in pantofole – le pantofole orrende che mi ha regalato Alberto, quelle con le orecchie di Topolino. Mi presento al pronto soccorso con le pantofole di Topolino. Be', ormai c'è poco da fare, sono già entrata. Ciao, Luciano, ciao Ignazio. Gli infermieri mi guardano strano ma io tiro dritta, sento che questa cosa inspiegabile posso cercare di spiegarla una volta sola, a Crocetti, quando mi ricucirà. Eccolo, in piedi davanti alla porta dell'ambulatorio: non sta facendo niente, nessuna emergenza, chiacchiera con l'infermiera bella, come si chiama, Sofia...

– Giovanna – dice, quando mi vede.
– Mario – faccio. – Mi devi ricucire.

Sofia getta un'occhiata sbieca al fazzoletto insanguinato e smamma. Entriamo nell'ambulatorio e c'è odore di mangiare, tipo pasta al forno, a quest'ora del mattino. Crocetti ha un'aria allarmata, forse per via della mia, di aria, del sangue che inzuppa il fazzoletto, del fatto che sono in pantofole.

– Fa' vedere – mi dice, e si mette a disfare l'involto fradicio di sangue. – Ma che hai fatto?

E io, qui, mi vergogno. Già. Ora che è un altro a esaminare la ferita, ora che la responsabilità non è più mia, posso guardare il dito con l'attenzione che prima non riuscivo a metterci – *ed è proprio quella cicatrice che si è riaperta*. Nessun dubbio: è proprio quel taglio, netto, profondo – secondo dito, lato dorsale, livello intermedio, cioè preciso sulla nocca. Solo che all'improvviso me ne vergogno: sì, all'improvviso mi vergogno

di dirgli che mi si è riaperta una cicatrice di quindici anni fa, all'improvviso non ho più nemmeno quell'unico colpo che credevo di avere per dire, per spiegare – e poi spiegare cosa? Dopo quindici anni una cicatrice non può riaprirsi.
– Mi sono tagliata affettando il pane – dico. Come dissi quindici anni fa alla mamma, per telefono, dopo che mi ebbero ricucito. Solo che allora era vero.
– Guarda qua – dice Crocetti, muovendo il dito con delicatezza. – Si vede l'osso. Ma come hai fatto?
La paura è passata, comunque. Guardiamo anche l'aspetto positivo: non sto più per svenire, non morirò dissanguata, e la paura è passata. Crocetti è rassicurante, dopotutto: la pelata, gli occhialetti sul naso, l'aria noiosa da modellista, fa questo lavoro da, chissà, magari proprio quindici anni.
Come ho fatto?
– Ho usato il coltello sbagliato – spiego –, quello da prosciutto. Il pane era duro, la lama è scattata sulla crosta e zac... – Come spiegai alla mamma quindici anni fa. Solo che allora era vero, e avevo sedici anni, e ora ne ho trentuno, e non ho fatto proprio niente, e la cicatrice s'è riaperta da sola mentre dormivo – ma io non riesco a dirlo, perché non può essersi riaperta da sola mentre dormivo.
Crocetti scuote il capo.
– Giovanna, Giovanna... – fa. Chissà che intende. Che sono un'imbranata? Che sono immatura? Un'incosciente? Certo, per lui tutti devono sembrare incoscienti, moscio com'è. Ma è proprio per questo che è rassicurante, perché è moscio. Quello che mi ricucì quindici anni fa, invece, somigliava a Lando Buzzanca. Lo ricordo benissimo.
– Io se vuoi ti ricucio – dice –, ma c'è la possibilità che tu abbia leso il tendine e in questo caso...
No. Lo temeva anche Lando Buzzanca, quindici anni fa, in quella minuscola infermeria di – cos'era, Val Senales? Erano le

finali dei campionati zonali: sì, era Val Senales. Ma poi si scoprì che il tendine non era leso.
– …un piccolo intervento di ricostruzione. Se no poi rischi che il dito non si pieghi più.
No. Questo rischio l'ho già corso quindici anni fa, e mi è andata bene.
– No – dico –, ricucimi. Il tendine è a posto.
D'accordo che non può capitare, ma se capita, come pare che sia capitato a me, se una cicatrice si riapre dopo quindici anni, nel sonno, così, di punto in bianco, assurdamente, non può ledere un tendine che non era stato leso al tempo dell'incidente. O no?
– Come vuoi…
Cazzo. La logica non la possiamo buttare nel cesso. Se è quella la cicatrice, allora è quella anche la ferita: e quella ferita non ha leso il tendine. Punto.
Più o meno ciò che dicevo l'altro giorno ad Alberto, mentre lo lasciavo – la citazione di Cartesio: va bene l'irrazionalità, va bene l'ignoto, va bene tutto, ma l'edera non può salire più in alto del muro che la sostiene.

X

Andammo in tre: il fratello di Beppe, Sauro Formento, suo figlio Zeno, e io. Prendemmo le motoslitte. La nevicata si era infittita, fiocchi grossi e pesanti, tenaci, che al contatto con la pelle non si scioglievano. Io guidavo una motoslitta, e Zeno l'altra: Sauro, il capostipite, il padre, il fratello maggiore, il patriarca e il comandante di tutto, a San Giuda, lui non poteva guidarla, per via di quel braccio offeso. Due infarti, aveva avuto, e un ictus che gli aveva bloccato il braccio sinistro. Non poteva proprio guidarla, la motoslitta, e a dirla tutta non era bene che facesse nulla, da solo, anche se la forza l'aveva ancora: per questo suo figlio Zeno gli stava sempre accanto, scuro e taciturno – e *strano*, come dicevano tutti, da quando aveva lasciato la Nazionale di salto con gli sci, a diciott'anni, e si era rinchiuso a San Giuda. Prendemmo la strada verso il bosco, in un bianco accecante, con la neve che ci sferzava il viso. Cadendo così fitta, aveva già cancellato le tracce della slitta: perciò andavamo molto piano, e di tanto in tanto Zeno si fermava addirittura, per controllare d'essere ancora sulla strada e non, poniamo, nel campo dei gemelli Antonaz – perché con quella nebbia e quella nevicata uno poteva anche perdersi, anche a casa sua, anche percorrendo l'unica strada che c'era. D'altra parte, dove stavamo andando? Non ci eravamo detti nulla, eravamo partiti e via. Nessuno di noi tre aveva espresso i timori che tutti avevamo immediatamente provato alla vista della slitta vuota e di quel povero cavallo allucinato, e c'era qualcosa di fasullo nella nostra spedizione, come una reticenza, come una rimozione: il senno con cui Zeno la governava faceva pensare che sapessimo quello che stavamo facendo, che stessimo andando nella giusta direzione, usando la giusta prudenza, produttivi, operativi; c'era insomma un'illusione di concretezza, nel nostro agire, che ora sembra ridicola, mentre invece allora doveva essere perfino naturale, data la situazione. Del resto è molto difficile, per me, ora, ricordare cosa provassi in quei momenti: ciò che è successo subito dopo straripa nella memoria, e investe anche il prima. Di sicuro ero preoccupato, ma non riesco a ricordare l'entità reale di quella preoccupazione, e faccio fatica ad ammettere che ci fosse anche, come di sicuro c'era, un po' di speranza – l'ingenua convinzione che, qualsiasi cosa fosse accaduta, avremmo potuto affrontarla. Il fatto è che il tempo scorre in un verso solo, ma si riesce a comprenderne il senso solo ripercorrendolo nell'altro: perciò, ora, nel ricordo, rivedo noi tre che stiamo andando dritti in bocca al demonio, ma in realtà non era così, noi non sapevamo dove stavamo andando, non avevamo la minima idea di cosa ci aspettava.

X

Ecco fatto. Il dito è ricucito – quattro punti, ovviamente, come allora: le lenzuola sono in lavatrice, tutto è pulito, non c'è più sangue da nessuna parte. Non c'è voluto molto, dopotutto. Invece, quando mi tagliai in Val Senales, la stanza del residence rimase imbrattata di sangue per giorni: per via della ferita l'allenatore – Amerigo, si chiamava – mi vietò di partecipare alle gare, e io me ne tornai a casa disperata, piantando tutto lì; le mie compagne di stanza, due stronze slalomiste di nome Irene Norsa e Maria Adele Passarelli, dissero che non toccava a loro pulire il mio sangue e si fecero cambiare di stanza; quelli del residence piantarono un casino infinito, sostenendo che pulire quel sangue era pericoloso, tipo mettiamo che la ragazza abbia l'AIDS, e si rifiutarono di farlo. Tre giorni dopo il mio ritorno a casa il presidente dello sci club ci telefonò pretendendo che tornassi su per pulire la stanza – in Val Senales, tre ore e mezza di pullman –, dato che non c'era praticamente nessuno in tutta la valle che fosse disposto a farlo, e quelli del residence minacciavano un'azione legale. Mio padre lo mandò affanculo, io figuriamoci se ero disposta a fare la sguattera mentre le altre disputavano la mia gara – il Super G; e fu la mamma, a quel punto, a risolvere la questione alla sua maniera: senza dir nulla prese la sua R5, andò fino a quel residence e in un paio d'ore pulì tutto. Quando tornò, però, era sconvolta – non certo per la fatica ma per lo stato in cui aveva trovato la casa: sembrava, mi disse, che mi ci avessero scannato. Questo perché quando mi ero tagliata ero sola: c'era lo slalom, quella mattina, le due stronze erano uscite all'alba per la ricognizione, e io m'ero messa in testa di fare colazione all'americana. Avevamo comprato un po' di roba, appena arrivate, al minimarket, per mangiare a casa, dato che lo sci club ci passava un pasto solo al giorno, e quella mattina m'ero svegliata affamata. Avevo voglia di due uova fritte col bacon. Ero in gran forma, mi sentivo forte come una belva, negli allenamenti dei giorni precedenti avevo dato un secondo e mezzo a tutte: ero veramente convinta di vincerlo, il Super G, il che avrebbe significato andare alle finali nazionali a fine mese con tutto un altro spirito, non per un piazzamento ma per giocarmici il titolo, finalmente, con le solite tre o quattro che di solito mi bastanavano – la Tramor, la Menzio, la Caponegro – e che avevo appena messo in riga in quella magica gara di Campiglio, quando Karen Putzer mi aveva stretto la mano. Sì, ero in stato di grazia, o almeno credevo di esserlo, e anche la gran fame di quella mattina ne era un sintomo. La favorita numero uno che deve mettere benzina nel suo corpo formidabile. Faccio un caffè bello forte. Faccio bollire il latte e lo lascio lì a freddare un poco. Apro la bottiglia di succo d'arancia, me ne verso un bel bicchiere e ne bevo metà. Metto a friggere il bacon e le uova nel tegamino, e in tutta questa sequenza di gesti mi sento grande, libera, felice – la donna efficiente e inaffondabile che voglio diventare, che lavora tutto il giorno e la sera torna a casa stanca ma non sta lì a frignare perché il suo uomo non l'aiuta in cucina, e gli prepara in fretta una cena semplice e buona, e chiude il frigorifero col culo mentre monta la maionese a mano raccontandogli ad alta voce una cosa strana che ha visto quel giorno. Ma quando le uova sono quasi pronte mi accorgo che non ho tagliato il pane. È una mezza bozza di due giorni prima, di pane nero con la crosta.

Cerco il coltello a sega, non è che non lo cerchi – perché c'è, l'abbiamo usato ieri sera –, ma non lo trovo, né nel cassetto né nell'acquaio e nemmeno sul tavolo. Sparito. Uova e bacon ormai sono cotti, e nella fretta prendo il coltello da affettati, quello lungo lungo e super-sottile. Afferro la bozza di pane con la mano sinistra e la attacco con quel coltello sbagliato stretto nella destra – e nel primo brevissimo istante, al primo contatto della lama con la crosta, mi rendo conto che così non va bene, che la donna che sono stata fin lì non lo avrebbe fatto: lo ricordo benissimo perché ricordo benissimo la decisione immediatamente successiva di non fermarmi, di non spegnere il fuoco sotto al tegamino e di non mettermi a cercare il coltello giusto con calma, senza tagliare quel pane finché non l'avessi trovato, al limite lasciando freddare le uova o meglio ancora buttandole e rifacendole da capo col pane già tagliato... Ricordo benissimo che pensai tutto questo, ma fulmineamente, in un tempo davvero troppo breve per produrre la decisione giusta, spazzata via da un altrettanto fulmineo, ma invincibile, "Oh, al diavolo". Ora so come si chiama questo modo di fare, ora so tutto riguardo agli impulsi autolesionistici e agli atti mancati, ma allora ero solo una sedicenne cretina che fa la cosa sbagliata. Dunque faccio forza sul coltello e la lama, sottile e flessibile com'è, anziché penetrare nella crosta scatta di lato e mi affetta l'indice della mano sinistra, precisa sulla nocca – la vedo proprio affondare nella carne. Non provo dolore, piuttosto orrore: vedo il rosa del dito diventare rosso, vedo il bagliore della carne viva agitarsi nella gola del taglio, al fondo della quale vedo qualcosa di bianco – l'osso –, e mi sento svenire. Ho la prontezza di spirito di spegnere il fuoco sotto alle uova, e di trascinarmi, con le gambe che cedono, e perdendo sangue a fiotti, verso la porta d'ingresso dove c'è un citofono che comunica con la portineria. Ma sto svenendo, non c'è niente da fare, e quando la portiera mi risponde riesco solo a sussurrare "Aiuto!", e mi accascio a terra, strisciando tutto il muro con le dita sporche di sangue per cercare di tenermi su.

È straordinario quanto si è fatto vivo questo ricordo, adesso. Quello che di solito si dice in via metaforica, il riaprirsi delle ferite, il riaffiorare del dolore rimosso, mi sta succedendo veramente, tanto che provo la calda tentazione di credere io stessa alla versione che ho dato a Crocetti. Devo fare uno sforzo, davvero, per ritornare alla verità: quell'incidente tagliando il pane risale a quindici anni fa, la cicatrice mi si è riaperta da sola mentre dormivo – e, per quanto ne so, questo non è possibile. Ma forse ne so troppo poco, forse è possibile. Non ho molti libri, qui, li ho lasciati quasi tutti a casa di Alberto – e non ho nessuna intenzione di chiamarlo adesso. Ce n'è uno, eccolo, il Bricot, *Riprogrammazione posturale globale*, che però tratta dei vizi posturali e dei traumi psicologici per i portatori di cicatrici e non mi serve a nulla.

Internet. Non ho scelta.

✴

L'ho detto ai carabinieri, l'ho detto al Procuratore, l'ho detto a tutti quelli che mi hanno chiesto "cosa avete visto?": l'albero, abbiamo visto, l'albero ghiacciato. È stata la prima cosa che abbiamo visto, appena arrivati al bosco – e anche dopo, quando abbiamo visto il resto, è rimasto l'unica cosa intera che abbiamo visto. L'albero. Era lì, al suo posto, all'imboccatura del bosco, cristallizzato come sempre nel suo cappotto di ghiaccio, la cui trasparenza era offuscata dalla neve fresca – ma era *rosso*. Era rosso, sì, come se Beppe Formento, nell'atto di ghiacciarlo, avesse messo dello sciroppo di amarena nel cannone. In quel bianco fatale era l'unica cosa che mantenesse una forma, e sembrava – non esagero – *acceso*, pulsante di quell'intima luce aurorale che ancora oggi mi ritrovo a sognare. Sogno quella trasparenza rossa, sì, ancora oggi, e la sogno senza più l'albero, ormai, senza nemmeno più la forma dell'albero: sogno quel colore e nient'altro. Un tramonto imprigionato in un cielo di gelatina, un sipario di quarzo rosso che cala sul mio sonno, un'immensa caramella Charms che si mangia il mondo, ho continuato a sognare quella trasparenza rossa e continuo a farlo, perché è ciò che abbiamo visto, quando siamo arrivati al bosco. Cosa avete visto? Abbiamo visto l'albero ghiacciato intriso di sangue.

Mi vergogno a dirlo ma al primo sguardo, quando l'ho distinto nella nube di latte che ci avvolgeva, per un momento ne ho ammirato la bellezza; e con l'ultimo pensiero ingenuo della mia vita, con l'ultimo pensiero futile, e puerile, e superficiale, e candido e innocente della mia vita, per un momento mi sono illuso che quella bellezza fosse l'unica cosa che era successa. Mi sono illuso che Beppe Formento, quella mattina, per spezzare la monotonia delle nostre giornate, avesse colorato di rosso l'albero ghiacciato e avesse mandato a San Giuda la slitta vuota per attirarci fin lì, e si fosse nascosto tra gli alberi insieme ai suoi passeggeri per godersi insieme a loro la nostra meraviglia. Mi sono illuso che, mentre scendevamo stupefatti dalle motoslitte e muovevamo i primi passi verso quel totem, tutti loro fossero sul punto di uscire di corsa dal nascondiglio, allegri, gridando a squarciagola per farci paura. Mi vergogno a dirlo, ma nel momento in cui ho ammirato la bellezza extranaturale di quell'albero, e ho pensato a uno scherzo spettacolare di Beppe Formento, ho rimpianto che non fossero venuti anche gli altri: ho pensato a Rina rimasta allo spaccio, ho pensato a Perla e al suo bambino, ho pensato a Ignazio, a Wilfred, a Florian sulla sedia a rotelle, a Enrico e

Manrico Antonaz, alla moglie di Reze', Urania, rimasta vedova da poco, a Argenia, a Adua, a Regina, a Heidi, a Genise, ai gemelli Lechner, a Polverone, a Terenzio, a Nives, alla Fernanda, a Maria, Armin e Lorenzetto; ho fatto in tempo a pensare, e me ne vergogno, a quanto fosse stato sciocco non averlo capito subito, all'arrivo di Zorro in piazza, che si trattava di un invito di Beppe Formento ad andare tutti al bosco, tutto il villaggio, a piedi, sotto la nevicata, per stupirsi tutti insieme dell'albero ghiacciato che lui aveva colorato di rosso. È stato, come ripeto, l'ultimo pensiero ingenuo di tutta la mia vita, e sebbene sia durato un lampo, lo ricorderò per sempre.

Con le motoslitte spente c'era un silenzio pazzesco. La neve cadeva sempre fitta, i fiocchi si stagliavano uno a uno contro il bavero scuro del bosco, ma se uno si voltava indietro, verso San Giuda, era come non avere più gli occhi. Purtroppo però gli occhi li avevamo ancora, tutti e tre. Col tempo mi si è formata la convinzione che a vedere i corpi per primo sia stato Zeno, anche se l'urlo – straziante, agghiacciante – lo lanciò suo padre. Di sicuro io fui l'ultimo a vederli, e col tempo mi si è formata anche un'altra convinzione: che se fossi stato solo non li avrei visti, mi sarei *rifiutato*. La parola corpi, poi, non rende l'idea: innanzitutto perché si trattava di resti, perlopiù, povere parti sparse di povere perdute integrità; e poi perché la neve aveva già coperto tutto, e quindi al nostro sguardo apparivano più che altro come rigonfiamenti, rughe informi del tappeto bianco che era calato dal cielo. E viene da pensare che quella nevicata prodigiosa sia stata davvero un dono della Madonna delle Selve che tanto pregavamo, nella nostra chiesa, perché intercedesse, lenisse, consolasse – ed evidentemente allora ci ascoltava, se sull'orrore di quella mattina aveva steso quel velo bianco, per salvarci. Sì, si può dire che quel manto di neve ci abbia salvato: la vita – la mia, quella di Sauro Formento e di suo figlio Zeno –, o perlomeno il senno, perché credo che la vista di quel che c'era sotto – di quel che in seguito si è saputo esserci sotto – ci avrebbe fatto impazzire. L'albero ghiacciato era sempre rosso, sempre acceso e fosforescente. Sauro continuava a emettere il suo grido disperato. Ai suoi piedi, un grosso uovo di neve: era la testa di suo fratello.

X

Il mio problema però è sempre lo stesso: io non so l'inglese. Non lo so abbastanza bene. Nelle frasi che mi interessano c'è sempre qualcosa che non capisco, e che fatalmente non mi fa capire tutta la frase. Non so nemmeno come si dice "cicatrice", in inglese. Devo fare la ricerca in italiano, ed è già una bella limitazione. Cerca: cicatrici riapertura. Vai. Ecco, 5580 occorrenze. Primo posto: "*Le cicatrici Estetica on line: …cicatrice infossata: è più bassa rispetto al livello dell'epidermide. Deriva dalla riapertura della ferita a seguito di un'infezione, o perché sono stati…*". No, non ci siamo. Seconda occorrenza: "*Cicatrici Acne col laser: …in certi casi può verificarsi la riapertura di ferite apparentemente rimarginate…*". Macché, no, non va bene. E neanche la terza, la quarta, la quinta occorrenza. La sesta, la settima – niente, sono tutti siti di chirurgia estetica. E questo cos'è? "*Mountain Bike Community. Non voglio morire senza cicatrici. FIKO CRASTO… o furgonizzato? Vale la pena partire da Bergamo o meglio attendere la riapertura del Mottarone?*"… Ok, è il termine "riapertura" che non va bene. Devo metterne uno più tecnico – tipo "deiscenza". Sì, "deiscenza" – ma con la i o senza? Deiscienza. Deiscienza. Con la i, direi. Proviamo. Cerca: cicatrici deiscienza. Clic. "*Forse cercavi deiscenza.*" Giusto. Senza la i. Cicatrici deiscenza. "**Deiscenza Ce-**

sarea della **cicatrice** *come causa dell'emorragia dopo aborto di secondo-acetonide...*", no, no, per carità. Avanti. "*Rottura dell'utero*", peggio che—
Il telefonino. Chi è? Alberto. Oh no, no, no, io non rispondo. Gliel'ho detto, non chiamarmi, accetta, non tormentarmi, non serve più a nulla stare a parlare, parlare, parlare, è il momento di accettare, ma niente, eccolo qua – e senti come insiste. Ma io non rispondo, non se ne parla nemmeno, non rispondo. Ecco, si è arreso. Ora mi manderà un sms, ti prego, chiamami, non ce la faccio – il suo ricatto malefico. E io non risponderò nemmeno a quello. Tra l'altro, sono occupata. Sto studiando. Dov'eravamo rimasti? Deiscenza. Terza voce: Wikipedia, vabbè, cosa vuoi che dica, comunque proviamo, clic, ecco qua, "*Storia: La ferita rappresenta la conseguenza immediata ed evidente di un evento traumatico...*", grazie tante, e poi tutto il pistolotto, la sutura, la penicillina, chissenefrega, dov'è deiscenza? Ecco, al paragrafo Complicanza delle ferite: "*Deiscenza: Complicazione che comporta la riapertura spontanea parziale o completa della ferita. È legata a diverse cause quali l'infezione del sito chirurgico, la rottura dei punti di sutura, la lacerazione dei tessuti per tensione abnorme (colpi di tosse, sforzi eccessivi, movimenti incongrui), errori di tecnica operatoria (affrontamento non corretto dei lembi della ferita)*". Già. Questo lo sanno tutti. Questo non dice niente di niente sulla deiscenza della *mia* cicatrice. Vai indietro. Tra l'altro, possibile che Crocetti si sia bevuto la mia storia senza obiettare? Possibile che abbia veramente creduto che me la fossi appena fatta? Che adesso tra una cicatrice fresca e una che si riapre dopo quindici anni non ci sia nessuna differenza? E questo cos'è? "*...Le cicatrici di vecchia data (> 2 anni), sia di natura post-traumatica che iatrogena, possono, molto raramente, andare incontro a deiscenza spontanea secondaria...*" Cazzo, eccolo. Cos'è? "*Atti del 54° Congresso della Società Italiana di chirur-*

gia Plastica. Messina, marzo 2007 – Il ruolo delle fibre collagene ed elastiche nel sostegno dermico cicatriziale – Relatore Prof. Ennio Roncone." Apriamolo: *"…La definizione di deiscenza spontanea non è del tutto esatta, o addirittura può risultare fuorviante, poiché in assenza di un fattore esterno dobbiamo ritenere che le cicatrici, una volta chiuse, non debbano mai più riaprirsi. I fattori causali di tale evento possono essere distinti in: traumatici, meccanici e metabolici. L'evento traumatico incidente su un'area cicatriziale risulta maggiormente lesivo rispetto al danno provocabile su cute sana. La causa metabolica si riferisce a qualsiasi patologia del connettivo e/o del ricambio che insorge dopo la fase di cicatrizzazione e che predispone la superficie cicatriziale ad una deiscenza secondaria anche se sottoposta a traumatismi di piccola entità. La causa meccanica interessa il ruolo del supporto dermico superficiale e profondo, nella tenuta a lungo termine degli esiti cicatriziali. Ove non sia stato possibile ricostruire un sostegno ed uno spessore profondo di tutti i tessuti molli presenti nell'area, la cute rimane l'unica barriera agli agenti esterni ed è più fragile perché poco sostenuta in profondità, pertanto anche in questo caso un piccolo trauma può provocarne la deiscenza. Nondimeno…".*

Il telefono, di nuovo. Che fa, ha deciso di darmi tormento finché non gli rispondo? E invece no, non è lui: numero sconosciuto. O meglio, potrebbe anche essere lui, se avesse fatto quell'operazione col tasto cancelletto che non fa apparire il numero sul display; veramente non è il tipo che ricorre a questi trucchi, è troppo orgoglioso, non è da lui, anzi secondo me non è lui – però non si sa mai: meglio non rispondere. Oltretutto potrebbe anche essere un paziente, uno di quelli delle montagne, che chiamano dai telefoni pubblici – e che non dovrebbero avere il mio numero privato ma ogni tanto non si sa come lo scoprono e mi chiamano. Comunque sia, ai numeri sconosciuti non si deve rispondere – ma io devo rispondere per forza. Già. Per forza, sì. Potrebbe anche essere la mamma, per dire, quando chiama dal cordless non si sa perché il numero non appare – e lei chiama quasi sempre dal cordless.

Non sono mai riuscita a non rispondere alla telefonata di un numero sconosciuto, questa è la verità; mai, nemmeno una volta.

– Pronto?
– Stai guardando la TV?
Bastardo. Ha fatto il giochino col tasto cancelletto.
– No. Perché?
– Accendila.
– Perché?
– Accendila.
– Che è successo?
– Tu accendila.
– Su che canale?
– Qualsiasi canale.

Il tempo scorre in un verso solo

Pronto?
Ciao, nì.
Ciao, mamma. Come stai?
– Io bene. Tu, piuttosto...
– Io piuttosto che?
– Come stai?
– Bene, perché?
– Dove sei?
– A casa.
– A casa no. Ti ho appena chiamato e non hai risposto.
– Sono a casa mia, mamma.
– A casa tua? E come mai?
– Avevo da fare delle cose qui.
– Ah. E Alberto?
– È a Modena per un convegno.
– E quando torna?
– Non lo so, mamma, dopodomani... Cos'è, un interrogatorio?
– No, no, scusa. È che stamattina mi sono svegliata con un brutto presentimento: sai quando ti senti che è successo qualcosa di brutto? Poi alla televisione ho sentito dell'attentato e mi sono preoccupata, visto che fai ambulatorio da quelle parti. O mi sbaglio?

– Rientra nella mia zona, sì. Ma non è che sia proprio dove vado io. Io vado a Cles. Quei posti, Serpentina, Doloroso, Borgo San Giuda, sono piuttosto fuori mano e non ci vado mai.
– Ma è la tua zona o no?
– È ancora la mia zona ma non ho nessun paziente, lì. E, anzi, tra parentesi ti dico che un attentato terroristico lassù non ha senso.
– Lo dice la televisione, mica io.
– Lo so, la sto guardando anch'io. Ma mi sembra assurdo.
– Comunque sia è stata una strage.
– Sì, ho sentito.
– Una strage tremenda.
– Ho sentito.
– E non è che devi andare lì, ora?
– No, mamma. Devo andarci giovedì. E non è *lì*: è a Cles.
– Ho capito, ma stai attenta lo stesso.
Silenzio.
– Puoi dirmi a cosa, di preciso, dovrei stare attenta?
– Oh, signùr. Stai attenta a tutto, va bene? Non mi piace che bazzichi da quelle parti dopo quello che è successo. Chissà perché ti sei scelta proprio quel posto: sempre in mezzo ai pericoli, tu.
– Mamma, ragiona. Quel posto l'ho scelto due anni fa, e la strage c'è stata oggi. E poi non l'ho nemmeno scelto, *mi è toccato*, dato che al concorso sono arrivata ultima degli ammessi e gli altri hanno tutti scelto prima di me. Era rimasta solo quella zona, che per inciso è molto bella, mamma, e tranquillissima.
– Sarà anche tranquillissima, ma ci mettono le bombe.
– Non può esser stata una bomba, credimi. Non può essere. In un bosco: chi è che mette una bomba in un bosco?
– Alberto che dice? Lui saprà cos'è stato.

– È a Modena per un convegno, te l'ho detto. E comunque, anche se fosse stato qui, non potrebbe dire nulla.
– E comunque, quello che è stato è stato, si tratta di una strage: ed è successa lì.
– Dove io *non* vado, perché mi fermo quaranta chilometri prima. Ma che ti prende? Vuoi stare tranquilla?
– I posti contengono un destino: ricordi? L'hai detto tu quando te ne sei andata da casa. Allora dimmi una cosa: che destino può contenere un posto simile?
– Io intendevo un'altra cosa, mamma.
– Già. Tu intendi sempre quello che ti fa comodo. A ogni modo fai come vuoi. Nevica, lì?
– Sì, nevica.
– Qui ha piovuto fino a stamattina, ma ora ha smesso. Stai attenta a guidare.
– Sì, mamma. Sto attenta. Papà come sta?
– Lavora troppo, come sempre.
– Dagli un bacio da parte mia.
– Quando venite a trovarci?
– Non lo so. Io ho molte guardie in ospedale, questo mese, e Alberto sarà occupatissimo con questa storia.
– Ah... Be', lo sai, noi siamo qui...
Silenzio.
– Mamma?
– Sì?
– No, niente, una curiosità...
– Dimmi.
– Mi stai chiamando dal cordless, vero?
– Sì.
– Ecco: non chiamarmi più da quel telefono, per piacere. Non so perché, ma non mi appare il numero sul display, e non mi va di rispondere ai numeri sconosciuti.
– È l'abitudine, Giovanna. Me lo porto dietro.

– Anzi, dammi retta, una volta. Non chiamarmi dal fisso, che spendi un fottio. Chiamami dal cellulare.
– A me non piace, il telefonino, lo sai.
– Mi dici che differenza ci trovi tra il cordless e il cellulare?
– Uno mi piace e l'altro no. Ecco la differenza.
– Va be', fa' come ti pare. Ciao, mamma.
– Ciao, nì. E telefonami anche tu, qualche volta. Io ho sempre paura di disturbare.
– D'accordo. Ciao.
– Ciao.

X

Quando non c'è più niente da fare, qualsiasi cosa si faccia sembra strana. Sembrò strano al Procuratore che ci fossimo divisi – Zeno e suo padre avanti verso Serpentina e io indietro a San Giuda. Ma non fu strano. Sauro si sentì male, ecco perché Zeno lo caricò sulla motoslitta e lo portò di corsa a Serpentina, dove c'era la guardia medica. Mica per nulla: aveva avuto due infarti, un ictus – era a rischio. Però bisognava dare l'allarme, i telefonini non prendevano per via del Dente della Vecchia, lassù, che oscurava i ripetitori, e il telefono più vicino era a San Giuda: ecco perché io tornai indietro. Anzi, in quel momento facemmo una cosa logica, secondo me, che aveva un suo senso, dato che Zeno, che la decise, riusciva ancora a pensare. Io no, non ci riuscivo, e se il ragazzo non mi avesse dato un ordine probabilmente non avrei fatto niente – sarei rimasto lì, a farmi seppellire dalla neve come quelle povere creature. D'altra parte, non c'era più niente da fare: erano tutti morti, si capiva, si *sentiva*: non c'era rimasta la minima traccia di vita in quel luogo, e anche facendo la cosa più bizzarra del mondo non sarebbe cambiato niente. Ma al Procuratore la nostra decisione sembrò strana, e ci fece penare parecchio. Perché eravamo scappati così senza provare a prestar soccorso? Come facevamo a sapere che non c'erano superstiti? Soprattutto, fece penare me. Perché ero tornato a San Giuda? Perché ero tornato a San Giuda? Perché ero tornato a San Giuda?

Ero tornato a San Giuda, sì, e mi ero precipitato al telefono della canonica per chiamare i soccorsi. Non ricordo come feci a non perdermi in quel bianco, e non ricordo cosa dissi all'operatore che mi rispose: so solo che appena finita la telefonata svenni. Mi riebbi quasi subito, ed ero per terra nella canonica, circondato dalla mia gente che voleva sapere. Io non trovavo le parole, non sapevo cosa dire: l'albero rosso, la testa di Beppe Formento, i resti umani coperti di neve, quel senso opaco di morte, di male assoluto, di assenza d'ogni rimedio – erano tutte immagini, o sensazioni, cui non riuscivo a far corrispondere nessuna parola. Facevo fatica anche a respirare, ricordo, come se oltre alle parole non riuscissi a trovare nemmeno l'ossigeno nell'aria. Dissi solo che dovevamo pregare, che potevamo fare soltanto quello, pregare, e li supplicai di rimanere in chiesa insieme a me, ma non uno di loro – i miei parrocchiani, i miei fedeli, coloro che da anni mi confessavano i loro peccati e mi chiedevano consiglio –, non uno di loro rimase. Volevano vedere, volevano fare. Partirono con altre motoslitte, o a piedi, Perla con gli sci da fondo, Enrico e Manrico Antonaz con la Panda quattro per quattro, Giuliano e Polverone col fucile. Li scongiurai: non andate, non c'è più niente da fare, restate qui con me a pregare, ma loro andarono. Anton Tomalin si ostinò a montare Zorro, per andarci a cavallo, ma Zorro era diventato una bestia selvaggia, e lo sgroppò, e gli fece fare un volo di quattro metri, e Anton Tomalin fu fortunato a rompersi soltanto una clavicola, perché l'ambulanza che chiamai per lui non è mai arrivata.

Il Procuratore ha dato la colpa a me, per quello che loro hanno fatto quando sono arrivati sul posto. Con tutte quelle persone che avevano imperversato per la scena del delitto, disse, cancellando o inquinando le tracce, l'indagine era compromessa. Io gli ho creduto, e me ne sono davvero fatto una colpa: ero confuso, scioccato, e a quel punto anche colpevole. Mi giustificavo dicendo che avevo cercato di impedire che andassero, ma non ero fisicamente riuscito a farlo, e il magistrato allora ritornava sulla stranezza dell'esser tornato a San Giuda, e ci si aggrappava per rinnovare la sua accusa. In quei primi giorni sembrava che la colpa di tutto fosse mia, perché ero tornato indietro invece di andare a Serpentina insieme a Sauro e Zeno.

Col senno di poi, considerando tutto ciò che è accaduto in seguito, questa responsabilità – non colpa – ce l'avevo davvero, ma non certo per l'inquinamento delle tracce: per una ragione molto più importante. Proprio poiché era così chiaro che non c'era più nulla da fare, mi dico, potevo andare anch'io a Serpentina; proprio perché avevo percepito così chiaramente l'irrimediabilità di quel fatto, potevo ben dare l'allarme un quarto d'ora dopo ed evitare che tutta quella gente – la *mia* gente – andasse, vedesse, e qualcosa in loro si rompesse: ma in quel momento ero rotto anch'io, e non pensai, non ragionai, riuscii soltanto a obbedire agli ordini di Zeno, che per fortuna riusciva ancora a pensare, e pensava che guadagnare un quarto d'ora nel dare l'allarme fosse importante. Questa responsabilità – non colpa – ce l'avevo e la sento ancora: quella che m'imputava il Procuratore invece no, non l'avevo. Quella non l'aveva nessuno, nessuno poteva compromettere l'indagine per la semplice ragione che era proprio impossibile svolgere qualsiasi indagine, fin dall'inizio, dovunque fosse andato il prete di San Giuda, qualunque cosa chiunque avesse fatto o non fatto in tutto il mondo.

Che poi è ciò che io avevo capito subito, senza nemmeno accorgermi d'averlo capito. Non c'era più nulla da fare, ciò che era accaduto all'imboccatura del bosco, quella mattina, non era alla portata di alcuna umana facoltà – e il rischio, per tutti, il pericolo gravissimo al quale anch'io sono stato esposto, e che per poco non mi ha spazzato via, era proprio di ostinarsi a sfidarlo senza la giusta protezione.

X

– Pronto, mamma?
– Sì?
– Ecco, ti ho telefonato.
– Ma sei scema?
– No, scherzo. Mi ero scordata di chiederti una cosa.
– Ah. Dimmi.
– Ti ricordi quel dottore che mi ricucì quando mi tagliai il dito in Val Senales, tanti anni fa? E voi lo rintracciaste per ringraziarlo?
– Sì, il dottor Monti.
– Ecco, appunto: il dottor Monti. Ti ricordi per caso di dov'era?
– Abitava a Bolzano. Gli mandammo una cassa di vino. Perché, lo cerchi?
– No, no...
Silenzio.
– ...Ho l'impressione di averlo incrociato, all'ospedale. Mi pareva che fosse lui, e mi sarebbe piaciuto salutarlo, ma non ero sicura, perciò sono stata zitta. Ti ricordi per caso come si chiamava, di nome?
– Stefano, mi pare. Aspetta, guardo nella rubrica.

– Quale rubrica?
– La rubrica dei numeri di telefono.
– Cioè, hai ancora *quella* rubrica?
– Sì.
– Quella di pelle marrone?
– Certo. Perché dovrei cambiarla?
– Avrà vent'anni, mamma. Ero una bambina.
– E allora? Ci sono tutti i numeri che ci servono. Eccola qui. Dottor Monti: mi dispiace, il nome non c'è. Ma credo proprio che si chiamasse Stefano.
Silenzio.
– Puoi darmi il numero, già che ci sei?
– 047124788.
– Grazie mamma.
Silenzio.
– Senti, non andare lassù. Ti prego.
– Cosa?
– Non andare in quel posto, giovedì. Fatti sostituire.
– Ma che stai dicendo?
– Su Rete 4 hanno appena detto che potrebbe essere una roba di radioattività.
Silenzio.
– E tu ci credi?
– Sì. Non andarci.
– Ascolta, è una cazzata. Se ci fosse questo pericolo non solo non mi permetterebbero di andarci, ma probabilmente evacuerebbero mezzo Trentino. L'avrebbero già evacuato.
– Chiama Alberto, almeno. Chiedi a lui. Anche se è fuori, lui può sapere cosa è successo. Se ci sono dei pericoli.
– Va bene, mamma. Lo chiamo. Non preoccuparti.
– Fammi stare tranquilla.
– È quello che ti sto dicendo: stai tranquilla.
– E chiama.

– Ti chiamo. Ciao.
– Ciao, nì.

X

I giorni successivi alla strage sono stati i peggiori della mia vita, e li ricordo a stento. Almeno come giorni, come susseguirsi di ore che scandiscono il tempo, li ricordo a stento: ricordo piuttosto un tutt'uno di angoscia, spostamenti, attese, paura, domande, freddo, silenzio, stanchezza, stupore, impotenza, tutto come rovesciato alla rinfusa nella mia vita, senza un ordine, senza un vero scorrere. Dipanare questa matassa, distinguere il prima dal dopo e raccontare quei giorni seguendo un filo cronologico mi è impossibile: nella mia memoria ormai si tratta di un ingombro unico, come se il tempo si fosse fermato, ecco, nell'istante in cui ero sceso da quella motoslitta, e da lì in poi tutto avesse cominciato ad accadere simultaneamente.

D'altronde, cominciarono a verificarsi cose talmente assurde che parvero interrompere qualsiasi processo di causalità. Il bosco fu chiuso – *sequestrato* –, solo le forze dell'ordine potevano percorrere la strada che lo attraversava, e questo tagliò fuori Borgo San Giuda dal resto del mondo. Quanto a me, ero ostaggio di quel Procuratore. I carabinieri venivano a prendermi ogni mattina all'alba per portarmi a Trento, da lui, in tribunale. Erano due ragazzi giovanissimi, e sembravano smarriti come me: non parlavano mai, né con me né tra di loro. Non smetteva un secondo di nevicare, tirava un vento arrabbiato, e il fuoristrada faticava a viaggiare sulla neve fresca: a volte s'impantanava, si metteva di traverso, e bisognava scendere e spingere, o addirittura farsi venire a trainare dai cingolati della Guardia Forestale che erano stati piazzati alle due imboccature del bosco per non far passare nessuno. Impiegavamo più di due ore per raggiungere il tribunale, e una volta lì io diventavo uno strumento nelle mani del Procuratore. Era un uomo dall'aspetto patrizio, elegante, curato nei minimi particolari, ma era molto basso, il che lo portava a tenere il petto in fuori, il mento sollevato e la testa alta, in una posa che pareva sempre di sfida. Si prendeva ogni potere su di me: mi interrogava, poi mi faceva accompagnare in un'altra stanza, mi lasciava lì per ore, decideva che avevo fame e mi faceva portare un panino, poi mi richiamava e mi interrogava di nuovo. Ogni volta all'inizio era calmo e comprensivo, mi ripeteva che non ero indagato o sospettato di niente ma solo "persona informata sui fatti", che avevo il diritto di non rispondergli e, se lo desideravo, di farmi assistere da un avvocato; io gli dicevo che andava bene così, e lui sembrava apprezzare la mia disponibilità, ma via via che gli rispondevo diventava nervoso, autoritario, e fatalmente s'impuntava sulla faccenda del mio ritorno a Borgo San Giuda, che considerava completamente insensato. Se capitava che su qualche dettaglio io non ripetessi esattamente le cose che avevo detto la volta prima mi accusava di prenderlo in giro; se poi lo pregavo di dirmi cosa fosse successo, di preciso, poiché ancora non lo sapevo, allora si arrabbiava definitivamente: le domande le faceva lui, diceva, punto e basta. Eppure lo sapeva che su da noi non si prendevano né radio né televisione, gli avevo spiegato del Dente della Vecchia che oscurava tutti i segnali fino a dopo il bosco; i carabinieri che mi portavano da lui non erano autorizzati a fermarsi lungo la strada per farmi comprare un giornale, e così io continuavo a non avere la minima idea di cosa fosse successo. D'accordo, ero stato il primo ad arrivare sulla scena della strage, avevo visto: ma *cosa*, avevo visto? Cos'era successo? Non lo sapevo. Quante persone erano morte? Chi erano? Come erano state ammazzate? Da chi? Perché? Niente, le domande le faceva lui; che io sapessi quelle cose non era importante. Ero la "persona informata sui fatti", ma di quei fatti non sapevo nemmeno quel poco che sapevano tutti. In realtà ero caduto in trappola: governato dalla volontà altrui, mi ero lasciato trascinare nell'altrui ossessione – esattamente quello che un sacerdote viene addestrato a evitare.

Ma in quel momento, in realtà, non sapevo nemmeno quello.

✳

– Pronto?
– Ciao. Dormivi?
– No.
– ...
– ...
– Stai guardando la TV?
– Sì, certo.
– ...
– ...
– ...
– ...
– Non è un attentato.
– ...
– ...
– Infatti, mi pareva strano. E perché quelli continuano a parlare di attentato?
– Non lo so. Ma non è un attentato.
– Ho capito. Ma tu come lo sai, a proposito? Non sei a Modena?

– Sono tornato. Mi hanno richiamato d'urgenza in procura. Sono appena uscito dall'ufficio.
– Ah...
– ...
– E cos'è stato, allora?
– Non si sa.
– Come non si sa?
– Non si sa.
– E quella gente morta? L'avrà pure ammazzata qualcuno.
– Non si sa. Non si sa nemmeno *quanta* gente, di preciso.
– Come non si sa? Non sono dieci?
– Non è chiaro se dieci o undici.
– Ma come non è chiaro?
– Sembra che manchi un bambino.
– Cosa?
– Sembra che sia sparito un bambino.
– ...
– ...

– Allora magari è un, per quanto sembri assurdo, mi rendo conto, regolamento di conti, un'esecuzione mafiosa. Uno sbaglio, naturalmente, ma magari lì vicino, nei boschi, si scambiavano della droga e quella povera gente si è trovata a—
– Sembra che siano tutti morti di una morte diversa, Giovanna.
– Cosa?
– ...
– ...

– Bisogna ancora aspettare i risultati delle autopsie, ma sembra proprio che ci siano dieci cause di morte diverse. Tecnicamente, sembra che si tratti di dieci omicidi distinti. O undici.
– Come distinti?
– E alcuni non sembrano nemmeno omicidi.

– Non *sembrano* omicidi? E cosa sembrano?
– Giovanna, sto dicendo troppo. Non posso parlarne.
– Guarda che hai chiamato tu.
– …
– …
– Lo so. Ma non per parlare di questo.
– Guarda che ne hai parlato tu.
– Sì, ma non è per questo che…
– …
– Ho bisogno di vederti, Giovanna.
– …
– Visto che sono tornato, pensavo che potremmo parlare un po'…
– …
– …
– Alberto, no. Abbiamo già parlato. Abbiamo parlato per ore, ti ho detto tutto, spiegato tutto.
– Giovanna, io non ce la faccio, lo capisci?
– Alberto, devi farcela.
– *Così*, non ce la faccio.
– Senti, non è che ci sono molti modi per—
– A casa ci sono ancora tutte le tue cose, i tuoi libri, i tuoi vestiti. Io ho paura di tornare a casa, ti rendi conto? Io adesso, in questo momento, ho paura a tornare a casa. Ho paura di ritrovarci le tue cose, e ho ancora più paura di non ritrovarcele. Sei andata a riprendertele?
– No. Non ancora.
– Ecco, allora ho paura di ritrovarcele. Non vuoi riparlarne. Perché non vuoi riparlarne?
– Perché non c'è nulla che ti possa dire che non ti abbia già detto.
– Ok, ma questo vale per te. Io invece ne ho un bel po', di cose da dirti che non ti ho detto.

– ...
– Così non può finire, Giovanna.
– ...
– ...
– Che ti devo dire, io ora ho bisogno di—
– Hai bisogno di stare da sola, va bene. Ma mica ti sto chiedendo di tornare insieme. Solo di vederci, di parlare.
– ...
– ...
– Non adesso, però.
– Certo, non adesso. Nei prossimi giorni. Tra l'altro mi sa che avrò le giornate piene, per usare un eufemismo. Errera è tarantolato, e ci ha messo tutti al chiodo. Solo, vorrei sapere che potrò vederti per parlare civilmente, nei prossimi giorni. Mi aiuterebbe.
– Va bene, Alberto. Nei prossimi giorni.
– Ti chiamo io.
– D'accordo.
– Buonanotte.
– Buonanotte.

X

Mi sentivo inadeguato, isolato, tagliato fuori. In tribunale capitava che incrociassi Zeno ma di sfuggita, nel corridoio, senza nemmeno potergli chiedere come stava suo padre, perché noi due non potevamo comunicare. Il Procuratore voleva confrontare le nostre versioni e continuava a interrogarci separatamente, a oltranza, finché ogni dettaglio dei nostri racconti non coincidesse: voleva ricostruire la scena che avevamo trovato e che era stata stravolta dall'arrivo degli abitanti del

Borgo – e c'era sempre qualcosa di diverso, secondo lui, nelle nostre dichiarazioni, qualcosa che non combaciava. Per esempio, la storia della testa di Beppe Formento: a me pareva di ricordare che nessuno l'avesse toccata, ma a quanto pare Zeno aveva dichiarato che suo padre l'aveva addirittura presa in mano. Oppure se qualcuno di noi tre avesse vomitato o no: cosa vuole che le dica, ripetevo, io non me lo ricordo, ma che differenza fa? E lì lui si arrabbiava davvero – *Che differenza fa?* –, e sembrava perdere il controllo: non si può lavorare così, gridava, e tornava sempre al punto di partenza, ciò che per lui sembrava la vera sciagura – cioè non la strage in sé, ma il fatto che io fossi tornato a San Giuda e che, come conseguenza, praticamente tutti gli abitanti del villaggio avessero imperversato sulla scena del crimine, toccando i cadaveri e vomitando sui reperti prima dell'arrivo dei carabinieri. Alla fine della giornata era così risentito con me che temevo sempre volesse farmi arrestare; invece mi lasciava andare, e all'uscita c'era una ressa pazzesca di giornalisti e fotografi che urlavano il mio nome. I carabinieri mi proteggevano e mi riaccompagnavano a casa, altre due ore sul fuoristrada nella tormenta, con i fari al magnesio che parevano zanne tanto l'aria era densa di neve. Arrivavo a casa tardissimo, stanco morto, ma nelle poche ore in cui cercavo di dormire era ancora più dura. Sembrava che non riuscissi più a stare da solo, avevo paura. Non riuscivo a prender sonno, d'improvviso non c'era più nessuna posizione nella quale il mio corpo trovasse un po' di pace. In particolare succedeva alle braccia: comunque le mettessi s'intormentivano, costringendomi a muoverle di continuo – il che mi teneva sveglio e metteva in moto una lima sorda di angosce e preoccupazioni che si alimentavano a vicenda. Quando infine mi addormentavo era spaventosamente tardi, di lì a poco suonava la sveglia e tutto ricominciava da capo.

Col senno di poi posso dire che nulla di ciò che fu detto e fatto in quei giorni aveva la minima importanza, perlomeno non nel senso che gli attribuivamo tutti – per conoscere, risolvere, o anche solo scoprire cos'era successo; ma, sebbene in un mio modo istintivo io l'avessi capito subito, la pressione che il Procuratore mi metteva mi impediva di ragionare. Quell'uomo era ossessionante, inappagabile. Quella testa sempre protesa in alto, quel gozzo elastico, da rospo, capace di gonfiarsi e solcarsi di vene al primo alterarsi del suo umore, quello sguardo severo ed esigente, io li sentivo come armi puntate su di me. Che potevo fare? Avevo di fronte un'autorità di massimo livello e non riuscivo a darle ciò che voleva; la severità e l'ostinazione con cui mi incalzava mi dicevano che non stavo facendo il mio dovere – e mai, prima di allora, avevo mancato di fare il mio dovere. Naturalmente, ciò che a me sembrava accanimento nei miei confronti altro non era che frustrazione, data l'impresa impossibile che il Procuratore si trovava ad affrontare – ma io questo non lo sapevo. Come ripeto, io non sapevo niente di niente: non sapevo che sulla vicenda era stato posto addirittura il segreto di stato e non sapevo delle ipotesi fantasiose, esoteriche e fantascientifiche che cominciavano a circolare a causa di questo silenzio; non sapevo dei vertici tra ministri, procuratori e capi delle forze dell'ordine che si susseguivano nella sede della questura; non sapevo di essere menzionato in ogni cronaca giornalistica come il testimone-chiave. Non sapevo nulla di tutto questo, eppure sembrava che tutto fosse appeso a quello che rispondevo io al Procuratore.

Se però si mette in gioco il senno di poi, allora devo di nuovo riconoscere che, in tutt'altro senso, io stavo effettivamente mancando il mio dovere: il prolungarsi dell'abuso che subivo, senza poter avere contatti con gli altri e senza poter svolgere nemmeno le più urgenti delle mie mansioni, faceva di me un coscritto; ma la calda sensazione d'esser vittima di quell'abuso m'impediva di rendermi conto della cosa più assurda di tutte, e cioè che io non ero obbligato ad accontentare il Procuratore. Già. Sarebbe bastato che mi rifiutassi di sottostare alle sue richieste, che mi ricordassi di avere dei diritti e ne pretendessi il rispetto, e l'abuso sarebbe finito. Me lo ripeteva lui stesso, del resto, sempre, prima di ricominciare a torchiarmi – ma io, semplicemente, non ne tenevo conto: dunque, più che vittima, come mi sentivo, io ero *complice* di quell'uomo. Adesso è facile dirlo, ma sul momento, perlomeno per me, non lo era affatto: al contrario, lo sforzo stesso di accettare l'inaccettabile mi spingeva ad accettare anche ogni sovraccarico che chiunque ci mettesse sopra: un peso enorme mi schiacciava, e chiunque poteva aggiungervene dell'altro senza che io reagissi. Sentivo un vuoto terribile dentro di me, e l'idea di alzarmi ogni mattina e cominciare a convivere con quel che era successo, giorno dopo giorno, con pazienza e coraggio e forza d'animo *e senza nemmeno essere perseguitato*, all'improvviso non era più alla mia portata. Perciò – adesso è facile dirlo – l'accanimento del Procuratore diventava per me l'occasione di eludere questo mio dovere, e l'abbandono alla sua volontà mi dava modo di giustificare la mia mancanza.

Perché non adempi il tuo dovere, fratello?

Perché non posso.

Hah...

Mai stato così lontano dal sacerdozio come in quei giorni. Mai stato così perduto e senza Dio. Non riuscivo neanche più a pregare.

X

– Pronto?
– Ciao Miriam, come va?
– Uno schifo. Tu?
– Così... Che, sei in ufficio?
– Sì.
– Avrei bisogno di un favore.
– Dimmi.
– Potresti trovarmi il numero di telefono di un collega, tirandolo giù dai tabulati?
– Teoricamente sì. A meno che non abbia negato i dati sensibili.
– Puoi controllare ora o ti richiamo?
– Sono al terminale. Come si chiama il tipo?
– Professor Ennio Roncone.
– Di dove?
– In realtà non lo so, ma su internet ho trovato che insegna a Roma.
– Roma. Roncone, con la e?
– Roncone, sì.
– Ron-co-ne. Ennio, hai detto?
– Ennio, sì.
– ...
– ...
– C'è da aspettare un po'. È lento...
– Figurati. Sapessi il mio.
– ...
– ...
– No, cazzo, non è lento: s'è proprio impallato.

– Il computer?
– Sì.
– È... grave?
– No, se non hai fretta.
– ...
– ...
– E che devi fare per disimpallarlo?
– Niente. Ormai ho imparato. Solo aspettare, e a un certo punto si disimpalla da solo.
– Ah. Be', mi dispiace. Magari ti richiamo più tardi.
– Hai da fare?
– Quando?
– Ora. Non puoi aspettare?
– No, io posso aspettare. Dicevo per te.
– Io *devo* aspettare. Col computer impallato non posso lavorare. È che ti volevo chiamare io, per via di questa strage. San Giuda non è su dove vai tu?
– Sì. È la mia zona.
– Cavolo. E che ne pensi?
– Eh, che ne penso. Non lo so, è tutto molto strano.
– Ora pare che non sia più un attentato.
– No, sembra di no.
– Vabbè, ma allora cos'è stato? Se continuano a non dire niente autorizzano le versioni più strampalate. Hai sentito cos'hanno detto alla radio, stamattina?
– Cosa?
– Che sono stati gli UFO.
– *Chi* l'ha detto?
– Mah, non so, era una rassegna stampa. Su un giornale c'era un articolo che parlava appunto della possibilità che fossero stati gli UFO, e al telefono un ufologo ha detto che la dinamica è compatibile con un attacco extraterrestre.
– E tu credi a queste cose?

– No, però se siamo agli UFO c'è qualcosa che non va. Non ti pare?
– Be', sì.
– Insomma, hanno isolato un paese. Non fanno avvicinare nessuno per un raggio di chilometri. Qualcosa di strano c'è per forza.
– ...
– Ma Alberto che dice? Lui saprà qualcosa.
– Non lo so, Miriam. Ci siamo mollati.
– Ma va'? E che aspettavi a dirmelo?
– È roba di pochi giorni fa.
– Ah. E "ci siamo mollati" vuol dire che stavolta è d'accordo anche lui?
– Non direi.
– S'è rassegnato, almeno?
– Non direi nemmeno questo, no.
– Fa la vittima?
– Un po'. Vuole riparlarne, riparlarne...
– Eh, allora è un po' presto per dire che vi siete mollati, bimba mia.
– Infatti non te l'avevo detto.
– Be', ricordati quello che hai passato per esserti lasciata impietosire.
– Stai tranquilla, non me lo scordo.
– ...
– ...
– Per quanto...
– ...
– ...
– Per quanto cosa?
– ...
– ...
– No, pensavo che sei andata a mollarlo proprio ora che,

be', insomma...
– Be' insomma che?
– Be' insomma lui lo saprà pure cos'è successo in quel bosco. Metti caso che ne riparliate un'ultima volta, potresti fartelo dire...
– Certo che tu fai proprio schifo.
– Scherzo, deficiente— Oh, si è disimpallato. Roncone Ennio, eccolo qua. *Chirurgia estetica?*
– Sì.
– Ehilà, che vuoi fare? Non avrai mica intenzione di—
– Devo chiedergli un parere clinico sul caso di una paziente.
– Ah. Senti, qui c'è casa, studio privato e Policlinico Umberto I. Quale vuoi?
– Boh. Casa...
– E cellulare. C'è anche un cellulare.
– Allora dammi il cellulare, va'...
– 3483882777.
– 3483882777.
– Esatto. E se puta caso si venisse a sapere che te l'ho dato io?
– T'inculano.
– Giusto. Perciò, se questo Roncone ti chiede come l'hai avuto, tu cosa dici?
– Dico che me l'hanno dato all'università.
– Brava. Così si incula la segretaria del dipartimento.
– Peggio per lei.
– Ma no, poveraccia. Aspetta un po', qui c'è la sua foto, sembra Briatore: *gli dici che te l'ha dato lui.* Così lui pensa che devi essere molto figa, ed è tuo.
– Bum. Devo chiedergli un parere, mica sposarlo.
– Allora fa' un po' come cazzo ti pare. Basta che non mi metti nei guai.
– Stai tranquilla. Grazie.
– Come faresti senza di me?

– Vivrei avviluppata nella mediocrità.
– Giusto. E ce la facciamo una pizza, ora che sei single?
– Sì, dai.
– Ti chiamo nei prossimi giorni?
– Chiamami nei prossimi giorni, sì.
– Ciao.
– Ciao.

X

Mi resta da dire una cosa, di quel tempo orrendo: esso conteneva anche una mia sconfitta personale, e questa è la vera ragione per cui all'improvviso non riuscivo più a svolgere il mio compito. Una sconfitta personale, sì: è questa la vera ragione per cui io mi consegnai a quel magistrato e diventai *suo*, perdendo l'appartenenza alla comunità in cui ricoprivo il mio ruolo – e dunque perdendo anche il ruolo.

C'era qualcosa, adesso, che mi teneva separato dalla mia gente: apparentemente era il Procuratore – che mi rapiva, che mi impediva di fare il prete –, ma in realtà era un ingombro ostile dai contorni sfocati, che avvertivo con chiarezza anche se non osavo ancora identificarlo per quello che era.

Se all'alba, quando partivo insieme ai carabinieri, mi capitava di incrociare lo sguardo di qualcuno che si trovava in piazza, faticavo perfino a salutarlo: è successo con Rina, una volta, e una con Ignazio, e in entrambi i casi il cenno che ci scambiammo fu gelido e fugace – il loro verso di me ma anche il mio verso di loro. Era come se ci vergognassimo. Durante il viaggio per Trento, poi, nel tratto che attraversava il bosco, dove nessuno poteva passare, riuscivo a malapena a sostenere la vista dell'albero ghiacciato – che era sempre lì, rosso, circondato dal nastro a strisce bianche e rosse della polizia scientifica, sotto la neve che non smetteva di cadere: mi pareva che sprigionasse una forza malvagia e incontrastabile, trionfante, umiliante, e mi veniva di abbassare gli occhi. Quel moloch era il simbolo della mia sconfitta: qualunque cosa fosse successa lì sotto era stata di sicuro terribile, una specie di quintessenza del male – e di seguito a questa certezza, l'unica che mi fosse rimasta, venivo assalito da un senso di perdita che andava oltre il ricordo dei poveri resti che avevo visto con i miei occhi, sparpagliati come giocattoli rotti. Quello che mi sembrava perduto era il senso stesso del mio essere lì, e di tutto il lavoro compiuto in quasi dieci anni per far sì che quel posto non scomparisse. Era un pensiero molto egoistico, che covava sotto al dolore e allo sbigottimento – un misero, arido pensiero che mi chiamava in causa personalmente e mi sfiniva, come vittima particolare dello sconvolgimento che ci aveva travolto tutti quanti.

Il fatto è che per anni avevo lottato per disperdere le diffidenze che circondavano Borgo San Giuda a causa del malinteso sul Santo cui era consacrato. Al mio arrivo, dieci anni prima, avevo trovato solo i resti di un paese un tempo florido, abitato da contadini, boscaioli e artigiani di tempra eccezionale, che si trovava pesantemente minacciato dall'emorragia che lo stava svuotando; un luogo nel quale sembravano rimanere solo quelli che non potevano permettersi di andarsene, e soprattutto dove era scomparso il culto di quel Santo straordinario. Con pazienza ne avevo ricostruito l'identità, richiamandomi alla mia esperienza in Sudamerica, dove erano decine i villaggi, i paesi e perfino le città che si onoravano di portare quel nome – perché laggiù San Giuda Taddeo era il Santo tra i Santi, adorato dagli umili e dai disperati, e nessuno si sognava di scambiarlo per il traditore. La mia devozione per San Giuda aveva risvegliato nei vecchi, che erano la maggioranza, il ricordo di quella che avevano conosciuto nei genitori durante la loro infanzia, il culto era rinato e con esso anche il Borgo aveva ricominciato a vivere: l'emorragia si era fermata, qualcuno era tornato a viverci. Rimaneva un'entità anacronistica, certo, arcaica, ma non più di tanti altri borghi sparsi per l'Italia – e però, diversamente da questi, aveva recuperato l'orgoglio di essere consacrato a un Santo straordinario, il più commovente e generoso tra tutti i Santi. La diffidenza si era sciolta. Il 29 di ottobre, giorno dedicato al Santo, il Borgo diventava l'epicentro di una poderosa festa di fede che univa molte valli, e dai paesi vicini – da Massanera, da Monte Scalari, da Gobba Barzagli, da Doloroso, da Dogana Nuova, da Luogosicuro, da Serpentina e perfino da Fondo e da Cles –, centinaia di persone venivano nella nostra chiesa a consegnare a San Giuda la propria disperazione – e il fatto stesso che ci fosse un Santo per i disperati li consolava. Lo stesso Beppe Formento ne era diventato un devoto, e lo aveva pregato quando gli avevano diagnosticato quello che lui chiamava "un brutto male" – e sei mesi dopo era guarito. In realtà era stato un errore di diagnosi: all'ospedale, non si sa come, avevano scambiato il verme solitario per cancro e se n'erano accorti solo quando stavano per operarlo; ma malgrado sia lui sia io avessimo raccomandato a tutti di non considerarlo un miracolo, spiegando la faccenda della diagnosi sbagliata senza infingimenti, pur tuttavia nessuno era riuscito a togliersi dalla testa che il Santo fosse intervenuto in qualche modo miracoloso di seguito alla richiesta di Beppe.

Questo solo per dire quanto fossero cambiate le cose: dal paese fantasma che avevo trovato, privo d'identità e con un Santo inconfessabile, in dieci anni eravamo passati al luogo che restituiva speranza a chi non ne aveva più – e viverci, pur nelle difficoltà, era di nuovo percepito come un privilegio.

D'un colpo, sentivo che tutto questo veniva spazzato via. Perfino io, che non riuscivo ad avere nessuna notizia, nemmeno di seconda mano, perfino io sapevo che la carneficina era subito stata chiamata "la strage di San Giuda". Non di Serpentina, non di Doloroso o del Campo di Carne, e nemmeno di *Borgo* San Giuda: per tutti era la strage di San Giuda. Mi vergogno a dirlo, ma questa associazione faceva dubitare anche me; messa così, la cosa faceva affiorare anche in me il vecchio equivoco contro il quale mi battevo tutti i giorni: che Santo era mai quello che permetteva che un evento così orrendo si compisse tra la sua gente e addirittura nel suo nome? Non avevano forse i suoi devoti il diritto di sentirsi traditi? Erano domande disastrose, nella loro oscena ingenuità, e il semplice fatto che me le ponessi faceva di me un uomo peggiore.

X

– Pronto?
– Buongiorno. Cerco il professor Ennio Roncone.
– ...
– ...
– Sono io. Chi parla?
– Sono una collega di Trento, mi chiamo Giovanna Gassion. Mi scusi se la chiamo al cellulare. La disturbo?
– Ho lezione tra un quarto d'ora. Mi dica.
– Ho letto su internet il suo intervento al convegno di Messina sugli esiti cicatriziali, e mi permetto di contattarla per chiederle un'opinione sul caso di una mia paziente.
– Certo, se posso: di cosa si tratta?
– In realtà io sono psichiatra, e lavoro per la ASL della provincia di Trento, ma svolgo anche attività privata come psicoanalista. Be', questa mia paziente sostiene che, insomma,

che le si è riaperta una ferita di quindici anni fa. Così, da sola. Secondo dito della mano sinistra, lato dorsale, livello intermedio. Dice, questa mia paziente, che l'altra mattina si è svegliata nel letto tutto sporco di sangue, perché le si era riaperta questa cicatrice che si era procurata da ragazza, dice, tagliando il pane; dice che le è successo nel sonno, e io sono qui a chiedermi se, be', insomma, se sia una cosa possibile...
– Lei è psichiatra, ha detto?
– Sì.
– E di cosa soffre, questa sua paziente, se mi è consentito chiedere?
– ...
– ...
– Depressione, ma non in forma grave. Non ha mai presentato spunti psicotici o autolesionistici, e nemmeno, almeno finora, mitomaniaci.
– Prende psicofarmaci?
– No, e nemmeno altri farmaci, per quel che ne so. Non fa uso di droghe ed è un medico anche lei, per giunta. Perciò sarei portata a crederle – ma una cicatrice che si riapre dopo quindici anni è abbastanza dura da mandar giù, lei non crede? O no? O è possibile?
– ...
– ...
– Lei vorrebbe capire se la sua paziente le ha mentito o ha detto la verità? È così?
– Più o meno...
– Ma non è la stessa cosa, mi scusi, nel suo lavoro?
– Eh no. Se una mia paziente si sente così onnipotente da pretendere che io creda a una storia cui è scientificamente impossibile credere, con una ferita di mezzo, per giunta, e sangue eccetera, io preferisco esserne al corrente.
– Una cicatrice che si riapre dopo quindici anni?

– Sì.
– Nel sonno, mi ha detto? Cioè senza traumi ulteriori, né agenti chimici assunti per qualche terapia?
– Sì. È possibile?
– ...
– ...
– Per quanto ne so io, no...
– Ecco, appunto...
– ...Però, cara collega, in fatto di cicatrici ho personalmente assistito ad almeno una mezza dozzina di fenomeni che per quanto ne sapevo io erano da considerarsi impossibili. Perciò...
– Perciò?
– Perciò è difficile dirle qualcosa così, per telefono. Dovrei vedere questa sua paziente, parlarle, esaminare i lembi della ferita...
– Certo, capisco. Ma a me per adesso serviva capire se quello che sostiene è, almeno teoricamente, possibile.
– Be', teoricamente non è possibile. Ma fuori dalla teoria lo è. Come le ripeto, andrebbe esaminata: se vuole mandarmela qui a Roma, potrò dirle qualcosa di più preciso.
– Oh, ma ha già fatto abbastanza. La ringrazio molto.
– Si figuri. Per così poco.
– Grazie davvero, professore.
– Può ripetermi il suo nome, dottoressa, per favore?
– Gassion. Giovanna Gassion.
– Allora avevo capito bene: come Édith Piaf.
– Eh sì.
– Édith Giovanna Gassion.
– Già.
– Parenti?
– Oh no, no, semplice omonimia... Però mio padre è un suo ammiratore, ha tutti i suoi dischi, e mi ha chiamato proprio Giovanna in onore suo.

– Be', anch'io ho tutti i suoi dischi. È stata una grande passione per noi vecchietti. *Quand / Il me prend dans ses bras / Il me parle tout bas...*
– ...
– *...Je vois la vie en ro-se...*
– ...
– Bei tempi...
– ...
– ...
– Be', grazie di nuovo, professore.
– È stato un piacere, cara collega. E mi chiami pure quando vuole. Se poi capita a Roma sarò felice di incontrarla.
– Certo. Grazie.
– Arrivederci.
– Arrivederci.

X

Una notte mi feci forza e provai a reagire. Uscii, poco dopo esser rientrato a casa, per andare da Rina, la sorella di Sauro e di Beppe Formento. Rina era una donna robusta e infaticabile, molto devota a San Giuda, che aveva cresciuto sua figlia Perla da sola e invece di sposarsi si era dedicata ai fratelli. In realtà aveva fatto da madre anche a Zeno, il figlio di Sauro, dopo che la madre del ragazzo era stata ricoverata, e Beppe, che viveva da solo, continuava a portarle la biancheria da lavare. Dal momento in cui ero stato catturato in quel meccanismo col Procuratore non avevo più parlato con nessuno: lei era stata colpita duramente, e io volevo confortarla, chiederle notizie dell'altro suo fratello, pregare insieme a lei – e vedere se così, ricominciando a fare il mio dovere, recuperavo un briciolo di pace. Bussai due o tre volte al suo portone – era dopo mezzanotte –, finché la luce della camera, al piano di sopra, si accese; vidi la sua sagoma attraverso le persiane, che guardava giù dalla finestra, senza aprirla, e la chiamai, Rina, sono io, il don! – e lei non può non aver sentito, e non può non avermi riconosciuto, perché ero proprio sotto all'insegna del bar, che stava sempre accesa; ma dopo avermi visto Rina scomparve senza dire una parola e spense di nuovo la luce. Bussai ancora. Niente. Non potevo fare troppo chiasso, in casa c'era anche Perla col bambino e non volevo svegliarli; perciò me ne andai, ancora più sconfortato di come ero venuto. Mi era costato tanto compiere quel gesto, e ora, anziché il sollievo che avevo sperato, ne ricavavo altra frustrazione – altre domande senza risposta. Perché Rina non voleva vedermi? Cosa stava succedendo?

Nei cento passi che mi separavano da casa rischiai di perdermi nel nulla – letteralmente. La nebbia, il buio, la tormenta, e il dubbio improvviso, a metà strada, e assurdo, che la mia casa si trovasse nella direzione opposta a quella che stavo percorrendo, mi fecero fermare in mezzo alla piazza, incapace di andare avanti. Non mi orientavo più. Mi sentivo spossessato, liquido – mi sentivo colare via. Fu tremendo: nel mio ricordo rimane quello il momento più brutto di tutti. Non mi orientavo e non mi riconoscevo più: chi era quell'essere terrorizzato che non riusciva più a tornare a casa? Per non morire assiderato, lì, nel cuore della notte, a pochi passi da una chiesa e da un Santo cui mi stavo dedicando da anni ma che adesso, all'improvviso, non trovavo più, dovetti fare un atto di fede – misero, ridicolo, ma risolutivo: dovetti *credere* di essere me e di star camminando nella direzione giusta, *credere* che ci fosse ancora qualcosa da fare, per me, in questo mondo, oltre a perdermi e girare a vuoto. Impormi quei dogmi fu decisivo, ma davvero, per un lungo momento, mi ero trovato in quel punto cieco e maledetto in cui non c'è più nessuna differenza tra il giusto e l'ingiusto, tra tenere duro e mollare, *tra il bene e il male* – ciò che, da allora, ho sempre serbato nella memoria come il più realistico simulacro dell'inferno su questa terra.

Appena rientrato in casa non mi fermai nemmeno un secondo a riscaldarmi vicino alla stufa: infilai direttamente in sacrestia, accesi le luci della chiesa e mi buttai in ginocchio davanti alla statua di San Giuda. Avevo visto migliaia di persone, prima in Perù, in Uruguay, in Brasile, e poi anche lì, in quella stessa chiesa, rivolgersi a lui dal profondo di un'inesprimibile disperazione, e adesso toccava a me. Cominciai a recitare la preghiera, bellissima, potentissima: *San Giuda, glorioso apostolo, fedele servo e amico di Gesù, il nome del traditore fu causa che tu fossi dimenticato da molti, ma la Chiesa ti onora e ti invoca universalmente come il patrono nei casi disperati e negli affari senza speranza. Prega per me, che sono tanto miserabile! Fai uso, e ti imploro, di questo particolare privilegio che ti fu concesso di portare immediato aiuto dove il soccorso sparì quasi del tutto. Assistimi in questa grande necessità, affinché io possa ricevere le consolazioni e l'aiuto del cielo in tutti i miei bisogni, tribolazioni e sofferenze, dandomi la grazia di...*

Qui mi fermai, perché questo è il punto in cui l'impetrante deve inserire la propria supplica personale. Cosa stavo chiedendo? Per cosa pregavo? Ma non rimasi a lungo a interrogarmi, poiché era proprio quella, mi accorsi, la mia dannazione – fermarmi davanti a tutto con una domanda senza risposta. Perciò proseguii: *dandomi la grazia di tornare a vedere la cosa giusta da fare, e la fermezza necessaria per farla.* Era abbastanza. Poi terminai la preghiera: *...perché io possa lodare Iddio con te e con tutti gli eletti per tutta l'eternità. Io ti prometto, o benedetto Giuda, di ricordarmi sempre di questo favore, senza mai lasciare* *di onorarti, come il mio speciale e potente Patrono, e di fare tutto quello che sarà possibile per aumentare la devozione a te. Amen.*

Rimasi immobile, nelle profondità finalmente senza limiti recuperate con la preghiera, in silenzio, senza pensare a niente – e non saprei dire per quanto tempo: so solo che a strapparmi da quello stato di grazia fu un rumore brusco, proveniente dall'esterno. Qualcuno bussava con forza al portone della chiesa. Era notte fonda, ormai: chi poteva essere? Aprii il portone e mi trovai davanti a una figura nera, che mi spaventò. Poi però lo riconobbi: era Maestrale Marangon, il muratore, che tutti conoscevamo come Polverone. Viveva da solo nell'ultima casa del Borgo e costruiva bellissime stufe ollari.

Ho visto la luce accesa, disse, e ho bussato.

Lo invitai a entrare, ma lui volle rimanere fuori. In quel buio eravamo solo due ombre assediate dalla tormenta, e io non riuscivo nemmeno a vederlo in faccia.

Devo confessarmi, mi disse.

Ed è strano ma l'assurdità di quella richiesta, a quell'ora della notte, invece di turbarmi ancora di più mi tranquillizzò: avevo appena pregato perché San Giuda mi aiutasse, e subito tornavo a essere un prete.

Appunto, gli dissi, entriamo, e feci per spingerlo dentro al portone, ma lui mi bloccò.

No, disse. Non posso entrare, io.

Fece un movimento minimo, forse per resistere a una folata di vento, e la luce dell'interno, fioca, gialla, rischiarò il suo viso – ed era un viso spaventoso; dov'era la sua consueta allegria, dov'era l'aria scanzonata con cui piombava nei posti cantando forte "*O come bali bene bela bimba*"? Erano scomparse, raggelate da un'espressione sfinita e selvaggia.

Devo confessarmi qui, disse Polverone.

Di nuovo, l'assurdità della sua pretesa non mi stranì ma, al contrario, mi eccitò: nevicava a vento, eravamo sulla soglia di un portone oltre il quale avremmo trovato riparo e tepore, ma quell'uomo che non si confessava mai voleva confessarsi lì fuori, al vento e al gelo. È da queste cose, dopotutto, che si distinguono i miracoli dai capricci del caso.

Come vuoi, gli dissi. Parla pure.

E Polverone, fissandomi con occhi ossidrici, sgranati, leggermente asimmetrici, parlò.

Son stato io, don. Li ho ammazzati tutti io.

E chinò il capo. E non puzzava di vino.

Ecco fatto. Avevo pregato che mi si desse una via, che mi si permettesse di vederla, di percorrerla: e dinanzi a quell'assurdità la via diventava chiara, lampante, e non poteva più essere ignorata.

Domattina, aggiunse a testa china, quando vengono a prenderti, portami con te dal giudice, e facciamola finita.

Domattina, pensai, so cosa farò. Per me fu come destarsi da un incubo.

X

– Pronto?
– Ciao.
– Ciao.
– Come stai?
– Bene.
– ...
– ...
– Che fai?
– Niente.
– Non sei di guardia?

– No, stanotte no.
– Sei a casa?
– Sì. Dovevo andare a yoga ma non ne avevo voglia.
– ...
– Tu come stai?
– Sono a pezzi, Giovanna.
– ...
– Questa inchiesta ci sta facendo uscire pazzi. Hai letto i giornali?
– Vi stanno massacrando.
– Appunto. Ed è niente, ti assicuro, rispetto a quello che ci fa penare Errera. Credo che sia impazzito.
– Perché?
– Non lo so, è invasato. Ha sequestrato un bosco, cerca di interrogare un cavallo, e intanto si accanisce su quei poveri testimoni che—
– Cosa fa? Cerca di interrogare chi?
– Un cavallo. La slitta era tirata da due cavalli: uno è morto, lì, insieme a quella povera gente, ma l'altro è sopravvissuto. È scappato con tutta la slitta. Errera lo ha sequestrato, e ha messo su una squadra di esperti, un etologo e un addestratore di cavalli, col compito di capire se possa riconoscere le persone che— No, via, è impazzito. Parlo sul serio. È andato via di testa.
– Ma, scusa, e non se ne accorge nessuno? Non ci sono i ministri, lì, tutti i giorni, i summit, le riunioni nella notte...
– E che ti devo dire? Io a quelle riunioni non partecipo, ma evidentemente non se ne accorgono. Oppure sono pazzi tutti. Anzi, sono pazzi tutti. E non ne verranno fuori, senti me: scoppierà uno di quei casini che non hai idea.
– ...
– ...
– Ma cosa è successo, in quel bosco, si può sapere?
– ...

– …
– Non posso parlare, Giovanna. Mi dispiace. Hanno messo il segreto di stato. Non posso dir niente.
– Ma da quando in qua si deve tenere il segreto su quello che è successo? Io capisco che non si possa parlare delle indagini, ma quello che è successo bisogna dirlo, cazzo. Che state combinando?
– Non dire "state", va bene? Io questa follia la subisco più di te. Ti sto dicendo che sono impazziti. Ti sto dicendo che sono andati via di testa. E comunque non è che sia facile, credimi, dire quello che è successo.
– Ma perché? Ve lo stanno chiedendo tutte le televisioni del mondo, le ambasciate, perfino i governi stranieri: come si può anche solo pensare di non dire niente in questo modo? E i cadaveri? Pensate di restituirli alle famiglie o ve li volete tenere lì in tribunale? E tutte le indiscrezioni che escono ogni giorno? Stanno parlando di UFO, di radioattività, di Fine del Mondo. Trento è invasa dai sensitivi, te ne rendi conto sì o no?
– Senti, non dirle a me, queste cose, va bene? Non dirle a me. Io non sono d'accordo su niente di quello che viene fatto, è chiaro? Non dirle a me…
– E allora perché dici anche tu che non è facile dire quello che è successo? Che ci vorrà mai? È successo questo, questo e questo, e non abbiamo idea di chi sia stato. Cosa c'è di difficile?
– …
– …
– Quando si dice una cosa dovrebbe avere un senso, Giovanna. Un minimo di senso, almeno. E quello che c'è da dire, in questo caso, non ne ha. Ecco cosa c'è di difficile.
– Cosa vuol dire non ne ha?
– Vuol dire che non ha senso. Questo non giustifica nessuno a comportarsi come si stanno comportando tutti, qui, ma

ti assicuro che trovare un senso in quello che è successo non è possibile.
– …
– …
– È per quella storia delle morti tutte diverse?
– …
– …
– Senti, non posso dir nulla. Davvero. Mi dispiace.
– Ma insomma, mi telefoni, cominci a parlarne tu, e poi dici che non puoi parlarne. Dimmi una cosa: lo fai apposta?
– Hai ragione, scusa. Ma in realtà non avevo telefonato per parlare di questo.
– E ti pareva. Però guarda caso l'hai fatto. Io non ti ho chiesto niente e tu hai cominciato a parlare di questo. L'avevi già fatto l'altra volta.
– Hai ragione, mi dispiace. Ma sto male. Volevo solo chiederti se ti andava di vedermi.
– Sì, a quest'ora…
– Io dall'ufficio esco a quest'ora. Ti va?
– …
– …
– No, guarda. Sono già in pigiama, sono stanca, domattina devo alzarmi alle sei… No.
– …
– …
– …
– Nemmeno se ti racconto tutto?
– …
– …
– Senti un po': mi prendi per il culo?
– No.
– Ah no? Mi hai appena detto che non puoi parlarne.

– Ho cambiato idea.
– Ora. In questo momento...
– Sì, in questo momento. Bisognerà pure che mi sfoghi, sennò qui divento pazzo anch'io. Devo lavorare, prendere decisioni, mantenere la calma, mantenere il segreto, e tutto questo mentre la mia donna mi lascia e non vuole più nemmeno vedermi. È troppo, io non ce la faccio. Al diavolo, ti racconto tutto.
– ...
– Senti, l'ho capito che non vuoi più stare con me. Solo che, cazzo, io avevo solo te, e adesso all'improvviso non ho più neanche te. Non so cosa fare, e sto male. Devo parlare con te.
– E non puoi farlo per telefono?
– No, Giovanna. Ho bisogno di vederti. Dai, posso venire lì?
– ...
– ...
– ...
– ...
– ...
– ...

L'edera è salita più in alto del muro che la sostiene

La mattina dopo i carabinieri vennero a prendermi all'alba, come al solito. Mentre salivo sul fuoristrada Polverone era davanti al portone, coperto di neve, e mi fissava con uno sguardo stremato, come fosse stato lì tutta la notte. Lo salutai, gli feci un gesto goffo che nelle mie intenzioni significava "non preoccuparti" e lui continuò a fissarmi, fermo in mezzo alla piazza, finché non svoltammo verso il bosco.

Per la prima volta sapevo esattamente cosa dovevo fare: avrei affrontato quel Procuratore e mi sarei liberato della mia prigionia. Erano moltissimi anni che non litigavo con qualcuno, ma durante quel viaggio, mentre costruivo mentalmente il discorso da fare al Procuratore, sentii salire una rabbia profonda che avrebbe potuto, sì, portarmi a uno sfogo tempestoso – anzi, in un certo senso era quel che desideravo: sfogarmi, perché la rabbia è perfetta per nascondere le proprie responsabilità. Perciò mi sforzai di mantenere la calma: sapevo di essere dinanzi a un'occasione per tornare quello che ero sempre stato, e sapevo che se l'avessi sprecata non ne avrei avute altre. Non immaginavo minimamente le cose che di lì a poco avrei saputo, ma, d'altra parte, a mio modo le sapevo: ero un uomo di fede, avevo pregato ed ero stato ascoltato, ragion per cui ero fuori dal meccanismo freddo e razionale che manda avanti il mondo finché tutto ciò che accade segue una logica umana, e che s'inceppa inesorabilmente quando accade qualcos'altro. Io sapevo che era accaduto qualcos'altro, l'avevo sempre saputo, fin dal primo momento in cui mi ci ero imbattuto; ed ero un prete, non un magistrato, non avevo bisogno di prove.

Arrivai dal Procuratore con uno spirito nuovo, libero e determinato – che poi era lo spirito di sempre, quello con cui avevo sempre vissuto dacché mi ero fatto sacerdote, ma che mai, però, in quei giorni mi aveva confortato. Da un lato ero fermo nella mia decisione di non rispondere più alle sue convocazioni; dall'altra ero concentrato sui motivi per cui l'avevo presa, che non erano dovuti al ragionamento, alla rabbia o al diritto, ma al risolutivo gesto d'immaginazione che ero riuscito a compiere la notte precedente, sottraendomi al declino che mi stava consumando e rimettendomi a pregare.

Dunque, il Procuratore. Appena stretta la sua mano, fermamente ma non – ce la misi tutta – rabbiosamente, gli comunicai che per me era diventato impossibile continuare ad andare da lui: quel che ricordavo gliel'avevo detto, quel che lui considerava incongruo nei miei ricordi lo sarebbe rimasto per sempre, e i miei doveri di sacerdote esigevano che io...

Padre, mi disse, io devo chiederle scusa.

Solo in quel momento, solo quando m'interruppe in quel modo, mi resi conto che lo stato di cose che avevo deciso di cambiare era già cambiato. Innanzitutto, il Procuratore era solo: l'uomo che era sempre con lui nell'ufficio, e che trascriveva tutte le nostre conversazioni, non c'era. Ma soprattutto a colpirmi fu la sua espressione, non più autoritaria e arrogante come i giorni precedenti, bensì dimessa, afflitta, perfino umile.

Anzi, aggiunse, devo chiederle perdono.

Si mise a parlare e mi parlò a lungo, senza più far domande, incalzare, accusare: mi parlò come di solito mi parlavano i miei parrocchiani – mi parlò per bisogno; e nonostante ciò che mi disse, le cose terribili che sto per riportare, mentre lui parlava io tornai a sentire la forza calda della grazia colare dentro di me, la mia stessa ragion d'essere su questa terra – ciò che era scomparso nel gelo di quei giorni.

✳

Ecco, sta salendo – a piedi, ovviamente, dato che è claustrofobico. Ma perché l'ho fatto venire, accidenti a me? Devo stare molto attenta, molto attenta. Lo faccio sfogare e lo mando via. Mi faccio dire la verità sulla strage e lo mando via, cascasse il mondo. Soprattutto, io non devo dire nulla: sì, no, perché. Fine. Anzi, niente perché. Sì, no e basta, come dice il Vangelo. Qualunque cosa lui dica o faccia devo rimanere fredda, devo dargli l'impressione di stare lavorando. Anzi, devo proprio far finta di stare lavorando, devo comportarmi come se fosse un paziente. Ma perché l'ho fatto venire? Insomma, sono le undici, domattina devo alzarmi presto, perché ho detto sì? Io lo so perché, è perché ha fatto il furbo sulla faccenda della strage. È ovvio che ci giochi, su questa cosa: aveva questa carta in mano per rivedermi e l'ha giocata. E io ho abboccato. Ma io ho ben diritto di sapere cosa è successo, cazzo: lui non immagina nemmeno perché, nessuno può immaginarlo, ma io ne ho più diritto di tutti. Sono tutti ossessionati da questa storia – e io, allora, come dovrei essere? Perché io ho provato a far finta di nulla, ci ho provato in tutti i modi a non associare, ma non ci sono riuscita. La strage e la riapertura della mia cicatrice, nella stessa mattina. A proposito, cosa gli dico della fasciatura? Gliel'ho mai raccontato di come mi ero tagliata da ragazza? Mi pare di no, ma come faccio a esserne sicura? Eccolo che arriva, manca un piano soltanto. Cosa gli dico? Come mi sono ferita? Non mi pare di avergli mai raccontato del taglio sul dito. Ma,

d'altra parte, ho già cominciato a dimenticare la mia vita con lui, istantaneamente, precipitosamente, come se non aspettassi altro – come se l'unica cosa che potessi farne fosse per l'appunto dimenticarla. In quale chiesa di Parigi abbiamo fatto finta di sposarci, con le fedi e tutto? Non me lo ricordo. Saint-Eustache o Saint-Sulpice? Eccolo...
– Ciao.
Dio, com'è ridotto. Uno scheletro. Come cazzo fa la gente a dimagrire così in una settimana? L'unica volta in cui ho sofferto per amore io mi sono sfondata di strudel...
– Ciao.
– Stai bene – e sorride, e si vede benissimo che vorrebbe accarezzarmi, toccarmi, e si trattiene. Faccio un passo indietro, per sicurezza. E sto zitta. Non devo far nulla per metterlo a suo agio.
Entriamo. Sclomp, la porta. Devo resistere al silenzio, anche se è difficile. È lui che deve sfogarsi: gli sforzi deve farli lui.
– Oh-la-la, che hai fatto alla mano?
Infatti. Che gli dico? Non posso neanche starci a pensar su, devo rispondere subito. E per inciso io lo odio quando dice *oh-la-la*...
– Mi sono tagliata affettando il pane.
– Ma dai. Un'altra volta...
Ecco, appunto.
– Ti riferisci a quando mi ero tagliata da ragazza?
– Sì.
– Te l'avevo raccontato?
– Diamine. Che sei svenuta, e hai imbrattato di sangue tutta la casa. Che ti sei persa le finali di sci. Non è stato tagliando il pane?
– Sì. E vuoi sapere una cosa? Mi sono tagliata nello stesso modo, e allo stesso dito.
No, così non va. Non devo dare questa confidenza: è pericoloso, è pericoloso. Guarda come s'è fatto subito sotto.

– Fai vedere – e mi prende la mano.
– Non si vede, è fasciato.
– T'hanno dato dei punti?
– Sì.
– Quanti?
– Quattro.
– E ti fa male?
– No.
Ritraggo la mano – me ne riapproprio. Devo stare attenta. Niente contatto fisico, niente confidenza. L'avrei fatto con un paziente? No. E allora...
Silenzio. Non devo nemmeno guardarlo. Niente contatto fisico, niente confidenza e meno contatto visivo possibile. Se è imbarazzante non ha importanza. Io non sono contenta che lui sia qua, io questa visita l'ho subita: se me lo ricordo io, in ogni momento, se lo ricorderà anche lui.
– Siediti.
Niente frasi di circostanza tipo "scusa il disordine". C'è disordine, d'accordo: e con ciò? Io non l'ho invitato a casa mia, è lui che è voluto venire. Io l'ho lasciato, lo sto già dimenticando. Dov'è che siamo andati in gita con la sua MG? Alle Cinque Terre o a Portofino?
Silenzio.
Seduto sembra meno magro. Meno patito. Più tollerabile a guardarsi.
Silenzio.
Silenzio.
Fa un lungo sospiro. Sorride.
Silenzio.
Vuole che glielo chieda, il bastardo. Vuole che io gli chieda di sfogarsi, così che sembri che lo fa per accontentare me. Ma io non gli chiedo nulla.
Silenzio.

Altro sospiro.
Silenzio.
Silenzio.
Resistere. Fare come con Belisari. Tre quarti d'ora in silenzio, l'ultima volta, poi una frase, "oggi ho preso un cappuccino", poi altri cinque minuti di silenzio poi lui aggiunge "con tanta schiuma" – e la seduta è finita. E io zitta. Devo fare così.

– È la faccenda più assurda che mi sia mai capitata, Giovanna – dice, finalmente.

Mi guarda, mi trapassa. No, è troppo intenso, devo distogliere lo sguardo. La rivista, qui, sul tavolino. *Focus Domande & Risposte. Perché le donne sorridono più degli uomini?*

– Ma dire assurda è poco. È pazzesca, inconcepibile. Ecco, è inconcepibile.

Mi sta ancora guardando, lo sento. *Perché mangiare il gelato fa venire sete? Come si dà il nome agli uragani? L'astinenza sessuale fa male alla salute?*

– E, ovviamente, è inconcepibile anche fare un'indagine.

Non mi guarda più, ora guarda per terra. Va bene così. Devo solo lasciare che ingrani, che parta. Devo resistere senza fare domande.

– Però, questo non ci autorizza a comportarci come ci stiamo comportando. Parlo della procura, parlo di Errera. Perché così diventa tutto ancora più inconcepibile.

Non devo fargli capire quanta voglia ho di sapere. Non devo fargli capire quanto sono contenta, in realtà, che sia venuto.

– Dice, ma tu come ti comporteresti? Me la sono fatta, sai, questa domanda: se comandassi io, come mi comporterei in questa impasse? E mi sono risposto, anche. Io non mi comporterei così – ecco che mi guarda di nuovo – Io direi la verità.

No, ancora troppo intenso. *C'è un'ora sbagliata per fare il bagno?*

– Tanto più che è inutile. Ci sono almeno trenta persone che sanno, forse quaranta. Verrà fuori tutto, prima o poi, alla faccia del segreto di stato. E noi, a quel punto, che facciamo? Errera, i Ministri, che fanno? Io, che faccio?
Quanto si parla in una vita? Perché il prete si chiama "don"?
– Hanno falsificato i referti delle autopsie, Giovanna. Vogliono infierire su quei cadaveri per falsificare le cause di morte. Hanno deciso di *decapitare* i morti, capisci? Anzi, forse li hanno già decapitati.
Scuote la testa, l'abbassa. È disperato. Ora, se stessimo ancora insieme, mi avvicinerei a lui, lo abbraccerei, gli accarezzerei i capelli e lo stringerei a me. È esattamente ciò di cui avrebbe bisogno, e io lo farei. E poi, stringendolo a me, gli chiederei, dolcemente, come sono morte quelle persone.
– Ma che dico, quaranta. Forse a sapere siamo in cinquanta, forse in cento, ormai. È impossibile che non venga tutto fuori...
Ma siccome l'ho lasciato, e per sempre, e ho fatto bene, e mi sto già dimenticando tutte le cose che abbiamo fatto insieme, quelle banali e anche quelle indimenticabili, sperando di dimenticare un giorno anche le cose tremende, e lui invece ci spera ancora, si vede, si capisce, lui spera ancora che io ci ripensi, che m'impietosisca, che ci ricaschi, e si sta giocando questa carta potentissima per farmi sbagliare, ma io invece stavolta non sbaglierò, ecco che non mi avvicino, no, ecco che non lo tocco e non lo guardo nemmeno – *Che significato ha il gesto che fa Ronaldinho quando segna?* –, ma quella domanda gliela faccio lo stesso, cazzo, perché mi sto anche rompendo i coglioni di starmene appesa alle sue parole come un pesce all'amo. Decapitare i morti: ma che significa?
– Ma come sono morte, quelle persone?
Ecco. Ora devo guardarlo per forza – ma ora posso guardarlo. Ora sono intensa anch'io. Ora mi sento forte.
– Sei sicura di volerlo sapere?

– Sì.
– Se te lo dico la tua vita cambia, Giovanna.
– Lo so, l'ho capito. Dimmelo.
– Io te lo dico, ma tu devi promettermi due cose.
Oh, signùr. Ora cosa vuole?
– Cosa?
– Prima cosa, non devi parlarne con nessuno. Con nessuno. Almeno finché non scoppierà il casino, che scoppierà, perché scoppierà, e se non scoppia lo faccio scoppiare io, tu non devi entrarci in nessun modo. Lo dico per il tuo bene, più che altro. Lo prometti?
– Te lo prometto. E l'altra?
Ora lo abbassa lui, lo sguardo. Proprio sullo stesso *Focus Domande & Risposte*, si direbbe.
– In realtà sono tre cose.
Eccolo lì. Lo conosco, ora è capace che diventano quattro, poi cinque, poi sei...
– La seconda cosa che mi devi promettere è che mi crederai. Perché dovrai fare molta fatica a credermi. Che non penserai che sono esaurito e sto dando di matto: me lo prometti?
– Sì.
– Non farai la psichiatra, non dubiterai, non mi psicoanalizzerai? Perché quello che ti dirò è totalmente insensato. Sembra un incubo, e se fosse un incubo tu potresti andarci a nozze a cavarci simboli e significati e proiezioni inconsce. Ma non è un incubo, è la realtà. Non sta dove lavori tu, sta dove lavoro io, capisci?
– Sì.
– Mi crederai?
E che palle. Ho capito, cazzo.
– Sì, ti crederò. E la terza?
– Che mi darai un consiglio. Io non posso non far nulla, devo prendere una decisione. Ti ho sempre sentita come una

parte di me, anzi, come la parte migliore di me. Anche se non sono sempre stato lì a chiederti consigli, il fatto di stare insieme a te mi ha sempre rassicurato, mi ha aiutato a prendere le decisioni. Certo, dovrò abituarmi a fare a meno di te, e lo farò, ti giuro, mi abituerò: ma ora è troppo presto, Giovanna, e non riesco nemmeno a concepire di prendere questa decisione senza il tuo consiglio. Me lo darai?
– Sì. Se posso.
– No. Non "se posso". Una volta che ti avrò detto quelle cose non potrai rimanere neutrale. Se vuoi rimanere neutrale non devi saperle. Ma se vuoi saperle, allora sappi anche che non è possibile rimanere neutrali. Qualcosa lo penserai di sicuro, su come devo comportarmi. È questo che intendo per consiglio, capisci?
Merda. Ora lo strozzo.
– Ok. Ti dirò quello che penso tu debba fare.
– Ti prenderai questa responsabilità? Anche se non stiamo più insieme? Ti legherai a me per quest'ultima volta, anche se il legame che c'era hai voluto scioglierlo? Devi promettermelo ora, perché quando ti avrò detto quelle cose potrebbe venirti voglia di—
Ora lo ammazzo per davvero. Con cosa posso colpirlo? Ho bisogno di *un'arma*. Con cosa posso fracassargliela, quella testaccia di cazzo?
– Sì, Alberto. Te lo prometto. Come sono morte?
Mi guarda, sorride. Il portacenere della zia Lina. Lo prendo addirittura in mano, ecco, perché tu *capisca*. Vedi? Ho in mano un portacenere di cristallo, tutto spigoli, pesantissimo: di' un'altra maledetta parola invece di raccontarmi come stracazzo sono morte quelle persone, una sola, e te lo spacco in fronte.

✕

Il Procuratore disse che erano parecchie notti che non dormiva, e si arrovellava, e che quella notte aveva fatto una cosa decisiva, da credente qual era: aveva pregato. Solo pregando, disse, si era reso conto che l'uomo su cui si stava accanendo, cioè io, era un sacerdote. E poiché ero un sacerdote, mi chiese se potevo considerare ciò che aveva da dirmi come una confessione, e dunque se avrei rispettato il vincolo della segretezza. Naturalmente gli risposi di sì. Allora lui girò intorno alla scrivania, aprì un cassetto chiuso a chiave e ne estrasse due faldoni pieni di documenti, così voluminosi che non si capiva come potessero starci. Li poggiò sulla scrivania e li lasciò lì, senza aprirli. Poi ricominciò a parlare.

All'inizio, disse, aveva creduto davvero che l'inchiesta fosse stata compromessa dall'inquinamento delle tracce che tutta quella gente aveva prodotto, piombando sulla scena del crimine prima delle forze dell'ordine. L'aveva creduto fermamente per i primi giorni, dinanzi alle incongruenze che l'indagine scientifica portava alla luce: ogni informazione che veniva acquisita, disse, andava in contrasto con le altre, e lui riusciva a spiegarselo solo con la scorribanda che aveva stravolto i reperti. Aveva continuato a crederlo finché aveva potuto, disse, si era aggrappato a quella convinzione finché gli era stato ragionevolmente possibile: ma in realtà era già da un po' che non lo credeva più – da quando aveva avuto i risultati ufficiali delle autopsie.

Indicò i due faldoni, ma di nuovo non li aprì, non li toccò neppure.

Lì dentro, disse, c'era scritto che quanto era accaduto in quel bosco non poteva essere accaduto. Lì dentro, disse, c'era scritta la sua dannazione di magistrato. Se nei primi giorni aveva agito secondo coscienza, e la segretezza estrema imposta a tutta la faccenda era l'unica condizione possibile per svolgere un'inchiesta che partiva così compromessa, da quando aveva ricevuto quei faldoni aveva cominciato a comportarsi male. A mentire, disse, a occultare, a depistare. Certo, avrebbe potuto affermare che stava solo eseguendo degli ordini, disse, poiché era pur vero che, dinanzi alle enormità contenute in quei fascicoli, le massime autorità dello stato gli avevano ordinato di comportarsi come si stava comportando. Ma – e questa era la sua confessione – lui sapeva in cuor suo che si sarebbe comportato esattamente allo stesso modo anche se non gliel'avesse ordinato nessuno. Una volta letti quei fascicoli, non aveva nemmeno per un secondo concepito di dire la verità. L'idea che la gente sapesse com'erano morte quelle persone, semplicemente, non era riuscito a concepirla. Per questo, disse, e non per il volere di chi stava sopra di lui, la gente non lo sapeva: perché per lui era inconcepibile; e per questo lui non stava affatto eseguendo degli ordini, ma stava deliberatamente lottando per tenere celata l'unica verità che era stato possibile estrarre da quella vicenda. Il limite insuperabile con cui aveva a che fare, disse, era una condizione perentoria che la sua mente poneva alla sua coscienza: la Ragione prima di tutto – anzi, la Ragione soltanto. Cioè, disse, anche se era cattolico credente e osservante, aveva scoperto che per lui tutto stava appeso alla Ragione: dove la Ragione non riusciva a fare luce, la scelta tra bene e male non era più possibile. E ancora adesso, disse, che si era risolto a parlarne con me, si accorgeva che continuava a girare attorno alla cosa vera, continuava a rimandare di istante in istante il momento di dirle perlomeno a me, le cose che stava nascondendo al mondo.

Appoggiò le mani sui faldoni. Padre, disse, mi aiuti: non riesco a dirle. Non riesco a dirle. Non riesco a dirle.

Io, malgrado l'emozione e la curiosità che mi divoravano, e nonostante il senso di ulteriore tragicità che percepivo nelle sue parole, mi sentivo di nuovo forte e concentrato – *adatto*, si può dire, a soddisfare il bisogno che mi veniva rovesciato addosso; e, pur non sapendo ancora nulla di ciò che mi doveva dire, la sofferenza di quell'uomo, la sua impotenza, la sua colpa, io le vedevo formidabilmente a fuoco, e le condividevo con lui, come doveva essere dinanzi a ogni vera confessione.

Mi aiuti, padre, continuava a dire il Procuratore. Non riesco a dirle.

E sapevo come aiutarlo. Lo sapevo perché è sempre lo stesso aiuto che, da confessore, avevo imparato a dare a tutti gli uomini e le donne che negli anni avevano deciso di confessarmi i propri peccati ma non riuscivano a farlo: domandare. Gli domandai ciò che lui non riusciva a dirmi spontaneamente, e cioè: com'erano morte quelle persone?

Solo allora, finalmente, il Procuratore aprì uno dei faldoni. Si mise gli occhiali e cominciò a leggere dai fascicoli che lo componevano: uno dopo l'altro li prese in mano e poi li ripose, capovolti, sull'altro lato della scrivania. Lesse con voce ferma, impersonale, come stesse scorrendo una lista di cose da fare. Naturalmente, il linguaggio utilizzato in quei referti era molto più tecnico di come lo ricordo io, molto più esatto e formale, ma nella propria imperscrutabilità non poteva celare la sostanza di quelle morti, così come non aveva potuto farlo la coltre di neve che le copriva quando le avevo viste io: solo, esattamente come quella neve, rendeva le cose un po' meno insopportabili di come sarebbero risultate nella propria nuda verità – e di come risulteranno dal mio resoconto, che di quel linguaggio non può servirsi.

Il Procuratore lesse dal primo fascicolo: Anelli Giancarlo, anni 73, asfissiato da esalazioni tossiche di ossido di carbonio; il suo cadavere si presentava in avanzato stato di decomposizione. Secondo fascicolo: sua moglie Massatani Maria Rosa, anni 71, edema polmonare conseguente a proliferazione tumorale in stadio terminale. Terzo fascicolo: Formento Giuseppe Maria, anni 57, decapitato da una lama sottile e affilatissima, come di sciabola o altra arma da taglio; il suo corpo si presentava avvolto in un saio arancione. Quarto fascicolo: Gigliotti Maria Elena, anni 59, soffocata da una crosta di pane incastrata in gola. Quinto: Girotti Matteo, anni 3, deceduto in seguito ad arresto cardiaco procurato da un'iniezione di potassio praticata per via endovenosa; il suo cadavere si presentava privo di cuore, fegato, reni, polmoni e bulbi oculari, che risultavano espiantati chirurgicamente. Sesto: suo fratello Gianluca, 5 anni e mezzo, strangolato dopo aver subito violenze e sevizie sessuali. Settimo fascicolo: la loro bambinaia, Estevez Ana Maria, 42 anni, di nazionalità ecuadoriana, morta di arresto respiratorio causato da overdose di eroina.

Il primo faldone era finito. Senza alzare gli occhi verso di me, e senza rimettere a posto i fascicoli, il Procuratore passò all'altro.

Primo fascicolo: Smet Dario, 47 anni, cittadino sloveno, morto suicida con un colpo di pistola calibro 7,65 esploso a bruciapelo alla tempia destra. Secondo fascicolo: sua moglie Albach-Retty Maria, 39 anni, di nazionalità austriaca, incinta di 6 mesi, morta per sventramento dopo avere subito numerose mutilazioni, e violenza sessuale da almeno quattro uomini diversi. Terzo fascicolo: il feto, strappato dal ventre materno e rinvenuto a una certa distanza, straziato con arma da taglio e bruciato. Quarto e ultimo fascicolo: Kotkin Olga, 31 anni, di nazionalità ucraina: uccisa dall'attacco di uno squalo.

Solo a quel punto, ancora con l'ultimo fascicolo in mano, il Procuratore alzò lo sguardo verso di me.

Biolcati Maria Sofia, disse, anni 3, era scomparsa.

X

Prendi la corriera, nì, non guidare con quel tempo! Ma ci mette due ore, mamma... Non farmi stare in pena, va bene? Prendi la corriera! Ma mi fa venire la nausea, mamma... Prendi la corriera! Va bene, mamma, stai tranquilla, prenderò la corriera. E ora guarda qui, che schifo: ci mette veramente due ore; mi fa venire veramente la nausea...

Sono piena di magone, altroché: di paura, di magone, di stupore, sono piena di – tutt'a un tratto – eventi sanguinosi e inspiegabili (o come dice Alberto, *inconcepibili*), e non ne parlo con nessuno. Mi sa che è anche per questo che ho la nausea, ma del resto con chi potrei parlarne? Anche se volessi violare il giuramento che Alberto mi ha strappato – cosa che non esiterei a fare, intendiamoci, perché i giuramenti non hanno nessun valore, mai, e lo dico per esperienza, non per cinismo, sono solo strumenti per procurarsi informazioni –, non saprei davvero con chi parlarne. Con Livi? Certo, sarebbe esattamente il genere di cosa di cui parlare col proprio analista, se non fosse che, be', insomma, da quando gli hanno diagnosticato quel cancro il suo atteggiamento è diventato alquanto liquidatorio – del tutto comprensibilmente, per carità, non è che non lo capisca, solo che a sentir lui dovrei addirittura smettere di andarci, dovrei affidare il mio tirocinio a quella psicoanalista di Milano e non è che venga facile, in queste condizioni, parlarci di una cosa come questa: non gli ho detto nulla nemmeno della cicatrice, l'altro ieri, solita balla anche a lui... E comunque in questo Alberto ha ragione, e in un certo senso ha ragione anche Errera: come si fa a dire certe cose? È inconcepibile. Eppure, è inconcepibile anche stare zitti e far finta di nulla – ammesso che *si possa* stare zitti, poi, il che non è sempre detto, perché quando hai una fasciatura al dito, per esempio, devi pur rispondere qualcosa a chi ti chiede cosa ti è capitato. Oppure, a maggior ragione: quando si verifica una strage spaventosa, e sei la procura competente, e tutto quello che scopri su di essa è indicibile, devi pur dire qualcosa lo stesso... E allora non si sta solo zitti, *si mente* – che è ancora più inconcepibile.

Non so, mi sento in trappola – un moscone nel boccale. La mia mente gira a vuoto, sempre intorno allo stesso centro, senza raggiungere mai niente. Non so che fare. Oggi in ambulatorio è stato uno strazio: lì, a trenta chilometri dal luogo dove è successa quella *cosa* – non so più come chiamarla, a questo punto – non sono riuscita nemmeno un momento a pensare ad altro, o ad ascoltare i pazienti. Tutta quella roba nella testa e doversi concentrare su Savoldello che minaccia i genitori con l'attizzatoio: come si fa? Io non ci riesco. O sullo scozzese – che ci ha preso tutti solennemente per il culo, tra parentesi, per mesi, e direi che oggi con lui abbiamo praticamente risolto: ha in tasca un biglietto di andata e ritorno *open*, il paraculo, e come ce l'ha mostrato, oggi pomeriggio, con quanto candore, mentre con l'assistente sociale cercavamo di contattare il suo consolato a Milano per rimpatriarlo. Ma in questo momento cosa mai mi può interessare di un vecchio ubriacone scozzese che si è arenato a Cles? Come avrei mai potuto concentrarmi sul suo vaneggiamento, con quello che *so*? Niente, non riesco a pensare ad altro. Ci provo, non è che non ci provi, ci ho provato tutto il giorno ma da qualunque punto parta, con qualunque intento, nel giro di pochi passaggi mi ritrovo subito lì – ed è più che normale, dico io. Anzi, quello che non mi sembra normale è che la gente continui a vivere normalmente, perfino qui, a un tiro di schioppo da dove è successo, senza pensare soltanto a quello, senza *sentirlo* ogni momento. Anche i miei pazienti di Cles, per dire, questi matti di montagna così genuini, fragili, ipersensibili, come Savoldello, appunto, o Borlon, sempre minacciati e perseguitati da tutto: com'è possibile che dal fondo delle loro esistenze assediate da fantasmi e voci e complotti non abbiano nemmeno accennato alla strage, che non ci abbiano ricamato sopra qualche delirio? Insomma, stanno mutilando i cadaveri, stanno costruendo una versione falsa da fare schifo: avanti, ragazzi, basterebbe che vi ci applicaste un po'... Macché. Certo, forse è troppo presto perché possano avere incluso questa faccenda nei propri deliri ma, insomma, nemmeno un cenno, un'intuizione, niente... A parte Altenburger, ovviamente, che invece non ha parlato d'altro – sorprendendomi ancora di più, se possibile, dato che i suoi disturbi, al momento, e i guai che ne derivano, sono tutti concentrati sul fatto che si crede telepatico. Guarda caso, lui non ha fatto altro che parlare della strage, esattamente ciò cui io non riuscivo a non pensare – dunque viene il sospetto che sia telepatico per davvero: e ora, per dire, con lui, come farò a proseguire con l'olanzapina? Ora che le cicatrici si riaprono dopo quindici anni e undici persone vengono uccise in un bosco di montagna dai fondamentalisti islamici, dal cancro, dalle croste di pane incastrate in gola, dai pedofili, dai satanisti, dai trafficanti di organi e dagli squali, tutti riuniti insieme in una affiatata banda assassina, come posso continuare a credere che Altenburger sia malato? Schizofrenico, addirittura? Del resto la telepatia è una faccenda seria, lo dice Freud per primo. Ora si tratta di recuperare i libri rimasti a casa di Alberto, e non è un problema da poco, ma quando potrò farlo devo andare a riguardare i suoi scritti sull'argomento, che sono abbastanza espliciti, a quanto ricordo: la telepatia esiste, soprattutto tra paziente e terapeuta. E Altenburger – hai capito? – mentre me ne stavo lì davanti a lui a pensare ossessivamente e solo alla strage, mi parlava ossessivamente e solo della strage. Non diceva niente d'importante, in realtà, non aveva intuizioni, insight o simili – stava lì e parlava della strage, protestando, perlopiù, del tutto ragionevolmente, contro la decisione di tenere tutto questo segreto. Che poi, in realtà, la percezione extrasensoriale di contenuti psichici, come andrebbe chiamata, non consiste nel vedere dentro i pensieri altrui come se fossero un film – in questo caso Altenburger avrebbe smesso subito di protestare per il segreto imposto su tutta la faccenda, dato che nei miei pensieri ne avrebbe trovato il disvelamento –, ma solo nel sintonizzarvisi, diciamo così, accoglierli nel proprio, e farsene ispirare. Cioè, Altenburger potrebbe avere assorbito l'argomento-strage dai miei pensieri ed essersi messo a parlarne senza però distinguervi le immagini pazzesche che tuttora mi ossessionano: lo squalo – hah! – che attacca una ragazza nel fitto del bosco, la colata di sangue *all'interno* – se ho capito bene – della coltre di ghiaccio che ricopre quell'albero – sangue che poi, all'analisi, e sempre se ho capito bene, sembrerebbe contenere il DNA di tutti, tra presenti e *assenti* sulla scena della strage. Questi dettagli non poteva coglierli, per sua fortuna – perché quello che mi ha detto Alberto è vero, ahimè: vieni a sapere queste cose e la tua vita cambia per sempre. E aveva ragione anche a raccomandarsi che gli credessi, perché a dir la verità sarebbe molto più semplice, e ragionevole, credere che lui sia andato a rottura e stia sparando madornali cazzate post-traumatiche, e personalmente sarei anche incline a crederlo, prendendomene anche parte della responsabilità per quanto concerne la causa scatenante, se non ci fosse stata la riapertura di questa maledetta cicatrice che tutto sbaraglia perché tutto rende possibile: perciò, per quanto nel mio continuo pensarci la tentazione di non credergli si riaccenda a ogni giro (bisogna proprio immaginare un circuito, per capire *come* io penso a questa faccenda, passando e ripassando sempre dagli stessi punti), a ogni giro esso si spegne nella certezza che anch'io, se confidassi a qualcuno quello che mi è successo, non verrei creduta, o verrei creduta pazza. È dura ammetterlo, ma se non è impazzito – e mi sa che non lo è –, allora Alberto ha ragione su tutto: sull'inconcepibilità dell'accaduto, sulla sua indicibilità, e anche sull'imperativo assoluto, malgrado tutto, di dirlo comunque, se l'alternativa dev'essere tagliare la testa a dieci cadaveri e denunciare un attacco terroristico talebano in un bosco del Trentino. Ma soprattutto Alberto aveva ragione su una cosa molto pericolosa: confidandomi quei segreti mi ha di nuovo legata a sé, e non poco, perché poi è normale che uno desideri parlarne, una volta che li ha saputi – e per parlarne io non ho che lui, esattamente quanto lui non ha che me. A meno che non mi decida a confidare tutto a mia volta a qualcun altro, strage e cicatrice – e ci risiamo, e si ricomincia: a chi? Livi no, sta per morire e non mi vuole nemmeno più come paziente – e tutto è così assurdo che non può essere detto. Squali. Il sangue di tutti. Forse Alberto è davvero impazzito. No, perché allora sarei impazzita anch'io. La cicatrice s'è riaperta davvero. È tutto veramente inconcepibile, indicibile...

E ho la nausea, questo maledetto pullman che mia madre chiama ancora corriera mi fa venire lo stesso identico mal di stomaco di quando ero bambina. Dove siamo? Cos'è questo paese? Moncovo. Capirai... Non farmi stare in pena, nì, prendi la corriera! Ma, mamma, mi fa venire il mal di stomaco... Prendi la Xamamina ma non metterti a guidare con questo tempo, ti prego. Prendi la corriera! D'accordo, mamma, prenderò la corriera...

Anche perché – ma questo non potevo dirglielo, dato che la verità è indicibile, e la versione che ho utilizzato per coprirla con lei non avrebbe funzionato, e avrei dovuto inventarmene un'altra, e mi sarei imbrogliata di sicuro, e lei se ne sarebbe accorta, e avrebbe risalito il fiume delle mie bugie come il salmone paranoico che è, fino a inchiodarmi ancora di più alla suddetta verità indicibile cui sono già fin troppo inchiodata, al solo scopo di poter aumentare la dose di ansia da pomparmi addosso –, mica potevo guidare e mettere le catene e poi levarle coi punti al dito e la fasciatura rigida.

X

Di colpo, tutto era cambiato. Due confessioni nel giro di poche ore – allucinate e assurde quanto si vuole, ma fatte a me, nelle mie funzioni di prete – e tutto era cambiato. La mia memoria da questo momento in poi torna a farsi ordinata, perché vi scompare l'opacità che aveva coperto i giorni precedenti, impastandoli gli uni negli altri e facendone un tutt'uno ostile e indistinguibile: tempi e luoghi ricominciano ad associarsi e i ricordi tornano a stagliarsi in un paesaggio preciso, in una successione cronologica. Io torno a essere me, e il mondo il mondo. Credo davvero che, dopo lo shock subito, dovevo essere precipitato in una specie di coma spirituale, fradicio di paura, ottuso, a un passo dalla fine, e che quelle due scariche di dolore, allora – Polverone prima, il Procuratore poi –, mi abbiano risvegliato.

Ricordo con esattezza l'uscita dal Tribunale, quella mattina – un'immagine finalmente netta e fragrante, dai contorni precisi: non nevica più, la nube lattea s'è adagiata sul dorso delle montagne, il cielo si è aperto e sembra respirare; uno stormo di cornacchie vola sopra di noi, cesellando neri ghirigori nell'aria fina; i cronisti e i fotografi assiepati all'uscita hanno finalmente un volto e una voce, così come i due carabinieri che da loro mi proteggono, tenendoli a distanza per permettermi di salire sul fuoristrada. Ricordo l'odore di legna bagnata che c'era in quella macchina, e la radio trasmittente che gracchiava di una frana al tornante di Dogana Vecchia; ricordo perfino la strana suoneria del cellulare di uno dei due carabinieri, non una musica ma la voce del telecronista che annuncia la vittoria dell'Italia nella finale del campionato del mondo di calcio.

Naturalmente, durante il viaggio pensai molto a quanto mi aveva detto il Procuratore. Non tanto a ciò che tormentava lui, quella sequenza di orridi eventi incongrui per me abbastanza esplicita nel suo significato, quanto al senso da dare alla sua confessione. Una confessione senza pentimento: tanto si disperava, infatti, dinanzi al comportamento tenuto fin lì, quanto appariva determinato a perseverarvi. Nel ripensarci, consideravo che mai mi era capitato d'imbattermi in una confessione del genere: in pratica, era stata solo una confidenza protetta dal segreto confessionale. Mi aveva chiesto perdono ma non gli era sfuggita nemmeno una parola che tradisse un qualche ravvedimento, non mi aveva chiesto consiglio su come trovare una via d'uscita, e, alla fine, non mi aveva nemmeno chiesto l'assoluzione. Del resto, era stato chiaro fin dal principio: ciò che stava facendo era male – tutto quel manipolare e mentire e falsificare per tenere nascosta la verità – ma lui avrebbe continuato a farlo; non solo, vi avrebbe incatenato coloro che dovevano farlo insieme a lui con la stessa tenacia con cui fino a quella mattina aveva incatenato me; e se tutto ciò lo avrebbe dannato, cosa che lui stesso capiva bene perché era credente, se ne sarebbe andato all'inferno e amen.

La conferma di questo suo perverso modo di condursi arrivò presto, quando, attraversato il bosco, passammo come sempre dal luogo della strage: l'albero ghiacciato non era più ghiacciato. Tutto era come sempre, c'erano le solite figure vestite di bianco che lavoravano, i mezzi della forestale e il gatto delle nevi parcheggiati tra gli alberi, il nastro bianco e rosso a dividere certe zone dalle altre – ma dove s'innalzava l'albero ghiacciato, quell'incubo rosso che ancora mi perseguita, c'era solo un grande abete verde, fradicio e fumante. Dovevano avere appena finito di sgelarlo col vapore, anche se non si vedeva lì vicino nessun mezzo con il quale si potesse pensare che l'avessero fatto. Dato che non nevicava più, continuava a distinguersi dagli altri, poiché era l'unico a non essere coperto di neve; ma quando avesse ripreso a nevicare, cosa che appariva imminente, sarebbe subito scomparso nel mucchio, abete tra gli abeti – cosa che mai era stato, però, dato che Beppe Formento tutti gli anni lo ghiacciava: perciò capii che presto sarebbe stato ghiacciato di nuovo, per riportarlo al suo consueto stato e trasformare in un'allucinazione quello che avevo visto io. Mi aveva pur letto, il Procuratore, dopo le autopsie, anche l'inspiegabile risultato dell'esame del DNA sul sangue che intrideva il ghiaccio, dal quale esso risultava appartenere, aveva detto, *a chiunque*: ed essendo, questa, un'altra cosa che "non poteva esser detta", ecco che la sua logica propulsiva stava producendo l'unica soluzione concepibile del problema – e cioè l'occultamento del problema stesso. Continuai a guardare l'albero finché fu possibile, voltando il capo all'indietro e schiacciando il naso sul lunotto posteriore come fanno i bambini: tanto era inguardabile quando era imprigionato nel sangue quanto ora, spoglio e fumante, mi pareva misero. Prima era il simbolo di un Male assoluto, ineluttabile, che andava oltre ogni umana concezione; ora lo era di un male meschino e grigio, commesso da un singolo individuo che soccombeva dinanzi all'arcano. Mi domandai quanti fossero come lui, disposti a perdersi pur di non percorrere nessun'altra strada che non fosse la ragione: quanti individui istruiti come lui, magistrati, ministri, ingegneri, avvocati, professori, architetti, quanti di loro dinanzi a responsi scientifici che non producevano senso si sarebbero gettati nello stesso burrone in cui si era gettato lui? Me lo domandai e non osai rispondermi.

Proprio per questo le sue rivelazioni, pur sconvolgenti, non mi assorbirono completamente. Adesso che sapevo quel che c'era da sapere, avvertivo con chiarezza che l'urgenza maggiore non riguardava la sovrumana prova di forza che era stata data in quel bosco, ma la reazione che ognuno di noi, su questa terra, era in grado di opporvi. Quella del Procuratore era la dannazione; la mia, se non avessi pregato quando ormai pregare era diventato uno sforzo, sarebbe stata la perdita della fede. Molto più alta e commovente mi parve quella che aveva elaborato il povero Polverone, dall'abisso della sua solitudine: lui, che non veniva mai a messa e non pregava mai, dinanzi a tutto quel male aveva avuto la reazione di Cristo, e se lo era chiamato addosso. La sua sì che era una richiesta d'aiuto cui si poteva rispondere – cui *io* potevo rispondere, dato che era stata rivolta a me –, ed era ben chiaro, allora, cos'avrei dovuto fare, come prima cosa, appena tornato al Borgo, senza nemmeno rientrare in casa: correre da lui, parlargli, ascoltarlo, per cercare di strapparlo a quel demone che per poco non si prendeva anche me.

X

– ...e la lascerei qui, da te, se non hai niente in contrario. Soprattutto ora che non stiamo più insieme, qui dovrebbe essere al sicuro.

Già. Scrive la sua memoria, con tutte le sue verità rivelate, e a chi la lascia? Sul tavolino del soggiorno di chi la molla?

Che poi, scusa un po', memoria di che? Mica è finita tutta questa storia...
– Ma non è un po' presto per una memoria? Mi sembra che le cose stiano galoppando, giorno dopo giorno...
– Si capisce, e io l'aggiornerò. Userò due chiavette: quando ci saranno degli aggiornamenti ti darò quella col file aggiornato, mi riprenderò questa, e così via. Ma è importante che la memoria ci sia da subito; tutte queste follie devo registrarle via via che vengono commesse, capisci?
Già. Cioè a dire, il paraculo si è inventato un passe-partout per casa mia – per me –, con precedenza su tutto e a tempo indeterminato: "*Pronto? Sei in casa? Passo tra cinque minuti a lasciarti la chia—*" anzi no, si prenderà certo le sue precauzioni, "*...a lasciarti il nuovo cd di Tom Waits*". E via...
– Così che, be', qualsiasi cosa mi succeda si possa sempre ripercorrere tutta la strada a ritroso.
E certo, potrebbe succedergli una disgrazia – nel qual caso la responsabilità di difendere la verità passerebbe a me. In che guaio mi sto cacciando? Non l'avevo lasciato? Non lo stavo già dimenticando?
– Cosa dovrebbe succederti, scusa?
– Boh, non si sa mai. Metti che mi ammazzino. *À la guerre comme à la guerre...*
E ride.
– Scherzo, Bollicina...
Certo: scherza, *ma non scherza*. Scherza, ma intanto mi ha chiamato di nuovo Bollicina, e mi ha toccato, mi ha *stretto*, oserei dire – la spalla, certo, castamente, come no, ma intanto, a quanto pare, sente di aver recuperato l'intimità per farlo. E questa sensazione di aver recuperato l'intimità chi gliel'ha data? Perché non lo butto fuori, lui e i suoi X-Files, a calci in culo? In che gioco mi sto lasciando catturare?
– ...nessuno ammazza nessuno, qui...

È che voglio leggerli, quegli X-Files. Voglio averli. Solo che è una trappola, lo so...

– ...È solo una precauzione, perché so come vanno queste cose, e perché questa è una faccenda che rischia di scoppiare da un momento all'altro. Per avere il culo parato, diciamo così, quando avrò deciso come agire...

"Pronto, Bollicina? Eri già a letto? Apri, va' – salgo un attimo. No, non ho nemmeno il nuovo cd di Tom Waits, è solo per farti presente che sei di nuovo mia, nel caso tu non te ne fossi ancora resa conto..."

– Oh, naturalmente: sempre che tu non abbia nulla in contrario. Dimmelo chiaro se non vuoi tenerla tu: prendo una cassetta di sicurezza in banca, o meglio ancora mi prendo 500 giga di spazio in rete, una bella password e via...

"...Solo per dimostrarti che con la violazione del segreto di stato prima, e con la trappola della chiavetta poi, sono riuscito a riacchiapparti e a legarti di nuovo a me..."

– ...Solo che in quel caso dovrei prenderli a tuo nome, e lasciarti la password. Sempre nell'eventualità che, insomma...

"...Ragion per cui, Bollicina, torna a essere normale che io venga da te a qualsiasi ora, a svegliarti, vederti, parlarti quanto mi pare e piace, e tra qualche giorno, vedrai – ma chissà, magari pure stasera stessa – a toccarti a baciarti e a scoparti come prima..."

– ...Insomma dove la metto la metto, a te devo dirlo. Non ho nessun altro, lo sai; e se nessuno sa dov'è, *ça va sans dire*, è inutile che ci sia una memoria. Ti crea dei problemi?

"...come la cosa mia che sei sempre stata, Bollicina, e sempre resterai, dopo che hai provato a non esserlo più ma, purtroppo per te, non ci sei riuscita..."

– No, no. Lasciala pure.

Al diavolo. Voglio leggerla.

– Grazie. Ci vediamo.

E se ne va! Si sente così sicuro di avermi riacchiappato che

non ne approfitta nemmeno per restare un po', a parlare, a fare la vittima.
"Abbiamo tutto il tempo, Bollicina"…
– Ciao…
Poi, sulla porta:
– Oh, naturalmente è molto meglio che tu non la legga. Anzi, fai così: mettila via e scordatela *tout court*.
Già. Bravo…
Slam.

X

Polverone non era in casa. Abitava in un vecchio maso subito fuori dal Borgo, dove aveva vissuto fin dalla nascita e dove era rimasto da solo dopo che i suoi genitori e i suoi fratelli, uno a uno, erano morti. Suonai al campanello di casa, bussai al portone della stalla dove costruiva le sue stufe ollari: niente. Tornai in paese, andai dritto allo spaccio dei Formento ed entrai. Era la prima volta che lo facevo da quando c'era stata la strage, e provai uno strano imbarazzo, come tornassi da un lungo viaggio. Dentro c'erano solo donne: Nives e la Fernanda davanti al banco, Rina e Perla dietro. Appena il tempo di entrare e Nives e la Fernanda se ne andarono, salutandomi a fatica; Rina scomparve immediatamente nel retrobottega, e rimase solo Perla. Occhi bassi, trafficava con un prosciutto ma si vedeva che cercava solo di non incrociare il mio sguardo. Io decisi di non chieder conto di quel comportamento, perché nella scala dell'urgenza era un problema che veniva dopo molti altri, e probabilmente una volta affrontati quelli sarebbe scomparso. Chiesi a Perla se avesse visto Polverone. No, fu la risposta – sussurrata con un filo di voce, senza alzare lo sguardo. Chiesi allora notizie di suo cugino Zeno e di suo zio Sauro, e la risposta fu che erano "fuori con gli altri". Non disse fuori dove, con gli altri chi, né ritenni opportuno domandarglielo; si vedeva benissimo che già nel rispondermi in quel modo stava trasgredendo a degli ordini. La salutai, tornai in chiesa e azionai il dispositivo elettrico che suonava le campane. Quando il tempo previsto dal timer finì, e le campane smisero di suonare, lo azionai di nuovo, e poi ancora una terza volta; forse era comunque troppo presto, ma dopo la terza volta il fatto che nessuno fosse ancora arrivato in chiesa cominciò a preoccuparmi. Feci partire le campane per la quarta volta e andai sul portone. Fu imbarazzante vedere la piazza vuota sotto il cielo lattescente mentre lo scampanio squassava il silenzio. Io chiamavo in chiesa la mia gente e nessuno veniva: possibile che avessi perduto tutti i miei fedeli? Forse erano a pranzo, pensai, dato che ormai era passato mezzogiorno; forse avevano bisogno d'esser chiamati ancora. Tornai dentro, feci ripartire le campane per la quinta volta – e così avrei continuato a fare, decisi, per tutto il giorno, finché non fosse venuto qualcuno: solo dopo aver suonato le campane invano fino a sera mi sarei arreso.

Venne Urania, avvolta nel lutto per la morte del vecchio Reze' – uno schizzo d'inchiostro nel bianco della piazza. Io non chiedevo di più: una persona, un modo per ricominciare. Entrammo in chiesa e ci sedemmo su una panca dell'ultima fila. Urania non parlava: mi guardava, da dietro al velo nero, intensamente, e in quell'intensità s'indovinava tutta la bellezza di cui si sentiva dire, di quando era giovane e faceva la boscaiola. Fui io a parlare. Le chiesi: che succede, Urania? Perché non viene nessuno? Dove sono tutti? Lei continuò a guardarmi, come tentasse di scrutarmi dentro, e con quella sua meravigliosa voce rotta dagli anni mi rispose che si erano sentiti traditi, da me, abbandonati, e che per questo non veniva nessuno. Mi disse anche che gli uomini erano tutti via, a tentar di riaprire la vecchia strada del

Campo di Carne. La strada del Campo di Carne era una vecchia carrareccia che andava a Serpentina aggirando il bosco, già chiusa da molto tempo quando ero arrivato a Borgo San Giuda. Poiché ne intendevo parlare spesso ma nessuno riusciva a raccontarmi esattamente cosa fosse successo, avevo fatto una ricerca e avevo scoperto che una frana l'aveva seppellita per un tratto di mezzo chilometro, negli anni Cinquanta, dopodiché si era accesa una complicata lite giudiziaria tra i proprietari del terreno attraversato dalla strada, di quello che gli era franato sopra e i due diversi Comuni dei quali essi facevano parte, Serpentina e Massanera, e come risultato la strada era stata lasciata com'era, sepolta di terra. La natura aveva fatto il resto, e ormai di quella vecchia strada non era rimasto nemmeno più il tracciato.

Ma è impossibile riaprirla, dissi a Urania; soprattutto adesso, con tutta questa neve. Sì, disse lei, ma loro ci provano lo stesso: siamo stanchi di stare isolati; hanno chiuso l'unica strada che c'era; per avere da mangiare dobbiamo chiedere ai carabinieri; protestiamo e nessuno ci ascolta; abbiamo bisogno di una strada, disse, anche solo per andare via. Continuava a fissarmi da dietro al velo, con severità, come mi ritenesse responsabile delle ingiustizie che lamentava. Era rigida, aggressiva, sembrava trattenersi da uno sfogo violento: non l'avevo mai vista così. Pensai che era necessario fare una prova, per capire quanto si fosse allontanata dalla donna dolce e devota che avevo lasciato.

E allora, le dissi, se hai bisogno, perché non preghi il tuo Santo?

Lei guardò la statua di San Giuda, a fianco dell'altare, fece una smorfia di disgusto – o forse era rabbia – e io ebbi la certezza che stesse per dire qualcosa di grave; perciò le misi un dito sulle labbra e la scongiurai di non farlo. Se sei venuta qui, le dissi, non è certo per rinnegare la tua vita: non andartene senza aver pregato. Urania si mosse appena per staccare le labbra dal mio dito, e non mutò espressione. Vieni, le dissi, preghiamo insieme che ci venga ridata la nostra strada – e mi alzai, per dirigermi all'inginocchiatoio davanti alla statua del Santo. Non nego che in quel momento un calcolo piuttosto meschino si sia fatto fulmineamente strada nella mia mente: se il Procuratore aveva fatto sgelare l'albero, pensai, era senz'altro perché aveva deciso di riaprire la strada del bosco; perciò non c'era preghiera migliore di quella per recuperare la fiducia di una donna che si sentiva tradita. Solo che Urania non mi seguì, e davanti alla statua m'inginocchiai da solo. Ormai l'avevo giocata così e non potevo più tornare indietro; ormai avevo scelto di agire, di dare l'esempio, e non potevo più affrontare la situazione nel modo che improvvisamente sembrava quello giusto, cioè parlando, spiegando, persuadendo. Troppo tardi. Ma una volta raccolte le mani e chinato il capo non cominciai certo a pregare: restai in silenzio, teso, pronto a cogliere ogni segnale che mi anticipasse anche solo di un secondo il verdetto che stavo per avere. Che avrebbe fatto Urania?

Sentii che si alzava in piedi. Nel silenzio solenne della chiesa sentii le sue vecchie ossa scricchiolare allo sforzo. Poi sentii echeggiare i suoi passi corti e pesanti – e quei passi non stavano certo avvicinandosi.

Poi sentii la sua voce.

Quello non è un Santo, sentii. È il traditore.

X

...mentre per gli altri decessi non è al momento possibile parlare di omicidio.

Per una donna la morte risulta dovuta a soffocamento provocato da una crosta di pane incastrata nella trachea.

Un adulto maschio è deceduto per asfissia dovuta a eccesso di ossido di carbonio nell'aria respirata, come accade negli ambienti chiusi in presenza di stufe difettose. Il suo cadavere è stato trovato in avanzato stato di decomposizione.
Per sua moglie la morte appare dovuta a edema polmonare causato da proliferazione di tumore in stadio terminale.
Per una ragazza la morte risulta procurata da un attacco animale, segnatamente – ancorché del tutto inverosimilmente – da uno squalo. La perizia tecnica del consulente richiesto dal medico legale, prof. Neviani, non lascia spazio al minimo dubbio: non un lupo né un orso, né una lince né un leone o un leopardo o una tigre. Uno squalo.

No, via, siamo seri: come fa a essere successa, questa roba? Come posso crederci? Solo perché mi si è riaperta una vecchia cicatrice? A vederlo scritto sembra del tutto evidente che Alberto è impazzito. Che si è inventato tutto. Ma sì, per forza – e la cicatrice s'è riaperta perché io non lo so ma ogni tanto, certo, in determinate circostanze, accade che le vecchie cicatrici si riaprano. In fondo l'ha detto anche quel pappagallo, lì, come si chiama, lo specialista: quando si tratta di cicatrici, ha detto, di cose inspiegabili se ne vedono parecchie – ma questo non rende possibile che gli squali attacchino la gente nei boschi. Ma certo: sono semplicemente io che ho associato – ho fatto l'errore di associare due cose che non hanno niente in comune: me lo ero anche detto di non associare, e invece ho associato. Certo, è per forza così: le cicatrici possono riaprirsi dopo tanto tempo, i sostituti procuratori possono impazzire, gli squali non possono attaccare nei boschi.

3) L'albero ghiacciato intriso di sangue.
Sul luogo dove è avvenuta la strage, al confine settentrionale del bosco, c'è un albero che Giuseppe Maria Formento gelava ogni

anno col cannone da neve per farne un'attrazione turistica. Dopo l'accaduto l'involucro traslucido di ghiaccio che avvolgeva l'albero appariva imbevuto di una sostanza rossa che, all'esame, è risultata essere sangue. L'infiltrazione si presentava uniforme in tutto il volume del ghiaccio, di un'uniformità impossibile da ottenere iniettando, poniamo, il sangue nel ghiaccio mediante siringhe o simili; sembrava piuttosto che il sangue fosse già diluito nell'acqua utilizzata per ghiacciare l'albero col cannone – il che non è perché, secondo tutte le testimonianze raccolte, l'albero era stato ghiacciato come ogni anno senza alcun colorante.

Un ampio campione del ghiaccio intriso di sangue è stato fatto analizzare dall'équipe del colonnello Bulsara dei RIS di Parma, per ricavarvi tutte le informazioni possibili. In particolare per l'esame del DNA, che però si presentava molto complesso, a causa del fatto che nel campione ematico che infiltrava il ghiaccio erano presenti numerosi DNA diversi. Nell'arco di sette giorni vi sono stati isolati uno dopo l'altro campioni di DNA risultati coincidenti con: quello di ognuna delle undici vittime (feto compreso); quello delle due bestie morte; quello del cavallo superstite e, in seguito a disperata, geniale intuizione del col. Bulsara, quello della sua prima assistente dottoressa Faccio e del suo stesso. A questo punto l'esame è stato sospeso. C'è da dire che il grado di attendibilità del test è stato dichiarato più basso del normale, data appunto la compresenza di così tanti diversi DNA in un unico supporto, ma secondo il col. Bulsara il sangue che infiltrava quel ghiaccio conteneva il DNA di chiunque – "qualunque maledetta cosa questo possa voler dire", ha testualmente aggiunto nella sua relazione.

Ma certo. Certo. Certo. E me l'aveva pur detto: mi aveva pur fatto promettere che non l'avrei creduto pazzo, e che non avrei interpretato, psicoanalizzato... In realtà era un *invito* a farlo – come sempre, del resto. Certo. L'ho lasciato, è vittima di eventi stressanti, si trova coinvolto in un'indagine coperta dal segreto di stato e percepisce che io, per qualche ragione, da quell'indagine sono attratta – ed è la prima volta, tra parentesi, perché in sei anni non mi ero mai particolarmente interessata al suo lavoro: quale momento migliore per mollare gli ormeggi e lasciarsi andare alla deriva, proprio a bordo di quell'indagine secretata, nel mare nero e senza fondo della *Wahnstimmung* stimolata dalla fine di un rapporto amoroso? Quell'albero intriso del sangue "di tutti" è sintomatico... Del resto, è tipico del suo lavoro: quel precipitato di malvagità collettiva, e irresponsabilità, insensatezza, astuzia, ingenuità, passione, prepotenza, orrore, e colpa, colpa, colpa, che giorno dopo giorno, inchiesta dopo inchiesta, s'incrosta nell'inconscio del magistrato, dev'essere pur smaltito in qualche modo: be', il più comune è trasformarlo in delirio, *oggettivarlo* e renderlo funzionale a uno scopo. Del resto ne abbiamo parlato tante volte insieme, è la ragione per cui i magistrati nutrono così spesso ambizioni artistiche, soprattutto letterarie. Solo che qui non si tratta di catturare lettori, si tratta di catturare me. Già. È una questione a due, tra lui e me. Lui si convince di avere un'arma per riprendermi, l'indagine secretata, e la usa – ma la pressione è troppa, l'arma gli prende la mano, e diventa un delirio vero e proprio; lui naturalmente usa anche quello: per trattenermi, sì, ma allo stesso tempo, già che c'è, già che il delirio è stato costruito – ed è uno sforzo enorme costruire un delirio che *funzioni*, perché non va dimenticato che un delirio è un tentativo di guarigione –, anche per minacciarmi (la donna stuprata), per accusarmi (il feto straziato, la bambina scomparsa, i bambini violati), per rappresentarsi come vittima dell'intransigenza (l'uomo decapitato), per minacciare se stesso (l'uomo suicida), per dichiarare il proprio terrore della solitudine (il cadavere trovato in decomposizione), della dipendenza (l'overdose), ma anche per gridare la propria speranza di sopravvivere (il cavallo superstite) – e tutto questo lo costruisce per me, che sono sì la donna che lo ha lasciato, cioè la causa del suo dolore, ma anche una psichiatra – e infatti, perché io mi accorga che si tratta di un delirio, e mi prenda cura di lui, ci mette dentro un elemento impossibile (lo squalo che attacca nel bosco). Certo, torna. Non può sopportare tutta quella sofferenza concentrata in un punto solo – il suo presunto amore per me, il suo amor proprio, l'albero con tutto il sangue del mondo – e nello scoppiarmi sotto gli occhi mi dice: se non posso averti come donna, ti avrò come psichiatra.

Infine, va osservato che chiunque abbia agito in quel bosco lo ha fatto in tempo zero: la slitta è partita come ogni mattina alle 9:15 e come ogni mattina è arrivata nella piazza di San Giuda alle 10:00 in punto; quando i cadaveri sono stati rinvenuti essi risultavano già ricoperti da 4 cm di neve; in slitta, il tempo di percorrenza tra la scuderia e il luogo della strage è di circa 30 minuti, e quello tra il luogo della strage e la piazza di San Giuda è di circa 15 minuti; si consideri, a questo proposito, che questi tempi possono variare di pochissimo, data la quotidiana abitudine dei cavalli di compiere il medesimo percorso. Sulla motoslitta i tempi di percorrenza si dimezzano, perciò è ragionevole affermare che tra il momento in cui la strage ha avuto luogo e quello in cui i primi testimoni sono giunti sul posto siano passati circa 25 minuti (15 di slitta + tempo di reazione a San Giuda + 7-8 minuti di motoslitta). È stato rilevato che, con la fittissima nevicata in corso, 25 minuti sono il tempo necessario per il deposito di 3-4 cm di neve sul terreno. Dunque, come dicevamo, tempo zero – e a un'ora ben precisa, tra l'altro, riguardo alla quale c'è da registrare l'ennesima estrosità, diciamo così, di questa vicenda: tutti e cinque gli orologi da polso portati dalle vittime (dai tre uomini e da due delle donne), si sono fermati sulla stessa identica ora – naturalmente senza che se ne rintracci una causa meccanica –, e l'ora segnata da quei cinque orologi fermi rappresen-

ta l'unico elemento di tutta l'inchiesta che non vada sfrontatamente in contrasto con gli altri dati oggettivi raccolti sulla scena o con quelli ricavati dal ragionamento investigativo; al contrario, li conferma tutti. Per come sono combinati tra loro tutti gli altri indizi ricavati nel corso dell'indagine, infatti, quelle lancette avrebbero dovuto segnare cinque ore completamente diverse tra loro, oppure, tutte insieme, un'ora assolutamente incompatibile con qualsiasi tentativo di ricostruzione logica dell'accaduto – un'ora nella quale nessuna delle vittime poteva trovarsi in quel bosco, tipo le 02:02, o le 17:17. Invece le lancette di quei cinque orologi fermi segnano tutte la stessa ora, identica a quella che si ricava col ragionamento riportato all'inizio del presente paragrafo – e cioè: ore 9:15 (partenza della slitta) + 30 minuti (tempo di percorrenza fino al luogo dell'evento) = ore 10:00 (arrivo della slitta a San Giuda) – 15 minuti (tempo di percorrenza tra il luogo dell'evento e San Giuda) = ore 9:45.

Eh no, un momento, fermi tutti. Come può essere? Le nove e tre quarti è l'ora in cui mi sono svegliata io, di soprassalto, con la cicatrice riaperta. Me lo ricordo benissimo perché ricordo il display della radiosveglia, praticamente la prima cosa che ho visto, che indicava le 10:45; e ricordo che il primo ragionamento lucido che ho fatto è stato ricordarmi di non aver mai rimesso quella radiosveglia indietro di un'ora per il ritorno all'ora solare, ragion per cui erano in realtà le 9:45...

Perciò, a rigore, l'unica affermazione sensata e scientificamente provata che l'intera indagine permette di fare è che qualunque evento abbia prodotto tutte quelle conseguenze esso si è verificato nel giro di pochi secondi alle 9:45 esatte del mattino. Le 9:45, né un minuto di più né un minuto di meno. Volendo davvero indagare (e avendo gli strumenti per farlo), si dovrebbe partire da lì; chiedendosi perché quell'ora sia segnalata in modo così esplicito e ridondante.

Eh no, cazzo, no... Ma come può essere? Come può avere azzeccato *questo*? Lui non sa che mi si è riaperta la cicatrice – e a maggior ragione non sa che mi si è riaperta alle nove e quarantacinque di quella mattina.
Maledizione.
Dunque non ho sbagliato ad associare – le due cose *sono* associate. Perché gli squali non possono attaccare nei boschi, d'accordo, ma neanche le cicatrici possono riaprirsi dopo quindici anni – e allora Alberto non è affatto impazzito, non più di quanto sia impazzita io. Del resto l'ho visto con i miei occhi, ci ho parlato, e non stava delirando, né stasera né ieri sera. E se non stava delirando...
Maledizione.
Si ritorna lì. Si ritorna sempre lì. Se Alberto non stava delirando, se non si è inventato tutto, se non è paranoico, o parafrenico, allora è successo qualcosa di, di— non so neanche come definirlo. Cosa dovrei dire? Che parola dovrei usare? Soprannaturale? E va bene, la uso: se Alberto non si è inventato tutto, allora è successo qualcosa di soprannaturale. Ecco, l'ho usato. *Soprannaturale*. È successo qualcosa di soprannaturale. È possibile. Se esistono le parole per dirlo, è possibile. Qualcosa di soprannaturale. Non fa nemmeno tanto effetto – e il problema, alla fin fine, non è questo. Il problema, se Alberto non si è inventato tutto, è che qualunque cosa sia successa, quella mattina, alle nove e quarantacinque, soprannaturale o no, è successa anche a me.

Se esistono le parole per dirlo, è possibile

E invece, dinanzi al quadro fattuale che ci è dato conoscere, dopo un comprensibile smarrimento iniziale, la linea decisa dal responsabile della procura di cui faccio parte, d'intesa con i servizi segreti e con le più alte cariche dello stato, è stata quella del depistaggio e della manomissione dei reperti. Per prima cosa è stato imposto il segreto di stato su tutta la vicenda, dopodiché è stato deciso di:

1) *sequestrare il bosco*, impedendo agli abitanti di Borgo San Giuda l'uso della strada cantoniera che lo attraversa, e perciò isolandoli completamente dal resto del mondo.

2) *"uniformare le cause di morte"* a quella di Giuseppe Maria Formento – dunque di decapitare ex-post 9 cadaveri –, di modo da poter lamentare un attacco terroristico di fondamentalisti islamici.

3) *falsificare i referti autoptici* per renderli compatibili con la manomissione dei cadaveri.

4) *falsificare i verbali di intervento* relativi a quella mattina così da creare un vuoto di venti minuti nel quale l'attacco possa aver avuto luogo.

5) *sgelare l'albero ghiacciato* infiltrato di sangue e rigelarlo col cannone per farlo tornare come è sempre stato.

6) *costruire una falsa rivendicazione* di un qualche sedicente gruppo fondamentalista islamico "vicino ad Al Qaeda" e ottenere

una credibile convalida dalla CIA e dal Dipartimento di Stato americano.

Tali gravissime decisioni non sono state né discusse né tantomeno concordate con i sostituti procuratori, ai quali la linea è stata imposta tramite l'introduzione del segreto di stato in nome di una pretesa "sicurezza nazionale"; la stessa imposizione è stata evidentemente estesa a tutti i membri delle forze dell'ordine, ma cominciano a sorgere legittimi interrogativi su come si sia deciso di agire nei confronti dei civili implicati nella vicenda.

A questo proposito può risultare significativa la stima che ho fatto delle persone già venute anche solo parzialmente a conoscenza dei fatti che si è inteso manipolare. Tra testimoni oculari accorsi sulla scena, membri delle forze di sicurezza, soccorritori civili, magistrati della procura, cancellieri del tribunale, specialisti del RIS di Parma incaricati del repertamento sul luogo e delle analisi scientifiche in laboratorio, consulenti di medicina forense più loro assistenti, cariche politiche, membri dei servizi segreti e persone estranee alla vicenda cui ciascuno dei coinvolti può aver confidato qualcosa (qui è ovvio che ho considerato solo la persona con cui mi sono confidato io, ma sono convinto che quello che ho fatto io l'hanno fatto in parecchi), la mia stima (per difetto) assomma almeno a 60 persone.

60 persone che, per esempio, hanno visto con i propri occhi o sono comunque a conoscenza che tutti i cadaveri, tranne uno, non erano decapitati.

Inoltre, poiché tra le vittime figurano 4 cittadini stranieri, c'è da prendere in considerazione anche l'incredibile dichiarazione del procuratore capo Errera, secondo la quale il nostro ministro degli esteri avrebbe provveduto a informare della vicenda i suoi colleghi di Ecuador, Slovenia, Austria e Ucraina, ottenendo la loro collaborazione nell'accreditare la montatura ufficiale e nell'assorbire le pressioni di stampa e opinione pubblica dei loro paesi per una più trasparente gestione della vicenda stessa. Se questo fosse vero, oltre a chiederci cosa il nostro ministro possa avere offerto in cambio (difficile credere che quattro governi sovrani e indipendenti possano accettare di rendersi complici di atti così gravi senza un qualsiasi tornaconto), saremmo costretti da un lato ad aumentare di molto la stima delle persone coinvolte, e dall'altro a perdere ogni speranza di controllo su di esse. Per questo sono dell'opinione, o per meglio dire spero, che la dichiarazione di Errera non sia attendibile e che quell'accordo tra ministri sia solo frutto della sua fantasia. Resta tuttavia un mistero la ragione per cui i governi dei quattro paesi coinvolti non abbiano ancora protestato contro il modo assolutamente irrituale in cui tutta la vicenda è stata gestita.

Per contro le indagini vere e proprie sono praticamente nulle.

Le ricerche della bambina scomparsa non sembrano condotte con sufficiente convinzione e dispiego di mezzi, quasi si preferisse non ritrovarla.

Il procuratore capo Errera ha personalmente insistito molti giorni nell'interrogare 2 dei 3 testimoni che hanno scoperto la carneficina, cioè il sacerdote e Zeno Formento (suo padre, in ragione della sua cardiopatia, è stato risparmiato), dando così l'impressione all'esterno di avere una pista; in realtà si trattava solo di un espediente per prendere tempo, così da poter concordare con governo e servizi segreti la strategia da seguire. Una volta decisa questa, gli interrogatori dei due sono cessati.

Errera ha anche disposto il sequestro del cavallo superstite, con relativo incarico di "monitorarlo" conferito a una squadra speciale da lui stesso istituita, e composta da: Cap. Natale Benenato, comandante del Centro Ippico Nazionale dei Carabinieri a cavallo, sezione addestramento per l'impiego dei cavalli al reparto; dottor Ennio Codognotto, veterinario ufficiale dell'ippodromo di Merano; professor Gian Maria Pireddu del BES (Dipartimento di Biologia Evoluzionistica Sperimentale) dell'Uni-

versità di Bologna. In particolare il procuratore capo Errera ha dato alla squadra il grottesco incarico di sottoporre all'attenzione dell'animale le foto segnaletiche dei più noti terroristi islamici del mondo, per verificare le sue reazioni alla vista di ognuno di essi (e dando in questo modo, Errera, l'impressione d'essere schizofrenicamente incline a credere alla sua stessa montatura riguardante l'attacco terroristico, se solo suffragata dal sussulto di un cavallo).

Nulla di tutto questo, come ripeto, è stato discusso con i sostituti, e l'andamento dei rapporti che il procuratore ha intrattenuto con loro merita di essere ricordato. Durante i primi quattro giorni tutti e sei i sostituti sono stati chiamati in causa e impegnati a fondo nelle indagini che prevedevano interrogatori, ricostruzioni, sopralluoghi ecc. (Io per esempio ero in permesso per partecipare a un convegno presso l'Università di Modena, e sono stato richiamato con urgenza.) La portata dell'accaduto era tale da unificare le nostre individuali vedute in uno spirito collaborativo concreto e stringente. Ma non appena hanno cominciato a giungere in procura le risultanze incongrue dei primi esami scientifici, l'atteggiamento del procuratore capo nei confronti dei suoi collaboratori è mutato bruscamente. È il momento in cui cominciano le riunioni in prefettura tra Errera, i rappresentanti del governo e i funzionari dei servizi: ai sostituti, dall'oggi al domani, vengono chiesti indietro i fascicoli in loro possesso e negati quelli nella disponibilità del procuratore capo. Il flusso di informazione interna tende a bloccarsi di colpo, e sono necessarie alcune riunioni, con esplicita richiesta al procuratore capo di spiegarne le ragioni, perché tale comportamento venga anche soltanto ammesso.

È nella riunione del giorno 14 gennaio che Errera ci informa della decisione, presa dalla cupola costituitasi al di sopra della procura competente, di procedere alla "razionalizzazione della vicenda" – è stata chiamata così –, con la copertura del segreto di stato. In quella riunione Errera sembra convinto che noi sostituti condivideremo in pieno la linea adottata, data l'assoluta implausibilità dei dati che l'indagine scientifica continua a produrre, e li ricapitola: ed è solo così, tra parentesi, che alcuni di noi vengono a conoscenza di alcune informazioni cui, per via ufficiale, non hanno avuto accesso, e in particolare, almeno per quanto riguarda il sottoscritto, dell'allucinante intenzione di decapitare i dieci cadaveri integri per uniformarli all'unico che aveva subito quella mutilazione.

In quella riunione Errera pare sicuro che dinanzi alla prospettiva di comunicare all'esterno le risultanze delle autopsie e degli esami specialistici in corso, tutti noi penseremo come lui che non vi sia scelta, e che avalleremo senza obiezioni le enormità che ci sta prospettando. Ma non è così. Oltre a me, i sostituti procuratori Maurizio Besentini e Francesca Villa esprimono vibrate proteste dinanzi alla prospettiva di rendersi complici di tutta quella serie di reati, e tutti e tre ci riserviamo di decidere secondo coscienza se violare o meno il segreto di stato per denunciare la macchinazione; in cambio riceviamo minacce di pesanti ritorsioni sulla nostra carriera, azioni disciplinari e finanche l'espulsione dalla magistratura, e ovviamente ci viene tolto il nostro ramo dell'inchiesta (tanto che molte delle informazioni contenute nella presente memoria, specialmente le più recenti, oltre alla scansione dei documenti allegati a riprova, sono state da me ottenute tramite accesso non autorizzato agli archivi materiali e virtuali della nostra procura).

Per contro gli altri tre sostituti, vale a dire Maria Teresa Pasqualino, Giuseppe Romeo e Ferruccio Riefoli, che non hanno espresso alcuna obiezione, rimangono in carica e da quel momento rifiuteranno sistematicamente di incontrarsi con noi tre colleghi "ribelli".

X

Passai la notte come le precedenti, roso dalle preoccupazioni. In questo non era cambiato niente – ma, d'altra parte, era cambiato tutto, perché ora le mie preoccupazioni riguardavano gli altri e non più me. Accadde ancora che non trovassi mai una posizione nella quale non mi s'informicolissero le braccia, e in più cominciai a soffrire di una tosse maligna che le notti precedenti non c'era: pure a me parve tutto diverso, più leggero e sopportabile. C'era un problema che investiva la mia comunità, era enorme, ma io, almeno, mi sentivo in salvo. I fatti, in seguito, dimostrarono che stavo sbagliandomi, che non ero affatto al sicuro, ma in quel momento contò molto, credo, per il mio spirito, la sensazione di riguadagnata salvezza con cui mi ritrovai ad affrontare la situazione. A volte illudersi ha una sua strategica importanza.

Alle sei di mattina, quando mi alzai, dalla finestra vidi le ombre degli uomini che si raggruppavano in piazza, proprio davanti alla canonica, e poi partivano tutti insieme con le motoslitte: come mi aveva detto Urania, andavano a cercare di riaprire la vecchia strada – credetemi, una vera follia. Erano in tanti ed erano anche piuttosto rumorosi, proprio davanti alla mia finestra, come se volessero segnalarmi quel loro raduno, ma io decisi di non uscire, di non cercar di dissuaderli, perché conoscevo bene le loro teste dure: in quel buio riconobbi Zeno Formento, suo cugino Ignazio, i gemelli Antonaz, i gemelli Lechner, Ivo, Terenzio, Armin Lassman e naturalmente Sauro, zoppicante, malfermo, ma intento a dare ordini come sempre; li lasciai andare e mi spostai in sacrestia, a preparare la messa delle sette.

Tornare a dir messa era per me motivo di grande sollievo – anche se sapevo bene, dopo l'avvisaglia del pomeriggio precedente, che c'era il rischio di ritrovarmi a dirla da solo. Compiere di nuovo tutti quei gesti che improvvisamente mi erano sembrati perduti mi dava una strana, inspiegabile ebbrezza, e anche quando, alle sette in punto, dopo un vano scampanio durato più di un quarto d'ora, cominciai la liturgia salutando la chiesa vuota, pure mi sentii forte e recuperato in tutte le mie prerogative di sacerdote.

Dir messa per nessuno: non mi era mai capitato. Era successo, negli anni, che qualche mattina d'inverno non ci fosse neanche una delle donne che di solito assistevano alla messa delle sette, e quelle assenze significavano che Urania, Adua, Fernanda, Nives, Regina e Genise erano tutte malate. Di dir messa per nessuno, quelle volte, non mi passava per la testa: era un'assurdità che non contemplavo nemmeno. Invece quella mattina dissi messa nella chiesa vuota, dall'inizio alla fine, concentrato, ispirato, e perfino euforico nonostante la defezione delle mie fedeli. Detto così può sembrare una follia e non cercherò di spiegarlo oltre, ma per me quella messa fu la più importante della mia vita, e il fatto che non ci fosse nessuno ad assistervi lo lessi come il segno di una mia definitiva riconciliazione con la mia vocazione. Fu, quella messa solitaria, il pastore che governa se stesso.

Finita la funzione misi qualche ostia consacrata nel portaostie d'oro che i fedeli mi avevano regalato per Natale: era mia intenzione, infatti, ricominciare a compiere il mio dovere da dove l'avevo interrotto, e quello era il momento di fare il giro del paese per comunicare gli infermi: solo che nel frattempo la strada del bosco era stata riaperta, e il Borgo letteralmente invaso.

Aveva ripreso a nevicare fitto, ma il bianco era come divorato dal pandemonio che d'un tratto si era impadronito della piazza. Furgoni con le parabole, grossi fuoristrada, gruppi elettrogeni, motoslitte, tecnici con la telecamera infagottata, giornalisti coi microfoni in mano, carabinieri, finanzieri, poliziotti, e una moltitudine di altre persone a congresso, sconosciute e affamate – era chiaro – *di noi*. Già. Ci voleva poco a capirlo. Noi abitanti di San Giuda eravamo la merce di quel suk nel quale la piazza sembrava trasformata.

Appena messo piede fuori un branco di cronisti mi si precipitò addosso: nel poco tempo che ebbi per pensare decisi di cambiare programma e mi diressi verso la casa di Polverone, così da attirare quella canizza lontano dall'abitato. Del resto, anche parlare con Polverone era una priorità. Pensandomi più avvezzo di loro a camminare sulla neve, percorrevo la strada a grandi passi, ma loro mi tenevano dietro come mastini continuando a gridare il mio nome: questo mi costringeva a tirare dritto facendo finta che non ci fossero, ed era imbarazzante. Mi chiedevo, mentre camminavo, se avessero già scoperto che San Giuda era uno dei posti più isolati del mondo: così come non vi si poteva ricevere nessun segnale telefonico, radiofonico e televisivo, non se ne potevano nemmeno inviare, e tutto grazie all'ingombro provvidenziale del Dente della Vecchia, lassù, che drizzava i suoi 3400 metri nel francobollo di cielo che la natura aveva lasciato alla nostra valle. Dico provvidenziale anche se per anni quell'ingombro aveva rappresentato un problema, anzi *il* problema della valle, ciò che aveva spinto quasi tutti i giovani a lasciarla per stabilirsi nelle città o anche solo nei paesi vicini, dove le comunicazioni erano normali – già oltre il bosco, d'altra parte, prima ancora di arrivare a Serpentina, la valle si apriva e il Dente della Vecchia non oscurava più nulla; e dico provvidenziale perché se non ci fosse stato quell'ostacolo, se i giornalisti avessero potuto installarsi a San Giuda e pascolare per il Borgo senza incontrare tutte quelle difficoltà, e mandare in onda ogni giorno i servizi direttamente dalla piazza, o inviare via internet articoli e fotografie come fanno di solito quando si accampano nei luoghi dei terremoti o delle alluvioni – e, per converso, se noi, sprovveduti, poveri abitanti di quelle contrade, avessimo cominciato a vederci ogni giorno in TV, intervistati, coinvolti, raccontati, come sarebbe certamente stato –, non so davvero come sarebbe andata a finire. Sta di fatto che l'ingombro c'era, e durante il tragitto verso casa di Polverone mi chiesi quanto avrebbero potuto resistere, quei cronisti, senza TV, senza radio, senza internet, senza telefonini, senza ristoranti e camere d'albergo e con un solo apparecchio telefonico pubblico a disposizione, prima che battessero in ritirata di là dal bosco. Poco, pensai, anche se mi preoccupava l'ipotesi che in qualche misterioso modo, con le loro attrezzature professionali, essi riuscissero a beffare il Dente della Vecchia e a stabilire quella connessione tecnologica col Grande Mondo che a noi era negata. Ora, fortunatamente non fu così, il Dente della Vecchia non fece sconti e la morsa dell'assedio durò effettivamente poco – e dunque non si saprà mai cosa sarebbe effettivamente accaduto se San Giuda fosse stato un borgo un po' meno inospitale; ma, d'altra parte, non ho mai avuto il minimo dubbio che una forzata e prolungata convivenza con quell'orda famelica sarebbe stata, per la mia gente, un'autentica sciagura, e la tempestività, la chiarezza e la tenacia di questa mia convinzione rimangono – compatibilmente con la tragicità della situazione – uno dei pochi motivi d'orgoglio che questa vicenda mi abbia lasciato. Avrei potuto sbagliare, ecco, come ho sbagliato a tornare al Borgo dopo avere scoperto la strage, ma non l'ho fatto. Avrei potuto credere che la presenza dei giornalisti fosse utile anziché nociva; darmi da fare per ridurre il loro disagio anziché cercare di accrescerlo; mettere a loro disposizione la mia casa e il mio telefono anziché evitare molto maleducatamente anche solo di rispondere al loro saluto e cercar di seminarli sotto la nevicata; avrei potuto almeno avere un dubbio, ecco, che una chiusura così netta nei loro confronti fosse sbagliata, ma quel dubbio non l'ho avuto – per me quei giornalisti erano i cani dell'Inferno – ed è proprio di questo che vado fiero.

Polverone non c'era nemmeno quella mattina, perciò tornai indietro, ritrascinando i miei inseguitori fino alla piazza dalla quale li avevo appena portati via. A quel punto, e anche con quel ridicolo codazzo, mi risolsi a fare ciò per cui ero uscito di casa, cioè portare l'eucarestia agli infermi, e m'incamminai verso casa di Natalina – la più vicina, subito dietro la piazza. Girato l'angolo, però, vidi un grosso furgone fermo davanti alla sua casa, e un serpente di cavi elettrici che s'infilava nella sua porta. Allora mi misi a correre, entrai in casa e la trovai illuminata da luci fortissime; Natalina era in un angolo, sulla poltrona, abbagliata e stordita come un uccellino, mentre una giovane giornalista intervistava Nives e Fernanda, le sue due figlie. Il mio ingresso produsse il giusto scompiglio, sufficiente a interrompere la registrazione – ma ovviamente appena la giornalista mi ebbe riconosciuto mi si avventò contro per intervistarmi, e io dovetti essere molto deciso per levarmela di dosso. Poi dissi forte a Natalina – non era affatto sorda, ma volevo che tutti sentissero bene – che ero venuto a darle l'eucarestia: nessuno si sentì di troppo e, anzi, dovetti pretendere che la telecamera venisse spenta, perché quelli stavano continuando a riprendere tutto. Sulla poltrona, Natalina non si mosse né disse una parola: ruotava gli occhi attorno, scombussolata e impaurita. Cercai di tranquillizzarla ma non era possibile, con quegli sconosciuti che spadroneggiavano nella sua casa, le due figlie incapaci di proteggerla e il figlio maschio andato a cercar di riaprire una strada chiusa da cinquant'anni.

D'un tratto, quando mi accingevo a estrarre l'ostia consacrata dal portaostie, rassegnato a porgergliela lì, davanti a tutti, nel sopruso di quella luce sparata, in un'atmosfera tremendamente piatta e sconfortante, Natalina fece un gesto che non aveva mai fatto: scosse il capo e rifiutò l'eucarestia. Tutti sapevamo quanto tenesse a comunicarsi ogni mattina, e tutti potevamo immaginare la sua sofferenza nei giorni trascorsi senza che io potessi venire a somministrarle il Sacramento: ciononostante, non volle. Ripeté il diniego altre due volte, fissandomi con un'espressione che per la prima volta da quando la conoscevo fui incapace di decifrare, e io rimasi come un fesso con l'ostia in mano.

La troupe continuava a occupare militarmente quel piccolo soggiorno; Nives e Fernanda continuavano a restarsene imbambolate, incapaci di reagire a quella invasione – *emozionate*, mi viene da dire, di trovarsi in casa la televisione, perché non è che non vederla e non riuscire nemmeno a captarne il segnale metta al sicuro le persone dal potere perverso che essa è in grado di esercitare. Io non potevo buttar fuori la gente dalla casa d'altri, e allora uscii, furioso, determinato a fare qualcosa per metter fine a quello scempio, ma, di nuovo, non ebbi il tempo di pensare a cosa che m'imbattei negli uomini di San Giuda: qualcuno era andato al Campo di Carne ad avvertirli che la strada del bosco era stata riaperta, ed erano appena tornati in paese.

Tra loro, tranquillo, come se niente fosse – il placido sorriso di sempre sotto i baffi imbionditi dalle Nazionali, le rughe tranquillizzanti, gli occhi buoni: Polverone...

X

Perché? *Perché?* Perché non riesco mai a fare quello che mi riprometto di fare?

Cioè, non dovrebbe essere tanto difficile, no? Ma niente – faccio il contrario. Sono stufa, cazzo, stufa. Sono una masochista? Stai a vedere che dobbiamo scoprire questa banale verità, che sono semplicemente masochista. Ma no che non sono masochista. È la sindrome di Bezuchov, piuttosto, la sua domanda micidiale: *Perché io so quello che è bene e continuo a fare male?* Appunto. Che poi non è nemmeno questo, no – è peggio di questo. Bezuchov sapeva distinguere il bene dal male e faceva il male consapevolmente; ma, almeno, non si era impegnato con se stesso a non farlo. Io invece distinguo, mi riprometto solennemente di fare bene e poi, al momento decisivo, e senza venire travolta, si badi bene, o sopraffatta da qualche forza superiore – no, nel pieno possesso delle mie facoltà, e senza nemmeno lottare un po', senza nemmeno *soccombervi*, faccio il male.

Sono pericolosa.

Insomma, ho trentun anni, sono una psichiatra, una (alle prime armi, certo) psicoanalista, non dovrei essere qui a rimpiangere di avere fatto il contrario di quel che avevo deciso. Con Alberto, per giunta, e dopo che avevo previsto tutto, tutto. Perché l'ho fatto? Perché? Se a Livi importasse di me – se gli importasse di qualunque cosa che non sia il suo cancro – invece di mollarmi me l'avrebbe chiesto. Mi avrebbe chiesto: perché l'ha fatto, Giovanna? A parte tutto – a parte le recriminazioni, gli sfoghi, la rabbia, la delusione, e a parte anche la mia malattia; lucidamente, mi avrebbe detto, cerchi di rispondere a questa domanda cruciale: perché l'ha fatto?

Mi avrebbe fissato con quei suoi occhi piccoli e leggermente asimmetrici, e io sarei stata zitta. Lui allora mi avrebbe incalzato.

Si sente ancora legata a lui? – mi avrebbe chiesto, così, per provocarmi. Si sente divisa in due, spaccata, attratta contemporaneamente da entrambi i poli, da una parte la decisione ormai presa di lasciarlo, dall'altra un senso magari d'incertezza, o di solitudine, o addirittura di colpa, perché no, che è sopravvenuto ad accompagnare questa sua decisione, così da renderla improvvisamente ambigua – la decisione – e lei tanto vulnerabile alle sue *avances* (avrebbe detto *avances*, è una parola che usa sempre) da non riuscire a mettere in atto il semplice proposito di – almeno, non dico tanto – non farci più sesso? Io, zitta.

Certo, mia madre ha proprio le antenne, cazzo, il radar: mi telefona, stamattina, mentre faccio la seconda doccia consecutiva (dopo la prima, quando già avevo cominciato a darmi la crema, mi era parso di sentire ancora un odore sospetto), e tra parentesi rifaccio tutta la solita pantomima del rispondo-non rispondo, dato che come al solito la mamma mi telefona dal cordless e sul mio display appare numero sconosciuto e penso che potrebbe anche essere lui col trucco del tasto cancelletto però penso anche che è improbabile che sia lui col trucco proprio stamattina poche ore dopo avermi secondo lui ripresa molto più probabile che sia lei che chiama dal cordless ma potrebbe anche essere qualche paziente delle montagne che mi chiama da un posto pubblico per sincerarsi che domani vada su e in fin dei conti potrebbe anche essere lui invece che mi chiama dall'ufficio in procura cosa che non fa mai ma che facendola produrrebbe anch'essa la scritta numero sconosciuto sul display e insomma alla fine naturalmente rispondo, ancora mezza insaponata e grondante d'acqua, ed è la mamma che mi chiama dal cordless e che mi fa – giuro, senza nemmeno dirmi il suo ciao nì: *cos'hai fatto, ieri notte?*

Livi avrebbe insistito, con dolcezza, ma fermamente, e alla fine avrei dovuto rispondere. No, avrei detto, non mi sento ancora legata a lui, né mi sento sola né tantomeno in colpa. O meglio, avrei detto, in colpa mi ci sento, ma per le ragioni che sappiamo, non certo perché l'ho lasciato. La verità, avrei detto, è che non provo più nulla per lui, a parte una punta di risentimento che peraltro si consuma ogni giorno di più; e non mi sento divisa in due, e – quel che è più strano – non mi sento affatto vulnerabile alle sue *avances*, sebbene vi abbia ceduto. Al contrario, mi sento forte – o almeno mi sentirei forte se non sapessi che all'ultimo momento, dopo aver fatto tutto bene, e apparentemente senza ragione, mi ritrovo a tradire i miei proponimenti e a fare il contrario di quanto avevo deciso. Anzi, ad *aver tradito* i miei proponimenti, e *ad aver fatto* il contrario di quanto avevo deciso, giusto per dare un'idea di quanto fulmineamente accadano, per me, queste cose: un attimo prima sono lì a deliberare che quella data cosa non la farò mai – e mi sento sicura, questo è il bello, non indecisa, non tentata, non in pericolo –, un attimo dopo l'ho fatta.

Niente, mamma. Che domanda è?

Il male, appunto. Il mio male.

Questo avrei risposto a Livi, se Livi fosse ancora il mio analista e mi avesse incalzato con quella domanda. Se non mi avesse pregato – il che, nelle sue condizioni, equivale a dire ordinato – di non andare più da lui e di – in pratica – lasciarlo morire in pace.

Aveva avuto una delle sue *fitte parlanti*, mi ha spiegato, quei fulminei mal di testa che lei interpreta come empatia per la sofferenza altrui. Si era svegliata con quella fitta alla testa poco dopo essersi addormentata e si era convinta che mi stesse succedendo qualcosa. Era entrata in ansia, le era venuta l'emicrania seria e stava per telefonarmi per controllare che non mi stesse succedendo niente di male – ed è stato papà che gliel'ha impedito, le ha fatto la puntura di Voltaren e l'ha calmata piano piano finché non si è riaddormentata. Però le era rimasto il dubbio, la curiosità: cos'hai fatto, ieri notte?

Livi non sarebbe stato soddisfatto della mia risposta. No. Per nulla. Perché non è una risposta, ma solo l'esclusione di alcune possibili risposte alla sua domanda cruciale, che rimarrebbe ancora tutta lì, intatta, inviolata. E ovviamente lui me l'avrebbe ripetuta: perché l'ha fatto, Giovanna? Avrebbe avuto cura di non suonare aggressivo, o critico, e si sarebbe naturalmente dissociato dall'assunto secondo il quale quello che ho fatto è male, lasciando a me la responsabilità di definirlo tale; e, anzi, mi avrebbe fatto notare che quella domanda alla quale stavo cercando di non rispondere era farina del mio sacco, non del suo, visto che probabilmente sarei piombata nel suo studio ripetendola a voce alta tra me e me – *Perché? Perché? Perché?* –, segno che ero io, non lui, ad attribuirle tutta quell'importanza, la qual cosa però la rendeva immediatamente importante anche per lui, ragion per cui non poteva permettersi di mollare la presa ed era costretto a – tenacemente e però, lo ripeto, garbatamente – reiterarla: perché, Giovanna, ieri sera ha fatto sesso col suo ex compagno?

Non lo so, avrei risposto.

O meglio: cosa stavi facendo verso le undici e mezzo?

O meglio, avrei aggiunto, mi sembra di saperlo, ma quando faccio per allungarci sopra le parole che mi permetterebbero di dirlo – anche solo a me stessa – allora mi sembra di non saperlo più. Come se l'atto stesso di rispondere sospingesse via la risposta. Come se fossi costantemente nelle vicinanze di questa risposta ma non potessi disporne.

Niente, mamma, le ho risposto. Cosa vuoi che stessi facendo?

Allora Livi mi sarebbe venuto incontro. Facciamo così, avrebbe detto: provi a dire ciò che le passa per la mente mentre si trova lì nelle vicinanze della risposta senza riuscire a disporne. È d'accordo?

Sì, avrei risposto.

Senza interpretare, solo associazioni. Va bene?

Sì.

Si concentri, allora.

Non stavi male? Era tutto a posto?

Mi sarei concentrata. In silenzio. Avrei fissato la tenda beige della finestra.

La prima cosa che mi viene in mente, avrei detto, è Totò: uno sketch televisivo che mi ha fatto vedere mio padre in videocassetta, tanti anni fa. Non è che me lo ricordi bene, ma mi pare che Totò, ridendo, racconti alla spalla di essere stato affrontato da un tale, per strada, che l'ha preso a male parole chiamandolo Pasquale. E tu che hai fatto?, gli chiede la spalla. Niente, risponde Totò. E perché? Per vedere dove voleva arrivare. Quindi, ridendo ancora di più, Totò dice che l'uomo, sempre chiamandolo Pasquale, l'ha preso a spintoni. E tu?, domanda la spalla. E io niente, ripete ridendo Totò. E perché? Per vedere dove voleva arrivare. Dopodiché, ormai sbellicandosi dalle risate, Totò dice che l'uomo, sempre chiamandolo Pasquale, l'ha preso a sganassoni. E tu, dice la spalla, non mi dirai che hai continuato a non fare niente? E Totò, piegato in due dal ridere risponde: e certo che non ho fatto nulla; mica mi chiamo Pasquale, io.

Non stavo male, mamma. Era tutto a posto.

Capisco, avrebbe detto. Le viene in mente altro?

Sì, avrei risposto, mi viene in mente quella vecchia canzone, *Vengo anch'io, no tu no*, quando dice: "e vedere di nascosto l'effetto che fa".

Dunque sono solo una madre troppo apprensiva che rischia di diventare molesta, come dice tuo padre?

Oppure *Via dalla pazza folla*, avrei aggiunto, quando Betsabea, a San Valentino, manda per scherzo al suo vicino bisbetico un bigliettino con su scritto "sposami" e fa partire tutto il casino.

Verso le undici e mezzo, per la cronaca, ieri notte, quando lei si è svegliata con la fitta, stavo permettendo ad Alberto di baciarmi. Stavo cominciando a fare il contrario di ciò che avevo stabilito fosse – e che incontrovertibilmente era – il mio bene.

Con ciò, avrei precisato, non intendo dire che l'ho fatto per scherzo. Intendo solo dire che è questo che mi viene in mente.
Certo, avrebbe detto il dottor Livi. Nient'altro?
Sì, avrei risposto. Mi viene in mente che ho agito esattamente come quando mi sono tagliata il dito quindici anni fa. (Va da sé che il vero dottor Livi, il dottor Livi dotato di voglia di lottare e di lavorare, quello che avrebbe tenuto in piedi fin qui questa conversazione invece di mandarmi da un altro, lui avrebbe saputo fin dal primo giorno della cicatrice riaperta.) È successo nella stessa maniera: non devo tagliare il pane con questo coltello; devo cercare il coltello giusto; oh, al diavolo, lo taglierò con questo coltello; zac.
Non ho detto questo, mamma. Non ho detto questo...
Capisco, avrebbe detto Livi. Si sarebbe alzato dalla poltrona, si sarebbe avvicinato alla finestra, avrebbe tirato la tenda e...
Che schifo. Che tristezza. Ritrovarmi a fantasticare di una seduta psicoanalitica che non ci sarà mai perché l'analista non mi vuole più, e preferisce dedicarsi alla ferita narcisistica della sua malattia. Solo che lo sapevo: senza Livi, proprio in questo momento, sono troppo, troppo... indifesa – sì, *indifesa* è la parola. La mamma l'ha capito benissimo, nel suo modo paranoico, metempsicotico. Sono indifesa. Alberto ha già chiamato una volta e mandato due sms. Capirai. Ci vediamo a pranzo, ci vediamo a cena – per lui è ricominciato tutto. E io non ho nessuna voglia di andarci a cena, di vederlo, di parlarci, di spiegargli l'inspiegabile. Lasciami stare, Alberto, lasciami in pace. Ma, scusa, Giovanna, perché allora ieri sera— Fottiti, Alberto. Non lo so. *Per educazione*, va bene? Come dice Miriam, te l'ho data per educazione. Per scherzo. Per vedere dove volevi arrivare. Per vedere di nascosto l'effetto che fa. Ho compiuto un atto avventato, sì, contro il mio bene, non è stato il primo e non sarà l'ultimo. Non ho difeso i miei confini. E con ciò? Non è facile difendere i propri confini. Già devo

farlo tutto il santo giorno in ospedale, negli ambulatori, e con i due pazienti in croce che ho – sempre lì, coll'elmetto e i sacchi di sabbia a difendere i miei maledetti confini, a non farmi invadere eccetera: una poi a un certo punto avrebbe anche diritto di mollare, di lasciarsi andare, o no?

Già, ma io ieri sera non mi sono affatto lasciata andare: magari fosse questo, magari potessi dire ci ho scopato perché a un certo punto mi sono eccitata e non ho capito più niente; magari potessi rivendicare il diritto di scopare con chi mi pare quando mi va – *d'accordo?* Incluso l'uomo lasciato appena due settimane prima – *qualcosa in contrario?* E senza pensare alle conseguenze – *va bene?* Senza che debbano necessariamente essercene, di conseguenze – almeno per me. La carne è debole e tutte queste menate. Magari. Ma non è così. Quello che ho fatto, questa ridicola non-difesa dei confini, questo banale lasciarmi invadere, mi ha fatto male fin dal primo istante, sta continuando a farmi male, e pullula, letteralmente, di conseguenze.

Eccolo là – manco a farlo apposta: un altro sms. E tre. Andiamo a pranzo andiamo a cena...

Anzi, più che male lì per lì mi ha fatto schifo. Uno strano, violentissimo ribrezzo retroattivo: lui entrava in me e io me ne schifavo, ma a schifarmi non era tanto il fatto che stesse entrando in me in quel preciso momento – quello sembrava contar poco, era, per così dire, un'esperienza a bassa intensità (mica mi chiamo Pasquale, io) – quanto piuttosto il ricordo delle centinaia di volte in cui era legittimamente entrato in me in passato, quando stavamo insieme – quando mi chiamavo Pasquale. Quello, soprattutto, mi sembrava grave e mi faceva ribrezzo – mi fa tuttora ribrezzo. L'idea che per così tanto tempo, fino a venti giorni fa, tra noi ci sia stata quell'intimità – ciò che forse ha avuto il suo peso nella decisione che a un certo punto, ieri sera, *verso le undici e mezzo*, devo pur aver preso, di lasciarmi invadere una volta di più –, quell'idea – perché si tratta di un'idea, ormai, più che di un mero ricordo – mi ripugna profondissimamente; ma, d'altra parte, non ne ero affatto ossessionata, e quella ripugnanza non mi rovinava certo la vita dato che ormai era spenta, lontana, superata, e sarebbe bastato difendere i confini come mi ero riproposta, come era logico, giusto e perfino facile fare, ieri sera, per trattenerla in quello sfondo sbiadito e grigio e fin da subito apparentemente remoto in cui tutto ciò che abbiamo fatto insieme, compreso il sesso, si era già trasformato. E invece...

Sfido io che la mamma ha avuto una fitta parlante.

E non è nemmeno vero che lo abbia fatto per strappargli chissà quali segreti – il vecchio, intramontabile e dopotutto, alla fin fine, ancora abbastanza sano scambio alla pari fica-informazioni –, perché quello che sa Alberto ormai me lo sta dicendo a prescindere, e infatti non è che dopo aver scopato mi abbia fatto chissà quali rivelazioni. X-Files era e X-Files è rimasto. Con la differenza che ora lui crede di avere ricominciato, e io mi sento perduta.

E allora perché l'ho fatto?

L'ho fatto controvoglia, è l'unica cosa che posso dire. Cioè – ed ecco perché dico che sono pericolosa – ho liberamente deciso di farlo controvoglia – e c'è qualcosa di veramente malato, in questo, come fare sesso senza preservativo con qualcuno di cui si sa che ha l'AIDS. Qualcosa che va affrontato, curato e guarito – qualcosa di grosso: una balena che si trova già dentro di me (altro che difendere i confini) che va sconfitta e scacciata – e il capitano Achab che mi ero scelta per farlo mi ha mollata.

Mi sento perduta, ecco cosa. E malata. E sola. Perduta, malata e sola. Perduta, malata e sola. Braccata dalle conseguenze delle mie azioni, malata e sola. Segnata a sangue da (e per questo personalmente implicata in) una vicenda pazzesca e inspiegabile, di quelle che costringono a buttare via i libri su cui si è studiato e alla quale ovviamente non riesco a non pensare anche quando sembra che stia pensando ad altro – e sola...

X

Il tempo smise di nuovo di scorrere. Ricominciò quel cieco precipitare di eventi e stati d'animo che credevo finito – mero accumulo privo di ordine, di cadenza, e di riposo. Evidentemente il passo che avevo compiuto, per quanto miracoloso nel sottrarmi alla mia dannazione, non bastava a proteggermi da quella degli altri.

Tutti attorno a me parevano impazziti.

Nessuno poteva vedere la televisione, eppure era una gara a farsi intervistare dagli inviati dei telegiornali – i quali, pur se incapaci di adattarsi a vivere a San Giuda, arrivavano al mattino con i furgoni, facevano base nello spaccio dei Formento e, con metodo, uno dopo l'altro, spremevano i miei parrocchiani per tutta la giornata, per poi andarsene, al tramonto, con la pancia piena delle loro agognate *storie*. Io avevo un gran daffare a tenerli lontani da me, e non riuscivo proprio a far niente per difendere gli altri. E tuttavia devo essere onesto, devo riconoscere che non fu quell'invasione la causa principale dell'impazzimento collettivo; vi erano, piuttosto, delle cause interne, già presenti da chissà quanto tempo nella nostra comunità, che parvero deflagrare tutte insieme.

Il solo elenco delle cose che accaddero in quei pochi giorni – ma tutte, sembrò a me, simultaneamente – può forse rendere l'idea della situazione che si determinò. Innanzitutto, le fughe: dall'oggi al domani ben quattro persone, appartenenti a tre diversi nuclei familiari, lasciarono il Borgo. Devo ripetere che la nostra comunità era sì minuscola, ma molto radicata e solidale: praticamente tutti i suoi membri erano necessari gli uni agli altri – e si trattava di persone mature, se non vecchie, che non erano solite agire in maniera avventurosa. Ancor più del lavoro, del resto, l'attività principale di tutti noi, dalla quale dipendeva la possibilità di rimanere autonomi, non come individui ma come gruppo, era sempre stata prendersi cura gli uni degli altri – quelli attivi degli infermi, i sani dei malati, i grandi dei bambini, i figli adulti dei genitori anziani, gli uomini degli animali, le donne degli uomini, – e io un po' di tutti. Ebbene, Heidi Lechner, la sarta, abbandonò la vecchia madre inferma e se ne andò a Bolzano dal figlio Helmut; Ivo Zoboli e sua moglie Meri si trasferirono a Trento da Toni, il loro primogenito, lasciando sola Gertrude, la madre di Meri; e la sorella di Ivo, Magda, piantò lì il marito, Terenzio Antonaz, anche lei per raggiungere il figlio, Rudy, maestro di sci a Madonna di Campiglio. Né Heidi, né Magda, né Meri, che erano devote di San Giuda e frequentavano abitualmente la chiesa, mi dissero una parola della loro decisione, né si raccomandarono con alcuno affinché si facesse carico degli impegni cui esse venivano meno; semplicemente, presero la strada che era stata appena riaperta e se ne andarono, disinteressandosi delle conseguenze. Chi si sarebbe preso cura di Greta, la vecchia madre di Heidi? Chi di Gertrude? Chi avrebbe sostituito Ivo, che era il barbiere del Borgo? Queste domande minacciavano di travolgere tutti, ma sembrava riguardassero solo me, e solo a me toccasse trovarvi una risposta.

Andai a parlare con Edwige, la sorella maggiore di Heidi, che non si era sposata e viveva sola – ma lei, con mia grande sorpresa, asserì di non aver fatto altro in tutta la sua vita che occuparsi degli altri e di non avere nessuna intenzione di prendersi cura della madre; e anche quando riuscii a convincerla di farlo almeno temporaneamente, perché Heidi sarebbe tornata presto di sicuro, si rifiutò di trasferirsi a casa della madre, pretendendo che fosse lei, novantunenne, a spostarsi nella sua; Greta, nei suoi sprazzi di lucidità, si rifiutò di muoversi e Edwige s'impuntò di nuovo; intervennero i gemelli, Manfred e Erwin, ai quali però Edwige rinfacciò di aver rinunciato a prendere marito per occuparsi di loro; intervenne allora l'altro fratello, Giuliano, che invece si dichiarò disposto a trasferirsi nella casa della madre, portando naturalmente con sé i due San Bernardo, i gatti, la tartaruga d'acqua, la gracula indiana e tutti i richiami da caccia – e solo a quel punto Edwige decise di farlo lei.

Intanto Wanda Codognotto accettava senza fare storie di trasferirsi da Gertrude a sostituire la sorella scappata a Trento, ma si trovava a letto con trentanove di febbre e per il momento aveva lei bisogno che qualcuno l'accudisse.

Intanto saltava fuori che in paese si era formata una fazione a me ostile, che non voleva più avere nulla a che fare col *mio* Santo, costituita da Urania più quasi tutte le donne del clan Formento, e che questa era la causa delle fratture che andavano verificandosi in seno alle famiglie di San Giuda, dal momento che altre donne, invece, e anche qualche uomo, avevano deciso di mantenere la loro fiducia in me e nel loro Patrono, e di continuare a venire in chiesa a pregarlo. Così, accadde che Genise Formento, a ottantun anni, lasciò la casa dove viveva insieme alla sorella Adua e ritornò, da sola, in quella che aveva lasciato quando era rimasta vedova di Giorgione Antonaz; e, ugualmente, accadde che Urania e Irma Nones si misero a litigare nel cimitero, dinanzi alla tomba nuova nuova del povero Reze', del quale una era la vedova e l'altra la sorella, accusandosi a vicenda di averlo accudito solo per interesse.

Intanto Zeno Formento veniva in canonica di nascosto, a chiedermi aiuto perché il Procuratore aveva dissequestrato Zorro e lui si era offerto di prendersene cura, ma suo padre gli aveva proibito di farlo e lui allora mi pregava di nasconderlo nella vecchia stalla di pertinenza della parrocchia che stava a fianco del cimitero.

Intanto Giuliano Lechner e Terenzio Antonaz, invece di preoccuparsi per la fuga di Magda, si mettevano a litigare circa le cose che aveva da dire dall'aldilà la povera Guenda, la quale, prima di morire di tumore, era stata la moglie dell'uno e la sorella dell'altro, e il cui fantasma entrambi vedevano nella notte – ma con messaggi tra di loro contraddittori: secondo l'uno la raccomandazione di Guenda era di proteggere Cecco, la gracula indiana di casa, perché solo lui avrebbe rivelato la verità, mentre per l'altro era di ucciderlo e sbarazzarsi col fuoco della sua carogna, poiché il Maligno se n'era impossessato.

Intanto Maria Lechner e Armin Lassman ricominciavano di colpo a piangere la morte del loro figlio Florian, rimasto ucciso in un incidente col furgone al tornante di Dogana Vecchia, sei anni prima, come se la tragedia fosse appena capitata, e per questo non avevano più la forza di occuparsi di Lorenzetto, il fratello handicappato di Armin, che subito cominciava a creare problemi con la sua aggressività.

Intanto il vecchio Florian, padre di Armin, accusava dolori lancinanti alla gamba che aveva perso più di trent'anni prima, maciullata sotto al gatto delle nevi.

Intanto, insieme ai giornalisti, al Borgo continuavano ad arrivare ogni mattina turisti, curiosi, membri di sette religiose, criminologi, ufologi e perfino, si disse, dei satanisti, nessuno dei quali ovviamente era animato dalla benché minima intenzione di darci una mano.

Intanto Sauro Formento aveva trasformato lo spaccio in trattoria e aveva messo sotto tutta la famiglia a lavorare forsennatamente per cavare più soldi possibile da quella invasione.

Intanto Polverone era l'unico a comportarsi del tutto normalmente, come se non mi avesse mai detto ciò che mi aveva detto sulla porta della chiesa solo qualche notte prima.

Intanto io non dormivo e di notte tossivo, tossivo, tossivo.

Intanto continuava a nevicare senza sosta, chili e chili di neve che prendevano il posto di quelli appena spalati, e il cielo sembrava letteralmente venir giù.

Ma il momento in cui questo impasto divenne davvero insostenibile, e io mi convinsi della mia impotenza dinanzi a quanto andava accadendo alla mia gente, venne quando Enrico e Manrico Antonaz – che parevano gli unici, insieme a me, a preoccuparsi della piega che stavano prendendo le cose –, rilasciarono un'intervista demenziale alla televisione nella quale accusavano Wilfred, il fabbro, d'essere il responsabile della strage. Non so esattamente cosa dissero, perché non ero presente né ho potuto vedere l'intervista quando venne mandata in onda; so solo che la vide Meri Codognotto, a Trento, la quale telefonò alla sorella Wanda e le disse che i gemelli Antonaz avevano accusato Wilfred in televisione, e Wanda lo disse a Maria Lechner, e Maria lo disse ad Armin, e Armin lo disse a Ignazio Formento e Ignazio lo disse ad Anton Tomalin e Anton Tomalin andò da Wilfred, nella sua bottega, e lo disse a lui. Wilfred, allora, che era un uomo burbero e solitario, vecchio, senza più nessuno al mondo, e di cui si diceva che quando era ragazzino, cioè subito dopo la guerra, avesse ucciso un fascista insieme a suo padre buttandolo nel forno della fabbreria – ma si diceva anche che il fascista non fosse affatto un fascista, in verità, bensì un amante di sua madre, e comunque il corpo non venne mai trovato –, andò di notte davanti alla casa dei gemelli Antonaz, sotto la tormenta, li chiamò così forte che lo sentii anch'io da casa mia e quando i gemelli si furono affacciati alla finestra – col fucile in mano, convinti che Wilfred fosse venuto a regolare il conto – si rovesciò addosso una tanica di kerosene e si diede fuoco.

Quando arrivai, di corsa, attirato dall'urlo che squarciava la notte, vidi una palla di fuoco che si rotolava nella neve, e avvampava, alimentata dal vento che le faceva turbinare i fiocchi tutt'intorno: un'immagine che non potrò mai dimenticare, e che è andata a incastonarsi, insieme all'espressione terrorizzata di Zorro, all'albero ghiacciato intriso di sangue e alla povera testa staccata di Beppe Formento, nella crosta di orrore che da allora ha ricoperto i miei sonni e i miei ricordi.

Furono gli stessi gemelli Antonaz a spegnere le fiamme, gettando coperte addosso al povero Wilfred, che smise di gridare. Era notte, al Borgo non c'era nessuno degli estranei che vi si affollavano durante il giorno: solo noi abitanti, strappati al calore dei nostri letti, ci ritrovammo radunati nella bufera attorno al corpo fumante del povero fabbro e per qualche lunghissimo istante, nel silenzio spaventoso che si era creato al cessare delle sue grida, nessuno fece niente – nemmeno io. Poi Wilfred cominciò a gemere e a contorcersi come un animale morente – "Perché?", ripeteva con un soffio di voce – e quello che ricordo da lì in poi sono solo frammenti isolati, non collegati tra loro: Wilfred sdraiato sui sedili di dietro della Panda quattro per quattro guidata da Anton Tomalin, il suo volto spellato, la sua voce sfiatata che ripete "Perché?". La dottoressa della guardia medica di Serpentina che inorridisce quando lo vede. Di nuovo il suo volto scorticato dentro l'ambulanza, il respiratore sulla bocca, l'urlo della sirena. Cles, l'ospedale, il piazzale. L'elicottero che arriva, lo inghiotte e poi sparisce nel cielo nero. La cappella dell'ospedale, dove vorrei pregare: chiusa. M'inginocchio sul pavimento freddo.

Poi ricordo un infermiere che mi viene vicino, e mi chiede se ho bisogno di qualcosa. È giovane, alto. Ha una faccia nordica, e un'ombra di lentiggini. È passato del tempo perché fuori dalle finestre un'alba livida sta faticosamente sciogliendosi nel cielo. No, grazie, gli rispondo. Lui mi sorride, fa pochi passi, e si ferma davanti a una porta. Tira fuori un enorme mazzo di chiavi e, al primo tentativo, apre la porta. Prima di entrare mi guarda di sbieco. Poi scompare. Sulla porta c'è un cartello:

CENTRO SALUTE MENTALE

Direttore:	Dott. Giorgio Origene Soffrano
Referente URP:	Dott.ssa Micaela Scommegna
Dirigenti:	Dott.ssa Micaela Scommegna (lun-ven)
	Dott. Klaus Schrerer (mar-gio)
	Dott.ssa Giovanna Gassion (mer)
Caposala:	Luisa Guadagno
Orari di apertura:	lun-ven 8:00-18:30

Sono anch'io davanti a quella porta. La apro. Entro. Un piccolo corridoio. Una fila di seggioline di plastica avvitate a terra, un ficus, altre tre porte. Il ragazzo sta sistemando delle cartelle in un armadietto, s'interrompe, mi guarda. Gli sorrido e mi siedo su una delle seggioline, tranquillo. Lui continua ad armeggiare con l'armadietto e a guardarmi di tanto in tanto. Poi la porta si apre di nuovo ed entra una donna. Tutta imbacuccata. Infreddolita. Si apre la giacca a vento, si leva il cappello, scrolla giù la testa, si ravvia i capelli. Ha una mano fasciata. Poi mi vede e di colpo si ferma. Mi guarda. Anche l'infermiere mi sta fissando. Mi alzo e le vado incontro. Lei continua a guardarmi fisso, con preoccupazione, si direbbe, e sotto questo suo sguardo io mi sento vecchio.

X

Eppure sembra proprio lui. Sì, è lui, è il prete di San Giuda. La giacca a vento azzurra che aveva sempre addosso in TV, quando usciva dal tribunale. La faccia oblunga, scavata, la barba nera da profeta, gli occhi profondi. Com'è magro. Ha il volto scuro, preoccupato. È lui, non ci sono dubbi. Ed è qui che aspetta me. Eccolo che si alza e mi viene incontro. Si sforza di sorridere ma non gli viene bene. Gli tremano le labbra. Lo fisso senza dire nulla. È un bell'uomo, in un suo modo biblico. Anche l'infermiere lo sta fissando, come si aspettasse qualche gesto inconsulto. Lo stiamo fissando tutti e due e lui continua a venirmi incontro. Eccolo. Il prete di San Giuda. Qui. Da me.

– Ho bisogno di aiuto – dice.

Seconda parte

Quando la torcia si spegne non ci perdiamo niente di fondamentale. Se così c'è buio, era buio anche con la torcia accesa. Stiamo guardando solo un paio di canali, su milioni esistenti.

Kary Mullis

Deiscenza

Pronto?
– Ciao mamma.
– Ciao, nì. Come stai?
– Bene, grazie. Tu?
– Bene. E Alberto? Come sta? Dimmi un po' che grana sta passando, lì, con quella—
– Mamma, non stiamo più insieme.
– Come dici?
– Ci siamo lasciati.
– No! Ma quando?
– Da poco.
– Da poco quanto?
– Un paio di settimane. Più o meno.
– Oh signùr. Ma che è successo?
– Niente, mamma. È successo che le cose finiscono. Non andava più.
– E perché non me l'hai detto?
– Te lo sto dicendo, mamma.
– Due settimane dopo…
– Non te l'ho detto subito perché avevo bisogno di non parlarne, se capisci cosa intendo.
– …
– …

– L'hai lasciato tu?
– Sì. L'ho lasciato io.
– Eccoci...
– Eccoci che?
– Hai un altro.
– No, mamma, ti sbagli. A parte che non ci sarebbe niente di male, se fosse, e non sarebbe proprio il caso di dire "eccoci" con quel tono, ma non ho un altro.
– ...
– ...
– Mah.
– Mah che?
– Mah mi sembra strano. Non è che si lascia una persona come Alberto, se non si ha un altro.
– Ma che dici, mamma? Non lo amavo più, stavamo male. Non basta?
– ...
– ...
– Ma sei sicura? Non è una delle tue alzate di testa?
– Non è una delle mie alzate di testa, sono sicura.
– Ma perché? Come può essere che tutt'a un tratto—
– Non è stato tutt'a un tratto, mamma. Non è mai tutt'a un tratto. E, tra parentesi, vedi perché non te l'ho detto? Perché non volevo sentirmi fare per l'ennesima volta questa domanda, "perché?". Perché sì, va bene? Tanto qualunque risposta si dia a questa domanda non va mai bene. Non lo amavo più, mamma, non avevo più voglia nemmeno di vederlo. L'ho lasciato, punto e basta.
– ...
– ...
– ...
– ...
– Che mi dispiace posso dirlo? O è vietato?

– Dispiace anche a me, mamma, cosa credi, e mi dispiace che ti dispiaccia. È tutto un dispiacersi. Ma la faccenda non cambia.
– ...
– ...
– E ora cos'hai intenzione di fare?
– Ecco, appunto. Volevo parlarti proprio di questo. Di una decisione che ho preso.
– Che decisione?
– Una decisione importante. Solo che devo raccontarti tutto per bene, dal principio, sennò non si capisce. E se cominci a interrompermi è finita. Mi ascolti?
– Ti ascolto.
– Senza interrompermi?
– Senza interromperti.
– Ok. Allora, stamattina ero di turno a Cles, al presidio, e quando sono arrivata ho trovato il prete di San Giuda che mi aspettava. Sai il prete che si vedeva sempre ai telegiornali, che aveva scoperto la strage e veniva interrogato e interrogato e sembrava quasi che fosse sospettato di qualcosa? Lui. E mi ha detto che aveva bisogno di aiuto perché su al villaggio dove sta lui, San Giuda, appunto, gli abitanti stanno impazzendo tutti. Tutti, capisci? Sono quasi tutti vecchi, gente di montagna, dura, semplice, ma quel prete dice che dopo ciò che è successo stanno tutti impazzendo. Dice che quelle persone, dopo lo shock della strage, non riescono più a vivere le proprie vite: non sopportano più i dolori che prima sopportavano, non sanno più gestire i conflitti che prima gestivano. Anzi, mi ha detto che non riescono più a convivere col proprio passato, testuale: cioè non riescono più a essere quello che sono. Da quello che ho capito è come se una vecchia cicatrice si fosse riaperta di colpo, ecco, spruzzando sangue tutt'intorno; ma non a una persona sola, o due: a tutto un paese.

Mi ha anche detto, quel prete, ed è per questo che non dubito minimamente delle sue parole, mi ha anche detto che la stessa cosa stava per capitare anche a lui. Mi ha detto che durante i giorni in cui lo interrogavano di continuo e lui viveva praticamente come un recluso, e aveva gli incubi per quello che aveva visto, e non dormiva, anche lui non riusciva più a concepirla, la sua vecchia vita, e stava perdendo la fede. Poi mi ha detto che è riuscito a rendersene conto e a salvarsi, ma con uno sforzo immenso, ha detto, uno sforzo veramente enorme, di fede e di coraggio e di consapevolezza, uno sforzo che però gli altri non riescono a fare. Mi ha raccontato delle cose impressionanti, mamma: lutti per tragedie lontane che ripartono da capo, dolori a gambe che sono state amputate trent'anni fa, figlie che abbandonano le madri inferme, autoaccuse, tentati suicidi... Hai per caso sentito parlare di tutto questo, tu, in televisione? Io no. Sono tutti lì che speculano sulla strage di San Giuda, i misteri, le ipotesi, le accuse, ma di quei vecchi non si sta preoccupando nessuno, mamma – e sai perché? Perché non c'è nessuno che li abbia a cuore: erano loro stessi che si occupavano gli uni degli altri, tutti i loro affetti erano circoscritti in quel luogo, e adesso in quel luogo è come se si fosse spalancata una voragine, dalla quale salta fuori un mostro, *il passato*, che se li sta divorando. Quel prete, che per anni si è occupato dei loro bisogni, non solo spirituali, capisci, ma anche bisogni pratici, tipo andare a ritirare le pensioni o chiamare il dottore quando qualcuno si ammalava, dice di essersi ritrovato di colpo tagliato fuori, rifiutato. Lui era come il garante dell'armonia che permetteva a quella comunità di sopravvivere, e adesso non riesce più a garantire un bel niente. Si è reso conto, dice, che c'è bisogno di uno psichiatra, ed è venuto a Cles, al Centro. Solo che quelle persone invece non si rendono conto di ciò che gli sta succedendo, e col cavolo che verrebbero al Centro, capisci, a

fare terapia: stanno impazzendo, per via del trauma che hanno subito, quella strage orribile successa proprio lì, a casa loro, sotto i loro occhi, ma non se ne accorgono. Tutto questo lo capisci, mamma? Sono riuscita a rendere l'idea?
– ...
– ...
– Sì, Giovanna, lo capisco. Non sono mica scema. Quello che non capisco è perché mi stai dicendo queste cose. Che decisione hai preso?
– ...
– ...
– Sto andando là. Mi trasferisco là.
– Cosa fai?
– È l'unico modo per aiutare quel prete, mamma. Quella gente non verrebbe mai a Cles. Vado io là.
– Ma ti ci manda l'ospedale, o è una tua iniziativa?
– È una mia *decisione*, mamma.
– Cioè non hai nessun incarico da parte dell'ospedale?
– No.
– ...
– ...
– ...
– ...
– ...
– ...
– E quando ci vai?
– Oggi. Ora. Ci sto andando in questo momento. Sono tornata a casa a prendere le mie cose, i libri, i farmaci e tutto, e sto tornando su. Per cena dovrei esserci.
– Cioè *sei in macchina*?
– No, mamma, no. Non uso il telefonino mentre guido. Ti ho chiamato perché mi sono fermata a Cles a farmi mettere le catene dal benzinaio amico mio.

– Che fa, nevica?
– Fin qui no, ma da qui in su sì. La strada è sgombra, ma io metto le catene lo stesso, per stare tranquilla. Stai tranquilla anche tu, fidati.
– ...
– ...
– ...
– ...
– E quanto conti di starci?
– Non lo so. Il tempo necessario. Sarà complicato, presumo. Ci vorrà un po' per conquistarmi la loro fiducia.
– Ma di cosa stai parlando? La fiducia di chi? Non sai nemmeno chi sono, queste persone. Tu non sai quello che stai—
– Mamma, ti prego. Non ho intenzione di discutere. La decisione è presa, io vado a San Giuda. Volevo solo comunicartela. Se vuoi discutere mi dispiace ma la finiamo qui.
– ...
– ...
– E col lavoro come fai, con l'ospedale?
– Ho chiesto l'aspettativa.
– L'aspettativa... E lo stipendio?
– Non lo prendo, mamma. Ho qualcosa da parte, stai tranquilla: non andrò in rovina...
– ...
– ...
– ...
– ...
– Senti ma, questo prete...
– ...
– ...
– Sì?
– No, voglio dire: che tipo di prete è? È un prete *normale*?
– Che vuol dire è un prete normale?

– No, siccome vedo che ti ha stregata, mi domando: non è che è uno di quei predicatori strani, di quelli che fondano le sette e via discorrendo?
– Mamma, è un prete normalissimo. Un prete che da dieci anni sta dedicando la sua vita a quella comunità di vecchi e che ora la sta vedendo andare in rovina per delle ragioni sulle quali lui, abbastanza umilmente, se permetti, riconosce di non poter fare molto. E per questo ha chiesto aiuto a me.
– ...
– ...
– Lascia che ti faccia una domanda, Giovanna. È la stessa che mi hai fatto tu quando ho lasciato alla zia la mia parte della casa di piazza Dalmazia. Ora io la faccio a te: cosa c'è in palio, per te? Qual è la tua ricompensa?
– ...
– ...
– ...
– ...
– Aiutare quel prete, mamma. Aiutare quella gente che ha bisogno di uno psichiatra. Un villaggio intero, ti rendi conto o no?
– Appunto, mi rendo conto e mi sembra una cosa spropositata. Non capisco per quale ragione debba occupartene proprio tu.
– Ma perché quel prete è venuto da me, mamma, ha raccontato tutto a me e ha chiesto aiuto a me. Non è sufficiente, come ragione?
– Andiamo, Giovanna: l'ha chiesto a te perché era mercoledì, e in ambulatorio c'eri tu. Se fosse venuto ieri o domani non lo avrebbe chiesto a te.
– E invece è venuto oggi, va bene? E l'ha chiesto a me. Per me è abbastanza.

– Ma non hai pensato, scusa se te lo dico, che potresti anche essere un po' inesperta per un compito del genere? Che potrebbe essere al di sopra delle tue possibilità?
– L'ho pensato, sì. Ma ho anche pensato che un'alternativa non c'è. È escluso che la professoressa Rivelli possa trasferirsi a San Giuda come faccio io.
– E tu come fai a saperlo?
– È sposata, mamma, ha tre figli. È primario in ospedale, insegna all'università, ha un fottio di pazienti privati. Non riesce nemmeno ad andare in ferie. No, più uno psichiatra è esperto e meno può farlo. Io sarò anche inesperta, ma almeno posso mollare tutto e trasferirmi là.
– Questo non toglie che possa essere un compito al di sopra delle tue possibilità.
– Senti, se così sarà me ne accorgerò, e andrò a chiedere aiuto a mia volta, come ha fatto quel prete.
– Non t'incaponirai a fare tutto da sola? Almeno questo me lo prometti?
– Certo che te lo prometto. Prima però voglio provarci. Non si sa mai. Magari non sono poi così inesperta.
– Ma poi...
– ...
– ...
– ...
– ...
– Mamma, potevo dirti una balla, ma ho voluto dirti la verità. Anche su Alberto, ho voluto che tu sapessi come stanno le cose. Non farmene pentire.
– No, no, che pentire? Io lo apprezzo, credimi. Apprezzo molto che tu mi abbia detto la verità.
– Meno male. Anch'io sono contenta di avertela detta.
– ...
– ...

– Potrò chiamarti tutti i giorni, come sempre, mentre sei lassù? Mi racconterai come sta andando?
– Ah, a proposito. Quel prete mi ha detto che a San Giuda i telefonini non prendono. Nessun gestore. Perciò ti chiamerò io e ti darò un numero fisso dove potrai telefonarmi. Però...
– Però?
– Però ti pregherei di non darlo ad Alberto, quel numero, se dovesse chiederti di me.
– E perché dovrebbe chiedermi di te? Non gliel'hai detto, dove vai?
– Ho detto se, mamma. *Se* dovesse chiederti di me.
– Ma gliel'hai detto o no che vai in quel posto?
– No, mamma. Non gliel'ho detto. Gli ho solo detto di non cercarmi più, come mi pare normale quando si lascia una persona. Solo che...
– ...lui ha continuato a cercarti...
– Be', non è solo questo. Voglio essere del tutto sincera, mamma. Voglio che tu sappia tutto, altrimenti non capiresti. Non solo mi ha cercata ancora, ma mi ha anche *trovata*.
– Che vuol dire?
– Vuol dire che dai e dai, ieri notte, a furia di vederci con la scusa di parlare, spiegarsi, analizzare, siamo finiti a letto. Ecco cosa vuol dire.
– Oh signùr! Dopo che l'avevi lasciato?
– Sì, mamma, dopo che l'avevo lasciato.
– Ma sei scema?
– Sì, mamma, sono scema. Ma ero estenuata, te lo giuro, e ti assicuro che come sa essere estenuante Alberto non c'è nessuno. Ho fatto questa cazzata e ora lui si crede chissà cosa, ma io sono più decisa che mai, perché non solo non lo amo più ma ho scoperto proprio ieri sera che mi fa schifo anche solo se mi tocca.
– Esagerazione...

– Te lo giuro, mamma. Io lo so che tu non riesci nemmeno a concepirlo, perché dopo trentacinque anni sei ancora innamorata di papà, ma ti giuro che è quello che ho provato: schifo, ribrezzo. Anche per questo faccio bene a levarmi di torno per un po'. Lui mi cercherà, troverà il telefonino staccato, un giorno, due giorni, tre giorni...
– ...e telefonerà a me.
– Non è detto, mamma. Può essere che si limiti a telefonare a Miriam, che peraltro sa cosa dirgli.
– Invece vedrai che telefona a me, garantito. E se telefona a me io che gli dico?
– Digli quello che vuoi, basta che non gli dai quel numero.
– ...
– ...
– Cioè posso anche dirgli la verità?
– Certo.
– Brava, così poi viene su a cercarti.
– Guarda mamma che io non ho paura di lui. Se anche venisse in quel posto a cercarmi, cosa di cui peraltro dubito fortemente, lo affronterei e me la sbrigherei. L'importante è che non mi appesti di telefonate, capisci? E di sms, tutto il santo giorno, come adesso. E là è perfetto perché i telefonini non prendono.
– Senti, a proposito: dove starai? C'è un albergo o cosa?
– No, non ci sono alberghi. Starò dal prete.
– Dal prete?
– Mi ha detto che in canonica c'è una stanza vuota. Mi arrangerò lì.
– In canonica? Ma sei sicura?
– Sono sicura sì.
– Non ti sembra un po'...
– Un po' che?
– Un po', diciamo... sconveniente?

– Sconveniente? Tipo *Uccelli di rovo*, intendi? No, mamma. Non mi sembra sconveniente.
– ...
– Mamma, il benzinaio ha finito, devo andare.
– Guida piano, con le catene.
– Stai tranquilla.
– Telefonami, quando arrivi.
– D'accordo.
– E stai attenta, lassù. Non abbiamo nemmeno parlato della radioattività.
– Ecco, brava: non parliamone, anche perché non c'è. Dai un bacio a papà. Sta bene?
– Sì sta bene. È qui vicino a me. Giovanna ti manda un bacio. Ti bacia anche lui, amore.
– Ciao Giovanna!
– Ciao, papà!
– Ciao.
– Ciao.

X

La dottoressa Gassion si trasferì a San Giuda quella sera stessa, e prese alloggio in canonica, nella stanza libera dietro la cucina. So che l'irritualità di questa risoluzione reclamerebbe una spiegazione, ma certe azioni sono davvero molto più difficili a spiegarsi che a compiersi, e non necessariamente solo quelle sbagliate. Ciò che posso dire è che quella decisione, dopo il nostro incontro nell'ambulatorio di Cles, si impose per entrambi come del tutto naturale; cioè, le molte ragioni che avrebbero potuto inibirla furono letteralmente spazzate via dalla naturalezza, per l'appunto, con cui lei si offrì di trasferirsi subito al Borgo e io le offrii ospitalità nella canonica. Era una sistemazione molto frugale, e anche un po' scomoda, considerando che c'era un bagno solo e si trovava dall'altra parte della casa, vicino alla mia camera – che tra l'altro non aveva più la porta perché si era rotta il giorno prima della strage e io l'avevo portata da Erwin Lechner a riparare. Ma la dottoressa non sembrò preoccuparsene, e a dire il vero nemmeno io: l'unica cosa che ci preoccupava, infatti, e produceva l'intimità necessaria per convivere come soldati in una casamatta, era la mutua convinzione che un grave pericolo incombesse su di noi e che tutto quel che avremmo tentato di fare insieme, lì, in quel luogo dove ci stavamo arroccando, fosse indispensabile per scongiurarlo.

A pensarci adesso può sembrare un atteggiamento fanatico, soprattutto se si considera che la dottoressa e io ci eravamo appena conosciuti: ma erano giorni di una cupezza tremenda, quelli, giorni di paura, di buio, di desolazione, e un'ombra malsana pareva veramente essersi allungata sul mondo – o perlomeno sulla porzione di mondo che i nostri occhi riuscivano ad abbracciare. Io non lo sapevo ancora ma i luoghi in cui vivevamo, non più solo San Giuda, ma anche le valli circostanti, ormai, il Trentino intero, forse l'Italia stessa, erano percepiti in un tutt'uno col senso di morte e d'impotenza che la strage aveva come sciolto nell'aria, e che veniva *respirato*. Anni dopo si è saputo che i mesi successivi alla strage, cioè il periodo del quale sto parlando, registrarono l'impennata storica di partenze dall'Italia, secondo l'incongrua proporzione di 7 a 2 (cioè per ogni 2 persone che entrarono nel paese in 7 ne uscirono), mentre il numero di bambini concepiti in quel periodo subì un crollo senza precedenti. Questo per dire che in realtà, malgrado se ne possa avere l'impressione, io e la dottoressa Gassion non ci comportammo da fanatici, e quell'asserragliarci in canonica, con quella medievale sensazione di dover resistere a un assedio, rappresentò solo una reazione a quanto stava succedendo. Sicuramente ce n'erano altre, ma a noi venne quella, e Dio sa quanto fu comunque meglio che non averne prodotta alcuna.

Appena arrivata, la dottoressa si mise a preparare la cena, come se facesse parte delle sue mansioni, e la pasta in bianco che cucinò fu il primo pasto caldo che consumai dopo molti giorni. Dopodiché rimanemmo in tinello, davanti al fuoco, a parlare fino a tardi. Io le raccontai tutto quello che mi sembrò importante, del Borgo e dei suoi abitanti, badando a non confonderla con i legami di parentela, a volte doppi, a volte perfino tripli, che si incrociavano tra le famiglie. Innanzitutto cercai di renderle chiara la storica divisione – chiamiamola così, anche se in tanti anni non aveva prodotto nessun vero dissidio – della nostra comunità nei suoi quattro storici clan: i Formento, gli Antonaz, i Lechner e i Nones. Questo perché uno dei più evidenti effetti della strage era stato proprio lo stravolgimento di quell'equilibrio, e il conseguente succedersi di conflitti, di scambi di ruolo e soprattutto di comportamenti alterati che lei, dall'indomani, avrebbe constatato di persona. I Formento, per esempio, costituiti in gran parte da donne aggrappate all'ingombro patriarcale di Sauro, erano sempre stati il gruppo più vicino a me e al culto del Santo; adesso, con la sola eccezione di Zeno e della vecchia Genise, si erano bruscamente allontanati e mi manifestavano ostilità. I Lechner, viceversa, che avevano sempre mantenuto una condotta più autarchica (perché al contrario degli altri non possedevano terre, perché erano di madrelingua tedesca, e perché erano arrivati a San Giuda per ultimi, dall'Alto Adige, alla vigilia della guerra, per ragioni rimaste sconosciute, in una strana migrazione di soli ragazzi dei quali ormai sopravviveva solo il vecchio Notburg), loro si erano improvvisamente avvicinati, in pratica prendendo il posto dei Formento. Gli Antonaz, dopo la fuga di Magda e la sparata dei gemelli contro il povero Wilfred, non sembravano più nemmeno una famiglia, ed erano diventati un mistero anche per me.

La dottoressa mi ascoltò con attenzione, fece qualche domanda che mi mise in difficoltà (riguardo ai padri ignoti di Perla e di Saurino Formento, per esempio, o riguardo al matrimonio tra Notburg Lechner e sua cugina Anne-Marie) e prese molti appunti su un quaderno. Poi, quando ormai era l'una passata, mi ringraziò e se ne andò a letto. L'indomani mattina avrebbe presenziato alla messa delle sette: avevamo deciso di giocare a carte scoperte, e la messa sarebbe stata l'occasione per comunicare la novità della sua presenza, a disposizione di chi ne avesse bisogno. Naturalmente – lei lo disse mentre io lo pensavo – si sarebbe spacciata per una dottoressa generica, un semplice medico condotto: la sua esperienza in quelle zone, disse, le aveva insegnato che i pazienti di montagna erano tanto bendisposti verso i medici generici quanto diffidenti nei confronti degli psichiatri; e anche la semplice parola "psichiatria", pensai io, era meglio pronunciarla il meno possibile, lì al Borgo, dopo la tragedia della moglie di Sauro, morta in manicomio senza aver potuto tirare su Zeno.

Poi però, a letto, mentre tossivo e non riuscivo a dormire, mi domandai perché quella storia, proprio quella, non gliel'avessi raccontata. Mi risposi che era perché non c'era stato il tempo, e perché si era svolta in anni lontani, nei quali io non ero al Borgo, ma una parte di me non era per nulla soddisfatta di quelle risposte. Poche ore insieme a lei, e già la crosta che ricopriva la mia vita cominciava a creparsi.

X

Oh, la splendente assurdità di essere qui...
Solo ventiquattr'ore fa ero nella mia casuccia a dibattermi nelle conseguenze di uno degli sbagli più stupidi che abbia mai commesso in vita mia, e mi sentivo frustrata, sporca, impotente, e la mia mente era un servomeccanismo in avaria che girava attorno a un buco nero senza nessuna via di fuga – e ora, come se avessi trovato un cunicolo nello spaziotempo, sono *altrove*. E dico nello spaziotempo perché questo posto è veramente pazzesco, è veramente spazio e tempo fusi insieme. L'arrivo nella notte, per dire, è stata un'esperienza settecentesca, come viaggiare davvero in una macchina del tempo. La bufera. Il fitto del bosco. La strada coperta di neve – altro che sgombra – da non sapere come ho fatto a non andare a sbattere. I fari della Clio che nulla potevano contro quel buio spettrale salvo ritagliare qualche sagoma di albero carico di una neve che però sembrava nera, non bianca, e faceva drizzare i capelli.
L'albero ghiacciato.
Mai provato nulla di simile. Era paura? Sì, tecnicamente era paura – l'Ignoto si era manifestato proprio in quel bosco, e io lo stavo attraversando –, ma alla fine era meno paura di quella che provavo ieri, di quella che provo tutti i giorni a casa mia. Era paura fresca, vitale, provata mentre facevo qualcosa di attivo e intenzionale – e questa paura non paralizza e non deprime come quella melmosa e febbricitante nella quale stagnavo fino a ieri, quando ero solo spettatrice, lontana, passiva, inebetita. Sono tutte cose che so bene, intendiamoci, che dico ai miei pazienti ogni giorno, ma sperimentare sulla propria pelle che è davvero così che funziona, cioè *scoprirlo*, in

pratica, come se non lo si fosse già saputo – constatare che la paura che marcisce i nostri atti mentali è quella che si prova da fermi, nella fossa biologica immane delle nostre case comprate col mutuo, col ronzio tecnologico in sottofondo che ci carica di elettroni malati – be', fa sempre un certo effetto.

Tra l'altro, anche sapere che questa strada qui porta e qui finisce fa un certo effetto. In un mondo così intrecciato, così pieno di incroci e alternative, dove tutto confina con tutto, fa effetto sapere di trovarsi alla fine di qualcosa. O all'inizio, magari – anzi sì, meglio all'inizio, all'origine: anche solo di una strada, che poi vuol dire civiltà, che poi vuol dire esseri umani, che poi vuol dire psiche. Questo posto non è raggiunto dalla televisione, e nemmeno dalla radio. Qui non c'è campo per i telefonini. Internet? Hah. Questo è un vero e proprio habitat autoctono – sociale e di conseguenza anche psichico.

Sono come Darwin quando arriva alle Galapagos a bordo del Beagle.

(Speriamo di avere portato i libri giusti, piuttosto, perché avevo poco spazio nella sacca e senza internet non è che si possa sbirciare dappertutto: il *DSM IV*, ovviamente, e l'*ICD 10*, ovviamente – versioni in italiano, ovviamente; poi Freud, ovviamente, e non potendo portare tutti e dodici i volumi delle opere complete ho dovuto scegliere e ho scelto quello che contiene *L'interpretazione dei sogni*, quello che contiene l'*Introduzione alla psicoanalisi*, e quello che contiene *Psicologia delle masse e analisi dell'Io* e i due scritti sulla telepatia che ormai mi ero messa in mente di rileggere, appena possibile, per via del paziente telepatico di Cles, come si chiama, anche se con questa faccenda non c'entrano; poi *Sulla natura umana* di Winnicott, che c'entra con tutto; poi *Il cambiamento catastrofico* di Bion, per le sue teorie sui gruppi; poi *Auto da fé* di Elias Canetti – non so neanch'io perché, visto che l'ho letto tanti anni fa e lo ricordo confusamente. E il Prontuario far-

maceutico. Fine. Non c'era più posto nella sacca. E il paziente telepatico di Cles si chiama Altenburger.)
Questa stanzetta dove sono alloggiata, questa canonica. A parte che non ero mai stata in una canonica (questo odore, questo misto di legna che brucia, di muffa e – chissà perché – di *pane*), pare che nessun civile, per dir così, meno che mai proveniente dalla città, meno che mai donna, ci abbia mai passato una notte. Sono la prima, pare. Almeno da quando lui vive qui.
Questa stanza davvero disadorna. Questa stufa bellissima che sbuffa. I dischi di De André, di là in tinello: c'è un vecchio giradischi e ci sono dei dischi di Fabrizio De André, li ho visti. Dischi *suoi*, senza dubbio...
Sentilo. Come tossisce. Non dorme nemmeno lui...
Il suo mistero. Il suo carisma.
Mi ha stregata, dice la mamma.
Già, la mamma! Non l'ho chiamata.
E vabbe', pazienza. Non è che quando Darwin toccò terra alle Galapagos come prima cosa abbia scritto a sua madre.
Tossisce.
Quello che colpisce di lui è l'ampiezza, ecco, che impone all'orizzonte che lo circonda. Parla di dolore e di pace contemporaneamente, come se gettasse una rete immensa e fosse proprio la grandezza della sua rete a catturarti. Parla di cose inverosimili e lontanissime da te, ma lo fa in un modo tale che tu ti senti una di quelle cose. E poi come ci siamo andati a genio: la strana immediata intesa che ho provato con lui non ricordo di averla mai provata con nessun altro – sconosciuto, intendo. Mi ha emozionato fin da subito, ha riattivato in un'ora tutte quelle funzioni che mi si stavano atrofizzando. La voglia di vivere, di darsi da fare per gli altri. La paura. *La fame...* I tre etti di pasta al burro che abbiamo spazzolato, per esempio, è stato il primo piatto caldo che abbia mandato giù

dopo giorni e giorni di Ritz e Miniritz e Oro Ciok e Jocca e Risolatte e Kinder Cereali...

La semplicità con la quale mi ha chiesto di mollare tutto e venire qui. Intendiamoci: è fuor di discussione che venire qui, in questo momento, nel cuore di una comunità chiusa e praticamente inaccessibile colpita da un trauma possente e attraversata dallo sciame di sintomi di cui lui mi ha parlato, sia un'opportunità irripetibile per uno psichiatra – non solo per me, voglio dire, ma anche per uno più esperto e affermato: ma quando mai, pur rendendosene conto – perché distinguere il meglio dal peggio non è poi così difficile –, quando mai uno riesce davvero a farlo? E la famiglia, e il lavoro, e i pazienti privati, e l'analista (se non sta morendo), e yoga, e le lezioni al consultorio – la presa tentacolare del tuo adorato malessere che non ti lascia andare... Invece lui ha saputo chiederlo, ecco: ha toccato i tasti giusti, e non c'è stata incertezza. Quest'uomo mi avrà anche stregato, ma secondo me avrebbe stregato chiunque.

Quello che voglio dire è che sarebbe stato impossibile dirgli di no anche per la Scommegna, secondo me, o per Schrerer, se, come dice la mamma, fosse venuto al Centro ieri mattina o domani mattina. "Guardi, mi dispiace ma non posso proprio: cerchi di portarli qui, poi magari facciamo domanda alla ASL per ottenere l'autorizzazione a..."

Non credo che avrebbero potuto rispondere così.

O mi sbaglio? O io ero l'unica persona che si trovasse nelle condizioni oggettive di potergli rispondere "sì"? In fondo, anche se lui non lo sapeva, questa vicenda nella quale ha saputo coinvolgermi così bene mi coinvolgeva già: sarei qui anche se non fossi già stata una di quelle cose inverosimili e lontanissime di cui lui è venuto a parlarmi? Mettiamo che non mi si fosse riaperta la cicatrice. Mettiamo che sulla strage io non sapessi nulla di più di quello che sanno tutti. Mettiamo che non mi fossi incasinata con Alberto proprio ieri sera, tanto da rendere alquanto arduo dare seguito alla decisione di lasciarlo, per dirne una, e provvidenziale, per dirne un'altra, la prospettiva di farsi inghiottire in questo posto dimenticato da Dio: avrei mollato tutto per venire qui?

Alberto. Forse dovevo lasciargli un messaggio in segreteria, un biglietto, qualcosa. Così penserà che mi è successa una disgrazia, paranoico com'è. Ma è stato così bello non farlo, così impagabilmente bello. Al diavolo, che si preoccupi. Che telefoni a Miriam nel cuore della notte, se non resiste, o alla mamma: io non gli devo niente. Domani, da qui, gli lascerò un messaggio sulla segreteria di casa – *al passato*: ho deciso, mi sono trasferita, non so quando torno. Bip.

E comunque non sono scappata. Non si dica che sono scappata. Mi sono fisicamente allontanata da lui, questo sì – ma per far cosa? Per fiondarmi nell'occhio del ciclone, altro che scappare. Tutte queste persone da affrontare, da domani mattina, alle quali pare sia successa la stessa cosa che è successa a me – solo che a loro le cicatrici si sono riaperte metaforicamente, come deve essere, mentre a me...

La ferita sta bene, a proposito. Non pulsa. Non ha ricominciato a farmi male o a sanguinare, come nei film dell'orrore.

Silenzio. S'è addormentato. Non tossisce più, russa appena. Combinazione, non ha nemmeno una porta da chiudere, lui. La sola porta che ci separa è la mia.

Quei nomi. Nei nomi, come nei luoghi, vive una forza, e nei racconti che lui mi ha fatto percepivo una forza enorme. Li pronunciava con tale naturalezza, come se io sapessi di chi stava parlando – e in effetti, per come si combinano alla perfezione gli uni con gli altri, e tutti insieme col luogo cui danno vita, ispiravano – *ispirano* – una specie di congenita familiarità: risuonano, e sono subito figure, sfondo e destino. L'anonimato non esiste, da queste parti. Solidità. Tempo. Tradizione. Ora, qui, a letto, io non ricordo nemmeno uno di quei nomi, ma la loro forza la ricordo benissimo – è la forza di una massa umana omogenea e congruente, dai confini spaventosamente precisi. Un solo passo più in là e sei fuori. Per quanto piccola, per quanto spaccata al suo interno, l'inerzia dell'isolamento la tiene insieme – i nomi, per l'appunto, la vischiosità dei comportamenti ritualistici, le abitudini immutabili, l'idolatria condivisa, quasi tribale, l'invisibile catena dell'endogamia: e anche nel momento in cui ne mette a rischio la sopravvivenza contemporaneamente continua a irrobustirla. Potrebbe essere rivolta contro di me, da domattina, questa forza? La risposta è sì. Io sono un'intrusa. All'inizio la faccenda del medico generico funzionerà, e i medicinali che mi sono portata dietro – antidolorifici, antibiotici, sulfamidici, cortisone – mi regaleranno una certa popolarità, perlomeno con alcuni: ma come si metterà quando comincerò a ficcare il naso nelle loro vite? Conosco abbastanza bene queste comunità di montanari, ormai, la loro diffidenza, la loro capacità di fuggire chi li guarda con occhi diversi – e parlo di comunità che in confronto a questa possono essere definite aperte. Conosco il loro terrore della follia, e l'odio purissimo che possono sviluppare verso chi ne introduca anche solo la nozione nelle loro vite. Follia e Maligno sono una cosa sola, per molti di loro – ed è per questo, tra parentesi, che mi sento rassicurata di affrontarli insieme a un – certo, chi l'avrebbe mai detto? – *prete*. Ma a parte tutto quello che so, che mi aspetto e che di sicuro capirò a partire da domattina, la domanda delle domande è: riuscirò ad aiutarli? Saprò essere all'altezza della situazione?

E, di nuovo, la possibilità di scoprirmi inadeguata mi spaventa, certo, ma è una paura che non vedo l'ora di affrontare, perché non mi raggiunge nel mio tinellino dell'Ikea dal quale cercavo di tenerla fuori, non filtra da sotto le porte, non mi raggiunge attraverso la linea telefonica o la televisione: questa paura me la sono scelta, mi ci sono buttata a capofitto, è *mia*.

Non provavo niente di simile dai tempi delle gare di sci. Già. Da quando passavo le notti a pensare alle mie avversarie (e anche lì, i nomi erano una forza e incutevano timore: Tramor, Menzio, Caponegro, Kaminker, Roasenda...), e mi allenavo e progredivo ogni giorno di più, e temevo e aspettavo con impazienza quei novanta secondi in cui avrei potuto dimostrare il mio valore ma anche la mia inadeguatezza – e mi tagliavo le dita affettando il pane...

Domani mattina. Tra poche ore, visto che la sveglia l'ho messa alle sei.

Lui non tossisce più. Lui dorme.

Oh, sonno, vieni anche da me, ti prego. Devo assolutamente dormire un po': domani voglio essere lucida.

X

Alla messa delle sette, la mattina dopo, parteciparono in quattro: Desiré Nones, Genise Formento, Maria Lechner e – in piedi vicino all'acquasantiera, molto lontano dagli altri, col cappello in mano e la testa infossata nelle spalle – un sorprendente Primo Antonaz. Sorprendente perché non credo avesse mai messo piede in una chiesa, né la nostra né qualunque altra, e men che meno alle sette del mattino, orario che coincideva con quello della mungitura. Cosa lo spingeva?

Aveva sessantadue anni, Primo Antonaz. Non si era mai sposato e viveva da solo in una malga a Pozzo Caterina, appena fuori dal Borgo. Era il primogenito di Bruno Antonaz e Perla Formento (uno dei tanti incroci tra le famiglie di San Giuda), e dei suoi cinque fratelli, dopo la recente morte di Guenda, rimaneva in vita il solo Terenzio. Due fratelli erano morti da bambini, nell'estate del 1955, annegati nel Lago

Santo, sotto al Balzo alle Rose, in un misterioso incidente nel quale era rimasto coinvolto anche lui – solo che lui si era salvato. I tre bambini, durante una gita col resto della famiglia, erano sfuggiti al controllo degli adulti, e al tramonto, dopo ricerche durate tutto il pomeriggio, Primo era stato ritrovato sotto un abete, bagnato fradicio, confuso e improvvisamente muto. I corpi dei suoi fratellini il lago li aveva restituiti due giorni dopo, ma Primo aveva impiegato più di un anno per ritrovare la parola – un anno di preghiere e di consulti, come usava a quei tempi, con guaritori, esorcisti e santoni. Anche dopo che ebbe ritrovato l'uso della parola, tuttavia, non ne aveva mai spesa nemmeno una per dire cosa fosse successo quel pomeriggio. I suoi genitori ebbero un altro figlio, che venne chiamato Terenzio come uno dei due fratelli morti, e tentarono di replicare anche l'altro, di nome Dario, solo che la gravidanza non andò a buon fine e da lì in poi la natura non concesse loro altre opportunità. Nel frattempo Primo cresceva in solitudine, sperso per gli alpeggi insieme agli animali al pascolo, senza accedere ai Sacramenti e senza nemmeno finire le scuole elementari, sviluppando una personalità mansueta ma molto introversa: a furia di starsene in mezzo ai buoi, ai buoi aveva finito per somigliare. Certe volte, anche di recente, veniva il dubbio che avesse perso di nuovo la parola, da come era capace di tacere per giorni interi, ma non si era mai completamente staccato dal resto della sua famiglia né dalla nostra comunità. Gli Antonaz erano contadini, e possedevano parecchia terra: una parte era coltivata a frutteti, soprattutto mele, ed era curata da Terenzio e da suo cognato Giuliano Lechner; un'altra, curata da Enrico e Manrico, era a vigneti, e produceva un ottimo Müller Thurgau; infine, a ridosso del Passo d'Annibale, lungo l'antico confine italo-austriaco, c'erano i pascoli immacolati di Primo, che nella sua malga curava le bestie, la produzione del latte e la compravendita dei capi – tutto da solo. Rispettando il volere dei due fratelli capostipiti, Bruno e Giorgione, gli Antonaz tenevano una contabilità comune di tutte e tre le attività, e dividevano in parti uguali gli utili provenienti da ciascuna di esse, indipendentemente da quale avesse reso di più; ciononostante, una certa differenza di condizione economica saltava agli occhi, se si paragonava lo stile di vita dei gemelli o di Terenzio – contadini e montanari, sì, ma del XX secolo – con quello quasi medievale di Primo. Questa differenza però non aveva mai generato contrasti perché Primo non se n'era mai lamentato. Si diceva peraltro che essa non dipendesse da diverse disponibilità economiche tra Primo e i suoi parenti, ma da una sua profonda diffidenza per l'automazione e per le cosiddette comodità moderne – o, secondo alcuni, dalla sua avarizia: e costoro sostenevano che Primo avesse un bel po' di milioni di vecchie lire cuciti nel materasso e andati in cavalleria con l'entrata in vigore dell'euro.

Più tardi, quella mattina, raccontai queste cose anche alla dottoressa Gassion. Ma prima di potergliele raccontare, appena finita la funzione, avemmo entrambi un certo daffare, perché la novità appena comunicata a proposito della sua presenza in paese produsse subito delle reazioni. Se infatti Primo se ne andò, furtivamente e in silenzio così com'era venuto, lasciando intatto il mistero della sua apparizione, le tre donne si fermarono a parlare con noi: Genise e Desiré con me, Maria Lechner con la dottoressa. Per prima venne da me Desiré Nones. Era di fretta perché sua zia Irma era sola a casa con Toni e Argenia: si disse molto rassicurata dalla presenza della dottoressa e mi chiese se in giornata potevo accompagnarla a casa loro, perché accusavano tutti qualche malanno; poi scappò via, e riguardo alla comparsa in chiesa di Primo, che era suo cugino, non disse nulla. Fu quindi la volta di Genise, che stava a metà tra le famiglie Formento (per nascita) e Antonaz (per matrimonio e discendenza). Ultimamente, dinanzi all'improvvisa animosità manifestata dal resto dei Formento, si era accoratamente schierata in difesa del Santo e di me, ma era stata colpita da un'afflizione supplementare, cioè la sortita dei suoi figli contro Wilfred e le conseguenze che essa aveva causato. Mi chiese notizie del povero fabbro, e io le dissi ciò che sapevo, cioè che era stato trasportato in elicottero al Centro Grandi Ustionati dell'Ospedale di Padova dove lottava tra la vita e la morte; poi, piangendo, mi chiese perdono per quei suoi due figli disgraziati (così li definì), sopraffatti da rancore e avidità. Mi resi conto che faceva allusione a una qualche controversia di interessi tra loro e Wilfred di cui era convinta io fossi a conoscenza – e invece non ne sapevo niente. Mi disse che erano scioccati per quanto era successo, e che alla sua domanda sul perché avessero accusato Wilfred in maniera così assurda, le avevano risposto che era solo uno scherzo. Mi disse, Genise, che i suoi figli si vergognavano di venire a chieder perdono, ma mi promise che nel giro di qualche giorno l'avrebbero fatto, così come loro avevano promesso a lei. Anche lei mi chiese di accompagnare la dottoressa a casa sua, appena possibile, perché non si sentiva bene e aveva l'affanno, e nemmeno lei disse nulla circa la presenza alla messa di suo nipote Primo. Poi andò a inginocchiarsi davanti alla statua del Santo, e lì rimase per un bel po', in preghiera, accendendo tre ceri da cinquanta centesimi.

Nel frattempo la dottoressa, in sacrestia, aveva una lunga conversazione con Maria Lechner, nella quale immaginai che ella le stesse lamentando le stesse cose che nei giorni precedenti, insieme a suo marito Armin Lassman, aveva lamentato a me: che non riuscivano a sopportare il dolore per la morte del loro unico figlio (avvenuta però sei anni prima, e dopo almeno cinque nei quali era sembrato che invece ci fossero riusciti); che non si davano pace per averlo lasciato andare a

Cles quel giorno, da solo, la patente appena presa, col furgone di Armin a consegnare le botti al consorzio (Armin faceva il bottaio), e che *per questo* non ce la facevano più ad accudire Lorenzetto e Florian. Ma mi sbagliavo: molto più pratica e spiccia di quanto fosse mai stata con me, le chiese di passare da casa a vedere i due infermi poiché l'uno, cioè Lorenzetto, teneva un comportamento sempre più aggressivo e loro non sapevano come placarlo, mentre l'altro, il vecchio Florian, padre di Armin, lamentava dolori alla gamba che non aveva più, e loro non sapevano cosa fare. Della regressione nel lutto per la morte del figlio non fece parola.

Dopo che ci fummo raccontati questi colloqui, e dopo che io le ebbi raccontato quel che sapevo di Primo, la dottoressa e io ci mettemmo al lavoro. Io tornai in chiesa per mettere le ostie consacrate nel portaostie, e lei preparò una valigetta che poteva anche passare per la borsa di un medico condotto – senonché mancava dello strumento fondamentale, dalle nostre parti, e cioè il manometro, poiché la pressione arteriosa, per qualche ragione, era la preoccupazione principale degli abitanti di San Giuda. Io ne avevo uno, un po' consumato, a mercurio, col quale, durante le mie visite a casa – ma anche in canonica, su richiesta – misuravo la pressione un po' a tutti; glielo feci vedere, e finì nella valigetta insieme a siringhe e medicinali.

Pioveva, ma la pioggia, oltre che più violenta, riusciva a essere anche più fredda della neve. In piazza c'era ancora il carrozzone dei giornalisti e dei curiosi, ma era meno ingombrante e molesto, e le facce dei forestieri imbacuccati che entravano e uscivano dallo spaccio dei Formento sembravano già un po' annoiate. Naturalmente dovetti respingere l'assalto della giornalista che voleva intervistarmi (sempre la stessa, che ormai sembrava essersene fatta un punto d'onore), ma a parte questo non fummo disturbati, soprattutto considerando che al mio fianco camminava una donna giovane e bella che avrebbe potuto accendere la curiosità di chiunque: invece, con mia sorpresa, fu ignorata. Così potemmo fare il nostro giro senza codazzi, ed entrare nelle case senza chiudere fuori nessuno.

Cominciammo da casa di Greta, la vedova di Helmut Lechner, dove sua figlia Edwige aveva dovuto trasferirsi ad accudirla dopo che Heidi, l'altra figlia, se n'era andata di punto in bianco a Bolzano. Poiché era vero che Edwige, alla fine, era sempre quella che si sacrificava per le esigenze degli altri componenti della sua famiglia, da qualche giorno facevo in modo che la mia prima visita, ogni mattina, fosse per lei: un gesto minimo, sicuramente irrilevante, ma compiuto col cuore, perché Edwige non si sentisse sola e si accorgesse che i suoi sacrifici venivano apprezzati – anche quando, come in quel caso, arrivavano dopo un bel po' di proteste. La dottoressa parlò un poco con Edwige a proposito delle condizioni di sua madre – sapeva essere molto rassicurante, non ci sono dubbi –, poi visitò entrambe. Greta aveva l'Alzheimer – o meglio lo aveva a tratti, se così si può dire, perché alternava giorni in cui era vigile e si esprimeva lucidamente ad altri nei quali non riusciva a fare altro che sbavare fissando il vuoto con occhi acquosi. Quello era un giorno-no, e Greta rimase tutto il tempo assente, senza prestare la minima attenzione a quel che le accadeva intorno. Non si riscosse neanche quando estrassi l'ostia consacrata dal portaostie per comunicare Edwige: ma solo due mattine prima – l'ultima volta che ero stato lì – aveva partecipato, si era lamentata del caldo prodotto dalla stufa e aveva voluto anche lei l'eucarestia.

Dopo quella visita anche le successive, nelle tre case dei Nones e da Genise Formento, seguirono lo stesso schema: la dottoressa parlava con le persone, le ascoltava e le tranquillizzava, dopodiché le sottoponeva a una visita abbastanza credibile (l'unico problema fu proprio il mio manometro che si rivelò difettoso, per cui la dottoressa faceva fatica a misurare la pressione con precisione), e alla fine io somministravo loro il Sacramento. Era un bel miglioramento rispetto ai giorni precedenti, quando arrivavo da solo e, a freddo, con le poche e scarne parole di conforto che riuscivo a pronunciare, ficcavo l'ostia consacrata in quelle bocche terrorizzate senza che né io né il Sacramento che somministravo potessimo scalfire l'oscuro ingombro che le contraeva. Tuttavia, proprio perché le visite insieme alla dottoressa risultavano più calde e confortanti, il comportamento dei miei fedeli tendeva a essere molto meno deviato di quanto lo fosse dinanzi a me solo – anzi, direi proprio che durante quelle prime visite fu del tutto normale, ragion per cui pensai che la dottoressa avrebbe anche potuto dubitare delle cose che le avevo raccontato e l'avevano convinta a venire.

A fugare questa mia preoccupazione, tuttavia, venne il turno della visita dai coniugi Lassman.

Erano parecchi giorni che non entravo nella loro casa – da prima della strage: ultimamente erano sempre loro che venivano da me. Maria ci aprì la porta in uno stato pietoso, l'aria esausta, la testa arruffata, una vestaglia sgualcita addosso, e sembrò sorpresa di vederci, come se non ci avesse chiesto lei stessa di venire, soltanto qualche ora prima. Armin, che di solito a quell'ora tornava dal laboratorio per il pranzo, era buttato sul divano con aria assente, in pigiama. Ci salutò a malapena. Florian gemeva sulla sedia a rotelle e non ci salutò proprio, e Lorenzetto era chiuso in camera sua. La dottoressa Gassion si occupò subito del vecchio, che continuava a lamentare dolori alla gamba mancante: lo trattò e lo maneggiò con la spiccia dimestichezza di un'infermiera, e spiegò che si trattava di un'illusione sensoriale abbastanza frequente negli amputati, che aveva un nome suggestivo, *arto fantasma*. Fece molte domande sulle condizioni generali di Florian e sui farmaci che assumeva, alle quali Maria rispose distrattamente, quasi controvoglia; poi, mentre il vecchio continuava a lamentarsi, gli fece un'iniezione di antidolorifico. Assicurò che nel giro di dieci minuti il dolore sarebbe passato, e chiese a Maria se sapeva fare le iniezioni intramuscolari; Maria rispose di sì, e allora le consegnò una confezione intera di antidolorifico, prescrivendole di iniettargli una fiala al bisogno, ma mai prima che fossero passate quattro ore dalla precedente. Per sicurezza scrisse la prescrizione su un blocchetto e consegnò il foglio a Maria, insieme a un gastroprotettore da somministrargli una volta al giorno, dopo pranzo. Dopodiché chiese di vedere Lorenzetto. Maria l'accompagnò alla porta della sua camera, bussò ed entrò senza aspettare risposta, e la dottoressa sparì nella stanza dietro di lei.

Io rimasi in piedi nel tinello in penombra, dove il lamento di Florian galleggiava nel silenzio insieme al gemito del vento che faceva vibrare le grondaie. Ero disorientato: tutto, nel colpo d'occhio di quella stanza parlava di incuria, disagio e desolazione. Sulla tavola c'erano delle tazze sporche, una bottiglia di latte aperta, briciole di pane nero mescolate a cenere di sigarette e mezza forma di pegorin tutta sbocconcellata – più che tagliata col coltello sembrava scavata con le mani. Olmo, il labrador di Armin, tentava di acchiapparla drizzandosi sulle zampe posteriori e appoggiando il muso sulla tovaglia, ma non ci riusciva. Armin continuava a non guardarmi nemmeno, bevendo di tanto in tanto da una bottiglia d'acqua appoggiata per terra. Altre bottiglie e brocche, vuote o mezze vuote, erano disseminate dappertutto. Il camino era pieno di cenere e ceppi carbonizzati. C'erano perfino le ragnatele agli angoli del soffitto.

D'un tratto, però, quella stasi malata venne interrotta, e ciò che la interruppe fu qualcosa di ancor più malato: Armin scattò in piedi e sferrò un calcio in pancia a Olmo che continuava a dar la caccia al formaggio sul tavolo. "Basta!", gridò alla bestia che scappò via guaendo. "Hai capito? Basta!" Poi mi guardò, sorridendo. Disse: "Non vuole imparare a tenere le zampe giù dalla tovaglia", e si distese di nuovo sul divano a bere la sua acqua.

Io non feci nulla, ma mi era davvero difficile accettare ciò che stavo vedendo. Dov'era finito l'uomo generoso e infaticabile che per anni si era preso cura del padre e del fratello, aveva resistito al dolore che lo aveva straziato quando aveva perduto il suo unico figlio ed era stato di esempio per tutta la comunità nel perseverare, incarnando le virtù dell'ippopotamo cantate nel Libro di Giobbe? E dove anche solo quello stremato e preoccupato che ultimamente ne aveva preso il posto, che era ricaduto nel pozzo del lutto e che veniva in chiesa a dirmi che non ce la faceva più, sì, ma pur sempre accompagnato da una strenua, luminosa dignità? I miei occhi ora mi dicevano che Armin Lassman, sorpreso nel vuoto della sua intimità, non era che un mucchio di carne spenta, il cui unico fremito consisteva nel percuotere una creatura amata per poi sporgersi di nuovo sul suo nulla, in attesa di una fine qualsiasi della quale sembrava non importargli niente: e io non riuscivo ad accettarlo.

"Armin", dissi, occupando il silenzio per impormi di cominciare il discorso – perché dovevo pur dirgli che così *era male*, anche se ormai ero consapevole che quel male, come quello di molti altri, a San Giuda, non riguardava tanto l'anima quanto la mente, e proprio per questo avevo chiesto aiuto alla dottoressa Gassion. "Armin", dissi, ed esitai, aspettando che lui ruotasse il capo, almeno, e mi guardasse negli occhi – ma non potei continuare, perché qualcosa mi interruppe.

Fu un grido acuto e penetrante, simile ai fischi emessi dalla gracula indiana del padre di Maria, Giuliano, proveniente dalla camera di Lorenzetto. Poi un "VAI VIAAAAA!" gridato a tutta voce, con una potenza formidabile, che fece letteralmente tremare i vetri, e subito dopo un colpo secco come una sassata contro la porta della stanza.

Armin non si mosse nemmeno. Il vecchio Florian smise di lamentarsi.

Mi precipitai nella stanza.

Oh, la splendente assurdità di essere qui

Oddio, ma che è successo alla sua faccia? Cosa le ha tirato?
La porta si spalanca: don Ermete...
Non ci posso credere, le ha tirato un...
– Che succede? – dice don Ermete, ispezionando fulmineamente la stanza con quel suo sguardo potente, che rende le cose sconfinate. Vede me, vede Lorenzetto, e per ultima vede la donna, come si chiama, che si è chinata e sta cercando *quella cosa* per terra.
– Va tutto bene, Maria? – Maria, si chiama. Si rivolge a lei, ma intanto guarda me.
– Tutto a posto – dice Maria – Non è niente.
Poi si rivolge a Lorenzetto, tornato immobile al centro della stanza, il volto deturpato, inguardabile.
Le ha tirato l'...
– Spera solo che non si sia rotto... – dice Maria, sempre chinata a perlustrare il pavimento.
L'occhio, ecco cosa le ha tirato.
– ...perché i soldi per ricomprarlo non ce li abbiamo.
Ma certo! Ha un occhio di vetro – ed ecco il perché, tra parentesi, dello sguardo spiritato che aveva fino a poco fa –, e se lo è cavato, e gliel'ha tirato contro, e adesso se ne sta lì coll'orbita vuota mentre Maria lo cerca sul pavimento.

Ecco, l'ha trovato. Si rialza. Guarda don Ermete, incorniciato dal telaio della porta.
– Visto? – dice – Me l'ha tirato dietro.
Gli mostra, per l'appunto, l'occhio. Sembra divertita.
– Fortuna che son stata svelta...
Ha un'aria sbarazzina, come se si trattasse di un gioco. Questo si è cavato l'occhio di vetro e gliel'ha tirato contro, mancandola veramente per un pelo – no, guarda che tacca che ha fatto sul legno della porta –, e lei si diverte.
Don Ermete invece non muta espressione: preoccupato, fissa Lorenzetto e non dice una parola.
– Gli piace molto – fa la donna, indicando me con il mento – Vuole rimanere solo con lei. La dottoressa è d'accordo, e io stavo per venire di là, ma lui si è spa—
– N-no – la interrompe Lorenzetto – Tu s-stavi per r-restare q-qua.
Balbuzie – prima non c'era. Voce molto diversa da quella sfoderata nell'urlo – acuta, adesso, infantile.
– T-tanto è vero che s-sei a-ancora qua – aggiunge.
Comincia a dondolare il busto, a gambe ferme, avanti e indietro.
– Eh, ma dammi il tempo, benedetto figliolo... – dice Maria. Sorride, infila la porta del bagno e si mette a lavare l'occhio di vetro nel lavandino.
– Ma tu sei impaziente, eh Etto? – dice, a voce alta – È vero che sei impaziente?
Lorenzetto aumenta il dondolio, ma non dice nulla. Anche ora che so cosa è successo, il vuoto nella sua orbita rimane inguardabile.
Maria esce dal bagno.
– Ecco... Meno male che non si è rotto.
Sta asciugando l'occhio con una salvietta sterile.
– S'innervosisce subito – fa, rivolta a don Ermete – Non

aspetta neanche due secondi.

Si avvicina a Lorenzetto e lo aiuta a rimettersi l'occhio, usando una specie di collirio. Poi glielo sistema, ruotandolo dentro l'orbita. Non credo sia proprio il modo corretto di—

— V-vai via — le ordina Lorenzetto.

Eccoci. Ora glielo ritira.

— Sì, Etto — dice Maria — Sto andando.

Si allontana, va verso la porta, si ferma accanto a don Ermete che mi guarda di nuovo, ed è uno sguardo eloquente: mi sta chiedendo se sono davvero disposta a restare da sola con questo individuo. In effetti, rispetto a quando ho detto di sì c'è una certa differenza: adesso sappiamo che *è armato*. Fatto sta che se sono venuta fin qui è per l'appunto per prendermi questi rischi. Perciò annuisco.

— Allora noi andiamo di là — dice Maria.

Maria e don Ermete escono dalla stanza, ma lasciano la porta aperta.

— Chiama, se hai bisogno — dice Maria.

Lorenzetto non le bada e mi fissa, continuando a dondolare il busto, le braccia rigide lungo i fianchi, le gambe piantate in terra.

E ora?

E ora niente: regola numero uno, non fare né dire niente di propria iniziativa. Fare quello che fa lui. Continua a fissarmi? Ok, lo fisso anch'io — così tra l'altro posso accorgermi all'istante se per caso accennasse a qualche scatto, e buttarmi in terra dietro a quella poltrona.

Gli occhi di nuovo sgranati, quello vero a imitazione di quello finto. Il viso gonfio, come da anni di cortisone, l'incarnato coriaceo, di un colore che fa venire in mente la corteccia degli olivi. La testa sessile, i capelli grigi e unti, a cespugli, sulle tempie. Le spalle cadenti, l'addome gonfio. Un maglione a scacchi sopra una — si direbbe — giacca del pigiama, col

colletto mezzo fuori e mezzo dentro. Pantaloni di velluto, pantofole di pelo.
Continua a fissarmi. Difficile dire con che espressione: *senza* espressione, più che altro.
Gli piaccio molto: ma che significa? Da cosa l'ha capito? Ha semplicemente chiesto di rimanere solo con me: poi ha fatto delle smorfie, ha emesso quella specie di fischio, ha cacciato quell'urlaccio e infine le ha tirato contro l'occhio di vetro: come fa quella donna a dire che gli piaccio molto? E se invece non gli piacessi affatto, se avesse semplicemente intenzione di tirare un'occhiata pure a me? Saprei schivarla come ha fatto lei, almeno?
Ecco che si muove. Lentamente, per fortuna. Fa qualche passo verso la porta, la chiude – *normalmente*. Per fortuna.
Per fortuna un cazzo. Ha chiuso la porta. Ha fatto la prima cosa che si deve fare se come seconda si vuole aggredire una—
– Un quarto di questa casa è mio – dice, e la sua voce è cambiata di nuovo. Ma completamente. È *un'altra* voce. Ora è come strozzata, con un accento altoatesino molto più forte di quello che ha Maria – sembra Reinhold Messner. E non balbetta più.
Ricomincia a dondolare il busto.
– Da questa porta in qua è tutto mio – aggiunge – Compreso il bagno e lo sgabuzzo che c'è dietro al bagno ma si entra dal corridoio.
Ok, marca il territorio: questo spazio è legalmente suo. Come quel paziente di Trento, Strambelli, che aveva l'appartamento cointestato con la madre e lo aveva diviso in due col nastro adesivo sul pavimento, e non le permetteva di entrare nella sua metà.
Smette di dondolare. Deve fare uno sforzo enorme, di solito queste stereotipie sono incontrollabili.
– Ti faccio una domanda – dice – va bene?

Niente più Messner, ora. La voce è diventata un'altra ancora: roca, arrotata, e senza accento.

Certo che questa cosa delle voci multiple fa veramente cacare sotto.

– Va bene.

– Qual è la cosa più bella del mondo?

Ed è ovvio che non devo rispondere, ma intanto penso: sciare.

– Be', dipende...

– No, non dipende. È quella.

Ricomincia a dondolare, poi rismette subito.

– Ti arrendi?

– Sì.

E qui ci starebbe un bel sorriso, se vogliamo, pieno, gagliardo, che assorbisse per un breve luminoso istante tutte le sue stranezze facendo di lui un uomo qualunque che, per l'appunto, sorride – e dando a me un po' di respiro. Ma niente, la faccia gonfia e spiritata è una maschera elettrica, imperscrutabile. Tanto cambia la sua voce quanto rimane uguale la sua faccia – e anche questo fa cacare sotto, per inciso.

– È bere un bicchier d'acqua quando hai tanta sete – dice.

Deragliamento. Di punto in bianco passa a un altro argomento, senza alcun nesso logico.

– È anche meglio che mangiare un pezzo di pane quando hai tanta fame – aggiunge – Sei d'accordo?

Mi fissa. Dondola.

Ci siamo, ora devo parlare io: non posso più limitarmi a guardarlo e dire sì.

– Hai ragione – dico – Mi hai convinto. Ora posso fare io una domanda a te?

Non se l'aspettava. Smette di dondolare e annuisce meccanicamente, come un burattino.

– S-sì.

– Come ti senti? – gli chiedo – Hai male da qualche parte?
Deraglia lui, deraglio anch'io. È l'unico modo di conversare con gli schizofrenici, del resto – imitarli.
– D-da qualche p-parte – ripete, ricominciando a balbettare.
Perché questo è schizofrenico, altro che *subnormale*, come dicono qui...
– Sono una dottoressa – dico – Magari te lo faccio passare.
...o tourettico, o magari autistico, comunque un osso per noialtri psichiatri; e invece c'è da scommettere che prima di sotterrarlo in questa sua penosissima vita di scemo del villaggio è stato fatto rosicchiare solo da esorcisti e santoni di vallata, se va bene, come mi diceva don Ermete stamattina di quell'altro disgraziato spuntato alla messa di sorpresa, che aveva perso la parola da bambino dopo che i suoi fratellini erano annegati nel lago...
– Tuo padre poco fa aveva dolore alla gamba – insisto – Io gli ho fatto un'iniezione e adesso non lo ha più. Per dire.
– N-non ha nemmeno la g-gamba, p-per dire.
Ehi. È la seconda volta che ripete le mie ultime parole. Ecofonia? Ma certo – e allora tutte le voci diverse che usa non sarebbero altro che delle imitazioni di voci altrui sentite nel corso degli anni e memorizzate. In genere questa tendenza a ripetere i suoni e le parole emessi dagli altri si accompagna all'ecoprassia. Proviamo: mi gratto la fronte.
– Il dolore ce l'aveva lo stesso, però – dico.
Si gratta la fronte anche lui.
– E ora gli è passato – aggiungo – Senti?
Metto la mano all'orecchio e protendo leggermente la testa verso la porta. Lui mette la mano all'orecchio e protende leggermente la testa verso la porta.
– Non si lamenta più – dico.
Sorrido. Lui *non* sorride.
– Magari qualche male posso toglierlo anche a te...

È un tantino arrischiata, questa affermazione, visto che come medico sono veramente un disastro (non son mai stata buona nemmeno a misurare la pressione, e infatti per tutta la mattina ho fatto un gran casino, dato che sono sempre stata incapace – oh, non c'è niente da fare – di individuare il momento in cui ricompare il battito, e fortuna che don Ermete ha dato la colpa al suo sfigmomanometro), ma insomma credo che un dottore vero lo direbbe.
– Ho cinquantun anni – dice Lorenzetto, e ora sembra che la voce che imita sia *la mia* – Questo è il mio più grande male. Puoi farmelo passare?
Però: a parte i cespugli grigi sulle tempie sembra molto più giovane. Alberto, che ne ha quarantanove, sembra suo zio...
Scuoto il capo.
– No. Non posso.
Scuote il capo anche lui.
– Comunque passa da solo – dice, ed è proprio la mia voce – Il ventisette di ottobre.
Sorrido e, di nuovo, non riesco a fare a meno di aspettarmi che sorrida anche lui. Non mi rassegno mai, questo è il punto, al fatto che i malati di mente non possano guarire di colpo, zac, per conto loro, in virtù di una fulminea perturbazione inversa innescata da un qualsiasi evento semplicissimo e casuale, interno – un'azione o una frase risolutiva, mettiamo, rimasta a lungo impigliata tra i loro impulsi incasinati, che si libera all'improvviso –, o esterno – un trauma, certo, ma anche un'inezia vera, già che ci siamo, che ne so, un certo suono, un certo odore, quella particolare mosca che si posa su quel particolare bicchiere in quel particolare momento –, un qualche *miracolo*, insomma, che produca l'istantaneo annullamento di tutte le compromissioni, le compulsioni, le ossessioni, le ombre, i deficit e i discontrolli che si sono stratificati giorno dopo giorno nel processo fatale che stringe inesorabilmente attorno al loro

collo quel nodo scorsoio chiamato follia, che noi specialisti possiamo tutt'al più portare alla luce, diagnosticare, magari anche allentare un poco con i farmaci ma mai, maledizione, *mai* sciogliere. Dai, Lorenzetto, sorridi. Io non posso farti passare il tuo male, e allora tu guarisci da solo, forza – di colpo, per miracolo, ora, qui. Basta un sorriso, dopotutto. Sorridi, dai. Sorridi...

Ma Lorenzetto non sorride – *non può*. Lorenzetto può solo dondolare il busto o smettere di dondolarlo, e infatti ecco che ricomincia.

– Comunque io prima volevo dirti una cosa – e soprattutto può cambiare voce: ora è una specie di profondo, agghiacciante gorgoglio catarroso – Bere un bicchier d'acqua quando hai tanta sete è la cosa più bella del mondo, siamo d'accordo?

– Sì.

Mi ravvio i capelli. Lui si ravvia i capelli.

– Ma bere tanta acqua quando non hai sete cos'è?

Forse la voce gorgoglia perché sta parlando di acqua?

– Cosa sia non lo so – dico – Ma fa male.

– È la cosa più brutta del mondo – dice.

Attenzione, si muove. Si allontana dalla porta – no, si blocca, la apre e poi si allontana, tornando al centro della stanza.

Mi fissa. Ricomincia a dondolare il busto.

Dev'essere un suo modo gentile di dirmi "vai via" – e quando Lorenzetto dice "vai via", l'abbiamo imparato, è bene obbedirgli, e in fretta.

– Be', io vado – faccio.

Attraverso la porta vedo don Ermete che ci guarda.

– T-torni? – chiede.

Voce di bambino, adesso – anzi, più che altro di bambina.

– Sì che torno.

– T-torni anche se n-non ho m-male?

E balbuzie, e di nuovo quell'accento altoatesino, con l'erre moscia e tutto, come se a parlare ora fosse la figlioletta del Messner di prima.
– Certo.
Lo saluto con la mano.
– Ciao – dico.
Mi saluta con la mano.
– Q-quando t-torni?
– Quando vuoi. Domani va bene?
– S-sì.
Sorrido. Lui non sorride.
– Chiudo la porta?
– S-sì.
Ne ho avuti sotto gli occhi di malati, anche più gravi di lui, ma questa immagine che cancello chiudendo la porta, di lui che dondola il busto, in piedi al centro della misera stanza di cui è orgogliosamente proprietario, in questa misera casa, in questo misero borgo spazzato dai venti e accerchiato dalla follia, dove lui ha passato uno dopo l'altro tutti i giorni e le ore dei cinquantun anni che non dimostra, mi sembra la cosa più triste che abbia visto in vita mia.

In tinello solo don Ermete sembra interessato al mio ritorno, e mi sorride. Maria non c'è. Il vecchio si è addormentato sulla sedia a rotelle. Il fratello—

Oh, cazzo.

Lorenzetto non voleva mandarmi via. Voleva veramente dirmi una cosa...

Aveva aperto la porta perché vedessi quello che prima non avevo visto, o non avevo notato, e che invece ora vedo, subito, come se nella stanza non ci fosse nient'altro – ma ormai è tardi perché non sono più lì con lui e non posso parlarne con lui...

Suo fratello, vedo, come accidenti si chiama, sdraiato sul divano, a pancia sotto, in pigiama, che beve acqua da una bottiglia *senza* – è così chiaro, e guarda là, altre bottiglie, vuote, piene, sparse per casa, e brocche, e bicchieri, acqua, acqua, acqua dappertutto – aver sete.

X

La visita da Maria e Armin fu una specie di spartiacque; come se proprio a Lorenzetto fosse stato riservato il compito di rompere gli argini, per il resto di quella prima giornata la dottoressa Gassion ebbe una prova esauriente dell'alluvione di follia che si era abbattuta sulla nostra comunità. Il mio timore della mattina, che potesse dubitare di ciò che le avevo raccontato, a sera era scomparso completamente. Fu, del resto, una giornata massacrante. Visitammo praticamente tutte le case del Borgo nelle quali io fossi ancora bene accetto, e in ognuna di esse si verificarono o vennero dette cose che giustificavano le mie preoccupazioni.

Andammo a casa di Giuliano Lechner, quella specie di zoo domestico, e fummo tenuti per mezz'ora all'ascolto di Cecco, la gracula parlante al centro della diatriba tra lui e suo cognato Terenzio Antonaz. A Giuliano le apparizioni del fantasma di sua moglie annunciavano che Cecco era la voce della verità, e che sarebbe stato lui a svelarla riguardo alla strage: per questo ci fece restare immobili davanti alla gabbia, in ascolto, mentre i gatti e i San Bernardo si strusciavano contro le nostre gambe e Cecco ripeteva tutto il repertorio. Anni prima quel repertorio rappresentava una specie di attrazione, in paese, perché a Cecco bastava sentire poche volte una frase per riuscire a ripeterla; ma ormai quell'attitudine si era esaurita, la sua memoria aveva cancellato quasi tutto quello che aveva appreso in passato e gli aveva lasciato solo cinque espressioni: *Ciao, Guenda, Prendila come viene, Portami tante rose* e *Quando piove son tutto bagnato*. Ascoltarle in silenzio, ripetute fino allo sfinimento, fu tutto ciò che Giuliano ci chiese di fare, nella speranza che all'improvviso, tra l'una e l'altra, l'uccello facesse la rivelazione fatale e noi due ospiti ne fossimo i fortunati testimoni.

Andammo poi da Terenzio, cui invece Guenda appariva in sogno per raccomandargli di uccidere Cecco e bruciare la sua carogna – dato che lì, diceva, sotto le sue penne, il Maligno si era rifugiato dopo aver compiuto il lavoro nel bosco. Aveva gli occhi febbricitanti e una gran tosse – secca, cavernosa, simile a quella che di notte assaliva anche me –, ma non volle farsi visitare perché, disse, stava curandosi da solo con i fiori di sambuco – e anzi, volle a tutti i costi che ne prendessi un sacchetto per me, per farne un infuso da bere prima di andare a dormire. Anche lui non parlò d'altro che di quell'uccello. Le sue parole riguardo al cognato erano miti e il suo proposito rimaneva di convincerlo pacificamente a consegnargli la bestia – magari, precisò, con il mio aiuto; ma nel suo futuro, era evidente, era contenuto un momento in cui avrebbe esaurito quella pazienza, e concepito qualcosa di brutto. Non si poteva non pensarci.

Andammo dal fratello di Gertrude Lechner, Notburg, un ottantacinquenne vigoroso e autosufficiente che si occupava a tempo pieno della cugina-cognata Adelheid malata di Alzheimer – cugina-cognata perché Notburg aveva sposato una cugina prima, Anne-Marie, morta ormai da tempo, della quale Adelheid era la sorella gemella. A parte lamentare un mal di schiena del quale non aveva mai sofferto prima, Notburg non si comportò in modo anomalo né disse cose strane: s'interessò alla dottoressa con cortesia, quasi con galanteria, e si premurò di raccontarle di come dieci anni prima io avessi *salvato* – così disse – la comunità di San Giuda con la mia richiesta di trasferimento in quella parrocchia. No, il vecchio Notburg fu lucido e squisito come sempre, e come sempre non fece passare cinque minuti senza curarsi della cugina catatonica (asciugandole gli occhi che lacrimavano, la bava che le scendeva dalla bocca, cambiandole posizione sulla sedia a rotelle e muovendola più o meno vicino al caminetto acceso per un suo benessere corporeo che soltanto lui conosceva ed era in grado di misurare); ma anche durante quella visita si verificò una preoccupante anomalia – solo che ne fui protagonista io. Mi addormentai. Mi addormentai, sì, con la testa sul tavolo, proprio mentre Notburg metteva la dottoressa a parte della mia infaticabile dedizione alla comunità, e feci anche un incubo, e parlai nel sonno e gridai e mi svegliai di soprassalto completamente sconvolto – insomma, lo spettacolo completo. Del resto era un incubo micidiale, che ricordo bene perché da allora l'ho rifatto molte volte: era l'albero ghiacciato intriso di sangue, così come l'avevo visto ma molto più grande, immenso, infinito, un albero-mondo che continuava a ingrandire tremando come fosse di gelatina, e in quell'ingrandire e in quel tremare c'era qualcosa di veramente terrificante, che gli toglieva la sua stessa forma e ne lasciava solo l'essenza – e l'essenza era il colore del ghiaccio, quel rosso traslucido che io e i miei parrocchiani avevamo visto prima che il Procuratore lo cancellasse con i suoi raggiri.

Secondo la dottoressa Gassion dormii molto poco e pronunciai solo qualche parola incomprensibile prima di svegliarmi gridando – con una faccia, disse, che sembrava quella di chi aveva appena visto il demonio: inutile dire che fu molto imbarazzante. Si cercò lì per lì di minimizzare, perfino di metterla sul ridere, ma era un'altra cosa mai capitata in undici anni che capitava in quel periodo, e per di più a me: c'era poco da ridere, lo sapevo benissimo – e in seguito, quando potevo correre il rischio di dimenticarmene, sarebbe stata proprio la dottoressa a tornarci sopra.

Questo per quanto riguarda le visite fatte nel resto della giornata, fino a sera. Ma quel giorno non andammo solo da chi mi era rimasto amico. Volevo che la dottoressa si rendesse conto di persona dell'ostilità che si era prodotta nei miei confronti, e all'ora di pranzo l'avevo portata nello spaccio dei Formento.

Lo spaccio era diventato in tutto e per tutto un ristorante, affollato dai valligiani e dai forestieri che ormai, per procurarsi le storie da vendere o per pura curiosità, si spingevano ogni giorno fin su da noi. Ciò che colpiva era il fatto che quel ristorante nato ieri sembrava esserci da sempre. Tutte le donne Formento si davano un gran daffare, in cucina, dietro al banco e tra i tavoli, dove venivano depositati dei gran piatti di polenta, canederli, stinco di maiale e patate. Polverone, Ignazio Formento e Anton Tomalin mangiavano di gusto, mescolati ai forestieri. Sauro governava le operazioni da dietro la cassa, il sigaro spento tra i denti, *La Padania* aperta sulle ginocchia, e aveva un'aria visibilmente soddisfatta: non si sarebbe mai detto che avesse da poco scoperto in quel modo terribile il cadavere di suo fratello, che nessuno gli avesse ancora detto chi lo aveva ammazzato e che non gli avessero nemmeno restituito la salma. E anche per gli altri, del resto, era la stessa cosa: si comportavano tutti come fossero i conduttori di una trattoria familiare dal clima spensierato, dove non si verificavano disgrazie da anni e i cui affari andavano a gonfie vele. L'unico motivo d'inquietudine sembrava dovuto alla mia comparsa, e mentre Rina, fissandoci con uno sguardo fiammeggiante d'indignazione, ci preparava un brusco panino al prosciutto, mi resi definitivamente conto che, davvero, per qualche misteriosa ragione la mia presenza lì dentro era diventata una provocazione.

Notai che mancava Zeno, e temetti che la sua assenza fosse legata al fatto che, di nascosto, era rimasto in contatto con me: qualcuno poteva averlo visto venire in canonica, pensai, e il castigo di Sauro averlo raggiunto e colpito.

Dovetti tenermi quel timore fino a sera, quando con la dottoressa tornammo a casa. Nemmeno il tempo di toglierci i giubbotti che Zeno bussò alla porta: voleva farci vedere una cosa di Zorro, che finalmente era riuscito a trasportare nella stalla vicino al cimitero. Aveva ripreso a nevicare, e la nebbia era scesa di nuovo. Durante i pochi passi che ci separavano dalla stalla gli chiesi se avesse avuto dei problemi con Sauro, dato che non l'avevo visto allo spaccio, e Zeno mi rispose di no. Suo padre era troppo preso a far soldi, disse, per accorgersi che lui gli aveva disubbidito, e la ragione della sua assenza a mezzogiorno era banale: era giù al centro commerciale di Mezzolombardo a far rifornimento di roba da mangiare.

Quello che Zeno voleva farci vedere era che Zorro piangeva. Con la luce della torcia, nel freddo della stalla buia, ci indicò gli occhi della bestia, che in effetti traboccavano di lacrime. Era la prima volta che vedevo Zorro dalla mattina della strage, e rivederlo così, con gli occhi lacrimanti, in quella luce drammatica, mi colpì molto; ma devo dire che l'espressione terrorizzata che aveva quando arrivò in piazza con la slitta vuota, e che ancora oggi ricordo così bene – disperata, persa, umana –, quella non c'era più. Zeno però affermò che il cavallo era ancora sconvolto: non voleva saperne di essere montato, non voleva muoversi e durante il tragitto per portarlo lì lo aveva sentito smaniare e scalciare come un ossesso nel van, specialmente quando avevano attraversato il bosco. Era preoccupato, e chiese alla dottoressa se i cavalli potessero soffrire di disturbi mentali come gli esseri umani. Così la dottoressa Gassion, che per tutta la giornata si era finta medico condotto, fu interpellata per la prima volta sulla sua vera specialità, seppur riguardo a un animale.

Sì, rispose, soprattutto se erano stati esposti a qualche grave trauma. Zeno allora le chiese se i cavalli potevano anche piangere come gli esseri umani.

La dottoressa rimase in silenzio.

X

Che domanda...

No, dovrei dire, i cavalli non possono piangere come gli esseri umani. Il pianto emozionale, dovrei dire, è una caratteristica esclusiva dell'uomo. Ha la funzione, dovrei dire, di smaltire gli eccessi di uno specifico ormone dello stress detto adrenocorticotropo. Inoltre, dovrei dire, serve a lenire gli stati di dolore fisico e mentale mediante l'enkefalina, oppioide endogeno dall'azione anestetica contenuto anch'esso nelle lacrime del pianto emozionale. All'esame, dovrei dire, il liquido lacrimale proveniente da tutti gli altri animali non contiene queste sostanze, così come non le contengono le lacrime umane causate da irritazione della cornea e non da uno stato emotivo. No, dovrei dire, i cavalli non possono piangere.

E allora perché non lo dico?

Perché non sono più così sicura di quello che so?

Perché quello che so, e soprattutto il criterio che lo ha selezionato tra centinaia di possibili altri saperi – cioè insomma, la scienza – mi sembra improvvisamente, imperdonabilmente arido?

Perché sembra che questo cavallo stia veramente piangendo?

Questo cavallo...

È l'unico che ha visto, l'unico che sa. È quello che, stando ad Alberto, il procuratore Errera ha cercato di interrogare.

Ma cos'ha visto? Cosa sa?

I cavalli di Achille piansero dopo aver visto la morte di Patroclo, *caduto nella polvere sotto Ettore massacratore*: lui che morte ha visto? Quale massacratore? Quella povera gente trucidata nel bosco – oh, no... –, quei bambini, quei vecchi.

Cos'è successo davvero quella mattina, maledizione? Chi è stato?

Questa povera gente rimasta qui a boccheggiare – oh, no... –, questo povero sacerdote assediato dagli incubi. Quel merlo parlante che ripete sempre le stesse tre frasi. Lorenzetto mentre – oh, no, no... – la porta si chiude.

Io. La mia cicatrice.

Cos'è successo a me? Cosa mi hanno fatto? Chi?

Questo cavallo lo sa. Lo ha visto succedere, lo ricorda. E – oh, no... – ha gli occhi pieni di lacrime.

Oh no, no, no...

X

Di colpo, la dottoressa scoppiò a piangere. Dal nulla, singhiozzando fragorosamente – e scusandosi, e più si scusava più singhiozzava, e più singhiozzava più si scusava. Zeno ci rimase male, pensò di essere responsabile di quel pianto, e anche lui prese a scusarsi, ma la dottoressa dinanzi alle sue scuse piangeva più forte, scusandosi ancora di più e inducendo Zeno a scusarsi ancora di più, in un micidiale cortocircuito. Allora abbracciai la dottoressa e feci cenno a Zeno di tacere; lui obbedì, e senza le scuse di mezzo, senza le parole, il pianto della dottoressa si fece via via più dolce, meno strozzato. Poi – d'istinto, immagino, come si fanno queste cose – Zeno fece una cosa geniale e pietosa e risolutiva e bellissima: spense la torcia. E nel buio di quella stalla, tra le mie braccia, col calore possente dell'animale che ci riscaldava, nel silenzio odoroso di umori e di natura, la dottoressa smise di piangere.

X

No, no, no, no: così non va proprio. Non se ne parla nemmeno. Lui sarà anche un missionario, avrà anche deciso di annullarsi per il suo prossimo – ma io no, io non posso farcela. Senza contare che nemmeno lui ce la fa, se crolla addormentato su un tavolo alle sette di sera e viene ghermito dagli incubi. E senza contare che annullandosi in questo modo in realtà non si può aiutare proprio nessuno. È solo un sistema un po' più narcisistico di perdersi: come ti sei perso, tu? Mentre salvavo gli altri. Oh…

Ho cercato di dirglielo, a cena, facendo lo sforzo di rompere il silenzio che tutt'a un tratto, alla fine di questa assurda giornata, era assurdamente sceso su di noi. (Era vergogna, penso. *Per me*, era vergogna. Vergogna per esser scoppiata a piangere in quel modo davanti a un cavallo con la congiuntivite, ma anche per la stanchezza e la demoralizzazione. Ed era vergogna, credo, anche per lui, per quel crollo che ha avuto – sì, secondo me si vergognava quanto me, e per questo stavamo così zitti.) Ed è stata dura, appena ventiquattr'ore dopo la pasta al burro di ieri sera – così emozionante, così gloriosa, così piena di aspettative –, accettare di ritrovarsi nella stessa cucina, davanti alla stessa pasta, con lo stesso burro, e non riuscire a spiccicar parola. Ma lo sforzo l'ho fatto, e gliel'ho detto: così non va, gli ho detto. Dobbiamo difenderci, gli ho detto, la prima cosa da fare è difendere noi stessi. Non come oggi, gli ho detto. Annullarci così non serve a nulla, gli ho detto, ci spezza e basta. Bisogna serbare del tempo per noi, gli ho detto, per pensare, leggere, ascoltare musica, riposarci. Gliel'ho detto. Ma ho fatto una gran fatica, e non so se sono riuscita a farmi capire. So solo che subito dopo lui se n'è

andato in chiesa a pregare, una cosa che io non avrei potuto fisicamente fare: a quanto pare aveva ancora le energie per farlo, dunque potrebbe semplicemente aver pensato che *io* così non ce la faccio, che *io* non posso reggere questo regime perché *io* avevo finito le energie. E le avevo finite per davvero: non ne avevo per fare yoga, che in un certo senso sarebbe l'equivalente, per me, del suo pregare, e che mi servirebbe parecchio, soprattutto in questa situazione, e infatti mi sono portata dietro il tappetino e il libro del maestro ma niente, non riuscivo neanche a concepirlo; e non ne avevo per telefonare alla mamma, anche se alla fine quello l'ho fatto, con l'ultimo sforzo della giornata, elefantiaco, salvo poi al telefono rimanermene muta e smidollata a sorbirmi le sue lamentele perché non ho telefonato prima e perché come volevasi dimostrare Alberto oggi le ha telefonato preoccupatissimo per la mia scomparsa e siccome non mi ero ancora degnata di dirgli nulla è toccato a lei comunicargli che mi sono eclissata quassù senza peraltro potergli fornire alcuna spiegazione convincente dato che di spiegazioni convincenti sostiene che non ne ho fornite nemmeno a lei e soprattutto senza poterlo tranquillizzare sulle mie condizioni dal momento che erano due giorni che non mi facevo viva e lei non sapeva nemmeno se fossi ancora...
Bla bla bla.
Ansia, recriminazioni...
...
Eppure è amore, devo tenerlo a mente – non è che amore *male indirizzato.*
...
Ma certo. Va tutto bene, in realtà. Sono solo stanchissima. Ho solo bisogno di dormire. Ora mi addormento, piano piano, e...
...

...
Niente, mi sembra di non avere le forze nemmeno per addormentarmi: mi giro e mi rigiro nel letto, stremata e però anche agitata, e cerco di tranquillizzarmi ma per tranquillizzarmi devo concentrarmi e non ho energie nemmeno per quello. No, no, no: così non va proprio. Che lui abbia capito o no – che io sia o no riuscita a farmi capire – da domani si cambia registro. Si stabilisce un orario in cui la dottoressa Gassion è disponibile, e fuori da quell'orario la dottoressa Gassion non è disponibile. Chiuso il discorso.

E che cazzo.

Troppi input, zero output.

Ne va della possibilità di fare quel poco che posso fare.

...

Ma basterà?

Cosa posso fare, io?

No, perché qui ci vorrebbe una *squadra* di psichiatri, altroché storie. Anche ammesso che i comportamenti critici e i deficit di queste persone derivino dalla strage (a me per la verità sembra che risalgano tutti a molto prima), ammesso cioè che si possa parlare di disturbi post-traumatici, qui ci vorrebbe uno staff specializzato in psicotraumatologia, in psicologia dell'emergenza. Altroché Giovanna Gassion travestita da medico di famiglia...

...

Certo che qui siamo davvero alle Galapagos. Tutti questi gemelli. Tutti questi Alzheimer. In un giorno qui ho visto più sintomi di schizofrenia che a Trento in un mese. Cose bizzarre come l'arto fantasma o l'intossicazione da acqua, che di solito leggi sul *DSM* chiedendoti chi mai ne soffra. Quell'orrore assoluto delle voci multiple. Dicono che prima della strage Lorenzetto non le facesse. Secondo me, ma tiro praticamente a indovinare, però è un'intuizione che ho avuto e qualcosa

vorrà pur dire, secondo me lui in realtà sta imitando il merlo parlante di suo zio (ma è suo zio, poi? No, dunque, è il padre-della-moglie-di-suo-fratello, cioè non è un cazzo, per lui, quel, come si chiama, Giordano, Giuliano, boh – e devo scrivermeli, questi nomi, assolutamente, su un quaderno, per benino, devo fare l'albero genealogico come quando leggevo *Cime tempestose* e non ci capivo nulla con tutti quei Linton e Catherine e Earnshaw finché non mi misi lì a scriverli per l'appunto su un quaderno insieme ai legami di parentela). Insomma, a quanto pare quell'uccello è stato per anni un'attrazione, quassù, famoso, ascoltato, amato, e magari in questi giorni Lorenzetto potrebbe addirittura avere capito – e se non l'ha capito magari l'ha *sentito*, ipnoticamente, con i suoi sensi ultra-acuti di schizofrenico – che adesso si trova addirittura al centro di una disputa tra i suoi quasi-parenti niente dimeno che a proposito della strage, cioè la madre di tutti gli eventi, qui – e avere per questo – Lorenzetto, dico – avere deciso di imitarlo.
Già.
Per cercare di ottenere lo stesso suo successo all'interno del gruppo.
La stessa sua importanza.
Già.
Il merlo imita i suoni e le voci che sente? Lorenzetto imita i suoni e le voci che sente.
...
...
Ma, parliamoci chiaro, e se anche fosse? Cosa cambia? Sempre una chiavica sta, sempre di antipsicotici ha bisogno – e anzi domani gliene porto di seri, direi il risperidone, dato che incredibilmente non prende nemmeno neurolettici, niente, solo EN sottodosato: non posso mica lasciarlo lì da solo alle prese con la tentazione di cavarsi l'occhio di vetro e tirarlo contro ogni persona che lo fa incazzare...

...
Ecco, mi sono scordata di chiedere alla mamma che farmaci dare ai malati, qui. Tosse grassa, tosse secca, tosse cattiva, mal di gola, influenza: lei è meglio del Prontuario. Domattina la richiamo, e magari le rispondo anche per stasera.
...
...
Domattina.
...
Ora è meglio se dormo...
...
E poi dovrò confessare che non sono capace di misurare la pressione. Oh, mica sono tenuta; non è il mio campo, cazzo. So somministrare correttamente un Rorschach ma la pressione arteriosa non la so misurare – quindi è meglio che lo dica sinceramente e da domani ricominci a misurarla lui. Anche se, be', non suona tanto convincente la dottoressa che fa misurare la pressione all'arciprete: però, con la scusa che lo sfigmomanometro è suo e che lui ci è abituato, per scrupolo, e per umiltà, la dottoressa può ben decidere di lasciare a lui quest'incombenza...
...
...
E se poi, come a me pare scontato, tutti questi disturbi sparsi nella comunità non derivano dal trauma della strage, se queste persone erano tutte già borderline, o proprio malate, *da prima*, e il trauma ha soltanto riportato i loro disturbi storici a uno stato acuto o subacuto, allora per me è anche peggio. Già. Cosa posso mai pensar di fare? Tecnicamente parlando questa comunità è un cluster – così isolata, così chiusa e omogenea. Ogni comportamento di ogni singolo membro ha una risonanza sovraindividuale, entrano in gioco le teorie più incasinate, il Campo, il Capro, la Folie à deux, à trois, à

quatre, la Retroazione, la Causazione Circolare, le teorie sui gruppi di Bion – un bordello vero. Sono alle Galapagos, d'accordo, ma il fatto è che io non sono Darwin e non verrò mai a capo di niente. Dove sono andata a cacciarmi? Cosa pensavo di fare? E se qui qualcuno si accorge che non sono un medico generico e va a fare un esposto all'ordine? Potrei mai spiegare le mie ragioni? E, soprattutto, ho delle ragioni? Se parlassi di quello che so della strage rovinerei Alberto, se parlassi della mia cicatrice non mi crederebbero...
...
Già, mio Dio. La cicatrice.
...
A parte tutto, davvero: *perché* mi si è riaperta? Cosa è successo ai tessuti della mia pelle? E cos'è successo in quel bosco? Come sono state causate tutte quelle morti? E come potrò vivere il resto della mia vita senza trovare una risposta a queste domande?
Basta. Basta. Basta.
...
Devo rilassarmi. Devo dormire. Devo pensare alle cose belle.
...
Sciare.
...
Lo yoga.
Il libro del maestro.
L'arte di fare il meno possibile.
...
Oh, ma perché non ho fatto yoga prima di mettermi a letto? Ero davvero così stanca? Potevo sempre farlo mentalmente. L'ho già fatto una volta. Funziona.
...
Posso farlo *ora*, mentalmente.
...

Certo.
Bisogna solo svuotare la mente e concentrarsi sulle posizioni.
...
Il Surya Namaskara, per esempio. Il Saluto al Sole. Posizione di partenza: Tadasana.
...
...mantra: *Om Mitraya Namaha*...
...
1) Espirazione: passaggio in Pranamasana...
2) Inspirazione: passaggio in Hasta Uttanasana...
...
...*Om Mitraya Namaha*.
...
3) Espirazione: passaggio in Uttanasana...
...
...
Zeno quando ha spento la pila, nella stalla...
...
4) Inspirazione...
...
...e quell'abbraccio...
...
...Dandasana...
...
...
...quell'abbraccio potente, caldo, gratificante, morfinico, perfetto...
...
...al buio...
...
...*Om Mitraya Namaha*...
...
...e la paura che scompare.

Perché proprio a noi?

Dal giorno della strage in poi non aveva praticamente più smesso di nevicare, spesso in tormenta, senza mai una schiarita. Un'ininterrotta successione di bufere aveva preso a investire la nostra valle, una di seguito all'altra, una più forte dell'altra. Ogni giorno era peggiore del precedente, e la temperatura non saliva mai sopra lo zero. Per due volte nel giro di tre settimane si era registrato il fenomeno della bufera di neve con fulmini (qualcosa che il vecchio Notburg, in settant'anni, disse di aver visto un'altra volta soltanto), e una notte la neve era caduta come fosse grandine, in fiocchi violenti grossi come olive – *ma era neve*, non grandine. Il ciclo vitale di alternanza tra alta e bassa pressione si era interrotto, il vento non cessava di soffiare e tuttavia la nebbia non si diradava mai, la luce era costantemente lugubre e opaca. I blu elettrici dei cieli al crepuscolo, le notti trapuntate di stelle, lo scintillio della neve croccante sotto al sole di mezzogiorno – ma anche il colore screziato di una mela renetta – erano diventati lo sbiadito ricordo di un'era apparentemente perduta per sempre.

In quelle condizioni, sotto la macabra cappa lasciata dalla strage, era fatale che la fede vacillasse – ed era contro questo pericolo che io, il pastore, avrei dovuto vigilare. E tuttavia, così come la dottoressa Gassion dovette difendersi dal rischio di rimanere lei stessa coinvolta nella catena di tracolli nervosi che stava falciando i miei fedeli (e saggiamente decise di limitare la propria disponibilità secondo un orario prestabilito), anch'io dovetti impegnare tutte le mie forze per difendere la mia fede. Fu difficile ammetterlo ma era la verità, e non andava nascosta oltre: la mia fede non era affatto al sicuro, non era fuori discussione. Mi ero illuso che la crisi sofferta durante i primi giorni fosse superata, ma non era così. Continuavo ad avere dubbi, a farmi domande che non trovavano risposta. Ero ancora in pericolo.

Il fatto è che avevo sempre evitato di affrontare frontalmente il cuore di tutta la faccenda – e cioè: cos'era successo quella mattina nel bosco? Il pericolo, per me, per la mia fede, scaturiva da quella domanda. In realtà non avevo mai avuto dubbi circa la natura sovrumana di quanto era accaduto: ero stato lì, avevo visto l'albero intriso di sangue e avevo percepito fin dentro le ossa il vuoto soprannaturale che gli si era creato intorno – un vuoto che non saprò mai descrivere perché era come se partisse da dentro di me, dalla mia anima vuota, dal mio cuore vuoto e dalla mia mente vuota; e, diversamente da quel Procuratore, io credevo a molti misteri che la ragione non poteva sciogliere. Credevo in Dio e credevo in Gesù Cristo; credevo nello Spirito Santo e in Maria Vergine misericordiosa; credevo in San Giuda Taddeo, apostolo, martire e patrono delle cause senza speranza. Credevo agli altri Santi, credevo ai Vangeli, credevo ai miracoli, credevo ai Sacramenti. E, ovviamente, credevo a Satana. Ci credevo e *lo conoscevo*, si può dire, perché le sue manifestazioni per me non erano una novità; in Sudamerica avevo visto con i miei occhi la danza raccapricciante degli indemoniati, e avevo assistito a formidabili esorcismi effettuati nel tentativo di fermarla; ad alcuni di essi avevo anche partecipato attivamente e avevo gioito, a volte, per il loro successo, mentre altre mi ero scoraggiato constatandone la vanità. Non avevo problemi a credere che quella mattina, in quel bosco, Satana si fosse saziato col sangue degli innocenti, e che sempre lui da allora ci stesse negando il sole, la luna, le stelle e ogni altra fonte di luce, per trascinarci tutti nella tenebra della follia – anzi, era proprio ciò che credevo, e che mi ero risolto a combattere.

Ma c'era un'altra domanda, allora, di seguito a questa convinzione, che non potevo pretendere di tener rimossa: se Satana aveva deciso di manifestarsi, perché mai l'aveva fatto proprio lì – *proprio a noi*?

Da questa partivano anche per me tutte le altre domande che stavano corrompendo il mio gregge. Era inutile negarlo: mentre mi sforzavo di tranquillizzare la mia gente, mentre mi annullavo nel prendermene cura, me ne stavo facendo ossessionare anch'io. Perché il nostro Santo non ci aveva protetto? Perché la Madonna delle Selve non ci aveva protetto? Perché Gesù Cristo e il Padre suo avevano lasciato che una cosa così orribile accadesse proprio nei pressi e addirittura nel nome del nostro Borgo?

Ho già accennato alla fatica che avevo fatto, negli anni, un passo alla volta, giorno dopo giorno, per riabilitare San Giuda Taddeo e liberarlo dai pregiudizi dovuti all'omonimia col traditore. Ho già detto della diffidenza – giorno dopo giorno, un passo alla volta, negli anni – trasformata in devozione per questo Santo straordinario cui da secoli il nostro Borgo era consacrato senza orgoglio. E ho anche accennato alla fulminea ricaduta, dopo la strage, di molti dei miei fedeli nell'equivoco ispirato da quel nome, quasi che l'idea di essere stati spinti ad adorare il traditore, anziché apparire assurda, esercitasse su di loro un'irresistibile attrazione. Oltretutto, fuori dalla nostra comunità, nel grande mondo dal quale provenivano i giornalisti e i curiosi e i fanatici che passavano le giornate nello spaccio dei Formento, dove l'ignoranza regnava sovrana e Giuda Taddeo non esisteva nemmeno, là l'equivoco diventava l'unica possibile lettura. Si aveva avuto l'ardire di intitolare a Giuda un intero villaggio, e di adorarlo addirittura in una chiesa a lui consacrata: non c'era da sorprendersi poi, un bel giorno, che in quello stesso luogo, in risposta a un simile oltraggio... eccetera.

E qui, purtroppo, affiorava un altro dubbio, ancora peggiore. D'accordo, le forze che si erano scatenate quella mattina nel bosco non erano umane, e nemmeno animali; Satana, certo, era una possibilità. Ma le scritture sono piene – non si può ignorarlo – *sono piene* di stragi e di flagelli, di incendi e di massacri e sanguinose distruzioni che Dio stesso ha ispirato o direttamente messo in atto nello splendore della sua gloria onnipotente. Il Diluvio. L'incenerimento di Sodoma e Gomorra. Le dieci piaghe dell'Esodo. La peste sul popolo di Davide. La grandinata di pietre contro i nemici di Giosuè. I massacri nel Libro di Ezechiele. Le carneficine perpetrate da Mosè e da Elia. Le crudeltà inflitte a Giobbe. La Geenna. L'Armageddon. L'Apocalisse...

Già. E se non fosse stato Satana? E se si fosse trattato della volontà di Dio? Di una sua furibonda vendetta, di una sua punizione?

In effetti vi era in quella manifestazione una grandiosità quasi biblica. Sapeva più di monito che di spregio, più di castigo che di minaccia. Nella sua spietatezza vi era qualcosa di solenne, di esemplare, che sembrava estraneo alla demonologia. In quel suo umiliare la scienza umana vi era un magistero che poco pareva apparentarsi alla cialtroneria del Cane. E perciò, pur se per motivi del tutto diversi dalle superstizioni dettate dall'ignoranza, l'ipotesi di un gesto Divino, e non Maligno, non poteva essere esclusa, né ignorata.

E di nuovo, allora, e a maggior ragione: *perché proprio qui? Perché proprio a noi?*

Come dicevo, da tutti questi interrogativi che avvelenavano l'animo dei miei fedeli, la mia fede non mi teneva al riparo; essi sopravvivevano in me, erano sempre sopravvissuti. Ho dato conto del dubbio avuto nel momento peggiore della mia crisi, quando ero cera nelle mani di quel Procuratore e non dormivo e non potevo svolgere i miei compiti – e mi sentivo tradito dal mio Santo. Ora devo dire quale fu il momento in cui compresi che non mi ero mai liberato di quel dubbio, e di quanto avessi ancora bisogno di rinforzare la mia fede. Si tratta dell'affiorare di un altro dubbio, l'ennesimo, subdolo e micidiale come gli altri ma stavolta anche completamente assurdo, e perciò assai sintomatico di un mio evidente sconvolgimento. Un dubbio che emerse di colpo, come un cadavere dalle profondità di un lago, e che di colpo mi riportò a venti giorni prima, quando mi ero perduto a pochi passi da casa e non sapevo più andare né avanti né indietro.

Ero con Polverone, davanti a casa sua. Parlando della vecchia strada che avevano invano cercato di riaprire, lui menzionò il Campo di Carne. Centinaia di volte avrò sentito nominare quel luogo, tanto da non far più nemmeno caso, ormai, al suo nome così strano. Del resto, conosco la storia di quel nome al punto di poterci tenere sopra una conferenza. E tuttavia, in quel momento, appena Polverone l'ebbe menzionato, mi sentii trafitto da una scarica che quasi mi mozzò il respiro. Io l'ho chiamato dubbio, ma in quel momento esso lavorò su di me con la forza di una rivelazione. Corsi via, sotto la bufera, fino a casa, impaziente di controllare, sì, ma già pregustando il perverso sapore della conferma – e cioè, per me, della disfatta. Campo di Carne, dicevo tra me e me, stupendomi e biasimandomi per non essermene mai reso conto prima, in quella che sembrava essere la più clamorosa, scellerata, prolungata e deliberata distrazione mai avuta da un essere umano, *Campo di Carne* era il nome del terreno che

Giuda Iscariota comprò coi denari del tradimento e dove si squarciò il ventre per il rimorso – atto da cui appunto derivò quel nome, a causa della sua carne sparsa sulla terra.

Saranno non più di dieci minuti, da casa di Polverone a casa mia, ma furono sufficienti per farmi assaporare una vita intera di rimorso e penitenze per la leggerezza che avevo commesso. Non era un equivoco, non lo era mai stato; Giuda, Campo di Carne, non poteva essere una coincidenza: quel luogo del mondo era davvero consacrato al traditore. La statua nella chiesa raffigurava lui, l'Iscariota, ed ecco perché non teneva al collo l'immagine di Cristo come tutte le altre statue di Giuda Taddeo. E poi, a farci caso, gli altri nomi intorno: Doloroso, Massanera, Due Lacrime, Femmina Morta... Era un luogo maledetto, e con la mia ossessione per San Giuda Taddeo avevo trascinato quella povera gente nella maledizione. La colpa di tutto era mia, mia, mia...

Arrivato a casa mi precipitai sugli Atti degli Apostoli, dove è citata, all'inizio, la storia della morte di Giuda: quel terreno si chiamava, si era sempre chiamato e si chiama tuttora *Akeldamà*, cioè Campo di Sangue. Io lo sapevo benissimo, ovviamente, lo sapevo da quarant'anni, e il semplice fatto che avessi potuto dubitarne, e ritrovarmi addirittura sicuro, a un certo punto, che si chiamasse Campo di Carne, era il più lampante dei segnali di pericolo – come una sirena che urla.

Andai in chiesa, e mi inginocchiai davanti alla statua. Prima di sprofondare nella preghiera, la osservai: certo che l'immagine di Cristo non c'era, ma al collo del Santo, scolpito in bassorilievo, c'era il medaglione che la conteneva prima che qualcuno la asportasse. E io quell'immagine l'avevo *vista*, poiché era scomparsa poco dopo il mio arrivo – rubata, probabilmente, proprio da uno dei gitanti che Beppe Formento portava in paese ogni mattina con la slitta. Era un disegno a carboncino senza valore, fatto su un ovale di cartone ritagliato, messo lì in tempi più recenti per sostituire l'icona originale, realizzata nel XIX secolo insieme alla statua e a sua volta scomparsa.

E anche questo lo sapevo benissimo.

Così come sapevo che nel mondo non esisteva né era mai esistito un culto dedicato all'Iscariota. Così come sapevo che passando di dubbio in dubbio si finisce molto più indietro del punto da cui si è partiti. Così come sapevo che certe domande non devono nemmeno essere fatte, poiché è bene che la risposta rimanga imperscrutabile.

Tutto questo io lo sapevo, indelebilmente, definitivamente, come si sanno le cose che non si possono perdere né dimenticare – a meno che non ci si stia dimenticando tutto, a meno che non si stia perdendo tutto.

✷

La signora Magnoni…

La signora Magnoni fa la cancelliera al tribunale di Trento – Alberto la conosce bene. È una paranoica-gelosa-ossessiva. Il marito è un uomo normalissimo, fa l'architetto, e io dubito fortemente che la tradisca, ma lei è venuta da me per un anno intero, due volte a settimana, a sessantacinque euro a botta, a parlare solo delle ipotetiche amanti di lui e dei metodi con cui avrebbe potuto smascherarlo. Un giorno, quattro mesi fa, viene alla seduta tutta raggiante perché ha escogitato, dice, il sistema perfetto per incastrare il marito. Si è messa in testa che lui la stia tradendo con una vecchia fiamma, tale Ursula, un'altoatesina con cui lui è stato prima di fidanzarsi con lei – e questo perché la sera prima, durante una delle sue frequenti ispezioni del telefonino di lui, ha trovato un sms di questa Ursula, nel quale lei gli dice "No, domani no". Nessun messaggio precedente e nessun messaggio successivo, e nemmeno un messaggio di lui a lei tra quelli inviati, dal che la signora Magnoni ha ricavato la certezza che quello fosse, per una svista, l'unico messaggio superstite di uno scambio che il marito ha cancellato perché compromettente. E poi il testo. "No, domani no" significava che negli altri messaggi, quelli cancellati, si erano sicuramente dati un appuntamento, e da lì a immaginare una loro relazione che dura da chissà quanto tempo – magari da sempre, cioè in realtà è ancora quella di tanti anni fa che non si è mai realmente interrotta –, il passo, per la signora Magnoni, è stato breve. Sta di fatto che a quel punto, col telefonino del marito tra le mani e il marito sotto la doccia, la signora Magnoni dice di avere avuto un'illuminazione. Ha capito di colpo cosa doveva fare, e l'ha fatto: è entrata nella rubrica del marito e ha sostituito il numero di Ursula con il proprio. Così, da lì in poi, tutte le volte che il bastardo avesse mandato messaggi a questa Ursula li avrebbe ricevuti lei, e così avrebbe potuto inchiodarlo. Io non commento. Le chiedo solo se abbia ricevuto messaggi dal marito, durante tutta la mattinata, e lei mi risponde di no – ma è sicura che presto arriveranno.

Per le successive due sedute la signora Magnoni è molto nervosa. Il marito non si è ancora fatto vivo, e lei comincia a temere che possa essersi accorto della sua manomissione. È una donna ossessiva, come ho detto, ragion per cui questo pensiero la inchioda, non lascia spazio a nient'altro. Dice di avere controllato, nella notte, e che alla voce Ursula, nel telefono del marito, c'è ancora il suo numero – ma siccome il marito non si fa vivo le viene il dubbio che lui, accortosi della trappola, possa aver trasferito il vero numero di Ursula sotto un'altra voce, facendosi doppiamente beffe di lei. Io le faccio presente che potrebbe esserci anche un'altra spiegazione al silenzio del marito, e cioè che lui e Ursula non abbiano nessuna relazione e quel "No, domani no" essere riferito a una operazione del tutto innocente. Ma la signora Magnoni non ci sta: e perché mai lui avrebbe dovuto cancellare gli altri messaggi, se si trattasse di un'operazione del tutto innocente? Le rispondo che il marito sa benissimo che lei è gelosa fino al parossismo, e potrebbe sentirsi spinto a cancellare qualsiasi traccia di donna dalla propria vita non già perché essa rappresenti la prova di un'infedeltà ma per la pura e semplice paura che lei, trovandola, possa turbarsi o accusarlo di qualcosa. Ma la signora Magnoni non intende ragioni: suo marito la tradisce con questa Ursula – è così chiaro – e gli unici dubbi riguardano il motivo per cui non è ancora caduto nella sua trappola.

Rosola in quell'incertezza per altre due sedute e poi mi comunica di avere preso la decisione risolutiva: gli manderà lei un sms. Probabilmente questa Ursula è sposata a sua volta, ha un marito geloso, dei figli, una situazione complicata, e per prudenza lei e suo marito hanno stabilito che lui non deve cercarla se lei non si fa viva. Certo: la soluzione per uscire dall'impasse è mandare lei un sms al marito, fingendosi Ursula. Per far questo, però, la signora Magnoni si rende improvvisamente conto che deve perfezionare il suo piano, perché così com'è presenta ancora molti punti deboli. Cosa succede, infatti, quando lei manda l'sms? Nel telefonino del marito il suo numero è memorizzato due volte, una a suo nome e una a nome Ursula: quale dei due nomi apparirà sul display? Decide di fare una prova e chiede la mia collaborazione: sul suo telefonino memorizza una seconda volta il mio numero, alla voce Prova, poi mi chiede di inviarle un sms; io glielo invio, e quando le arriva, dopo qualche secondo, la vedo sobbalzare sulla sedia. Viene da me e mi mostra il display: il messaggio risulta inviato da "Dottoressa Gassion". Cioè a dire che la memoria del telefono continua ad associare il mio numero alla voce di rubrica memorizzata per prima. Questo significa – riflette – che dovrà cambiare numero di telefono. Appena uscita andrà alla Vodafone a prendersi una scheda nuova e comunicherà immediatamente il nuovo numero a tutta la sua rubrica, compreso il marito, con la preghiera di cancellare quello vecchio. A quel punto, nella rubrica del marito il vecchio numero resterà attivo solo alla voce Ursula, e lei potrà far scattare la trappola. Naturalmente, aggiunge, dovrà comprarsi anche un secondo telefonino, per non dover stare lì a cambiare scheda tutti i momenti. E se il marito, anziché mandare un messaggio, le telefonerà, lei non risponderà e, via sms, gli dirà che non può parlare e però può messaggiare; oppure, se la telefonata del marito dovesse arrivare quando lei avesse già accumulato abbastanza prove della sua infedeltà, allora risponderà, e si godrà il suo sconcerto nel trovare la moglie là dove aveva cercato l'amante.

Soddisfatta, mi chiede cosa ne penso, e io le dico di leggere il testo dell'sms che mi aveva chiesto di mandarle poco fa: nella concitazione della prova, infatti, non l'ha neanche letto. C'è scritta una sola parola: "Autolesionismo". Le dico che mandare un messaggio al marito facendo finta di essere un'altra donna sarebbe un atto altamente autolesionistico, e la invito a non commetterlo. Ma niente, la signora Magnoni ormai ha deciso. Due giorni dopo infatti viene alla seduta tutta eccitata e mi mostra lo scambio di sms che, fingendosi Ursula, ha avuto proprio quella mattina col marito. Lei ha cominciato con: "Ciao", e lui le ha risposto: "Ciao". Lei allora gli ha scritto: "Come va?". E lui: "Bene. Tu?". Lei, qui, ha prodotto la prima accelerazione: "Bene anch'io. Ti pensavo". E lui le ha risposto in modo molto singolare: "Qualche problema con la rampa?". A questo punto la signora Magnoni, invece di fermarsi a interpretare quest'ultimo messaggio, invece di tranquillizzarsi, scrive al marito: "No. Pensavo che mi manchi".

Lì io la fermo, nonostante lei frigga dalla voglia di farmi vedere la risposta di lui. La fermo e mi rifiuto espressamente di leggere quella risposta, dicendo che se mandare messaggi al marito facendo finta di essere un'altra donna è un atto autolesionistico, cercare di sedurlo con quello stesso sistema subito dopo avere avuto la prova che lui non le è infedele è puro masochismo. Mentre parlo sento esplodermi dentro una forza nuova, che interpreto come risolutiva perché dà improvvisamente un senso a tutte le sedute passate ad ascoltare i deliri di quella donna senza sapere cosa dirle, e di colpo, come puro frutto della situazione che si è creata durante la seduta, come deve essere, dico alla signora Magnoni ciò che Livi mi ha raccontato di avere detto a quel suo paziente pedofilo quando gli arrivava alla seduta gonfio di botte perché continuava a passare, prima, dal giardinetto dove era stato scoperto mentre molestava una bambina, e dove una ronda di ragazzotti, invece di denunciarlo, lo aspettava al varco per menarlo a sangue appena si faceva vedere. Per spezzare quella spirale sadomasochistica – e soprattutto per sottrarvisi, visto che l'uomo andava al giardinetto a farsi menare subito prima di venire da lui, e dunque anche la seduta faceva parte della spirale, Livi impose al pedofilo di scegliere. Disse, Livi, che venire da lui poteva essere soltanto un gesto di *Gesundheit*, di risanamento, e che per questo lui non accettava che diventasse parte di una nuova perversione tra il suo paziente e un gruppo di sconosciuti – ragion per cui gli imponeva di scegliere, subito, su due piedi, brutalmente e definitivamente: o la terapia o il giardinetto. Allo stesso modo decido di comportarmi io con la signora Magnoni, dinanzi a quel suo gesto così perdutamente masochistico. Rifiuto di leggere il resto dei messaggini e con la gran forza che mi sento dentro le dico chiaro e tondo che deve scegliere, o me o quel giochetto col telefonino. La signora Magnoni s'incazza all'istante e si mette a strillare che non posso ricattarla in questo modo, ma io rimango calma, e ferma, ovviamente, sulla mia posizione: né più né meno che come Livi al pedofilo, le spiego che comportamenti autolesionistici del tipo di quello che lei sta laboriosamente mettendo in atto, che oltretutto le succhiano un'enorme quantità di energia, non sono compatibili con la terapia di risanamento che sono pagata per portare avanti insieme a lei, dunque il mio non è un ricatto ma solo un atto di doverosa coerenza. Le dico di pensarci bene e di prendere con calma la sua decisione – dopodiché, se al prossimo appuntamento la vedrò tornare, saprò che ha rinunciato a quel comportamento, e se invece non la vedrò più tornare capirò che ha scelto di continuare a farsi male fino allo schianto.

Il fatto è che il pedofilo di Livi, tra Livi e il giardinetto ha scelto Livi, mentre la signora Magnoni, tra me e l'autolesionismo fino allo schianto ha scelto l'autolesionismo fino allo schianto. Non è più venuta. Non ne ho più saputo nulla. Era una dei miei due soli pazienti, e me la sono giocata così.

Per questo, mentre Zeno guida nella tormenta – e non so proprio come faccia, per inciso, perché non si vede un accidente di niente –, ora che abbiamo oltrepassato il bosco e dal fondo della borsetta arriva la gragnuola di bip del telefonino che da qui in poi ricomincia a prendere, e perciò riceve tutti insieme gli avvisi delle chiamate perse nei giorni scorsi, e io cerco di far finta di niente ma sbircio immediatamente la lista che scorre sul display, e insieme a quelle di Alberto, ovviamente, e di Miriam, di Silvia, di Davide Gaiano, di Crocetti e di un miliardo di Numeri Sconosciuti, ci trovo cinque chiamate sue, della signora Magnoni, tra ierlaltro e ieri – *per questo* mi viene un brivido lungo la schiena. Mi viene un brivido lungo la schiena e mi emoziono, sì, e forse anche un tantino mi commuovo, addirittura, perché d'un tratto ho la dimostrazione che la mia vita non è sempre stata farmi seppellire dalla neve in un borgo sperduto tra i monti mentre mi spaccio per quel che non sono, senza contatti col mondo civile e senza nemmeno potermi spingere oltre a un maledetto bosco se non sotto la tutela di un giovane indigeno che chissà come riesce a vedere attraverso nebbie che per le persone normali non sono penetrabili – ma, anzi, è sempre stata una vita autonoma, libera, moderna, piena di cose razionali, e gite, e amici, e amori, e tecnologia e cielo e ossido di carbonio, e che se io la abbandono questa vita mi reclama, e soprattutto che dal profondo di questa vita può arrivare a reclamarmi anche la signora Magnoni – dopo avere, lei, in precedenza, abbandonato me.

Per questo la richiamo, ora, subito, senza star tanto a pensarci su – ecco, tasto verde, *chiamare signora Magnoni? Sì –*, per questo all'improvviso lei ha la precedenza su tutto. E che cazzo. Voglio sapere cosa è successo. Voglio sentirmi dire che avevo ragione. Voglio riprenderla in terapia. Forse ci ha messo tre mesi ma alla fine è riuscita a smettere con quel giochetto, o forse l'ha davvero portato avanti fino allo schianto, lo schianto c'è stato e adesso viene a chiedermi aiuto in una fase del tutto nuova della sua vita – separata, magari, infelice, ma non più...

Merda, è staccata.

E ora?

E ora le mando un sms. Certo. E che scherziamo? La signora Magnoni torna e io non le rispondo? Le mando un sms e le lascio il numero dove potrà...

No, un momento.

Riflettiamo.

Io mi sono assunta un impegno, e ora ricopro un ruolo in seno a una comunità. Me ne sono temporaneamente allontanata per recarmi in una farmacia a ritirare dei medicinali ordinati telefonicamente – antibiotici, antidolorifici, sulfamidici, tutta la roba che quell'ipocondriaca di mia madre mi ha prescritto di prescrivere per sembrare un buon medico condotto, ma soprattutto il risperidone per Lorenzetto, sempre se sono riusciti a procurarselo, e se no allora dovrò farmi accompagnare fino a Cles, al presidio, e farmelo dare sottobanco da Hermann. Ma appena finito questo giro tornerò al mio posto, al fianco di don Ermete, e sarò di nuovo irraggiungibile. No, io non sono più a disposizione della signora Magnoni, è inutile che le risponda. Mi dispiace, ma non sono più la sua psicoanalista. Non sono più nemmeno la psicoanalista di Belisari, e non sono più nemmeno la paziente di Livi. Ho mollato tutto, ora mi occupo di una piccola comunità di alta montagna squassata da un trauma potentissimo, e cerco di rendermi utile quassù.

Già.
È così.
È troppo tardi.
A meno che...
Eccola.
È arrivata.
L'idea pazzesca.
A meno che non decida di mollare tutto di nuovo e di tornarmene a casa mia.
L'ho detto.
Certo, chi potrebbe impedirmelo? Questo ragazzo che continua a guidare nel bianco, a penetrare l'impenetrabile? E che potrebbe mai fare?
Torna da solo, ragazzo, io resto qui.
Nulla. Tornerebbe indietro senza di me.
Addio, ragazzo. Stammi bene.
Tanto ormai si è capito che venire quassù è stato un errore, perché io non sono all'altezza di questo compito – mentre magari, invece, sono in grado di aiutare la signora Magnoni. È così. E lei mi sta cercando perché le poche parole che le ho detto, tre mesi fa, prima che mi abbandonasse, hanno finalmente fatto effetto. Un successo personale, per me: il mio

primo successo da psicoanalista – successo soprattutto se si considera che fino a cinque minuti fa la signora Magnoni era rubricata come una bruciante sconfitta. E io, dinanzi a questo successo imprevisto, chiamata a decidere così su due piedi tra un'emergenza collettiva alla quale so di non poter opporre nulla e un'emergenza individuale che invece pare proprio io sia in grado di affrontare, a malincuore, certo, ho prima concepito e subito dopo impulsivamente messo in atto l'idea pazzesca di, per l'appunto...

Ehi, ma cosa sto dicendo? Ma quale impulsivamente? Io ci sono uscita di casa, con quest'idea. Di più: era lì, nuda e sediziosa, fin da due giorni fa, quando Zeno mi ha detto che se avessi ordinato i farmaci per telefono lui mi avrebbe accompagnato a Serpentina a ritirarli. Mollare tutto. Disertare. Evadere. Tornarmene a casa. Ce l'avevo già in testa, sì – e ancora non sapevo che la signora Magnoni mi aveva cercato. Ce l'avevo già in testa. Altrimenti perché mentre prendevo la borsa, prima, sul letto, avrei dovuto provare l'impulso di arraffare anche il *DSM*, la crema antirughe e il Libro del Maestro e ficcarceli dentro? Perché avrei dovuto faticare per reprimerlo, quell'impulso? È vero, si tratta di oggetti che danno dipendenza, in particolare il *DSM IV TR*, che in attesa del pluriannunciato, ma ancora alquanto fantomatico, *DSM V* rappresenta la bibbia della psichiatria americana, e perciò mondiale, e fa sentire tutti bravi finché si tratta di elaborare diagnosi poiché offre il più completo, articolato e aggiornato repertorio di sintomi associati ai relativi disturbi secondo criteri di massima oggettività descrittiva ma privo, ahimè, di una benché minima teoria della mente, e quindi assai poco utile per chi una volta riconosciuti i sintomi desidera anche andare in cerca delle cause (ed è bene ripetersele sempre, queste cose, visto che ho appena riconosciuto di essere *DSM IV*-dipendente, è bene ricordarsi sempre che si tratta di un'opera che fa questo effetto proprio per la sua entusiasmante, *americana* superficialità, e che io invece sono una psichiatra europea con dichiarate aspirazioni a diventare una psicoanalista europea, e che perciò devo sempre contestualizzare, sempre andare a guardare il *funzionamento globale* del paziente, e sempre tener conto dei milioni di dollari che le industrie farmaceutiche finiscono per guadagnare per ogni nuova sindrome che viene scoperta e diagnosticata), ma insomma proprio il *DSM IV TR* è un mammozzone di mille pagine che peserà più di un chilo e non c'è nessun'altra ragione per cui uno debba provare l'impulso di portarselo dietro quando esce per andare in farmacia se non che in una remota regione del suo cervello sta lavorandosi la fantasia di non ritornare.

Perciò non è affatto vero che l'idea di mollare tutto io l'abbia appena concepita: ce l'avevo in testa almeno da due giorni. E non è vero che l'ho concepita per via degli imprevisti richiami telefonici della signora Magnoni e del conseguente brivido lungo la schiena: la signora Magnoni non è che l'esca, la *buona ragione* per lasciarmi nuovamente inghiottire nella palude in cui lei si trova ancora e dalla quale io sono tanto faticosamente emersa venendo quassù – e ovviamente è la palude che voglio, non lei. È l'idea di rituffarmici dentro che provoca il brivido, non le sue chiamate.

Non dimentichiamo che sono malata. Non dimentichiamo che sono quella che dopo aver distinto il bene dal male il più delle volte sceglie il male. Quella che dopo avere lasciato Alberto ci è andata a letto per ottenere in cambio delle informazioni che aveva già. Quella cui si è riaperta una cicatrice di quindici anni fa – ed è solo da queste parti, per inciso, che si può convivere con una simile enormità.

No, ragazzo, non me ne andrò. Non so come fai, ma guida pure tranquillo: resterò a fianco di don Ermete anche se non ne sono all'altezza e anche se non salveremo nessuno e anche se dovessi davvero soltanto prescrivere medicinali suggeriti da mia madre e misurare male pressioni arteriose. È una questione di essere qua e non là. Là sono malata e passo la giornata a dimenticarmene. Qua sono malata e passo la giornata a ricordarmene. Si tratta del più grande progresso che si possa fare. A parte guarire...

X

Una mattina, nel silenzio del Borgo echeggiarono due fucilate. Io mi trovavo in chiesa a recitare il breviario, e mi precipitai fuori. Davanti allo spaccio dei Formento, sotto la nevicata (cadeva leggera, quella mattina, leggera e aguzza), vidi Sauro che gridava, con la doppietta in mano, all'indirizzo di uno sconosciuto vestito da città. "Vattene via, bastardo!", gli urlava, in dialetto, "Che se faccio la fatica di ricaricare il fucile ti ammazzo!". Intorno si era formata un'arena di spettatori, ma nessuno si metteva in mezzo. Lo sconosciuto indietreggiava, spaventato, scivolando a ogni passo con le scarpe di cuoio sulla neve. "Lei non può...", azzardò, ma Sauro si mise davvero a "fare la fatica" di ricaricare la doppietta (aveva il braccio sinistro praticamente paralizzato, doveva fare tutto col destro), e l'uomo allora ricominciò a indietreggiare. Poi, siccome Sauro non si era fermato ma aveva veramente ricaricato il fucile, e glielo stava puntando contro, tenendolo con un braccio solo, sul fianco, come nei film western, l'uomo fu preso dal panico e si mise a correre verso la chiesa. Sauro, rimasto fermo col fucile puntato, fece due volte "Bum!" con la bocca e, combinazione, dopo il secondo "Bum" l'uomo scivolò e cadde malamente in avanti. La gente rise, ma l'uomo aveva battuto la faccia sul ghiaccio, e perdeva sangue; perciò mi feci avanti e mi chinai vicino a lui, per soccorrerlo. "Ecco, bravi!", gridò Sauro, sempre in dialetto, "Dio li fa e poi li accoppia." E se ne tornò nello spaccio.

Aiutai l'uomo a rialzarsi e lo sorressi, accompagnandolo in canonica. Lo guidai fino al bagno, gli portai un asciugamano, e mentre si puliva dal sangue gli preparai un tè. La dottoressa non c'era, era andata a Serpentina con Zeno, così, quando l'uomo si ripresentò in tinello, lo esaminai io. Non si era fatto molto male: aveva solo un taglio sul labbro – ma era davvero molto spaventato. Solo dopo aver bevuto il tè riuscì a dirmi cos'era successo.

Si chiamava Roberto Semon ed era il direttore di un centro commerciale chiamato La Rocchetta giù nella piana, vicino a Mezzolombardo. C'era una legge regionale, mi spiegò, molto severa, che obbligava ogni centro commerciale del Trentino ad "adottare" un piccolo esercizio di montagna, cioè a fornirgli la merce a prezzi scontati, per aiutarlo a sopravvivere. Per il tramite del povero Beppe, qualche anno prima lo spaccio dei Formento era stato adottato dal suo centro commerciale, e in quegli anni il consumo di merce allo spaccio era sempre stato costante – basso e costante: il che, disse l'uomo, dava un senso a quella legge a suo avviso assai discutibile. Infatti, diversamente da altre situazioni che si erano create altrove, si poteva ben dire che il centro commerciale La Rocchetta garantiva davvero la sopravvivenza dello spaccio di San Giuda, cosa della quale il signor Semon si era sempre sentito personalmente fiero. Questo fino a un mese prima. Da circa un mese, infatti, gli ordini di prodotti alimentari freschi e di bevande alcoliche provenienti dallo spaccio dei Formento erano decuplicati – il che, anche se non era espressamente vietato dal contratto di "adozione", secondo il signor Semon violava i termini dell'accordo. L'uomo disse che aveva provato a parlare della cosa con Sauro Formento per telefono, ma non era mai riuscito a parlarci. Allora aveva provato con il ragazzo che veniva a ritirare la merce, ma il ragazzo gli aveva detto di non essere autorizzato a discutere con lui di quelle cose. Il fatto era che così, con quell'aumento degli ordinativi, i prezzi praticati al nostro spaccio non erano più sostenibili: per rispetto del povero Beppe, che era suo amico e teneva molto alla nostra comunità, il signor Semon aveva provvisoriamente continuato a rifornire lo spaccio secondo gli ordinativi ricevuti, e questo nonostante un evidente discapito economico; alla fine però, constatato che non c'era modo di comunicare telefonicamente con i titolari, aveva deciso di salire fin quassù a regolare la questione di persona. Sua intenzione era di rinegoziare civilmente i prezzi delle forniture sulla base dei nuovi ordinativi, di modo da mantenerli convenienti senza però che essi incidessero sul bilancio del suo centro commerciale. La risposta di Sauro Formento l'avevo vista. Cosa gli restava da fare, disse, se non denunciarlo per minacce? Oltretutto, aggiunse, io avevo visto tutto, potevo testimoniare – e così, secondo il signor Semon, con una denuncia penale sul groppone, Sauro Formento avrebbe "abbassato la cresta" e probabilmente, in cambio del ritiro della denuncia avrebbe acconsentito a rivedere i prezzi delle forniture.

Io non sapevo cosa dirgli. Mi accorsi che il mio gesto di soccorrerlo, sommato al disprezzo nel quale Sauro Formento ci aveva accomunati, lo aveva convinto che io stessi dalla sua parte – ma non era così. L'avevo soccorso perché era in terra, ferito, davanti alla mia chiesa – non per simpatia personale. Anzi, la naturale avidità che lo governava, e che lui non si sforzava nemmeno di nascondere – quel suo parlare soltanto di soldi – non mi piaceva affatto. Infatti la cosa realmente inaccettabile per lui non erano né le minacce subite né la ferita prodotta dalla caduta, ma solo l'aumento degli ordinativi a prezzo scontato. E sebbene si fosse dichiarato amico di Beppe

Formento, e l'aumento degli ordinativi coincidesse proprio con la strage nella quale Beppe aveva perso la vita, non disse una sola parola su quello che era successo lì da noi, come se non avesse mai nemmeno preso in considerazione l'ipotesi che tra le due cose esistesse una relazione. Sia l'uomo che lo aveva minacciato sia quello che lo aveva soccorso erano stati personalmente esposti a un trauma spaventoso, ma a lui non interessava nemmeno venirne a conoscenza: la sola cosa che gli interessava era di ridurre l'entità degli sconti stabiliti quando lo spaccio dei Formento ordinava dieci volte meno roba – nient'altro. No, non era proprio il tipo di uomo con il quale io potessi andare d'accordo. Del resto, però, i modi utilizzati da Sauro e l'avversione personale che non mancava occasione di manifestarmi mi rendevano impossibile anche prendere le sue difese: così dissi all'uomo che non intendevo immischiarmi nella loro diatriba, né di testimoniare pro o contro nessuno in nessuna causa giudiziaria – e sebbene non mi fosse stato richiesto, gli diedi un consiglio che lì per lì mi parve saggissimo: quello di lasciar perdere e di aspettare che la faccenda si sistemasse da sola. Prima o poi, gli dissi, Borgo San Giuda sarebbe tornato ciò che era sempre stato, e a quel punto anche gli ordinativi provenienti dallo spaccio dei Formento sarebbero ridiscesi al livello consueto. Qualsiasi azione giudiziaria sarebbe durata molto di più.

Lo salutai e lo accompagnai alla porta. Lo vidi raggiungere il suo fuoristrada parcheggiato in piazza, di fianco a un furgone della TV col motore acceso, e lo vidi fermarsi con le chiavi in mano, sotto la nevicata, come riflettendo. Poi lo vidi bussare al portello del furgone e parlottare col tecnico che ne era spuntato – sorpreso, con un panino in mano. Indovinai cosa gli stesse chiedendo (quale miglior prova d'accusa di un filmato televisivo?), e vidi il tecnico scuotere la testa e tornarsene dentro al furgone, al caldo, a finire il suo panino. Vidi l'uomo entrare nel suo fuoristrada, e mettere in moto, e pulire il parabrezza con robusti colpi di tergicristallo – e mentre faceva manovra, mordendo i mucchi di neve con le sue quattro ruote motrici, prima che sparisse, inghiottito dalla bufera, in direzione del bosco, mi resi conto che il consiglio che gli avevo dato, così apparentemente saggio, in realtà non si basava su un fatto, ma su una speranza. Già. Che Borgo San Giuda prima o poi sarebbe tornato a essere quello di sempre, al momento, era solo una speranza – se non addirittura un'illusione. Non era scontato che succedesse. Non era affatto scontato.

X

Oh, cazzo. Cosa ha detto questa donna? *Cosa ha appena detto?*
Ieri sera sono venuti i suoi figli, i gemelli Antonaz, quelli che hanno accusato il fabbro che si è dato fuoco, a trovare don Ermete: volevano chiedere perdono, confessarsi – e lei li ha accompagnati. Io stavo in camera mia, con la porta chiusa, ma li sentivo. Più che una confessione sembrava una conversazione, ma le frasi non le capivo, anche perché cercavo di concentrarmi a fare yoga. Anzi, appena sono riuscita a concentrarmi bene ho proprio smesso di sentire.
Tutt'a un tratto don Ermete bussa alla mia porta e mi chiede se posso andare di là. Non so quanto tempo fosse passato, forse dieci minuti. Ora, quei due gemelli sono veramente identici: sulla sessantina, corpulenti, rossi in volto, il pizzetto mezzo biondo e mezzo bianco, vestiti quasi sempre allo stesso modo, danno l'idea di essere invecchiati in sincrono, ingrassando e incanutendo insieme, grammo dopo grammo, capello dopo capello – addirittura perfezionando, se possibile, la loro prodigiosa somiglianza. Anche la madre dice che è sem-

pre stato difficile distinguerli. Ebbene, quando arrivo in tinello trovo questa scena assurda: un gemello sdraiato in terra a peso morto, il suo doppio in piedi che ripete "non puoi, non puoi" cercando disperatamente di rialzarlo e la vecchia madre che li scongiura di smettere. Don Ermete si mette in mezzo, stacca i gemelli e invita quello in piedi a calmarsi. Quello sdraiato in terra lo lascia sdraiato in terra, si mette a consolare quello in piedi: lo fa sedere su una sedia, aspetta che smetta di piangere, poi invita la madre a raccontarmi "quella cosa" – e la cosa è che Enrico, durante l'infanzia e tutta l'adolescenza, quando andava in conflitto con Manrico si buttava per terra e restava lì, sdraiato, immobile, a volte anche pomeriggi interi: era il suo modo di affermare la propria identità, a quanto pare, la propria diversità dal gemello. Il suo modo di dire "noi non siamo uguali: io sono quello sdraiato in terra, e non la penso come lui". Il suo *principium individuationis*: buttarsi per terra. Un atteggiamento curioso ma abbastanza naturale, dopotutto, nella battaglia permanente che si combatte tra gemelli omozigoti.

La madre dice anche che hanno fatto molta fatica, lei e il suo povero marito, a far smettere Enrico di buttarsi in terra – perché era diventato un vizio, ormai, una specie di riflesso automatico che scattava tutte le volte che il ragazzo si trovava sotto pressione, anche fuori dalla dinamica tra gemelli. Ma insomma, con fatica e pazienza e tante preghiere va a finire che Enrico, verso i diciott'anni, smette: comincia a reggere le discussioni e perfino le liti – col gemello, con gli altri fratelli e anche con gli estranei – senza più buttarsi in terra. Mai più. Così quel problema cessa di essere un problema e, seppellito dagli anni, viene dimenticato. Fino a ieri sera. Ieri sera i gemelli sono venuti a chieder perdono per avere spinto il fabbro a darsi fuoco, ma mentre erano lì che parlavano con don Ermete, uno, di colpo, si è buttato in terra. E – attenzione –

non si trattava di Enrico, cioè quello che si buttava in terra da ragazzo, bensì, a tradimento, dell'altro, di Manrico. Ecco perché quello in piedi, cioè Enrico, era così disperato, ecco perché diceva "non puoi, non puoi": Manrico gli stava rubando il suo vecchio modo di essere se stesso.

In tutto questo era dato per scontato che il mio compito fosse quello di risolvere il problema. Ma qual era il problema? Non era chiaro. Qualunque fosse, però, per prima cosa ho pensato che era importante stabilire di cosa si stesse parlando quando Manrico si è buttato in terra – e l'ho chiesto. Don Ermete ha risposto che i gemelli stavano cercando di spiegare perché avevano detto quelle cose su Wilfred nell'intervista. Gli ho chiesto se parlavano entrambi o parlava solo uno dei due, e don Ermete mi ha risposto che parlava Enrico: diceva che per loro era solo uno scherzo, che non avrebbero mai immaginato una reazione del genere – ed è stato mentre diceva queste cose che il fratello, all'improvviso, si è buttato per terra.

Ora, io non avevo nessuna autorità, e mi sentivo ridicola a dare disposizioni in quel tinello: però mi pareva di vedere molto chiaramente una cosa da fare e perciò, visto che era quello che ci si aspettava da me, ho preso in mano la situazione. Ho pregato don Ermete di portare Enrico in chiesa, e di confessarlo. Ho proprio detto così, "lo confessi", perentoriamente, come si ordina a un infermiere di fare un'iniezione. Poi mi sono inginocchiata e ho preso la mano di Manrico, ho fatto finta di controllargli il polso, e sono rimasta lì con lui in quella bizzarra posizione, senza fare altro. La madre l'ho gentilmente pregata di tornarsene a casa, e lei ha obbedito, senza protestare. Così, ho passato un quarto d'ora a tenere la mano di quel quintale di uomo buttato per terra, senza avere idea di che altro fare, poiché l'unica cosa che fossi stata in grado di concepire – e cioè: *separarli* – l'avevo già fatta. Ma con mia stessa gran sorpresa, devo dire, quel non fare nient'altro ha funzionato. Dopo un quarto d'ora, infatti, eccoti Enrico e don Ermete che rientrano in tinello, ed Enrico comincia a parlare con un filo di voce. Dice che lo scherzo di accusare Wilfred in televisione è stata un'idea solo sua, che Manrico non era d'accordo e che lui lo ha convinto, o perlomeno ha creduto di averlo convinto e lo ha trascinato in quello scherzo sciagurato contro la sua volontà e che insomma il colpevole è lui solo, e suo fratello non c'entra. E anche se ovviamente lo sentivamo tutti, lui tutto quello lo stava dicendo a Manrico, guardandolo negli occhi e chiedendogli scusa e pregandolo di alzarsi. Al che Manrico si è rialzato e gli ha chiesto scusa a sua volta, di essersi buttato per terra come faceva lui da ragazzo, e i due gemelli si sono saldati in un abbraccio micidiale – a spezzare il quale è intervenuto don Ermete, che aveva capito al volo la mia idea di separarli. Li ha proprio divisi, come si fa di solito con due che se le danno, ma con naturalezza, annunciando che Enrico gli aveva appena manifestato il desiderio di partire, l'indomani, per Padova, dove Wilfred è ancora ricoverato ai Grandi Ustionati, e che a lui era sembrata un'ottima idea. Si è fatto un gran silenzio, e don Ermete ha proseguito. Wilfred è ancora molto grave, ha detto, ed Enrico ha espresso il desiderio di rimanergli vicino per assisterlo e mostrargli in questo modo tutto il suo rincrescimento per quanto ha contribuito a causare. Enrico, mentre il prete parlava in sua vece, annuiva. Manrico ha detto una volta "vado anch'io", don Ermete gli ha subito obiettato che era molto meglio che rimanesse al borgo insieme alla madre, e lui non ha insistito.

Così stamattina, poco fa, Enrico Antonaz è partito per Padova mentre Manrico Antonaz è rimasto qui, e adesso la loro madre se ne esce con questa *enormità*, qualcosa che ieri sera io non sapevo né potevo immaginare, e nemmeno don Ermete la sapeva, si vede benissimo dall'espressione che ha fatto, nemmeno lui la immaginava, e invece avremmo dovuto almeno sospettarla, già – lui magari più di me, visto che frequenta questa gente da dieci anni e io solo da due settimane, ma del resto io faccio la psichiatra, mica la massaggiatrice, e so bene che è sempre così che si incrostano le ossessioni più madornali, con naturalezza, poco alla volta, giorno per giorno, sotto gli occhi di tutti, con l'approvazione della madre, diventando praticamente invisibili perché a un certo punto nessuno chiede più, nessuno ci fa più neanche caso – e invece sono madornali. E quel che questa donna ha appena detto – così, con totale innocenza, e anche una punta di commozione, a proposito dei suoi due figli gemelli, uno dei quali è partito per Padova mentre l'altro è rimasto con lei, *è* madornale: si sono separati per la prima volta nella loro vita.

Eppure l'accettarono

Quando finalmente la Procura restituì i cadaveri alle famiglie, i Formento decisero di far celebrare il funerale di Beppe a don Toffoli, il vecchio prevosto della chiesa prepositurale di Serpentina. Sempre a Serpentina decisero che Beppe sarebbe stato sepolto, in un cimitero molto più spoglio e anonimo del nostro, dove non riposava nemmeno un membro della loro famiglia. Fu un lampante spregio all'indirizzo mio e del nostro Santo, cui Beppe era devoto – ma che potevo fare? Ne parlai con la dottoressa, e anche lei convenne con me che protestare, in quel momento, non aveva senso: mi odiavano, e qualunque cosa avessi cercato di fare per oppormi al loro odio non avrebbe fatto altro che alimentarlo. Oltretutto Zeno mi fece capire che l'aver soccorso il direttore di quel centro commerciale, l'averlo ospitato e medicato in canonica, era stato interpretato da Sauro come un gesto molto aggressivo nei suoi confronti. Era stato per questo, mi disse Zeno, come reazione a quel mio comportamento, che aveva deciso di rivolgersi al prevosto di Serpentina. Zeno non c'era, quella mattina, non aveva visto la scena, e mi accorsi che il racconto che gliene era stato fatto aveva invertito le parti, con me in quella del provocatore e Sauro della vittima. A Zeno andava bene così, perché sotto la sua abituale mansuetudine stava maturando una potente insofferenza nei confronti della sua famiglia, e dunque gli piaceva l'idea che io, nel corso di quella scena, avessi acceso la scintilla della ribellione contro suo padre; e infatti, anche dopo che gli ebbi raccontato com'erano andate veramente le cose, mi accorsi che ormai si era talmente affezionato a quell'idea da preferirla alla verità, insieme alla versione falsa che gli era stata raccontata in casa. Sta di fatto che quel mio soccorrere il direttore del centro commerciale fu preso a pretesto per una decisione molto grave, che tradiva le volontà di Beppe Formento: far benedire e tumulare le sue spoglie lontano dal suo Santo, e addirittura fuori dalla sua comunità, da un prete che lo conosceva appena.

Il quale prete mi telefonò, a dire il vero, per propormi di concelebrare la messa funebre. Era un uomo semplice e anziano, che non si era reso conto della situazione: semplicemente, poiché il centro ippico di Beppe Formento si trovava in una frazione di Serpentina, aveva pensato che i familiari si fossero rivolti a lui per una questione di territorialità; dopodiché aveva pensato che avrebbero senz'altro gradito la presenza del loro parroco alla funzione funebre e mi aveva telefonato. Gli dissi la verità – cioè che da quando ero tornato al Borgo, dopo i giorni passati alla mercé di quel Procuratore, per motivi che non conoscevo la famiglia Formento non voleva più avere a che fare con me. Don Toffoli ne fu turbato – ma anche lui, nel suo sincero trasecolare e dispiacersi e offrirsi come intermediario per ricucire lo strappo, sembrò non considerare l'ipotesi che esso fosse una delle tante conseguenze del trauma che ci aveva colpiti. Era la seconda persona in pochi giorni che ometteva di fare quell'associazione, e stavolta si trattava di una persona molto vicina, tanto a noi quanto al luogo dove aveva avuto luogo la strage: come poteva non essere nemmeno toccato dal dubbio che quell'evento si stesse portando dietro tutti i cambiamenti e le stranezze e le difficoltà che stavano proliferando tra la nostra gente? O bastava andare di là dal bosco e di cambiamenti, di stranezze e di difficoltà non se ne incontravano più?

Per la prima volta mi chiesi come fosse stata presa la strage, di là dal bosco -- cioè per l'appunto da Serpentina in poi, in quello che un po' enfaticamente io chiamavo il "Grande Mondo". Che se ne parlasse ancora, e parecchio, era fuor di dubbio, perché anche se non potevamo ricevere il segnale televisivo vedevo ogni giorno il viavai di forestieri – poliziotti, giornalisti, fanatici, curiosi – che sfaccendavano per il Borgo alla ricerca di non si sa cosa, e sentivo le loro chiacchiere, e mi rendevo conto che la *strage di San Giuda*, là fuori, era ancora un'ossessione. Tuttavia, l'ossessione riguardava solo il mistero su cosa fosse successo in quel bosco – chi fosse stato a uccidere, come e perché. Cioè, tutta la faccenda era ridotta a una specie di gigantesco film giallo, e alla paura che quanto accaduto a quelle povere persone potesse ripetersi a danno di qualcun altro. Nessuno sembrava pensare che qualcosa di molto brutto fosse già successo a tutti, ormai, e che stesse continuando a succedere – e non mi riferisco all'umana compassione che fa sentire tutti investiti di ciò che investe alcuni; parlo proprio della consapevolezza di ciò che era successo *davvero* nelle menti e nelle anime di tutti, indipendentemente da ciò che quel Procuratore avrebbe alla fine osato dire a proposito della strage -- la famigerata versione ufficiale.

Che fu ridicola, quando arrivò: attacco terroristico di matrice islamica, con undici vittime e una bambina rapita. Stop – dato che immediatamente scattava il segreto di stato. Fu solo aggiunto che le vittime erano state tutte decapitate, e fu spavaldamente permesso alle famiglie di vedere i propri morti per il riconoscimento – il che significava due cose: che la montatura si era spinta fino alla decapitazione post-mortem di undici cadaveri integri (e poi alla loro ricomposizione), e che l'eventuale testimonianza discordante di una dozzina di poveri montanari non era considerata un problema. Quanto a me, il Procuratore mi aveva inchiodato al segreto con quella confessione che, a questo punto, appariva molto meno strana di quanto non fosse sembrata quando l'aveva resa.

Ora, che quella versione venisse accettata nel Grande Mondo non mi sorprese: a cosa dovrebbe mai credere colui che passa la vita davanti a uno schermo, se non alle cose che gli vengono dette da quello schermo? I morti, l'orrore e la bambina sparita c'erano stati, erano dei fatti, e avevano sparso tutt'intorno talmente tanta pena e paura e frustrazione che nessuno, rattrappito davanti alla TV, avrebbe mai osato dubitare di ciò che affermava l'autorità. In più, col terrorismo internazionale di mezzo, i segreti militari e i segreti di stato apparivano giustificati, e risultava plausibile perfino che la versione ufficiale fosse così tardiva, lacunosa e inverosimile: *non daremo certo al nemico il vantaggio di informarlo su quel che abbiamo scoperto di lui.* No, non mi aspettavo che nel Grande Mondo qualcuno dubitasse di quel che venne detto. Ma che nemmeno i miei parrocchiani dubitassero, che nemmeno Sauro e Ignazio e i gemelli Antonaz e i gemelli Lechner e Polverone e Armin e Ivo Zoboli e tutti gli altri che erano corsi a vedere cosa fosse successo – che nemmeno loro dubitassero, questo mi sorprese. Insomma, loro avevano visto che l'unico decapitato era Beppe, avevano visto l'albero ghiacciato intriso di rosso – stavano praticamente impazzendo tutti per aver visto quelle cose: com'era possibile che accettassero una simile assurdità? Eppure l'accettarono.

Presenziai di nascosto al funerale di Beppe Formento: non fu difficile passare inosservato, perché alla fine era diventato un evento molto affollato. C'erano le telecamere della televisione, c'erano sindaci con le fasce tricolore, carabinieri in alta uniforme, deputati, militari, e un sacco di gente venuta apposta da tutti i paesi vicini. Don Toffoli officiava da solo, e durante l'omelia parlò di quegli undici corpi senza testa come del più orrendo oltraggio che le nostre terre avessero conosciuto in tutta la loro storia. Poi lesse un messaggio dell'Arcivescovo Metropolita di Trento, che parlava di follia terroristica e fanatismo senza confini. Molti dei miei parrocchiani erano lì, sentirono, e non trovarono niente da ridire. Dopo la funzione Sauro mi passò vicino senza vedermi, e lo sentii inveire a denti stretti contro quei "maledetti arabi", come se li avesse visti con i suoi occhi tagliare la testa a suo fratello. Era fatta. Non c'era nemmeno bisogno di scomodarsi a sbugiardare i poveri montanari, perché i montanari si erano lasciati imboccare senza opporre nessuna resistenza.

X

– Pronto?
– Ciao, nì.
– Mamma...
– Come stai?
– Io bene. Voi?
– Bene, bene.
– ...
– Pronto?
– Sì, ci sono.
– Ah. E insomma tutto bene?
– Sì mamma, sì. Ma tu...
– Ma io?
– No, come facevi a sapere che sono a Serpentina?
– Dove sei?
– A Serpentina.
– E che cos'è?

– È un paese vicino a San Giuda, dove i cellulari prendono.
– Ah. E che ne sapevo, io?
– Appunto. Ma allora perché mi hai chiamato al cellulare?
– Oh, ho provato così, tanto per provare.
– Accidenti, che antenne. Io mi trovo per caso in un posto dove i cellulari prendono e subito, zac, ti viene l'ispirazione.
– Non è questione di ispirazione.
– Ah no? E perché hai provato a chiamare, allora?
– Perché provo tutti i giorni, tesoro mio.
– Cosa fai?
– Provo a chiamarti tutti i giorni.
– ...
– ...
– Cioè, mi stai dicendo che provi a chiamarmi tutti i giorni al cellulare pur sapendo che sto in un posto dove i cellulari non prendono?
– Sì, perché?
– No, scusa, perché fammelo chiedere a me. *Perché?*
– Perché cosa?
– Perché mi chiami tutti i giorni al cellulare pur sapendo che il cellulare non prende?
– Be', non si può mai dire. Per esempio adesso prende.
– Sì, ma è un'eccezione! Di regola non prende.
– E cosa vuoi che me ne importi a me se è la regola o se è un'eccezione? Mi va di provare e ci provo. Non ci vedo niente di male.
– Anche se sai che il mio telefono non prenderà.
– Anche se so che *forse* non prenderà, sì. Mi viene spontaneo.
– Ah. E perché non ti viene spontaneo chiamarmi al numero che ti ho dato, per esempio, quello della canonica?
– Senti, quello è il numero di casa di un prete. Non mi va di disturbare.
– Ma se te l'ho dato vuol dire che non disturbi.

– Quello non mi viene spontaneo, va bene?
– E chiamare a un cellulare staccato invece sì.
– Sì. Ci sono abituata.
– E chiami dal cordless, ovviamente.
– Sì.
– Perciò il milione e mezzo di chiamate da numero sconosciuto che ho trovato tra quelle perse, in questi giorni, eri tu?
– E che ne so?
– No perché, come ti ho detto un sacco di volte, quando mi chiami dal cordless per qualche ragione sul mio display compare la scritta numero sconosciuto, mentre se tu mi chiamassi dal...
– ...
– ...
– Se io ti chiamassi dal?
– Niente, mamma. Lascia stare.
– Scusa ma non ti capisco. Che c'entra da dove ti chiamo?
– Appunto, niente. Lascia stare. E insomma tu stai bene, io sto bene, papà sta bene: stiamo tutti bene.
– Be', ringraziando Iddio. Tu perché sei in quel posto?
– Quale posto?
– Quello dove ti trovi in questo momento, come si chiama?
– Serpentina. Ho accompagnato don Ermete al funerale di quel suo parrocchiano rimasto ucciso.
– Quello della slitta?
– Sì. Solo che c'è un bordello di gente e mi sono allontanata un po'.
– Ah. Hai visto poi che son stati davvero quei pazzi?
– Bah...
– Come bah? Non lo dico mica io, lo dice il ministro, coso lì, come si chiama. C'è stata anche la rivendicazione. Non l'hai visto?

– Mamma, dove siamo noi non si prende né la televisione né la radio, e i giornali non arrivano...
– Sì, ma che è stato un attentato terroristico lo avete saputo, no?
– Sì, l'abbiamo saputo.
– Ah. E allora perché dici bah? Non ci credi?
– Senti, che ti devo dire? Mi sembra strano che abbiano fatto un attentato proprio lì.
– E infatti il ministro l'ha detto, che è strano. Dice che è un cambio di strategia, che ora non si può stare più tranquilli da nessuna parte.
– E perché allora c'è voluto tutto questo tempo, per dirlo?
– Per via degli americani, dice.
– Gli americani? E perché?
– Perché dice che all'inizio non erano convinti della rivendicazione, e che hanno fatto le loro indagini, ma poi alla fine l'hanno cosata, come si dice?
– Cosa?
– La rivendicazione. Mi sono dimenticata la parola *in questo momento*. Quando una cosa viene... Oh signùr, no autenticata, dai...
– Convalidata?
– No, no, dai, su!
– Oh, ma che ne so? Avvalorata? Accreditata?
– Ma no, dai! Più preciso! Come si dice?
– ...Verificata?
– Noo! Porca miseria: quando uno dice una cosa e un altro la controlla ben bene e poi la...?
– ...
– ...O signùr, sto perdendo la memoria...
– Vabbe', mamma, il senso si è capito.
– Io non voglio farmi capire a senso. Io voglio ricordarmi le parole.

– E dai, oh... Un vuoto di memoria capita a tutti.
– Sì, peccato che a me capiti di continuo. A volte incomincio a dire una cosa, ma semplice, eh, tipo, non lo so, "stamattina sono andata dal parrucchiere", e quando arrivo al momento di dirlo non me lo ricordo più.
– Non ti ricordi più dove sei stata?
– Be', amore mio, allora sarei rincoglionita. Non mi ricordo più la parola.
– Quale parola?
– La parola "parrucchiere", per esempio.
– Non ti ricordi la parola "parrucchiere"?
– Ho detto esempio! Era per dire che—
– Scherzavo, mamma, dai. Non t'incazzare...
– Eh, tu ci scherzi ma è una gran brutta cosa. Lasciamo perdere, va', che è meglio. Insomma stai bene, sì?
– Sì.
– Tutto a posto?
– Sì, tutto a posto.
– Continua a nevicare, lassù?
– Qui, adesso, no. Ma a San Giuda quando siamo partiti sì, nevicava. Nevica sempre, lì. Non smette mai. Vedessi la mia macchina, è tutta coperta.
– Copriti tu, piuttosto, eh? Come stanno i malati?
– Bene, bene.
– Quelli della tosse? Ha fatto effetto il Bisolvon? Cosa ti avevo detto, Bisolvon o Tussamag?
– Bisolvon. Mah, mica tanto. Piuttosto, l'hai chiesto al dottor Rapetti quali sono i sintomi della pertosse?
– Giusto! Vedi? Ho provato a chiamarti per questo e me ne stavo dimenticando. Dunque, dice che all'inizio è tosse secca, soprattutto notturna. E questa fase dura due-tre settimane, dice.
– Con febbre?
– Senza. Poi la tosse aumenta e compaiono gli spasmi e i ran-

toli. E il catarro. Dice che le crisi continuano a venire soprattutto la notte e spesso sono accompagnate da conati di vomito.

– Sempre senza febbre.

– Non lo so, non gliel'ho chiesto. Ma credo di sì, perché lui non ha mai parlato di febbre. Dice che questa fase dura altre due-tre settimane e poi si guarisce, salvo complicazioni. E che i più esposti alle complicazioni sono i bambini sotto i due anni. E che comunque è molto contagiosa.

– Hmmnn... Grazie. Io l'ho avuta la pertosse, vero?

– Certo. L'hai avuta insieme agli orecchioni e al morbillo, non ti ricordi?

– Sì, appunto, mi pareva.

– Ti beccasti tutto insieme e piangevi perché dicevi di sentirti un mostro e avevi paura di non tornare più normale.

– Veramente era la baby-sitter che avevate preso, come si chiamava, che mi diceva che ero un mostro e sarei rimasta sempre così.

– Già, l'Angela.

– Lei te la ricordi, eh?

– Mi ricordo anche i calci nel culo che le ho dato quando ho scoperto come ti trattava.

– Mi sa che era sadica, sai? A ripensarci ora, mi sa che mi avevate abbandonato nelle mani di una sadica.

– Non fare la scema, c'era tua nonna in ospedale. È stata da noi solo una settimana.

– E ti pare poco? Una bambina gravemente ammalata esposta alle crudeltà di una tata sadica per un'intera sett—

– Suffragata! Ecco la parola, cazzo!

– Oh, ma come parli? Che parola?

– La parola che non mi veniva prima. *Suffragata*. La rivendicazione. Dagli americani.

– Vedi che allora non l'hai persa, la memoria? Si è solo un po' rallentata, diciamo così.

– Rallentata? E che malattia è?
– Non è nessuna malattia.
– Ah no? Allora è normale? Uno si ricorda le parole un quarto d'ora dopo e secondo te è normale?
– Mamma, tu sei ansiosa. Questo sei. Non dico che non sia grave, ma, credimi, tutto ciò che non funziona in te dipende dall'ansia.
– Anche le amnesie?
– Non sono amnesie, mamma, si chiamano *atti mancati*. Piccole dimenticanze temporanee, lapsus, smarrimenti: capitano a tutti e sono significativi semmai come indizi, se si è in analisi, poiché arrivare a capire perché si provi resistenza a ricordare una certa parola può aiutare a capire la causa di un dato dolore psichico. Per esempio tu hai fatto fatica a ricordarti il verbo suffragare: perché?
– Ma che ne so. Io faccio fatica a ricordarmi un sacco di parole, ormai. Il che, di per sé è già sintomo di--
– Il che di per sé non è sintomo di un bel niente. Tu devi solo abbassare l'ansia, come te lo devo dire? Ma non con l'Ansiolin. Lo prendi ancora?
– Sì.
– Quanto?
– Trenta.
– Trenta gocce al giorno?
– Sì.
– Tutti i giorni?
– Più o meno.
– No, via: devi smettere, hai capito? Quello sì che ti fa perdere la memoria. Devi sforzarti di abbassare l'ansia senza farmaci. Per esempio con gli esercizi che ti ho dato, o meglio ancora con lo yoga. Perché non mi dai mai retta, eh? Perché non ti iscrivi a yoga?
– Eh, guarda, lo yoga mi piacerebbe. Poi però per una

ragione o per l'altra non mi ricordo mai.
– Senti, sforzati, dammi retta. Ora, subito, appena riattacchi. Ce l'hai ancora il numero che ti ho dato?
– Sì.
– Chiama quel numero e di' che ti manda il mio maestro, che si chiama Brhan. Scrivitelo: Brhan, Bi Erre Acca A Enne, del Centro yoga di Trento.
– Va bene.
– Vedrai. Tu non immagini nemmeno i benefici che ne otterrai. Ma chiama, per favore.
– D'accordo, chiamo.
– E smetti con l'Ansiolin, ti prego. Gradatamente, magari, non di schianto: passi a venti, poi a dieci, poi a cinque gocce al giorno, fino a smettere. Ci provi?
– Va bene, tesoro, ci provo. Stai tranquilla.
– Brava, mamma. Fammi stare tranquilla.
– Anche tu, però: fammi stare tranquilla anche tu.
– Ah, io sto vivendo da asceta. Puoi stare super tranquilla.
– E chiamami, per favore. Chiamami più spesso.
– D'accordo, ti chiamo più spesso.
– Grazie, nì. A presto.
– ...
– ...
– Mamma? Ci sei ancora?
– Sì. Che c'è?
– ...
– ...
– Alberto si è più fatto vivo?
– No.
– Ah...
– ...
– E l'hai per caso visto in TV, in questi giorni? Non so, magari a un telegiornale?

– Oh, sì. L'ho visto parecchie volte, insieme al suo capo lì, come si chiama, il nano…
– Errera? E Alberto era con lui?
– Sì, insieme agli altri sostituti. Ma com'è dimagrito?
– Vabbè, quello è lo stress per l'inchiesta. E non ha detto niente?
– Chi, Alberto? No. Cioè, cosa avrebbe dovuto dire?
– Non lo so. Era solo per sapere…
– Sei preoccupata per lui?
– No, mamma, no. Era solo curiosità.
– Ah. E se chiamasse di nuovo me cosa gli devo dire?
– Non chiamerà, ma se chiamasse tu non dirgli niente.
– Va bene.
– Ma niente niente, però. D'accordo?
– D'accordo. Niente niente.
– Giura.
– Giuro.
– Grazie, ma'. Ti saluto. Mi sa che il funerale è finito, devo andare.
– Ciao, nì. E stai attenta.
– Ciao.
– Ciao.

X

Nei giorni seguenti la versione ufficiale propagò tra le vecchie case del Borgo una perversa, frastornata vanità; la grottesca e mai conosciuta sensazione d'essere il centro del mondo. Eravamo stati colpiti dal terrorismo islamico, diamine, come gli abitanti di New York, di Londra e di Madrid: eravamo le vittime di turno, eravamo importanti. Nessuno che se ne mostrasse perplesso; nessuno che osasse ricordarsi quel che aveva visto.

Nessuno – tranne Zeno Formento. Quel ragazzo, diversamente da tutti gli altri, dopo la strage era *migliorato*: tanto era taciturno, prima, e bloccato, e addirittura strano – laddove strano, su da noi, era forse l'epiteto peggiore che si potesse associare a un individuo –, quanto ora sembrava intraprendente, brillante, simpatico e svelto. Il ragazzo che tutti vorrebbero avere per figlio, che lui stesso sarebbe potuto diventare ma non era diventato.

Gravavano su di lui, del resto, le tragedie di sua madre e di suo nonno – come una maledizione, si diceva, come un destino. Si tratta di vicende remote, accadute molto prima che io arrivassi al Borgo e tenute avvolte nella reticenza, che mi sono state riferite a frammenti, laconicamente, in tempi diversi e da voci diverse. Talvolta erano diversi anche certi passaggi, mentre altri sono sempre rimasti oscuri, perciò io racconterò solo ciò che è certo.

È certo che il nonno di Zeno, Fausto Codognotto, boscaiolo ed ex partigiano, sia stato internato nel manicomio di Pergine Valsugana poco dopo la nascita della sua unica figlia, alla fine degli anni Cinquanta, e che lì sia morto senza aver mai fatto ritorno a casa. Ed è certo che la stessa sorte sia toccata anche a sua figlia Dori, la madre di Zeno: una prima volta, pare, era finita a Pergine quando aveva diciannove anni, poco prima che gli ospedali psichiatrici venissero chiusi per legge – ma un anno dopo ne era uscita; e una seconda volta dopo essersi sposata con Sauro Formento e aver partorito Zeno, a ventiquattro anni, quando Pergine ormai rifiutava tutti i malati tranne quelli recidivi. Lei era recidiva. Ricoverata di nuovo, questa volta non ne era più uscita: come suo padre, anche lei era tornata a San Giuda solo per essere seppellita al cimitero.

Zeno era cresciuto nella grande casa sopra lo spaccio insieme al padre, la zia Adua, la zia Regina, la zia Rina e la cugina Perla, ma era stato soprattutto suo zio Beppe a prendersi cura di lui. Lo *tirò via* – come diceva lui – da scuola appena possibile, per affidarlo al possente ministero della natura: fin da piccolissimo lo portò a cavallo, a pesca, a caccia, a passeggiare nei boschi e ad arrampicare sulle montagne, e questo fece di lui un atleta, forte in tutti gli sport. Cominciò a far gare e a vincerle: prima di sci alpino, poi di slittino, finché a quindici anni venne scoperto il suo talento per il salto con gli sci, e Zeno diventò il più giovane saltatore mai entrato a far parte della Nazionale italiana. Fu trasferito in un collegio di Salesiani in Val di Fiemme, a spese della federazione, perché potesse allenarsi tutti i giorni sul trampolino di Predazzo, e parve davvero che grazie allo sport fosse riuscito a sfuggire al demone che lo minacciava.

Anche queste vicende avevano luogo quando io non ero ancora arrivato, ma fin qui erano abbastanza note e chiare, perché chiare e concordi erano tutte le voci che ne davano testimonianza. Tornavano improvvisamente confuse quando si trattava di spiegare perché, all'improvviso, appena iniziata quella carriera di saltatore che tutti pronosticavano grandiosa, Zeno avesse lasciato il suo sport e fosse tornato a San Giuda. Secondo quanto sosteneva la famiglia fu per via del primo infarto che colpì Sauro, quello grave, che lo rese invalido: e si tratterebbe di un'ottima spiegazione se non fosse che – pare – le date non coincidono. Anzi, l'altra versione che circolava al Borgo ribaltava completamente quell'assunto e individuava nel brusco ritorno a casa del ragazzo la causa, e non la conseguenza, dell'infarto di Sauro: il resto bisognava immaginarlo, suppongo, ricordandosi di sua madre e di suo nonno. Io non lo so, non ero ancora arrivato al Borgo, ma ho sempre avuto l'impressione che la verità su questa faccenda non la dicesse nessuno. D'altra parte questa è l'ultima cosa che devo raccontare *de relato*, perché pochi mesi dopo il ritorno di Zeno e l'infarto di Sauro (in qualsiasi ordine si siano verificati) sono arrivato al Borgo – e di sicuro il ragazzo che ho trovato non era quello pieno di vita e di talento di cui parlava Beppe. Al contrario, era prigioniero di un mutismo e di una timidezza apparentemente insuperabili, che rendevano difficile entrare in rapporto con lui; apparentemente privo di iniziativa, non faceva altro che eseguire gli ordini del padre, al quale stava sempre appiccicato finendo per sembrarne una mera appendice – un congegno di carne che rimediava alla sua invalidità. Quando non lo si vedeva accanto a Sauro si poteva star certi che era chiuso in casa – a fare cosa non si sapeva. Alla domenica veniva in chiesa insieme alle sue zie, confessava sempre gli stessi due peccati, assisteva alla messa e faceva la comunione. Non che fosse davvero "strano", solo che sembrava insensibile. La vita per lui era solo un'incombenza da affrontare a testa china, in silenzio, possibilmente al chiuso e in penombra.

Dopodiché era cambiato di colpo, a partire proprio dalla mattina della strage, quando aveva sfoderato un'intraprendenza che non gli si conosceva, e aveva guidato, pensato, valutato – e aveva deciso cosa fare e l'aveva fatto, mentre io e suo padre eravamo sotto shock. Poi, dopo esser passato anche lui per la morsa di quel Procuratore – e, a differenza di me, esserne uscito senza aver saputo niente –, anziché sprofondare nella propria stranezza come tutti gli altri, sembrò al contrario emergerne – libero, si sarebbe detto, per la prima volta, dall'ingombro che lo teneva prigioniero. Continuò a occuparsi del padre e a eseguire i suoi ordini, ma cominciò anche a disubbidirgli e ad agire di testa propria. Faceva la spola con Serpentina in macchina e in motoslitta, andava al centro commerciale di Mezzolombardo a ritirare le provviste, caricava, scaricava, riparava, spalava la neve e, quando era al Borgo, serviva ai tavoli dello spaccio trasformato in ristorante; ma allo stesso tempo, di nascosto dal padre, teneva dietro al centro ippico di Beppe, governava Zorro nella mia stalla, frequentava me e la dottoressa e faceva servizi e commissioni a chiunque gliene chiedesse – il tutto con la serenità di un santo. Eppure, fu lui quello che io vidi soffrire più di tutti per la morte di Beppe: lo vidi piangere perdutamente, in chiesa, inginocchiato davanti alla statua del Santo. Dunque non fu un'altra sua stranezza – non fu, come si dice in Sudamerica, la *fecha del loco*, la festa del matto: Zeno soffrì e fu traumatizzato quanto nessun altro, ma fu come se quello shock e quel dolore che avevano messo in crisi tutti noi, e ci avevano scaraventato in balia delle nostre peggiori debolezze, in lui avessero prodotto l'effetto opposto, rendendolo libero. Libero, sì – nel momento in cui tutti gli altri cessavano di esserlo; e adulto, per la prima volta, *uomo* – mentre gli altri regredivano. Ne parlai anche con la dottoressa Gassion, e lei mi confermò che era possibile: un trauma può anche liberare un individuo, non solo imprigionarlo.

Fu *quello* Zeno Formento, libero e adulto, che non accettò la storia del terrorismo. Venne da me il giorno dopo il funerale di suo zio e mi chiese cosa ne pensassi. Era cauto, vago, probabilmente temeva che io potessi crederci come tutti gli altri, nel qual caso ovviamente non si sarebbe sbottonato. Ma poiché io gli dissi che non ci avrei creduto nemmeno se avessi visto Bin Laden che mangiava i canederli nello spaccio di suo padre, allora si lasciò andare. Era vero o no che i corpi, a parte quello di suo zio, avevano tutti la testa attaccata al collo? E l'albero ghiacciato? L'avevo visto o no che era rosso? E che era rimasto rosso per tutto il tempo in cui la strada del bosco era chiusa e io e lui eravamo gli unici a percorrerla sui defender dei carabinieri per andare a Trento da quel Procuratore? E che poi, quando l'hanno riaperta, l'albero era tornato improvvisamente color ghiaccio, come se niente fosse? E pensavo anch'io o no che se si mentiva e si manipolava su cose come quelle, allora voleva dire che si stava coprendo qualcosa di molto più grave, al confronto del quale il terrorismo islamico diventava evidentemente tranquillizzante?

Era la prima volta che parlavo con qualcuno di queste cose, e dal sollievo che ne trassi mi resi conto di che razza di peso mi stessi portando dietro. Io l'avevo sottovalutato, quel peso, l'avevo considerato come il residuo di una qualsiasi confessione – peccati che un sacerdote si fa scaricare addosso e poi smaltisce; ma quelli non erano peccati qualsiasi, e non si smaltivano facilmente. Naturalmente ero tenuto a rispettare il segreto confessionale, ma non facevo niente di male a rimarcare insieme a Zeno tutte le incongruenze della versione ufficiale – né, una volta rimarcate quelle, a concordare con lui che dovesse esserci qualcosa di grosso nascosto dietro. Anzi, il fatto di saperlo per certo mi permetteva di guidare il ragazzo nella nebbia di quei ragionamenti, e di proteggerlo: per esempio, contrastando l'inclinazione da lui inizialmente manifestata a dare credito alla cosiddetta "pista extraterrestre", o dissuadendolo dal parlare in giro delle proprie perplessità, specialmente con i giornalisti. Avevo toccato con mano l'accanimento con cui quel Procuratore era disposto a dannarsi l'anima pur di occultare la verità, ed essendo Zeno quel che era, figlio di quale madre e nipote di quale nonno, non mi era difficile immaginare lo scempio che sarebbe stato fatto di lui se la sua voce fosse stata l'unica a levarsi contro quella del Grande Mondo – per di più parlando di marziani. No, non violai il segreto al quale ero vincolato: semplicemente parlai con lui dell'insostenibilità di ciò che era stato sostenuto, e nel sollievo che me ne veniva cercai di tenerlo il più lontano possibile dalla paranoia in cui sarebbe potuto precipitare, sentendosi il solo a vedere in un branco di ciechi. Cercai di convincerlo che eravamo ciechi tutti, anche noi due, e che la vera differenza, che toglieva importanza a quella cecità, non la faceva ciò che si era visto o che si era in grado di ricordare, ma la forza che si aveva o non si aveva di sopportare il male, e la fede che si aveva o no per contrastarlo.

Lo feci per lui, innanzitutto, perché non perdesse subito la preziosa normalità alla quale era appena approdato, che immaginavo molto fragile; ma lo feci anche per me stesso, perché nell'allontanarlo dall'ossessione su cosa fosse accaduto potevo trascinarlo verso le due domande che ancora ossessionavano me: perché, qualunque cosa fosse accaduta, era accaduta proprio lì, e aveva violato proprio noi? E perché tutti gli altri abitanti del Borgo vi si erano così languidamente arresi, fino a rendersene complici? Erano due domande *minori* – me ne rendevo conto – per chi, diversamente da me, ancora non sapesse qual era la verità che le autorità stavano celando: ma erano le più importanti, alla fine, proprio perché prescindevano da essa e puntavano dritte verso le due stelle polari di cui parlavo a Zeno: la fede, per resistere alla violazione, e la forza di sopportarne le conseguenze.

Del resto, neanch'io sapevo cosa fosse successo. Nessuno lo sapeva. Io e Zeno potevamo parlare benissimo anche senza che io violassi il segreto, perché eravamo uguali. Era una mera questione di credere e di non credere, ancora una volta, come sempre, per lui come per me: credere nel Dio in cui avevamo sempre creduto – nella sua ampiezza, nella sua potenza, nella sua intensità; e non credere alla banalità delle menzogne umane, ma senza farsene ossessionare – senza commettere l'errore di dare a queste più importanza che a quelle.

X

– Vede? – dice, accendendo la luce – Ho quasi finito.

Vedo sì. Da quel catafascio di legno marcio e di pietre spaccate che era solo pochi giorni fa è diventata una stalla vera, con la porta, la luce, l'acqua, le mangiatoie nuove di zecca, l'abbeveratoio bello pulito, la paglia per terra, le balle del fieno, l'armadietto quasi finito – e ha fatto tutto lui, da solo. Ma quando l'ha fatto? Quando ha fatto tutto questo, visto che è sempre in giro?

– Vedo. È un miracolo.

– No, macché miracolo – ride.

E per di più, di nascosto da suo padre. *È* un miracolo.

– Vieni, bello.

Si avvicina a Zorro, cava di tasca una carota e gliela porge. Il cavallo non è legato ma rimane immobile contro il muro come se lo fosse. Scarta solo un po' con la testa di lato, man mano che Zeno, lentamente, gli avvicina al muso la carota. È come se cercasse di resistere alla tentazione di mangiarla. Poi però cede, allunga il muso verso la mano del ragazzo e azzanna la carota con i lunghi denti gialli. Zeno lo accarezza.

– Buona, eh?

È bello, Zorro: è muscoloso, di un colore biondo pallido, quasi dorato, con la criniera bianca, come i pony del circo.

– Di che razza è? – chiedo.

– È un Haflinger – risponde Zeno – È una razza di queste parti eccetera.

Già, che ha questa specie di tic che gli fa dire sempre eccetera.

– Avelignese, si chiama, in italiano.

– *Avelignese?*

Zeno cava di tasca un'altra carota. Zorro ora non è più riluttante come prima. Anzi, vista la seconda carota in mano al ragazzo, protende il muso verso di lui.

– Sì. È per via del paese da cui provengono, su vicino a Merano: Hafling, Avelengo in italiano. Avelengo, avelignese, eccetera. Forse ne ha sentito parlare.

Zorro mangia anche la seconda carota, e Zeno lo accarezza di nuovo. La sua mano scompare nella lunga criniera bianca.

– Certo che ne ho sentito parlare – dico – Ma credevo che si dicesse *avellinese*, pensa che ignorante.

– Oh, è sbagliato ma si dice anche così. O anche a-ver*lignese, con la erre. Basta capirsi.

Gli occhi del cavallo non lacrimano più, ma rimangono lucidi – pronti, si direbbe, a piangere di nuovo. Zeno tira fuori una boccetta dalla tasca, e dalla boccetta estrae un contagocce.

– Lo accarezzi per favore – dice Zeno – Lo tiene tranquillo.

Mi avvicino e infilo anch'io la mano nella sua criniera candida, come lui un momento fa: è così soffice che sembra d'infilarla nella schiuma.

– Era congiuntivite, poi. Debbo dargli il collirio eccetera.

Così dicendo porta il contagocce sull'occhio destro del cavallo e lo centra con un paio di gocce di collirio. Poi ripete la stessa operazione con il sinistro. Zorro batte pazientemente le palpebre mentre io continuo ad accarezzarlo.

– Sa qual è una cosa veramente sorprendente dei cavalli? – dice Zeno – Li vede gli occhi? Stanno ognuno su una parte del muso, cioè non producono una vista convergente come la nostra. Zorro con quest'occhio sta vedendo me e con l'altro sta vedendo lei. Ed è così tutto il tempo. Perciò è sorprendente che il cavallo sia sempre così tranquillo eccetera. Che non si faccia angosciare o confondere dal fatto di vedere contemporaneamente due immagini che non corrispondono.

È vero. La vista laterale. Vedono sempre due cose diverse contemporaneamente, come gli uccelli e i rettili. Non ci avevo mai pensato.

Ma perché mi ha portato qui?

– Le piace, Zorro? – dice, mentre continuo ad accarezzarlo.

– È bellissimo. Il colore, soprattutto. Quando ero piccola avevamo un cocker che era quasi di questo colore. Cos'è, *fulvo*?

– Palomino. Fulvo non esiste, per i cavalli. Lui è un bel palomino.

Mi lascia con il cavallo e se ne va a girare la paglia col forcone. L'odore di stalla – per l'appunto – si fa più acre, ma nell'aria sopravvive anche quello del legno nuovo e del mordente che Zeno ha usato per trattarlo.

– Malinda invece era più scura – dice – Saura. Sempre Haflinger, eh? Anzi, lei era anche migliore, come sangue.

Con la pala raccoglie gli escrementi del cavallo – sembrano sempre *troppi* –, e li mette in un secchio. Poi versa dell'acqua sul pavimento, e lo copre con altra paglia. Sì, ma perché mi ha portato qui? Perché mi ha chiesto di accompagnarlo?

– Lui ha un quarto di sangue Shire – aggiunge – Per questo è così grosso.

Per farmi vedere come si governa un cavallo? Per parlarmi di incroci? Per questo?

– Ma perché l'hai portato qui? – chiedo, e solo mentre lo dico mi rendo conto del corto circuito con la domanda che mi stavo facendo – Perché non l'hai lasciato al centro insieme agli altri?

– Non ci vuole più stare, insieme agli altri.

Va fino allo scaffale che ha appena costruito e prende una spazzola.

– È triste – dice.

Poi prende un panchetto di legno – marcio, questo –, lo porta accanto alla bestia e ci si siede sopra.

– Non vuole più vivere eccetera – dice.

Io smetto di accarezzare il cavallo e faccio un passo indietro, e in quel passo sento tutta la differenza di calore che c'è tra stargli e non stargli vicino.

– Vero? – dice Zeno, rivolgendosi direttamente a Zorro – È per quello che hai visto, vero?

Comincia a spazzolare il manto del cavallo, la testa leggermente inclinata di lato. E in questa luce gialla, dentro questa vecchia stalla di montagna, con solo oggetti arcaici d'attorno – un secchio, un forcone, una scala a pioli –, e il fiato che si addensa davanti alle bocche, questa sua posa seicentesca sembra dovuta al genio di un maestro della pittura fiamminga. *Il ragazzo che striglia il cavallo* di Vermeer.

D'un tratto si riscuote.

– Posso farle una domanda, dottoressa? – chiede.

– Sì.

– Lei ci crede a quello che hanno detto?

Eccoci.

E ora che gli dico?

– Della strage?

Ecco cosa voleva.

– Sì. Che è stato un attentato terroristico eccetera. Ci crede?

E non è che possa sottrarmi, a questo punto, né raccontargli balle, o far finta di essere un'ingenua – anche se, considerando ciò che don Ermete mi ha detto di questo ragazzo, dei suoi ascendenti e della sua "stranezza", come la chiama lui, bisogna stare molto attenti a non dargli la minima occasione di, be', insomma, di alimentare una qualsivoglia bolla— Oh, al diavolo.

– No – dico.

Mica posso mentire, io, su questo.

– Non ci credo neanche un po'.
Zeno sorride, continuando a strigliare il cavallo.
– E cosa crede che sia successo?
– Ah, non ne ho idea.
...a non dargli la minima occasione di alimentare una qualsivoglia bolla nella quale possa convogliare tutta la terribile, a quanto ho capito, energia psicogena che si porta appresso.
– E non crede che siamo nei guai?
Appunto. Per esempio le paranoie.
– Nei guai? Noi?
– Insomma, se si inventano una cosa del genere, se invece di nasconderla se la inventano eccetera vuol dire che quello che coprono è molto ma molto peggio. O no?
Detto così però non fa una piega: anch'io ragionerei allo stesso modo. Si inventano una cosa che di solito, semmai, viene coperta – chissà che disastro c'è sotto. Il ragazzo sembra solo sensatamente sospettoso. Sembra essere, nella tenebra che avvolge questa faccenda, e dinanzi all'arroganza con cui la procura ha deciso di gestirla – alla quale per inciso Alberto dev'essersi assoggettato, se compare al telegiornale vicino al nano –, semplicemente saggio. Il pericolo è che si perda dietro a qualche fantasia che prometta di spiegargli l'inspiegabile. Vediamo come se la cava di fronte alla verità.
– Non so – dico – Potrebbe anche essere che non sanno cosa dire.
Smette di spazzolare il cavallo, si alza.
– Sì ma guardi che le hanno sparate grosse: io lo so per certo, perché sono stato lì prima ancora della polizia, e *ho visto...*
Va allo scaffale, posa la spazzola che stava usando e ne prende un'altra. Poi torna allo sgabello, si siede e ricomincia a strigliare Zorro. Più a fondo, sembra.
Sì, ma cosa ha visto? Non ha intenzione di dirlo?

– Cosa, hai visto?
Sorride.
– Intanto, che i morti non erano decapitati. Solo mio zio. E già questo...
È comunque – capito? – questo qui, madre e nonno morti in manicomio, ritiratosi inspiegabilmente in questo buco quando tutti gli dicevano che sarebbe diventato un campione di salto con gli sci, con gli stessi occhi che adesso guardano me ha visto il cadavere decapitato di suo zio. Lo ha *trovato* nel bosco. Poco più di un mese fa. Se non ha diritto lui di essere in stress post-traumatico non ce l'ha nessuno.
– E poi l'albero ghiacciato – aggiunge – Era rosso. Non mi chieda come fosse possibile, perché non saprei spiegarglielo, ma era rosso. Sembrava intriso di sangue, e le giuro che era la cosa che si vedeva meglio di tutte, in quel posto. Era rosso, ed è rimasto rosso finché la strada era chiusa.
Già. L'albero col sangue di tutti.
– Poi, quando l'hanno riaperta è tornato color ghiaccio eccetera. Come se nulla fosse. E non lo dico solo io.
– Chi altri lo dice?
...oltre a te e ad Alberto nella sua chiavetta?
– Don Ermete – fa Zeno – Ha visto tutto quello che ho visto io.
È vero. Anche lui *ha visto*. È un argomento che dovrò cercare di affrontare, prima o poi, con lui. Ma al momento qui bisogna proteggere questo ragazzo dal pericolo che una fantasia più seducente delle altre faccia combinare nella sua testa tutte le cose che non combinano – e se lo porti via.
– Tuo padre no, però – dico – Lui era lì con voi e alla storia dei terroristi ha detto che ci crede.
– Mio padre non sta bene – risponde Zeno – Ci crede perché aveva bisogno di qualcuno da odiare eccetera, e ora ce l'ha.
Niente, sembra sempre più lucido, sempre più saggio.

– Sì, ma ci sono anche gli altri tuoi parenti che sono arrivati dopo, no? A quanto pare ci credono anche loro.

D'un tratto, il cavallo orina – in quel modo spettacolare e fragoroso e potentissimo e francamente imbarazzante in cui orinano i cavalli. Un idrante. Zeno alza i piedi dal pavimento, ma viene ugualmente raggiunto dagli schizzi. Allora si alza e si allontana, sorridendo, mentre Zorro continua a orinare. Quando finalmente smette Zeno getta altra acqua per terra, la fa scorrere con la scopa verso il canale di scolo, mette altra paglia sul pavimento fradicio.

– Senta – dice – io non so perché dicono di crederci. Ma so quello che hanno visto, perché è anche quello che ho visto io; e quello che hanno visto non combina con quello a cui dicono di credere.

Si rimette a sedere sul panchetto, ricomincia a strigliare Zorro. Non so perché ma all'improvviso non sembra più un ragazzo, sembra un uomo.

– Forse bisogna che qualcuno faccia il primo passo eccetera – dice – Forse se vado da quei giornalisti che stanno tutto il giorno lì allo spaccio a girarsi i pollici e dico quello che so, dopo anche gli altri mi vengono dietro. Come in quella favola, come si chia—

– Non farlo, Zeno.

Guardami negli occhi, Zeno. Leggici *"per carità!"*.

– Non dire niente – incalzo –, soprattutto ai giornalisti.

Lui alza la testa. Continua a spazzolare il cavallo, sorride. Ha un'aria stanca, la vena azzurrina dei nevrastenici in rilievo sulla tempia.

– Ma qui hanno falsificato tutto, dottoressa – protesta – Non hanno avuto rispetto nemmeno dei morti.

È vero – maledizione, continua ad aver ragione. Come posso fare per convincerlo?

Ho trovato.

– Non farlo – ripeto – se non hai un'altra versione da fornire al posto di quella che smonti. Ce l'hai? Sai cos'è successo in quel bosco?

Zeno si ferma, mi guarda. Non sembra più un ragazzo, no. E in fondo, *non è* un ragazzo: ha solo tre anni meno di me...

– E perché dovrei saperlo io? Io so solo che quello che hanno detto non è vero.

– E non basta – *questo* funzionerà – Tu stesso, poco fa, quando ti ho detto che non credevo all'attentato mi hai chiesto che cosa credo che sia successo, allora. Ormai questa storia dell'attentato è passata, è accreditata, ne sta parlando tutto il mondo. Per smontarla bisogna sostituirla con un'altra, e tu questo non puoi farlo, perché un conto è smascherare una montatura, e tutt'un altro è scoprire la verità che ci sta sotto.

Continua a guardarmi, continua a non sembrare più un ragazzo, ma adesso nel suo sguardo c'è un lampo che prima non c'era. Indignazione? Sorpresa? Sfida? Devo aver toccato una—

– Vi siete messi d'accordo? – fa.

– Chi?

– Sono le stesse cose che mi ha detto anche don Ermete. Solo che lui ha usato un proverbio.

– Che proverbio?

– Un conto è recintare il pollaio, ha detto, e tutt'un altro è prendere la volpe.

Un conto è recintare il pollaio e tutt'un altro è prendere la volpe. Bello. E, attenzione, vale per un sacco di argomenti. Già. *Un conto è recintare il pollaio e tutt'un altro è prendere la volpe.* Devo ricordarmelo. La lezione di Livi: "Se proprio si deve parlare al paziente, è sempre meglio dire le cose attraverso citazioni letterarie, detti e proverbi piuttosto che con locuzioni concepite apposta: è più impersonale, meno intimo e discutibile".

E comunque, allora, ho fatto centro.

– Be', è così. E tu la volpe non l'hai presa.
Di nuovo quel lampo nello sguardo.
– Io no. Però secondo me lui sì.
Cosa?
– Cosa?
Si alza, posa la spazzola. Versa dell'acqua fresca nell'abbeveratoio.
– Era questo che non potevo dirle davanti a lui. Per questo le ho chiesto di accompagnarmi qui eccetera. Secondo me lui ne sa molto di più di quanto non dia a vedere.
Chi?
– Don Ermete?
– Sì.
Di cosa?
– Della strage?
– Della strage, sì. Secondo me lui sa cosa è successo.
– Addirittura...
Be', questa è bella. Questa è proprio bella. Se un attimo fa mi avessero chiesto: "stai controllando questo dialogo?", avrei risposto di sì. E invece...
– E cosa te lo fa pensare?
Col forcone, comincia a mettere del fieno nella mangiatoia.
– Io lo conosco bene, dottoressa; è una persona che di solito dice la verità. Non mi chieda di spiegarle come, ma io lo capisco quando una persona che di solito dice la verità a un certo punto non la dice più. E lui ora non la dice. Perlomeno a me.
– Perciò non ti fidi di lui?
– Come no, io mi fido eccome di lui. Ma forse è lui che non si fida di me. Insomma, la mia famiglia lo tratta come lo tratta eccetera, perché dovrebbe fidarsi? Allora, ho pensato: se parlo ai giornalisti, se mi espongo e rischio di passare per pazzo, lui magari—

– No, Zeno – ci risiamo – No. Se anche fosse come dici tu, non puoi obbligarlo in quel modo, non puoi ricattarlo. Per fare cosa, poi? Per mettere un buco vuoto dove adesso c'è una storia piena di dettagli?

Zeno posa il forcone e fa due passi verso di me.

– Le sto dicendo che lui sa cosa è successo – dice – Lui potrebbe riempirlo, quel buco.

Già. Ed è un'affermazione, questa, che può essere definita in vari modi – suggestiva, sorprendente, strabiliante, provocatoria, azzardata, pericolosa, impertinente, audace, inaspettata, presuntuosa, ambiziosa, magari gratuita, senz'altro seducente –, ma di certo non assurda o inverosimile. In effetti quel *di più* che ho percepito in lui fin dal primo istante in cui ci siamo incontrati, a Cles, all'ambulatorio, e che mi ha calamitato fin qui, potrebbe benissimo essere proprio *la luce di colui che sa*. Inoltre, nella mia pur non lunghissima attività alle prese con la psiche umana ho già imparato che le persone più dotate di capacità di insight, cioè di penetrazione introspettiva, spesso si trovano tra i soggetti borderline – cioè coloro che per casini vari sono costretti ad abbandonare i percorsi tradizionali dell'apprendimento per affidarsi appunto a quelle forme di comprensione epifanica per intuizione, scoperta improvvisa o percezione istantanea rese celebri dagli scimpanzé di Köhler; e il nostro Zeno, qui, anche se al momento sembra il più sano e centrato di tutti noi, ha l'anamnesi che ha, qualcosa che stando ai racconti che mi ha fatto don Ermete potrebbe essere definito "potenziale disposizione schizofrenica", ed è in fase posttraumatica conclamata, e ha appena affermato di non saper spiegare come ha fatto a capire quello che ha capito, cioè che don Ermete sa cosa è successo, ragion per cui, tutto ciò considerato, dovrei riconoscermi tendenzialmente incline a credergli, o perlomeno a prendere molto sul serio ciò che sostiene – e cioè che, per l'appunto, *don Ermete sa cosa è successo*.

E tuttavia...
– No – dico.
– No cosa?
...la realtà è molto più semplice: non può essere.
– Ti sbagli, Zeno.
– Su don Ermete? No, non mi sbaglio.

Perché di questa storia non si può sapere più di quello so io, e io quel buco non potrei mai riempirlo. In realtà, con tutto quello che so, non ho la minima idea di cosa sia successo. Perciò nemmeno don Ermete può averla.

– Ma come fai a essere così sicuro?
– Sono sicuro. È diverso. Non ragiona come ragionerebbe se non sapesse nulla. Eccetera.

A meno che...

– È diverso da prima, le dico. Lui sa.

...non intenda dire che don Ermete sa quello che so anch'io: la faccenda delle morti tutte diverse, del sangue di tutti, *dello squalo* – vale a dire nulla, in termini di vera conoscenza, ma sempre abbastanza per avere qualcosa da nascondere a lui.

– Vabbè – dico – tutti qui siete diversi da prima, a quanto ho capito.

Due colpi alla porta.

– Zeno! Siete lì?

Lupus in fabula.

– Sì!

– Anche tu sei diverso da prima – gli dico, mentre apre la porta a don Ermete – Sempre a quanto ho capito...

X

Venne la mattina in cui Giuliano Lechner trovò Cecco morto stecchito sul pavimento della sua gabbia, e sospettò subito di suo cognato Terenzio Antonaz, e andò direttamente a casa sua, col fucile in mano. Invece di bussare tirò una fucilata contro il portone. Manrico Antonaz corse a chiamarmi, la gente uscì dalle case e anche Terenzio uscì dalla sua – disarmato e con le mani alzate, come in un film western. Tra lui e Giuliano ci fu un duro confronto – in piedi, petto contro petto, in mezzo alla strada, sotto la neve che veniva a vento –, nel corso del quale Terenzio, con un solenne giuramento su Dio, convinse il cognato di non avere ammazzato lui la bestia – e già che c'era, e visto che Cecco ormai era morto, lo convinse anche a *cremarlo*. Dopodiché i due cognati, da settimane ai ferri corti proprio per via di quell'uccello, si riabbracciarono davanti a tutti.

La cremazione di Cecco fu una vera e propria cerimonia, la prima che si svolgesse al Borgo dopo la strage: ebbe luogo nel cortile di casa di Giuliano, sotto la tormenta, in cima a una pira imbevuta del kerosene della stufa, alla presenza di tutti i richiami da caccia nelle gabbiette di legno, degli altri animali di casa e soprattutto di parecchi di noi abitanti – perché Cecco aveva quasi trent'anni e tutti gli eravamo affezionati. C'erano Armin e Maria con Lorenzetto, c'era Primo Antonaz, c'era Manrico con la madre – Enrico era ancora a Padova da Wilfred –, c'erano tutti i fratelli e le sorelle di Giuliano, c'era Rina con le altre donne Formento, compresa Genise che con il resto della famiglia aveva litigato, e c'erano anche Zeno e Perla, che essendo i più giovani conoscevano Cecco fin da quando erano bambini. Giuliano prese la parola e ricordò i tempi in cui tutto il Borgo sfilava ogni giorno davanti alla gabbia appesa alla persiana della cucina, e Cecco cantava quasi per intero *Portami tante rose* ("amore amor che mai sarà di me, amore amor portami tante rose…"), oppure, al primo tuono di temporale gridava "Guenda, mettimi dentro!", o un più languido "Quando piove son tutto bagnato!". Terenzio invece prese la parola per ricordare sua sorella Guenda, la vera padrona di Cecco, avendolo lei acquistato, rammentò, per venticinquemila lire alla fiera di Doloroso un otto di settembre di ventotto anni prima, e avendole lei insegnato a parlare e a cantare col registratore a cassette. Alcuni piansero, tra cui Primo Antonaz, solo e in disparte come sempre. Sembrava un'autentica veglia funebre. Io me ne rimasi in un angolo, ovviamente, ancor più defilato di Primo Antonaz, perché non ci fosse nemmeno l'ombra del dubbio che nel rito che veniva celebrato – per quanto benefico, visto che riuniva per la prima volta molti dei miei fedeli che non si frequentavano più – vi fosse alcunché di cristiano. E proprio per questo mio starmene qualche metro indietro dal cuore di una cosa che accadeva, proprio per questo mio osservare soltanto, per una volta, anziché fare organizzare celebrare, mi sentii in grande empatia con la dottoressa Gassion, che era al mio fianco e osservava tutto con grande interesse. Mi resi conto, fuori della mischia com'ero, dell'assoluta, incantevole *menzogna* che governava quella riunione. Non c'era nulla di vero. Tutto significava qualcos'altro. Non c'era nulla di vero.

Ne parlammo, io e la dottoressa, quel pomeriggio. Prima però ricevetti la visita di Terenzio che, con già tutto il bagaglio in macchina, prima di partire voleva confessarsi. Aveva compiuto la propria missione, disse, aveva salvato il Borgo, aveva ucciso Cecco e ne aveva bruciato il corpo, come gli aveva detto di fare Guenda nelle sue apparizioni; e l'aveva fatto senza causare reazioni violente da parte di suo cognato né liti familiari, ma addirittura generando un evento che – qui gli scappò da piangere – aveva riunito tante persone ed era stato bellissimo. Ora finalmente poteva fare come aveva fatto sua moglie, che era fuggita appena la strada era stata riaperta, e raggiungerla dal loro figlio a Madonna di Campiglio. Solo, per compiere quel dovere, aveva dovuto commettere un peccato mortale, e cioè giurare il falso, e per questo aveva bisogno della mia assoluzione. Pareva piuttosto preoccupato, Terenzio, che io non comprendessi la portata del suo gesto, e non gliela dessi. Lo assolsi, invece, senza esitazioni e senza mettermi a discutere le sue incrollabili convinzioni a proposito della povera gracula, ma questa ulteriore pantomima arricchì ulteriormente la conversazione che ebbi subito dopo con la dottoressa.

Parlammo soprattutto della dinamica che aveva portato tutti a credere al giuramento di Terenzio, e a recitare immediatamente il copione della sua innocenza. Perché era così, tutti avevano accettato senza obiettare l'idea della morte naturale della gracula, e in questo si era ripetuto esattamente quanto appena accaduto riguardo alla versione ufficiale sulla strage. Si trattava, secondo la dottoressa, di un comportamento collettivo molto semplice: eleggevano un capo e credevano a quello a cui credeva lui. Stop. Per quanto riguardava la strage il capo era Sauro, che era stato il primo ad accorrere sul posto e nella strage aveva perduto il fratello: se credeva lui all'attacco terroristico, ci credevano anche loro; se non parlava lui di alberi intrisi di sangue e di morti decapitati con la testa ancora attaccata al collo, *se non li aveva visti lui*, neanche loro ne parlavano, neanche loro li avevano visti. Per quanto riguardava Cecco, invece, il capo era Giuliano; era lui che era andato a casa di Terenzio col fucile in mano, accusandolo di averlo ammazzato; era lui che aveva tirato una schioppettata contro il portone del cognato invece di bussare. Se in un secondo momento aveva deciso di credere al giuramento di Terenzio, allora ci avrebbero creduto anche loro. Sembrava un po' troppo semplice, come meccanismo, e lo dissi, e la dottoressa mi rispose che sì, certo, *era* troppo semplice, e secondo lei quella troppa semplicità era probabilmente una devianza dovuta al trauma subito; ma mi disse anche che la nostra comunità era comunque un sistema chiuso, impenetrabile e omogeneo come pochi al mondo, e perciò i meccanismi di dipendenza dal capo si facevano più vistosi e, appunto, più semplici che nelle comunità più articolate – più tendenti, disse, a quelli che governano le singole famiglie.

Poi mi disse due cose. La prima, a dire il vero, l'avevo pensata anch'io: mi suggerì di chiedere a Zeno se credeva al giuramento di Terenzio. Lei non aveva fatto in tempo, ma era certa che avrebbe detto di no – perché secondo lei il ragazzo era uscito dal gruppo, e ormai vedeva le cose come lei e me, nella loro complessità, da individuo libero. Zeno non c'era, era andato a Cles, perciò bisognava aspettare che tornasse; ma, in effetti, ero certo che avesse ragione.

La seconda cosa che la dottoressa mi disse, invece, mi sorprese e mi colpì. Per molte questioni, mi disse, ovviamente per tutte quelle che riguardavano Dio, la fede, la preghiera e la separazione tra Bene e Male, ma anche per altre, disse, più generiche, legate al modo di vivere e di comportarsi, di curarsi, di parlarsi e di ascoltarsi, insomma per quella che veniva chiamata socialità, io ero indubitabilmente uno dei capi riconosciuti da quel gruppo – forse l'unico veramente buono per tutti. Così disse, e poi tacque, guardandomi fisso con i suoi begli occhi neri e aspettando la mia reazione. E la mia reazione fu una domanda, prima solo pensata e subito dopo pronunciata: perché mi dice questo? La risposta fu molto più precisa di quanto mi aspettassi, e mi stese: perché se io nascondevo qualcosa, disse, loro se ne sarebbero accorti.

X

– E cosa dovrei nascondere? – fa.
E abbassa gli occhi.
È incredibile, Zeno ha ragione: sta nascondendo qualcosa, ha la coda di paglia – lo vedo benissimo anch'io, che lo conosco così poco. Non mi guarda. Non sostiene il mio sguardo.
– Non lo so – dico – Si nasconde sempre qualcosa, no?
Sorride. Alza gli occhi, un lampo, poi li abbassa di nuovo. Zeno ha ragione. Non ci sono dubbi.

X

Poi venne la mattina in cui il fabbro Wilfred, a Padova, ebbe l'ennesima crisi polmonare e non la superò. Poi venne quella in cui Urania Centanin non si svegliò. Poi quella in cui non si svegliò Adelheid Lechner. Poi quella in cui Polverone ebbe l'ictus. Poi venne la mattina in cui Sauro Formento s'irrigidì, rovesciò un bricco di latte nel tentativo di reggersi al bancone dello spaccio e crollò a terra, stroncato dall'infarto numero tre. Nel giro di una settimana, una pila di morti da seppellire si accumulò nel Borgo. Tutto diventò più facile, da una parte, perché la morte portò con sé i riti – e i riti ammansiscono. Ma anche, dall'altra parte, tutto si complicò, perché l'arrivo della morte liberò una forza imperscrutabile che prese a vibrare tra le case del Borgo, a frustarle e a scuoterle insieme al vento – quell'energia selvaggia e rivelatrice che di solito viene tenuta a freno dalla paura della morte.

X

– Pronto?
– Ciao, nì. Ho disturbato?
– No, mamma. Che è successo?
– Scusa sai, ma era urgente, credo. Diglielo, per piacere, al… al reverendo, lì. Glielo dici?
– Cosa?
– Che mi dispiace aver disturbato a casa sua.
– Mamma, ti ho detto che puoi telefonare quando vuoi. È una casa come un'altra. Che è successo?
– Sì ma tu diglielo per favore. Tra parentesi, che bella voce che ha. Profonda…
– Sì, la voce. Ma cosa è successo?
– Niente. Magari l'hai già saputo, ma io ti ho telefonato lo stesso. L'hai già saputo?
– Mamma, *cosa*?
– …
– …
– Il professor Livi, il tuo analista: si chiamava Fabio Massimo?
– Sì. Perché?
– …
– …
– …
– …Perché hai detto *si chiamava*?
– …
– …
– …
– …

Vergänglichkeit

Daccapo nella stalla, e Livi è morto. Zeno spazza, rivolta la paglia, bagna per terra, in silenzio. Livi è morto, e anche il padre di questo ragazzo è morto. E se la lingua è tutto, ho appena detto "Livi", ho appena detto "padre" e ho appena detto "morto".
Poi, d'un tratto:
– Son stato morso da una vipera.
Livi diceva che dei *sette servitori* di Bion, il più importante è sempre il tempo.
– Quando?
Zeno mi guarda, sorride. Livi è morto e io ero quassù a veder morire il padre di questo ragazzo; gli hanno fatto il funerale e io ero quassù al funerale del padre di questo ragazzo; l'hanno seppellito e io ero quassù a veder seppellire il padre di questo ragazzo.
– Eh, dieci anni fa – dice.
Dieci anni fa. Cosa vuol dire *dieci anni fa*? Dieci anni fa io conoscevo Livi.
Livi diceva che il secondo servitore è lo spazio.
– E dove?
All'università. No, era nove anni fa. E ora è morto.
– Qua, al collo.
Al collo? Una vipera? Ma è orribile. Come diavolo è succes-

so? Doveva essere sdraiato e la vipera essergli— ma non era questo, in realtà, che gli avevo chiesto.
– No, dicevo dove è successo che sei stato morso?
– Ah. Su al collegio, nel giardino. Quando ero ancora al collegio eccetera.
Ehi, fermi tutti. Dieci anni fa. Il collegio... Livi – *che è morto* – diceva che se hai il quando e hai il dove, hai anche il perché. Dieci anni fa, stando a quel che mi ha detto don Ermete, questo ragazzo, promettente atleta, ospitato in un collegio di preti a spese della Federazione Italiana Sport Invernali, mollava tutto e se ne tornava a seppellirsi qui. E nessuno sa perché.
– È per quello che hai smesso di saltare?
Si siede sul panchetto. Si mette a strigliare Zorro con la spazzola morbida.
– Sì – dice.
Alza lo sguardo, non sorride più. Quando Livi faceva centro con una supposizione si avvicinava alla finestra e scostava un poco la tenda. Era il suo modo di esultare.
Quando non era morto.
– Dev'essere stato tremendo – dico – Ma come ha fatto a morderti al collo?
Zeno torna a fissare il manto dorato del cavallo.
– Mi ero disteso sull'erba nel giardino del collegio. Mi piaceva sdraiarmi nell'erba. Era maggio, il tempo era bellissimo eccetera. C'era un sasso, un grosso sasso. Io ci ho messo sopra il giubbotto per poi appoggiarci la testa, ma da sotto al sasso è uscita la vipera, colla bocca spalancata, la linguetta che saettava eccetera...
Smette di strigliare il cavallo e continua a raccontare guardando il manto di Zorro, come se ci stessero proiettando sopra il suo ricordo.
Io non potrò più raccontare niente a Livi.

– Non mi ha morso subito – continua – Mi ha guardato un momento, come se dovesse pensarci su: lo mordo o non lo mordo? Poi mi ha morso, qui, come un vampiro eccetera, ma io nemmeno me ne sono accorto, tanto è stata svelta. Anzi, quando l'ho vista sparire ho pensato che fortuna, se ne va senza mordermi. Poi però ho cominciato a sentire un male tremendo al collo, alla gola, a far fatica a respirare eccetera. I preti del collegio hanno chiamato l'ambulanza e son stato portato all'ospedale di Cavalese.

Avrà sofferto? Chi c'era lì con lui? I figli? Quella che ha la mia età non credo proprio, sta in America. Il ragazzo, quello che fa il regista di documentari.

Zeno si riscuote, rialza lo sguardo, ricomincia a strigliare Zorro.

– Da qui in poi non mi ricordo più, stavo molto male. Avevo mal di pancia, vomitavo eccetera. Non so cosa mi hanno fatto. So solo che quando mi sono sentito meglio era notte, ed ero in una stanza dell'ospedale con un altro che russava. Avevo tutto il collo fasciato eccetera. La mattina dopo il dottore mi tolse la fascia e disse che potevo tornare a casa, padre Bastogi mi venne a prendere col pulmino e tornai al collegio.

Si alza. Fa un passo verso lo scaffale, poi si ferma di colpo e torna dal cavallo, che ha cominciato a sbuffare.

– Stia indietro – fa.

D'un tratto Zorro lancia un nitrito potente, e poi sferra una serie di calci all'indietro, alcuni dei quali centrano fragorosamente la mangiatoia nuova e la scheggiano. Zeno gli si stringe al collo – lo abbraccia, si direbbe. Il cavallo trema, sbuffa, lo sguardo come svitato dagli occhi. Zeno gli sussurra alle orecchie qualcosa che non capisco, lo accarezza, lo stringe.

– Che cos'ha? – chiedo.

– Eh, una crisi di nervi – risponde Zeno – Ogni tanto gli prende.

Continua ad accarezzare il cavallo, a strofinarselo contro il viso, a sussurrargli nelle orecchie. Zorro sembra apprezzare.

– È passata – dice, a voce più alta – Vero che è passata?

Il figlio di Livi sarà stato lì ad abbracciarlo se aveva una crisi? O c'era un'infermiera?

Zeno si stacca. Zorro sembra tornato tranquillo.

– Devo dargli il collirio – dice – Mi aiuta per favore?

Livi aveva bisogno di assistenza e io sono qui ad assistere *un cavallo*.

– Che devo fare?

– Lo accarezzi, per favore.

Il manto liscio. La morbida criniera bianca. Zeno lascia cadere le gocce del collirio negli occhi di Zorro, che non sono più spiritati come poco fa. Zorro sbatte le palpebre come già l'altra volta, lentamente, in un modo che sembra essere l'allegoria della pazienza.

– Grazie.

E comunque questo ragazzo, che ha appena perso il padre, mi ha convocato di nuovo qua, in questa stalla, per dirmi che dieci anni fa è stato morso da una vipera. È evidente che per lui è importante – e se è importante per lui è importante anche per me, visto che sono venuta fin quassù per questo, per aiutare questa gente. Livi è morto, lui non può più essere aiutato. Lui per primo vorrebbe che mi concentrassi su quello che questo ragazzo mi sta dicendo.

– E poi che è successo? – chiedo – Com'è andata che hai smesso di saltare?

Zeno prende l'altra spazzola nello scaffale, quella più dura. Si siede di nuovo sul panchetto e ricomincia a spazzolare il manto di Zorro.

– Eh, di colpo avevo paura di tutto. Di sciare. Di andar per boschi. Di correre nei prati, di andare in bicicletta, di pescare, di arrampicare, di andare a cavallo: di tutto. Non riuscivo più a stare all'aperto eccetera. Mi veniva da vomitare. Mi sentivo svenire. Mi mancava il respiro. Rivedevo di continuo il momento in cui la vipera mi ha guardato, prima di mordermi. Perché mi ha guardato. Quel suo musetto eccetera. Risentivo, anche, lo so che è difficile crederlo ma le giuro che è così, risentivo anche il dolore che avevo sentito dopo che ero stato morso. Eccetera.

Si alza, sposta indietro il panchetto, ricomincia a strigliare.

– E così – riprende – ho dovuto smettere di saltare. In giugno c'era il raduno della nazionale e poi in luglio si doveva andare in Argentina ad allenarci, perché là era inverno eccetera: ma io non ci sono andato, perché avevo paura di tutto e mi vergognavo. Son tornato qui a casa e non mi son mosso più.

– E ti sei fatto vedere? – domando – Sei andato da un dottore?

– No.

– *No*?

– No.

– E perché?

– Perché non l'ho detto a nessuno.

– Come non l'hai detto a nessuno?

– Non l'ho detto a nessuno.

– Nemmeno in casa? Nemmeno a tuo padre?

– No. Mai a nessuno. Non ho mai detto nemmeno della vipera. Lei è la prima persona che lo sa.

Ecco fatto. È bastato che mi lasciassi un po' andare, senza fare resistenza, senza pensare a Livi, che lasciassi fluttuare la mia attenzione intorno alle cose che mi diceva e bum – una pepita d'oro.

– Scusa, ma com'è possibile? E i preti del collegio? Loro lo sapevano per forza.

– A parte i preti del collegio.

– E all'ospedale? Non hanno avvertito la tua famiglia?

– No. All'ospedale ha fatto tutto padre Bastogi, e poi con lui e il rettore ci siamo messi d'accordo di non dir nulla a nessuno.
– Ma perché?
– Be', è chiaro che a loro non faceva piacere che si sapesse che nel giardino del collegio c'erano le vipere che mordevano i ragazzi eccetera.
– Ho capito, ma te? Perché te non hai detto nulla?
– All'inizio, perché loro mi avevano chiesto di non dir nulla.
– Sì, ma dopo? Quando hai cominciato a stare male, perché non l'hai detto? Quando sei tornato a casa invece di andare ai raduni?

Bene. Bene così. Mi sento meglio anch'io. Sono concentrata, o meglio, *centrata* sul suo problema. E Livi non è più così morto.

Zeno ha smesso di spazzolare. Mi sta guardando. Sorride appena.

– Lei lo sa di mia madre e di mio nonno? – fa – Gliel'ha detto don Ermete?

Dunque. Regola numero uno per far funzionare il rapporto con un paziente: mai mentirgli. Mai. Ma devo trovare il modo giusto per dirgli la verità. E in fretta.

– Pergine?

Che poi io parlo di analisi, di paziente, ma qui siamo solo in una stalla con un ragazzo traumatizzato che parla di sé mentre striglia un cavallo traumatizzato che— oops! Ecco fatto, Zorro caca. Ecco che molla una, due, tre, quattro zolle di quella merda spugnosa e asciutta, compatta, in un curioso caso di transfert col suo padrone, dato che lo fa esattamente quando il discorso è finito a toccare la parte, per l'appunto, più merdosa di tutte.

Zeno prende la pala e raccoglie la merda in un secchio.

– Be', questo è un modo di dirlo – fa – Un altro modo

sarebbe dire che erano matti. Tutti e due. Morti in manicomio eccetera. E se io vado a dire che dopo che mi ha morso una vipera mi fa paura tutto, tutti dicono che sono matto anch'io. No? La pazzia si trasmette, no?

Ed è evidente che per lui ormai *questo* è il setting. Dopo cena in una stalla a spalare la merda di Zorro, con la luce fioca, le nuvole di fiato, io seduta su una balla di fieno eccetera – come direbbe lui. Per lui ormai questa è la matrice.

– Ma l'avranno detto lo stesso – obietto –, se hai mollato tutto così, senza dire la ragione.

– No – risponde deciso – Se uno sta zitto qui da noi non si dice mai che è matto.

– L'avranno pensato, che è uguale.

– Io non lo so se l'hanno pensato. So che non l'hanno detto. E non è affatto uguale.

Porta il secchio fino alla porta, lo lascia lì. Poi solleva la paglia col forcone e bagna per terra con la canna.

– Ma è proprio così importante quello che si dice qui? – chiedo.

– Ora no – risponde – Ma all'epoca sì.

– Era la cosa più importante?

– Sì.

– Più delle Olimpiadi? Perché don Ermete mi ha detto che dovevi andare alle Olimpiadi.

– A Nagano, sì – sorride – Quell'inverno... Ma ormai non potevo più. Non potevo più fare niente. Non riuscivo più a stare all'aperto senza sentirmi male.

E comunque, setting o non setting, si vede benissimo che questo ragazzo non ne poteva più, e con il suo super-olfatto di potenziale borderline ha probabilmente annusato che ero, insomma, una persona addosso alla quale, diciamo così, si vuota il sacco. Ha sentito l'odore degli Altenburger, dei Belisari, delle signore Magnoni...

– Sì ma, magari, se fossi andato da un dottore avresti potuto guarire, e andarci, alle Olimpiadi. Se non a Nagano a quelle dopo...

Zeno scuote la testa, sorridendo, l'aria rapita. Starà sognando le Olimpiadi. Lo capirei. Per uno sportivo le Olimpiadi sono un sogno estremamente vischioso. Le ho sognate anch'io, seppur del tutto indegnamente – proprio all'epoca del mio incidente al dito, tra parentesi, quando avevo battuto un paio di volte la Tramor e la Roasenda in Super G e all'improvviso mi sentivo fortissima, e la fantasia galoppava: Campionati Italiani, Nazionale, Coppa Europa, Coppa del Mondo e, fatalmente, inevitabilmente, Olimpiadi. Per me era Lillehammer...

Zeno si riscuote subito, la sua fantasticheria olimpica è durata niente.

– Avevo paura che rinchiudessero in quel manicomio anche me – dice.

– Ma se non esistevano già più, i manicomi.

Lui si irrigidisce.

– Come non esistevano già più?

– Li hanno chiusi, i manicomi, Zeno.

– Sta scherzando?

– No. Li hanno chiusi. Per legge. Da un sacco di tempo. Pergine Valsugana ora è un poliambulatorio: nel parco d'estate ci fanno i concerti.

È stupito, e anch'io sono stupita: credo sia la prima persona che incontro in vita mia che non lo sapeva – anche se è proprio una di quelle che invece avrebbero dovuto saperlo.

– Ma... – farfuglia – E i matti dove li mettono?

– Da nessuna parte. Stanno nelle loro case.

– Ma va'... Come Lorenzetto?

– Be', non proprio: in genere stanno a casa loro e vengono curati nelle strutture sanitarie. Lorenzetto non viene curato.

È veramente scosso, Zeno – non se l'aspettava. Ha appena scoperto di aver passato gli ultimi dieci anni ad aver paura di un mostro che non c'era. Se ne sta andando per la tangente con i suoi pensieri e io lo sto perdendo. Infatti Livi è di nuovo morto, e io sono inspiegabilmente rimasta qui invece di andare giù da lui. Devo fermarlo. Devo fermarmi. Finché siamo in tempo.

– E ora che nel bosco è veramente successo qualcosa di terribile – dico – la tua paura è scomparsa...

È bella chiara, come affermazione: forse è azzardata, forse è prematura, forse è addirittura sbagliata, ma qui il problema è che Zeno sembra non averla nemmeno sentita. Niente, nessuna reazione. Torna ad accarezzare Zorro, piuttosto, poi si mette a rimirarlo – lustro, liscio, bellissimo –, prima da un lato, poi dall'altro. Tira fuori una carota dalla tasca e gliela porge. Zorro allunga il muso e la mangia. Zeno lo accarezza di nuovo. Alzo lo sguardo, incrocia il mio: niente. Mi sta sfuggendo. Cosa farebbe Livi al mio posto, se non fosse morto? Lo lascerebbe andare? No di certo. Insisterebbe? Sì, ma in quel modo ipnotico e di per se stesso medicamentoso che aveva lui di insistere. E io allora devo fare attenzione, devo tener conto che non sono Livi. Devo tener conto che quando lui ha messo con le spalle al muro il paziente pedofilo che andava a farsi menare ai giardinetti il paziente pedofilo ha smesso di andare a farsi menare ai giardinetti, mentre quando io, per imitarlo, ho messo con le spalle al muro la signora Magnoni che si umiliava con quel giochetto col telefonino lei ha continuato a umiliarsi con quel giochetto col telefonino. E devo tener conto che questo ragazzo è in grave fase post-traumatica, e che, se ho ragione, se la sua paura del mondo naturale è scomparsa quando nel cuore del simbolo stesso di quel mondo – il bosco – è veramente accaduto un evento talmente orrido da darle un senso (come succede quando una franca persecuzione si scatena veramente su un individuo affetto da manie di persecuzione, e questo individuo all'improvviso *migliora*, poiché finalmente si sente sostenuto dagli eventi e tutto gli si fa più chiaro), allora la scomparsa della sua paura non è stata certo dovuta a una guarigione, ma a un'evoluzione, semmai, della perturbazione scatenata dal morso della vipera; e che ovviamente quella "paura del manicomio" altro non era (non è) che una specie di profonda inclinazione identitaria presente in lui da molto tempo, fin dal momento in cui questi simpaticoni quassù gli hanno detto senza tanti complimenti che sua madre in manicomio c'era morta – un bisogno, in realtà, un "richiamo del sangue", un desiderio di raggiungerla là dove lei era andata a raggiungere il proprio padre, chiudendo in quel modo un esemplare circuito edipico che invece per lui, fin quando non si fosse deciso a ruzzolare in quello stesso posto, rimaneva desolatamente aperto; e che ha appena saputo che quel posto non esiste più, e dunque non esiste più quel pericolo, nonché quell'opportunità; ed è dunque possibile che, tutto ciò considerato, in qualsiasi momento possa provare vergogna o resistenza a parlarne così come per dieci anni ha provato vergogna o resistenza a parlarne – e che questo gli succeda anche nel bel mezzo di una sua iniziativa mediante la quale si era proposto di vincere vergogna e resistenza, e parlarne...

Mi guarda, adesso, Zeno: sfrontatamente, direi, spudoratamente. Mi sfida. Mi sfida a ripetergli quello che ho detto poco fa, e che lui ha ignorato. E se è così vuol dire che è già andato, ormai, è già fuggito. E infatti io non ho detto niente, poco fa, e non ho niente da dire adesso. E Livi è morto.

Anzi, facciamo che una cosa la dico. Una cosa sana. L'unica possibile.

– S'è fatto tardi – dico.

X

Nei rituali del lutto il Borgo tornò unito. Celebrai cinque funerali di seguito, benedissi cinque nuove tombe al cimitero, e parve che qualsiasi cosa fosse intervenuta a violare la coesione della nostra comunità – quel demone dell'insofferenza e dell'inimicizia – fosse scomparso di colpo. Naturalmente non era così: quella catena di decessi non aveva certo risolto i problemi che ci erano piombati addosso – semmai li aveva aggravati, poiché i nuclei familiari si sfilacciavano ancora di più e altre fragili autonomie venivano meno; ma per quei giorni tutti poterono sperimentare l'illusione di ritrovarsi in chiesa come una volta, sentirsi una cosa sola, pregare insieme e insieme fare diga contro il dolore.

Senonché quello non era dolore vero; o meglio, era vero, come erano vere le morti che lo causavano, ma allo stesso tempo era il pretesto per una nuova complicata messa in scena, ben più pericolosa e distruttiva di quella elaborata durante la folle cerimonia della cremazione di Cecco. In quel dolore c'era infatti qualcosa di abnorme che non poteva proprio passare inosservato, e sembrava volesse stritolare l'idea stessa che le cose potessero mai tornare come prima – addirittura che fossero mai state così. Se infatti lo strazio dei gemelli Antonaz dinanzi alla bara di Wilfred, pur se assai enfatico, era ancora comprensibile, quello rovesciato dal vecchio Notburg sulla bara di sua cognata Adelheid, o quello di Rina Formento davanti alla salma del fratello Sauro, o quello ostentato da Desiré Nones nei confronti di Polverone non lo erano certo: parvero a tutti più che altro le sfacciate conferme in pubblico di ciò che per anni era stato bisbigliato in privato.

Ovviamente ero stato raggiunto anch'io dalle insinuazioni che tutti sempre dicevano di raccogliere in giro e mai nessuno di avere originato, e che parlavano di relazioni incestuose, endogamia, paternità vere e fittizie e tresche tenute nascoste per cinquant'anni: si trattava di una specie di losco fotoromanzo che impegnava i miei fedeli allo stesso tempo nel ruolo di attori e di spettatori, al quale a dire il vero io non avevo mai dato molta importanza poiché, al di là del fatto che dicerie del genere attraversano sempre ogni piccola comunità, lo consideravo uno sfogo inevitabile all'interno di un'enclave dove non si poteva fantasticare su quelle stesse morbosità semplicemente guardando la televisione. Be', nell'assistere a quelle manifestazioni di dolore così spudorate neanch'io potei evitare di ripensare a quelle *verità nascoste* che d'un tratto e fin troppo teatralmente sembravano tutte insieme disvelarsi. Io celebravo la cerimonia dall'altare e il dolore così sgargiante di quei non-vedovi e di quelle non-vedove – di quei *non aventi titolo*, in sostanza, di soffrire così spettacolarmente – faceva vibrare tutta la chiesa dello stesso identico pensiero: allora era vero, diceva quel pensiero, allora Notburg era sempre stato innamorato di sua cugina Adelheid e non della sua gemella Anne-Marie che pure aveva sposato, e che poi era morta giovane in montagna; allora Maestrale Marangon, cioè Polverone, era il vero padre di Esmeralda, la figlia che Desiré Nones aveva dato a suo fratello Giovanni, del quale era la vedova; allora Perla, che Rina Formento diceva di aver concepito durante un pellegrinaggio a Lourdes e del cui padre si era sempre tenacemente rifiutata di parlare, era davvero figlia di Sauro – e dunque tra i due fratelli c'era sempre stata una terribile relazione incestuosa e la povera Dori, allora, la madre di Zeno, era finita in manicomio per quello...

Non ebbi il tempo, durante quei giorni per me così pieni di impegni, di parlarne con la dottoressa Gassion, ma mi sentivo abbastanza sicuro per conto mio; non so esattamente perché, ma non avevo dubbi che anche quelle scabrose confessioni pubbliche fossero *false*. Non perché tenessi al buon nome delle famiglie e del Borgo che in quel modo veniva infangato: al contrario, la falsità al fondo di quel dolore la percepivo talmente perversa e disonorevole che rimpiangevo l'eventualità che quelle tresche fossero vere. Come un soffio demoniaco che alimentava il fuoco della follia, mi parve più che altro un nuovo oscuro segnale da interpretare – che il tempo del male per noi non era passato, e che il dito che si era così ferocemente puntato sul nostro bosco stava ancora indicando noi.

Questa volta anche Zeno partecipò alla messa in scena: subentrò al padre nel ruolo di capofamiglia-padrone con una rapidità che sembrava, appunto, *recitata* – solo che così cambiato com'era la sua fu una rivoluzione più che una successione. Per prima cosa impose a tutta la sua famiglia la pace col Santo e con me, cosa che generò l'immediato ritorno in chiesa di tutte le donne Formento. Poi dispose che le spoglie di suo zio, da poco deposte nel cimitero di Serpentina, venissero trasferite nel nostro e tumulate accanto a quelle di suo padre e di tutti i Formento. Tolse il cartello VENDESI dal cancello del centro ippico di Beppe e si attivò per mantenerlo in vita, anzi per ampliarlo e completarlo in vista della stagione estiva. Poiché il signor Semon nel frattempo aveva avviato l'azione legale che mi aveva preannunciato (per macabra fatalità la raccomandata con cui dava notizia di aver denunciato Sauro per lesioni e di considerare risolto il loro contratto di "adozione" era stata consegnata a casa Formento due ore dopo la sua morte), troncò di netto l'attività del ristorante, così che dopo la chiusura per lutto lo spaccio riaprì, sì, ma frugale e spartano com'era prima, a uso esclusivo della comunità, con poco assortimento e poca quantità di prodotti – la qual cosa tolse di mezzo in un amen il manipolo dei giornalisti e dei curiosi più ostinati che erano rimasti a ciondolare per il Borgo. Infine, e soprattutto – ecco la recita –, non dette alcun peso alla sceneggiata con cui sua zia accompagnò la morte di suo padre. Perfettamente allineato ai suoi compaesani, assistette impassibile a quello strazio così gravido per lui di implicazioni madornali, simulando la stessa composta pietà mostrata da tutti loro – come se fosse normale che sua zia si disperasse in quel modo sulla bara di suo padre.

Anche di questo avrei voluto parlare con la dottoressa, ma, come ho detto, non ve ne fu il tempo. Tra l'altro, per una non insignificante coincidenza, anche lei era stata, in quegli stessi giorni, colpita da un lutto: a Trento era morto uno psichiatra cui era molto legata – suo, stando a quel che mi disse, mentore e maestro. Non era voluta andare giù, era rimasta al Borgo, ma appariva scossa, e quando non era in giro ad assistere qualcuno si chiudeva in camera a leggere o a fare yoga. Ormai non ci incrociavamo quasi più, e mi mancava l'intimità con cui, assediati dal male, ci eravamo da subito regolati a condividere lo spazio, oltre che il tempo, in canonica. Oltretutto non ero ancora riuscito a parlarci nemmeno della strana allusione che aveva fatto, subito prima che quello scroscio di morti ci separasse, a ciò che secondo lei io stavo nascondendo. Era stata molto diretta, in quell'occasione, quasi provocatoria, come se intendesse forzare il nostro rapporto nella direzione che effettivamente mi avrebbe costretto ad ammettere di sapere ciò che nessuno sapeva, e di non poterne parlare perché vincolato al segreto confessionale; ma poi non aveva insistito, aveva mollato di colpo, e quel discorso era rimasto sospeso, come in attesa di un'altra occasione. Che però non c'era stata, perché nel frattempo era diventato arduo perfino vedersi.

In compenso lei prese a vedere abbastanza spesso Zeno, e una sera, proprio durante uno dei suoi incontri con il ragazzo, quasi per caso compii un passo che si rivelò irreversibile. Entrai in camera sua. Non sapevo nemmeno io cosa andassi cercando, sta di fatto che, senza averlo veramente deciso, mi ritrovai a mancare i miei doveri di galantuomo e violai l'intimità della sua stanza. Sulle prime mi incantai a osservare come fosse cambiata da quando lei ci si era trasferita: prima era niente, una specie di grande ripostiglio, tra l'altro semivuoto perché non è che io fossi uno che accumulava la roba: ci tenevo la mountain bike, la cesta di vimini per il bucato, gli sci, gli scarponi, le ciaspole. Ora era un vero e proprio nido, con oggetti e odori e colori del tutto nuovi, alcuni futili, altri molto complicati o costosi, altri ancora per me del tutto sconosciuti, che però si componevano in un congruo, credibile contorno di lei. Non aprii i cassetti, né l'armadio: non c'era feticismo nella mia violazione, né concupiscenza. Ero semplicemente curioso – o forse avevo solo voglia di constatare che lei c'era ancora, malgrado non ci vedessimo quasi più.

Fatalmente, mi misi a guardare i libri che si era portata dietro, e non saprò mai spiegare come fu che, quando mi trovai tra le mani uno dei volumi dell'opera completa di Sigmund Freud (tra l'altro, i volumi che si era portata dietro, o che comunque erano accessibili alla mia non-feticistica e non-concupiscente perquisizione, erano soltanto tre su dodici), andai a cercarvi proprio ciò che vi trovai. Fu questione di un batter di ciglia: il remoto ricordo dei miei studi universitari, quando ancora non mi ero ordinato sacerdote, si accese d'un tratto su un brevissimo testo dedicato al lutto intitolato *Caducità* – uno dei pochi di Freud che io avessi letto per intero; praticamente nello stesso momento in cui me ne ricordai riassaporai il gusto intenso e, almeno per me, allora, sconvolgente di quella lettura, come se ne fossi appena riemerso; e solo un secondo dopo, aperto il volume che avevo in mano con l'intenzione di sfogliarne l'indice in cerca di qualche riferimento a quel testo, me lo trovai sotto gli occhi. Avvenne tutto con un automatismo fatale, simile a quello che mi aveva fatto approdare a lei quella mattina all'ospedale di Cles dopo la terribile notte in cui Wilfred si era dato fuoco: guidato, si sarebbe detto, da qualcosa di inesorabile e di infallibile come il caso, che però caso non era. Quattro pagine su, non so, novemila, diecimila; un testo che fino all'istante prima di ritornarmi in mente riposava seppellito nella mia memoria da non meno di trent'anni; tre possibilità contro una che si trovasse in uno dei nove volumi che la dottoressa non si era portata dietro; due possibilità su tre che non si trovasse in quello che avevo tra le mani: e con tutto ciò, aprendo *a caso* quel libro, eccolo lì: *Caducità...*

Ora era chiaro perché avessi commesso il sopruso di penetrare nella sua stanza – cosa mai stessi cercando –, e me ne tornai in tinello, a leggere il testo in santa pace. Me la presi comoda: mi feci un tè e lo bevvi lentamente mentre, lentamente, rileggevo quelle pagine, sulle quali fiorivano le sottolineature e le chiose di lei. D'altra parte la lettura doveva essere lenta per forza, poiché praticamente a ogni riga risuonavano gli echi della mia infatuazione giovanile per la scienza, e riemergevano i ricordi delle mie pretese che esistesse una vera conoscenza al di fuori della Fede. Era il periodo laico della mia vita, diciamo così, al quale ormai non ripensavo quasi più ma che era stato lungo, sofferto, e vissuto intensamente: d'un tratto quel breve scritto lo riesumava tutto intero, ne diventava l'emblema.

Non mi sarebbe affatto dispiaciuto che Giovanna tornasse mentre ero lì che leggevo, ma non fu così – il testo era troppo breve, o la sua conversazione con Zeno troppo lunga. Sta di fatto che, terminata la lettura, aspettai ancora un poco e poi andai in camera mia, lasciando però tutto bene in vista sul tavolo del tinello – teiera, tazza vuota, zuccheriera e volume ottavo delle opere complete di Freud aperto all'inizio di *Caducità*: perché lei vedesse, perché lei sapesse, perché lei leggesse.

✗

...Il lutto per la perdita di qualcosa che abbiamo amato o ammirato sembra talmente naturale che il profano non esita a dichiararlo ovvio. Per lo psicologo invece il lutto è un grande enigma, uno di quei fenomeni che non si possono spiegare ma ai quali si riconducono altre cose oscure. Noi reputiamo di possedere una certa quantità di capacità di amare che chiamiamo libido la quale agli inizi del nostro sviluppo è rivolta al nostro stesso Io. In seguito, ma in realtà molto presto, la libido si distoglie dall'Io per dirigersi sugli oggetti, che noi in tal modo accogliamo per così dire nel nostro Io. Se gli oggetti sono distrutti o vanno perduti per noi, la nostra capacità di amare (la libido) torna ad essere libera. Può prendersi altri oggetti come sostituti o tornare provvisoriamente all'Io. Ma perché questo distacco della libido dai suoi oggetti debba essere un processo così doloroso resta per noi un mistero sul quale per il momento non siamo in grado di formulare alcuna ipotesi. Noi vediamo unicamente che la libido si aggrappa ai suoi oggetti e non vuole rinunciare a quelli perduti, neppure quando il loro sostituto è già pronto. Questo è dunque il lutto... !!!

E già. È qui. È tutto qui. Tutto ciò che vale la pena sapere del lutto sta in questo passaggio. E io dovrei saperlo meglio – maledizione – di lui. Sono o non sono io che ho sottolineato questo passaggio? Sono o non sono io che alla fine ci ho messo questi tre punti esclamativi? E allora perché non ci ho pensato io, prima di lui, perché non l'ho riletto subito per conto mio? Ma niente, ha dovuto ricordarmelo lui. È dovuto andare a cercarlo lui, sul mio libro, quello che io avrei dovuto sapere a memoria. Il lutto – *un grande enigma*; da ricondursi *ad altre cose oscure*...

Certo, ma chi è costui? Chi è questo prete che va a trovare *Vergänglichkeit* nella mia stanza (perché il libro era nella mia stanza, ne sono sicura, dunque lui è entrato nella mia stanza) e me lo lascia qui sul tavolo del tinello in bella vista insieme ai resti di un tè frugale e solitario – niente latte, niente limone, niente biscotti? Davvero: chi è? È venuto a trovarmi nel fondo melmoso della mia vitarella e mi ha attirato fin qui, in questo paesaggio preistorico pieno di morte e di follia: chi è? Mi vede stordita dal lutto e mi imbocca con le lucenti parole di Freud – chi è? Me l'aveva chiesto, mia madre – oh, è incredibile, ci piglia sempre: "Che tipo di prete è? È un prete *normale*?". No, mamma, non è un prete normale. Già solo il fatto che sappia di *Vergänglichkeit* è fuori dal normale. Si studia per caso Freud, in seminario?

E, a parte tutto, cosa sa della strage? Già, perché Zeno ha ragione, lui sa qualcosa. Della strage, e a questo punto anche della mia cicatrice: *cosa* sa? E questi tomi di grafologia nello scaffale, così vistosi, così sorprendenti vicino ai libri di teologia, cosa se ne fa? In-folio addirittura, vecchi, pieni di appunti, di segnalibri. Li studia? È tanto che vorrei prenderli in mano, sfogliarli, ma non mi sono mai azzardata perché non volevo violare i suoi confini: però ora che lui ha violato i miei sono autorizzata a farlo. E che dire dei dischi di De André? Tutti gli LP dal primo all'ultimo? Stesso discorso: non sono esattamente ciò che ti aspetteresti di trovare nella casa di un prete – i gusti musicali dei mistici uno se li immagina basici e ingenui come quelli di Brhan, il mio maestro di yoga, che, a parte i canti religiosi, nel suo astuccino di gomma comprato da Lidl tiene solo cd di Fausto Papetti e Stephen Schlaks –, ma non mi ero permessa di chiedere, né di ascoltarli. Tra l'altro ora so che cosa se ne fa: ci cava le parole da pronunciare nelle omelie. Perché è questo che ha fatto, l'altra mattina, quando ha celebrato il funerale del fabbro. Un suicida: che può dire un prete di un suicida? Tutt'al più, se è di ampie vedute, ti aspetti che faccia finta di niente, e lo tratti come un morto qualsiasi. Lui invece ha preso la questione di petto, e a questi vecchi montanari ha rifilato *Preghiera in gennaio*, che De André ha scritto per la morte di Luigi Tenco. Me ne sono accorta, cosa crede? Non c'è stato tempo di parlarne, in questi giorni, nemmeno di scambiare due parole, ma io De André lo conosco bene; insieme a Édith Piaf è una delle fissazioni di mio padre, che tra l'altro è nato nel '40 come lui: sono letteralmente cresciuta ascoltando De André. Quel "sentiero fiorito" di cui ha parlato, che porta "là dove in pieno giorno risplendono le stelle", da dove viene mai? E l'idea che Dio abbia concepito il paradiso per chi su questa terra non è riuscito a sorridere? E quell'accenno diretto ai suicidi, nominati esplicitamente, e come nella canzone "baciati in fronte" dal "Buon Dio"? Non è arrivato a negare l'esistenza dell'inferno, come fa De André, ma la sua omelia l'ha presa da lì, non c'è alcun dubbio. E che prete è mai, allora, un prete che fa questo? E che se ne sta sperduto quassù, fuori dal mondo, a sbattersi per un gruppo di vecchi che erano già pazzi ognuno per conto proprio prima di impazzire tutti insieme? E che riesce a farmi pensare a lui in questo momento, anziché a Livi? Che *uomo* è?

…Noi sappiamo che il lutto, per doloroso che sia, si estingue spontaneamente. Se ha rinunciato a tutto ciò che è perduto, ciò significa che esso stesso si è consumato e allora la nostra libido è di nuovo libera (nella misura in cui siamo ancora giovani e vitali) di rimpiazzare gli oggetti perduti con nuovi oggetti, se possibile altrettanto o più preziosi ancora…

X

La mattina dopo la dottoressa Gassion presenziò alla messa delle sette. Non che me l'aspettassi, ma neanche me ne sorpresi. Non mi sorpresi quando, finita la funzione, mi chiese se avessi tempo di parlare. E poiché quella mattina ne avevo, non mi sorpresi nemmeno quando, parlando, in sacrestia, non fece alcun cenno alla mia violazione della notte prima: non mi aspettavo proteste, ecco, né richieste di spiegazioni, né commenti di nessun tipo. Mi aspettavo *lei*, in qualche modo – e quello, evidentemente, era il modo.

Volle parlare della situazione complessiva, che non le pareva per nulla incoraggiante. A suo parere il nostro gran daffare – soprattutto il suo ma, specificò, *anche il mio* – non serviva a nulla. Secondo lei Lorenzetto avrebbe avuto bisogno di cure importanti con personale specializzato, considerando che Armin e Maria non ce la facevano più e avevano sviluppato dei pericolosi disturbi a propria volta; Primo Antonaz era praticamente inaccessibile, i suoi cugini – i gemelli –, di nuovo insieme dopo la separazione, erano sprofondati in una specie di delirio di coppia nel quale era impossibile intromettersi, mentre Giuliano Lechner avrebbe potuto fare qualsiasi cosa in qualsiasi momento se solo il fantasma di sua moglie glielo avesse ordinato; le donne Formento, più Nives e Fernanda, formavano, secondo lei, una condensazione opaca e impenetrabile che esercitava una forte resistenza a ogni tentativo di trovarvi i confini tra i singoli individui, e questo rendeva vano qualsiasi tentativo di approccio; Perla, disse, era gravemente depressa e purtroppo c'era il dubbio, per quel che lei aveva potuto constatare, che Saurino soffrisse di qualche deficit cognitivo o di comunicazione, anche se era ancora troppo piccolo per poterlo stabilire con esattezza; i vecchi e gli infermi avevano più che altro bisogno di assistenza materiale, ma la comunità che fin lì l'aveva garantita ormai sembrava sulla via del dissolvimento. Oltretutto, le manifestazioni di esibizionismo (così le chiamò) andate in scena durante i recenti funerali, quel dolore trasformato nel modo più spudorato di dire cose indicibili, avevano l'aria di un commiato: secondo lei nel giro di poco tempo quelli che avrebbero potuto se ne sarebbero andati, e al Borgo sarebbe rimasto solo chi non aveva scelta – ammesso che non scegliesse di andarsene anche lui nel modo in cui se n'erano appena andati Urania, Sauro, Adelheid e Polverone. La sua presenza in paese, disse, almeno in qualità di psichiatra, non poteva portare ad altro che non fosse un affinamento delle diagnosi che stava abbozzando – "sovranamente inutili", osservò, dal momento che nessuno avrebbe mai accettato di farsi curare e che comunque, in quelle condizioni, da sola, senza strutture e senza personale, lei non avrebbe saputo gestire alcuna terapia. L'unico che stava dando segnali positivi era Zeno ma, disse, aveva cominciato a darli già prima che lei arrivasse, e comunque, soprattutto adesso che suo padre era morto, si trattava più che altro di metterlo nelle condizioni di andarsene in un posto qualsiasi al di là di quel bosco maledetto a riparare piano piano, con l'aiuto di un bravo terapeuta, tutti i guasti prodotti in lui dalla lunga prigionia mentale della quale era stato vittima, e poter finalmente cominciare a costruirsi un futuro.

Ciò che diceva suonava impietoso, ma, onestamente, dovetti riconoscere che era vero. Se il nostro era stato un tentativo di salvare il Borgo, cioè la comunità, restituendole quel minimo di prospettiva plurale che sembrava avere prima della strage, allora era fallito. Tra decessi e fughe eravamo rimasti in – me compreso – trentatre; tolti Saurino e gli infermi, si scendeva a ventisette; tolte le persone con più di settant'anni, a venti. E già così, in sole venti persone attive, non avremmo mai potuto garantirci l'autosufficienza, nemmeno se fossimo stati mossi da una fortissima motivazione comune – figuriamoci allo sbando come eravamo. Se poi si considerava quel che la dottoressa giustamente prevedeva, cioè la partenza prima o poi di tutti quelli che avevano la possibilità di andarsene (chi aveva dei figli, o altri parenti, o magari una casa altrove, come Anton Tomalin a Doloroso, Desiré Nones a Roma e i Lechner in Sud Tirolo), il quadro si faceva sconfortante. In pratica ci saremmo ridotti a una specie di ricovero per anziani infermi e adulti affetti da gravi disturbi psichici: un paese fantasma, un ospizio a cielo aperto – dove il cielo, per di più, nemmeno si riusciva più a vederlo.

Riconobbi dunque che aveva ragione: quelle prospettive che avevamo cercato di tenere vive non c'erano più. Però, aggiunsi, detto questo noi cosa avremmo potuto fare? Cos'altro avevamo davanti se non la scelta tra perseverare o mollare? E qui, dissi, dinanzi a questa scelta, la differenza tra noi due saltava agli occhi. Per lei infatti mollare significava smettere di darsi da fare invano per quella gente e andarsene, ora, subito, tornando alla vita che aveva lasciato in città, al suo lavoro, alle sue abitudini e alle sue relazioni, senza che nessuno potesse biasimarla; io, al contrario, non potevo andarmene senza biasimo. Perciò, dissi, finché a San Giuda fosse rimasto un solo abitante, non importa quanto vecchio, infermo o pazzo, io sarei rimasto lì con lui; e se davvero il Borgo era destinato a venire abbandonato da tutti, e nel frattempo a trasformarsi in un eremo popolato da spettri, be', io sarei stato uno di quegli spettri. Per me mollare significava qualcosa di diverso rispetto a lei, di ben più profondo e devastante: significava *restare* e mollare – arrendermi, smettere di essere il pastore del mio gregge e diventare davvero un fantasma. Dunque per me la scelta non c'era: per quanto scoraggiante fosse la situazione, dissi, io potevo solo restare e perseverare.

La dottoressa mi ascoltava attentamente. Mi accorsi che le parole che pronunciavo, così scolpite e nette com'era ormai tempo di pronunciarle, imprimevano sulla nostra conversazione il marchio del distacco: avrebbe davvero potuto essere l'ultima volta che parlavamo; era possibile; era probabile. Sembrava addirittura fosse la naturale conseguenza del discorso che stavo facendo – sembrava che fossi io stesso a suggerirlo. Ma mentre mi accorgevo di questo, mi rendevo anche conto che se fosse andata così, se del tutto sensatamente lei avesse deciso di ritornare nel Grande Mondo, segnalando magari l'emergenza di San Giuda al distretto sanitario, e battendosi per ottenere quei servizi di assistenza e terapia domiciliare di cui c'era bisogno – continuando cioè a occuparsi di tutti noi, ma dal di fuori –, io, rimasto e perseverante, mi sarei sentito terribilmente *solo*. Perciò, quando finii il mio discorso, e venne il suo turno di parlare, mi pentii di esser stato così franco. Forse non mi ero nemmeno espresso bene, pensai, forse le avevo dato l'impressione di non volerla più al Borgo. Forse l'avevo costretta, con le mie parole, a dirmi quello che stava per dirmi...

Giovanna però non disse nulla. Rimase in silenzio, pensierosa, il capo leggermente reclinato, il viso di un bianco dilagante, un'aria difficile da decifrare: non mi guardava direttamente ma, mi accorsi, di rimbalzo, triangolando lo sguardo attraverso il riflesso sul vetro della finestra; solo che quando me ne accorsi i suoi occhi fuggirono anche da quel vetro, e si posarono su un punto qualsiasi, in basso, dove non c'era il rischio che incontrassero di nuovo i miei. Un atteggiamento tipico, pensai, di chi sta per dirti addio.

Rimase così per un tempo che a me parve lunghissimo, assorta, assente, come stesse già pensando a ciò che avrebbe fatto una volta tornata a casa. Poi di colpo si riscosse, prese fiato per parlare e parlò: perché, mi chiese, lei dice che non può andarsene da qui senza biasimo? E soprattutto, aggiunse, biasimo di chi?

X

...ma se me ne torno alla mia vita, in città, "alle mie abitudini e alle mie relazioni", come dice lui – e posso farlo anche subito, se voglio, chiedo per piacere a Zeno di dissotterrarmi la macchina da sotto la montagna di neve che la copre, già che ci sono gli chiedo anche di scortarmi fino a Cles con la jeep, per tirarmi fuori con l'arganetto casomai m'impantanassi, ed è fatta –, se mollo, e per me tra tre ore è finito tutto e stasera dormo a casa mia e da domani ricomincio a fare tutto ciò che facevo prima, lavorare, telefonare, navigare su internet, guardare la TV sentire la radio andare al cinema andare a mangiare la pizza – *se faccio questo*, ciò che mi ha spinto fin quassù non ricomincia tutto daccapo? E non sarà anche peggio, anzi, col lutto che mi salterà addosso e mi paralizzerà, riproducendo anche là tutti gli impedimenti che sto vivendo qua, di lavorare, telefonare, navigare, guardare la TV eccetera, facendo di me una specie di larva? E chi mai si approfitterà di quella mia penosa condizione per riprendersi con gli interessi ciò che gli è stato tolto? Ancora più assillante dopo il dietro-front con cui si è dato l'ennesima dimostrazione della propria, alla fin fine, viltà? È lì che aspetta, Alberto, io lo conosco, con la pazienza del pescatore, e io non la sopporto, quella pazienza – anche perché io non ne ho, certo, ma soprattutto perché è immorale, e stronza, e vile –, come ormai del resto non sopporto più nulla di lui, la sua faccia oblunga, la sua barbina sempre curata, quei suoi occhi taglienti senza ciglia, l'uso continuo che fa delle espressioni francesi, e l'*aplomb*, la *mise en abîme*, il *savoir-faire*, l'*impasse*, l'*atout*, il *ça va sans dire*, il *tout se tient*, il *tout court*, l'*à la guerre comme à la guerre*, gli *oh-la-la*, gli *chapeau*, i *voilà*, i *soi-disant*, i *déjà vu*, i *tranchant*, i *touché*, e il modo affettato che ha di pronunciarle tutte sempre ostentatamente alla francese, anche quando sono ormai diventate italiane come *menu*, cazzo, che lui pronuncia *meniù*, mmmn come lo detesto quando dice *meniù*, e anche la mimica francese che esibisce, gli sbuffi, le alzate di spalle, i *bon*, le espressioni alla Yves Montand, non le sopporto, e non sopporto nemmeno il modo che ha di togliersi gli occhiali di continuo per pulirli, e l'aria improvvisamente strabica che s'impadronisce di lui senza gli occhiali, e le fossette sul naso prodotte dal supporto degli occhiali, e gli occhiali stessi, con quelle montature sottili di metallo, e il suo amore per l'opera, per i maglioni a V, per i formaggi puzzolenti, il suo culto dei reggicalze, dei pompini, della sodomia, e non sopporto il fatto che a spingere a fondo qualsiasi discussione con lui si arriva sempre infallibilmente a parlar di soldi, e non sopporto il suo disprezzo della gente che va in chiesa a chiedere grazie come mia madre, la sua forma fisica sempre perfetta (anche se ultimamente era veramente dimagrito come un'acciuga), la sua totale incapacità di essere autocritico, i suoi polsi sottilissimi, il suo modo di pulire le mele strofinandole contro la manica della giacca, le sue giacche di velluto con le toppe sui gomiti, il suo gusto per le piccole perversioni sessuali compiute però con ovina diligenza (guai sporcare le lenzuola, per esempio), gli slanci di altruismo quasi servile con cui si prodiga per aiutare il prossimo quando non gli costa un cazzo e la pazienza, invece, e per l'appunto, la pazienza certosina con la quale aspetta l'occasione di vendicarsi quando ritiene di aver subito un torto, e la ferocia con cui si vendica quando l'occasione si presenta, come quella volta col vicino di pianerottolo rompicoglioni che perse il portafogli nell'ascensore proprio davanti a noi, gli scivolò dalla tasca mentre usciva subito dopo averci fatto una piazzata perché la sera prima avevo parcheggiato la mia macchina nel posto riservato a lui, e praticamente il portafogli non toccò terra perché Alberto lo prese tipo al volo, ma quello non se ne accorse, si accorse solo di non averlo più, e mentre tornava indietro disperato a cercarlo Alberto lo buttò nel cassonetto che c'era subito fuori dal portone – la sua crudeltà, alla fin fine, perché di questo si tratta, la crudeltà che accompagna ogni cosa che fa, diluita in dosi talmente piccole che può metterla dappertutto senza che gli altri se ne accorgano. Non sopporto più nemmeno di pensare a lui – e soprattutto non sopporto che quasi tutte queste cose di lui mi siano piaciute, in passato, per anni, o mi abbiano fatto tenerezza, o mi abbiano fatto godere. Non sopporto di non essere andata a recuperare quel portafogli e di non averlo ridato al rompicazzo, ma di avere gongolato insieme ad Alberto mentre quello si sbattezzava a cercarlo, dividendo con lui la sua stessa crudeltà come fosse una pagnotta, e saziandomene. Non sopporto tutto quello che ho fatto con lui, per lui, contro di lui o a causa di lui...

Tornandomene a casa, è lui che dovrò affrontare. Lui è là, di certo, ad aspettare, e il fatto che fino a oggi non abbia tentato nemmeno una piccola mossa significa che ha preferito risparmiarsi per quando mi avrà di nuovo davanti, stremata, sconfitta e sola, per consumare a quel punto la sua vendetta. Posso farcela? No, mi conosco. Perciò se me ne vado da qui ("senza biasimo", come dice quest'uomo invece nobile e ancora misterioso che ho davanti e che tra parentesi mi sta fissando in modo talmente intenso che vorrei che non fosse un prete – ecco, l'ho detto –, ma tuttavia lo è, e tuttavia mi guarda in questo modo, e io lo sento, mi sento addosso il suo sguardo gravido di... gravido di... di *intenzione*, ecco, quello sguardo che poco fa ho fuggito incrociandolo sul vetro, e l'ho fuggito per l'appunto perché troppo gravido di intenzione, senonché non voglio affatto fuggirlo, e soprattutto il luogo dove potrei fuggirlo è l'unico nel quale non è proprio il caso per me di stare, perché gli sguardi che mi attendono lì, a cominciare da quello di Alberto, certo, ma senza fermarsi a lui, passando pure per tutti gli altri, per arrivare fino al raggelante non-più-sguardo di non-più-Livi, sono tutti peggiori di questo) io farò ancora una volta il mio male pur sapendo cosa è bene.

E no, cazzo. No.

Solo che...

Be', se resto, posso restare solo come psichiatra. La donna sceglie di non tornare là, magari, ma a scegliere di restare qua può essere solo il medico. Questo va chiarito – e non è molto facile mentre si è guardati così, come posso dire, così *forte*, e soprattutto subito dopo avere affermato che restare qui come psichiatra non ha praticamente senso. Non ha senso, certo, per occuparsi di questa gente ormai segnata: ma per lui ne avrebbe eccome. Se – come medico, ripeto, come psichiatra – mi occupassi di lui, allora forse a qualcosa potrei servire. Perché nonostante l'impressione che dà di forza e di fede incrollabile quest'uomo è allo stremo, e ha bisogno d'aiuto. Quella tosse notturna che va e che viene, che non è tosse cattiva né tracheite e che non passa nemmeno con le medicine di mia madre. Quei disturbi del sonno di cui ogni tanto mi parla, quegli incubi. Quello che, secondo Zeno ma ormai anche secondo me, *sa* della strage: se anche fosse solo una parte di quello che so io (giacché non riesco nemmeno a immaginare come possa esser venuto a sapere tutto quello che so io), nessuno più di me è in condizione di capire quanto possa pesare – e soprattutto, con nessuno all'infuori di me lui potrà mai alleggerirsene. Già. È sicuramente in pericolo. È sicuramente in pieno – ora devo usarla io la parola francese – *surmenage*. È sicuramente in piena fantasia grandiosa, è letteralmente aggrappato a quella fantasia, col rischio serio però di fallimento, se la fantasia cede, e di venire travolto da rabbia e vergogna. È sicuramente solo. E un punto per cominciare a occuparmi di lui ci sarebbe. Lo ha appena individuato lui stesso. Se fosse un paziente, comincerei da lì; se fosse un paziente, potrei restare senza prendere in giro nessuno…

Facciamo così. Io comincio, poi si vede. Comincio da lì, e a seconda di come risponde lui – *se ci sta o non ci sta*, si può ben dire – resto e continuo oppure me ne vado e…

Niente, speriamo bene.

Devo alzare gli occhi però. Guardarlo.

Uno due tre: via.

– Perché dice che non può andarsene da qui senza biasimo?

Il suo sguardo cambia. Stupido, adesso.

– E soprattutto: biasimo di chi?

Terza parte

Non posso continuare. Continuerò.

Samuel Beckett

Impossibile

Mi resi subito conto dell'importanza di quella sua domanda, e la risposta che avrei dovuto dare mi si strozzò in gola. *Mio*, era la risposta: biasimo mio. Ma cosa mi desse il diritto di biasimare, foss'anche solo me stesso, mi era improvvisamente arduo da spiegare. Anzi, visto che stavo parlando con una psichiatra, la scoperta di avere solo quella risposta da darle, e di averla considerata fino a un istante prima così ovvia, mi fece sentire come malato, e bisognoso d'aiuto. Improvvisamente mi vidi come aveva il diritto di vedermi lei: un prete ostinato, rigido, forse addirittura fanatico, che aveva remotamente deciso cos'era bene e cos'era male e assolveva e biasimava di conseguenza, meccanicamente, senza più interrogarsi. Un uomo che riteneva obbligatorio restare in un posto sperduto tra le montagne e assediato dal male senza nemmeno poter prendere in considerazione un'alternativa. Un uomo che non era libero. In un lampo ebbi la percezione di cosa sarebbe stata la mia vita senza l'ingombro di quel biasimo, e mi vidi nell'atto di andarmene da San Giuda, commosso ma in pace, per continuare altrove la mia opera pastorale – magari di nuovo in Sudamerica, oppure ancora in Italia, ma con leggerezza. Fu un lampo, come ho detto, non durò niente, ma lo vidi, ed ebbi il tempo di percepirvi un fulmineo, sconfinato sollievo. Dopodiché il mio cielo si richiuse, per così dire, e l'ovvietà del fatto che non potevo andarmene da San Giuda senza biasimo tornò a gravare su di me. Ma dinanzi alle domande della dottoressa non potevo restare muto, perciò mi ritrovai a risponderle in un modo strano, con un racconto: il racconto di come ero arrivato fin lì, nel luogo che avevo appena affermato di non poter lasciare senza biasimo.

Non l'avevo mai fatto. Non c'era nulla di indicibile nella mia storia di sacerdote, ma non l'avevo mai raccontata a nessuno, e prima di cominciare glielo dissi: volevo che sapesse che adesso era lei che entrava in camera mia. Dopodiché cominciai. Saltai tutta la parte laica della mia vita – dove sì, qualcosa di indicibile c'era – e cominciai da quando avevo già lasciato l'Italia, gli studi, la famiglia, e mi trovavo nel sud delle Filippine, nella regione di Mindanao. La regione di Mindanao, spiegai, era già allora attraversata dalle sanguinose azioni dell'MNLF, il fronte separatista musulmano: il turismo e il commercio erano spariti, la povertà si era estesa a quasi tutta la popolazione e le missioni cristiane vi svolgevano il ruolo vicario dello stato. Non dissi come c'ero finito, né perché; dissi solo che ero lì, giovane volontario laico con la testa piena di dubbi, che insegnava matematica e scienze in un istituto cattolico chiamato Saint Judas Catholic School. Le raccontai di Padre Pedro, il sacerdote peruviano che lo dirigeva, anima illuminata, teologo carismatico ed esorcista poderoso. Le dissi che malgrado la guerra civile l'istituto era veramente aperto a tutti, che vi studiavano molti musulmani, che alcuni addirittura vi insegnavano, e che Padre Pedro lo dirigeva con grande ispirazione secondo i principi della condivisione e del rispetto: lasciava che i ragazzi pregassero insieme anche se professavano religioni diverse, faceva conoscere il Natale ai musulmani e il Ramadan ai cattolici, e così facendo praticava la vera, profonda integrazione di cui quella terra, come tutte le terre del mondo, aveva bisogno. La sua rettitudine era nota, e per questo veniva spesso incaricato di fungere da mediatore tra il governo e l'MNLF per ottenere il rilascio di qualche straniero rapito, o per negoziare una tregua. Finché, dissi, era arrivato il giorno in cui Padre Pedro ci aveva riuniti tutti nella palestra per comunicarci che sarebbe ritornato in Perù. Ci disse semplicemente che nel suo paese c'era bisogno di lui e che il suo posto sarebbe stato preso da un bravissimo sacerdote filippino che stava arrivando da Manila. Nient'altro.

Qui esitai, incerto se dire anche il resto, dato che si trattava di rivelare un segreto – la qual cosa avrebbe reso il mio racconto forse troppo sfacciatamente intimo; e tuttavia era necessario farlo, perché altrimenti la dottoressa non avrebbe potuto capire in che senso quel mio racconto cercava di rispondere alle sue domande. Dunque, anziché saltarla, passai alla coda che quell'annuncio aveva avuto: perché in palestra Padre Pedro non aveva detto altro ma più tardi invece mi aveva preso da una parte e mi aveva detto altre cose. Mi aveva raccontato la sua storia, dissi alla dottoressa, più o meno come adesso io stavo raccontando a lei la mia, e aveva cambiato per sempre la mia vita. Mi aveva detto che era un Salesiano, e come tale obbediva alle regole della congregazione e onorava come patroni San Francesco di Sales, San Giuseppe, San Giovanni Bosco e ovviamente Maria Ausiliatrice; e che era un sostenitore della Teologia della Liberazione, il che lo spingeva nelle zone del mondo in cui i popoli lottavano contro l'oppressione; ma che, in aggiunta e mai in contrasto a tutto ciò, faceva anche parte di una specie di sotto-confraternita segreta, invisibile, *interiore* – "definitely mental", aveva detto, in inglese – che vincolava per la vita al culto di San Giuda; e dato che San Giuda era *el Santo de los imposibles*, patrono dei diseredati e delle cause senza speranza, lo consacrava ancor più saldamente agli ultimi tra gli ultimi. Si chiamava *Cofradía de los imposibles*, e sebbene non esistesse un solo pezzo di carta che ne attestasse l'esistenza, contava migliaia di membri, in America Latina, nelle Filippine, nell'Africa cristianizzata e perfino negli Stati Uniti. Mi aveva spiegato che nella *Cofradía* non esistevano gerarchie, né regole, né sanzioni: nel decidere come onorare il vincolo con il Santo si era totalmente liberi – ma anche che una volta stretto, il vincolo era indissolubile, e avrebbe determinato, esso più d'ogni altra cosa, le decisioni da prendere nel corso della vita, e dunque il destino di ogni *imposible*. Mi aveva detto che la sua partenza era dovuta a quel vincolo, e di tutto ciò, ovviamente, mi aveva pregato di non fare parola con nessuno.

Dissi alla dottoressa che lì per lì quella rivelazione mi era parsa molto strana: perché, mi ero chiesto, Padre Pedro diceva quelle cose proprio a me? Ma quella stessa notte, ripensando alle sue parole, la mia vocazione missionaria si era definitivamente manifestata, e la mattina dopo tutti i miei dubbi circa il mio futuro si erano dissolti. Decisi di partire insieme a lui, e lo seguii dunque in Perù, dissi, fino a un villaggio poverissimo nel sud-est andino chiamato ovviamente San Judas, dove lui doveva semplicemente sostituire il parroco defunto. Da direttore di una scuola a sostituto di un povero parroco morto: era quello il modo degli *imposibles* di fare carriera, dissi, e Padre Pedro sembrava particolarmente felice di darmene dimostrazione.

Così…

✠

– Pronto?
– Ciao, nì.
– Oh, ciao mamma. Dimmi.
– Ti ho disturbato.

– No, no. Dimmi tutto.
– Vabbè, ho capito. Scusa. Mi chiami quando puoi?
– Ti ho detto che non mi hai—
– Hai detto una volta "dimmi" e una "dimmi tutto", amore mio, e questo vuol dire che ti ho disturbato eccome. Quando dici solo "dimmi" significa che hai fretta; se poi ci aggiungi "tutto" vuol dire che non bisognava proprio chiamarti. Ti conosco, cosa credi? Perciò scusa tanto, era solo per sapere com'era andata col telefonino. Richiamami tu appena puoi, per piacere. Ciao ciao ciao.
– Che telefonino?
– Il tuo. Ne parliamo dopo. Richiamami. Ciao.
– Ma, mamma…
– …
– Mamma?
– …
– Mamma?

X

…Così, lavorando al fianco di questo prete straordinario, dissi alla dottoressa che avevo maturato la mia decisione di prendere i voti, e che a quel punto Padre Pedro mi aveva spedito a Lima, in seminario. Avevo ventisei anni. Avendo fatto l'università in Italia potei beneficiare di un piano di studi speciale che mi permise, in soli tre anni, di ottenere l'ammissione agli ordini sacri, il lettorato, l'accolitato, l'ordinazione diaconale e infine l'ordinazione sacerdotale. La quale ordinazione aveva fatto di me un Salesiano, naturalmente, ma soprattutto, nel segreto del mio cuore – quel segreto che adesso, per la prima volta, svelavo a qualcuno – un *imposible*. Dopodiché ero tornato da Padre Pedro e mi ero dedicato alla minuscola missione che illuminava la sua vita. Ero rimasto al suo fianco nelle pratiche esorcistiche sugli indemoniati, nella fondazione di orfanotrofi, nelle campagne di vaccinazione; avevo visitato insieme a lui molti altri San Judas in tutta l'America Latina – villaggi, missioni, scuole, chiese, santuari, ospedali – e avevo conosciuto molti altri *imposibles* in Perù, Bolivia, Uruguay, Costa Rica, Guatemala, Colombia, Brasile; e quando Padre Pedro era morto, a settantasette anni, avevo preso il suo posto al villaggio. Dissi che avevo indegnamente continuato la sua opera per tre anni – istruzione, carità, lotta al Maligno –, finché, nel giorno esatto in cui si compiva il decennale del mio sacerdozio, avevo ricevuto un telegramma di mia sorella da Roma. Nel telegramma c'era scritto che nostro padre era stato colpito da un male inesorabile e aveva espresso il desiderio di rivedermi prima di morire. Io ero in pessimi rapporti con lui – mia madre era morta quando ero ragazzo e lui si era risposato subito con una donna che a me non piaceva –, e anche mia sorella non la vedevo da molti anni: però questo alla dottoressa non lo dissi, né mi dilungai nel racconto dell'agonia di mio padre, delle giornate e delle notti trascorse al suo capezzale insieme a mia sorella e della nostra riconciliazione familiare. Passai direttamente al momento in cui, per caso, durante una di quelle patetiche trasmissioni televisive del mattino che mio padre guardava dal suo letto di morte, avevo saputo dell'emergenza in cui si trovava una minuscola frazione d'alta montagna nel Trentino chiamata Borgo San Giuda, il cui parroco era morto senza che si riuscisse a trovarne il sostituto. Dopodiché, dissi, le cose erano scivolate velocemente come il destino aveva deciso che scivolassero. Mio padre era morto e io avevo presentato le credenziali alla Diocesi di Trento, dichiarandomi disposto a trasferirmi in quel Borgo per evitarne la dissoluzione, e ottenendo subito un'entusiastica approvazione. Dopodiché avevo chiesto l'escardinazione dalla Diocesi peruviana alla quale appartenevo, cioè lo scioglimento del vincolo personale che implica stabilità nel territorio dov'è avvenuto il diaconato – la famosa "tonsura"; e poiché in Perù non era certo difficile trovare un sacerdote disposto a trasferirsi in un villaggio consacrato a San Giuda, la Diocesi assecondò la mia richiesta – che oltretutto suonava abbastanza naturale, visto che implicava il ritorno nel mio paese d'origine. Così, in attesa dell'escardinazione, grazie a una speciale licenza del mio vescovo mi ero trasferito lì dove eravamo adesso e avevo preso servizio nel mio nuovo ruolo. Un taglio netto, dissi, senza nemmeno tornare un'ultima volta in Perù, che avevo praticato con lo stesso entusiasmo con cui Padre Pedro aveva lasciato Mindanao per ricominciare da capo nell'ultimo dei villaggi nel suo paese d'origine. Un'occasione fin troppo evidente di seguire il suo esempio, dissi, e di avanzare di un passo nel mio cammino di *imposible* arretrando di un passo nella scala sociale. Infatti, dissi, San Giuda in Italia era un ultimo esso stesso: non era certo adorato come in Sudamerica, e in nessuna grande chiesa metropolitana la sua statua veniva venerata da migliaia di devoti come accadeva nella Cattedrale di Lima; al contrario, una tenace superstizione insisteva ad assimilarlo al traditore, ed esserne devoti esponeva a sospetti e ironie alle quali non ero certo abituato. Inoltre, nel loro isolamento e con la loro freddezza resa ancora più burbera dall'età avanzata – ero rimasto spiazzato, confessai, nel constatarvi quella totale assenza di bambini –, i miei nuovi parrocchiani rappresentavano un osso molto più duro da rodere dei *pobrecitos* e degli indios che avevo lasciato – e questa difficoltà, ne ero certo, sarebbe piaciuta a Padre Pedro. Del resto, il fatto che non fosse un problema trovare un prete che prendesse il mio posto a San Judas, e che invece lo fosse stato trovarne uno che venisse fin lassù – e serio, al punto di lanciare un appello in televisione –, era la dimostrazione che i miei nuovi parrocchiani italiani, pur se assai meno poveri di quelli peruviani, erano molto più soli e abbandonati di loro – e dunque, dissi, per come mi aveva insegnato Padre Pedro a vedere le cose, di loro molto più bisognosi.

La procedura per l'escardinazione, dissi, era durata quasi cinque anni, periodo durante il quale avrei ben potuto tornare sulla mia decisione, se mi fossi pentito; ma il pensiero di andarmene da San Giuda non mi aveva mai nemmeno sfiorato, e questo nonostante la lancinante nostalgia del mio villaggio, del Perù e di tutto il Sudamerica, dove la Teologia della Liberazione suscitava ancora un ardente entusiasmo e richiamava giovani da tutto il mondo. Al contrario, l'isolamento in quel luogo così duro e inospitale, i sacrifici e le privazioni che esso comportava e le difficoltà oggettive che incontravo, soprattutto i primi anni, nel conquistare la fiducia dei suoi abitanti, erano la dimostrazione che avevo fatto la scelta giusta – quella che un *imposible* era tenuto a fare. Così, dissi, completata l'escardinazione, avevo potuto procedere alla mia nuova incardinazione presso la Diocesi di Trento, Decanato di Cles, Parrocchia di San Giuda nell'omonimo Borgo, dove finalmente potevo acquisire la qualifica di parroco e dove tuttora mi trovavo. E questo era tutto, le dissi, se si considerava che il resto glielo aveva raccontato il vecchio Notburg la prima volta che eravamo andati a trovarlo. Se esisteva una risposta alle sue domande, le dissi, si trovava lì.

Tacqui, sollevato da quello sfogo, e curioso di constatarne le conseguenze. Va detto che il racconto non era stato fatto tutto di seguito, poiché eravamo stati interrotti alcune volte da visite e telefonate, ma non era stato difficile riprendere il filo e portarlo avanti fino alla fine, anche perché la dottoressa non aveva mai aperto bocca. Aveva ascoltato con attenzione, in silenzio, e continuava a tacere anche adesso, dopo che avevo finito – la qual cosa mi teneva in apprensione. Avevo risposto alle sue domande in un modo accettabile? Sarebbe tornata a Trento o sarebbe rimasta?

Toccava a lei parlare, adesso, e invece taceva, come cercando di organizzare le idee. E ricordo che quella di dire ciò che disse la vidi letteralmente formarsi sul suo volto, farsi largo, illuminarlo; a quel punto parlò, e disse la cosa più stupefacente che potesse dire, quella che meno mi sarei aspettato in quel momento. Io so cos'è successo in quel bosco, disse. Ma non lo disse come se non le importasse più niente di quello che mi aveva domandato o di quello che io le avevo raccontato nel tentativo di risponderle: no, lo disse come se quella fosse la naturale evoluzione del discorso che avevamo cominciato – ciò che in effetti era. Io so cos'è successo in quel bosco. E lo sai anche tu, aggiunse, dandomi improvvisamente del tu, e finché non ne parliamo non me ne andrò da qui. Questo disse. E poi arrivò Maria Lechner, che le chiese di andare a casa sua, perché Lorenzetto voleva mandare a monte tutti i loro programmi, e chiedeva di parlare con lei, solo con lei, e lei ci andò.

X

– Maria dice che lasciamo questa casa. È vero?
– Sì, è vero.
– Perché mio fratello non sta bene.
– Già.
– Non ce la fa più.
– È in difficoltà, sì.
– E anche Maria non ce la fa più.
– È vero, anche lei è stanca.

– E stanno male per la morte di Florian.
– Pare di sì. Tuo fratello, soprattutto.
– Ci sono stato male anch'io quando è morto Florian.
– Nessuno lo mette in dubbio, Lorenzo.
– Era mio nipote.
– Esatto.
– Uno vuole bene a suo nipote.
– Indubbiamente.
– E se muore ci sta molto male.
– Sono tragedie, sì.
– Solo che Florian è morto sette anni fa.
– Infatti.
– E col tempo il dolore poi passa.
– Sì, a cose normali.
– E loro due ora non sono normali.
– Sono un po' esauriti, diciamo così.
– E hanno bisogno di essere curati.
– Tuo fratello, più che altro, ha bisogno di essere curato.
– E però nell'istituto ci mandano me.
– Sì, ma per pochi mesi.
– Per il mio bene.
– Certo. Per il tuo bene.
– E anche papà lo mettono in un istituto.
– Esatto.
– Però in un altro.
– Sì.
– E mio fratello invece no.
– No, lui si curerà stando a casa.
– Ma non in questa.
– Non in questa, no.
– Perché questa è troppo isolata.
– Proprio così.
– E ci vuole troppo tempo per andare a Cles.

– Decisamente troppo, sì.
– Perché mio fratello si curerà a Cles.
– Sì.
– All'ospedale di Cles.
– Sì.
– E anche l'istituto dove andrò io è a Cles.
– Sì.
– E anche quello dove andrà papà è a Cles.
– Anche quello, sì.
– A pochi chilometri da Cles.
– Sì.
– È tutto a Cles.
– Sì...
– E perciò loro si spostano nella casa di Dogana Nuova.
– Credo di sì. Sì.
– Quella con la puzza di piscio.
– Non lo so, Lorenzo. Non ci sono mai stata.
– Che è più vicina a Cles.
– Esatto.
– E verranno a trovarci spesso.
– Questa è l'idea.
– Anche tutti i giorni.
– Certo. Anche tutti i giorni.
– E Cecco è morto di vecchiaia.
– Come dici?
– Dico che Maria dice che Cecco è morto di vecchiaia.
– Questo non lo so.
– Che non l'ha ammazzato Terenzio col veleno.
– Non lo so, Lorenzo.
– E che quando mio fratello sarà guarito torneremo a stare tutti insieme.
– Sì.
– In questa casa.

– Presumo di sì.
– Che è anche mia.
– Giusto.
– E tutto questo lo ha deciso lei.
– Lei Maria?
– No. Lei lei.
– Io? Io l'ho consigliato. La decisione dovete prenderla voi.
– Anch'io devo prenderla.
– Sicuro. Anche tu.
– E se io non acconsento in istituto non ci vado.
– No di certo.
– Se io non acconsento nessuno va da nessuna parte.
– Be', immagino di no.
– E come si fa a curare mio fratello?
– Verrà cercata un'altra soluzione.
– E se invece acconsento loro verranno a trovarmi tutti i giorni.
– Esatto.
– E anche lei verrà a trovarmi in istituto.
– Lei io?
– Sì. Lei lei. Verrà a trovarmi.
– Certo che verrò.
– Non tutti i giorni, però.
– No. Non tutti i giorni.
– Una volta ogni tanto.
– Certo.
– Appena potrà.
– Sì, Lorenzo. Appena potrò verrò.
– Acconsento.

X

Mentre la dottoressa era da Lorenzetto ricevetti una telefonata da don Toffoli. Il prevosto di Serpentina mi pregava di raggiungerlo il prima possibile perché doveva parlarmi di una cosa molto importante. Naturalmente nevicava, la strada del bosco era coperta di neve, e il vecchio parroco disse che avrebbe preferito non arrischiarsi a venire lui con la sua Panda; e tuttavia, disse, se non avessi potuto favorirlo andando io da lui si sarebbe arrischiato, poiché la questione che mi doveva sottoporre era della massima urgenza. Gli dissi che sarei stato da lui in mezz'ora, anche se avrei preferito mille volte aspettare che la dottoressa tornasse e continuare a parlare con lei. Le lasciai un biglietto in cui spiegavo che ero dovuto andare da don Toffoli e che sarei tornato prima possibile, presi una delle motoslitte di Zeno e andai.

Era la prima volta che passavo dal bosco con la motoslitta dal giorno della strage: c'ero passato e ripassato in macchina, ma mai in motoslitta come quella mattina. Con l'identico vento che mi sferzava il viso, sotto un'identica nevicata, perso come allora in una sconfinata nuvola bianca, quando fui davanti all'albero ghiacciato ebbi una fitta in mezzo al petto e fui costretto a fermarmi. Di colpo il respiro mi si era fatto pesante, un groppo mi chiudeva la gola, tremavo, la testa mi girava. Spenta la motoslitta il silenzio assoluto di quel luogo, così penetrante e irrevocabile, così uguale a quello della mattina maledetta, mi aggredì con la stessa lupesca violenza di allora. E malgrado ormai da tempo l'albero ghiacciato fosse tornato del suo colore di sempre, io lo vidi colorarsi di nuovo di rosso. Proprio così: vidi la trasparenza del manto azzurrato intridersi di un denso liquido color porpora – o forse dovrei dire un *fumo* – che si spargeva mostruosamente all'interno del ghiaccio fino a saturarlo di nuovo di quel malefico bagliore alogeno che ancora insanguina i miei sonni. Fu un'allucinazione, ovviamente, perché quello che vedevo non era reale (o quantomeno non lo era in quel momento), e io ne ero consapevole ma ne fui ugualmente molto turbato: il mio sguardo rimase a lungo calamitato dall'immagine grandangolare di quell'albero sanguinescente dopodiché, una volta riuscito a distoglierlo, quando ce lo posai di nuovo il rosso era scomparso. Montai sulla motoslitta e ripartii a tutta velocità, quasi scappando.

Arrivato a Serpentina lasciai la motoslitta nel piazzale e raggiunsi a piedi la chiesa. Come sempre constatai che lì la situazione atmosferica era molto meno estrema che a San Giuda, la nevicata più leggera e le strade quasi completamente sgombre: quello era vivere in un paese di montagna, pensai, mentre a San Giuda si viveva nell'essenza stessa della montagna. C'era una differenza enorme.

Quando suonai alla canonica, don Toffoli aprì immediatamente: era già sulla porta in compagnia di un uomo che non avevo mai visto, e che congedò assicurandogli che si sarebbe occupato di quella certa cosa. Dopodiché mi fece entrare, mi fece sedere e mi domandò se volevo qualcosa da bere. Io chiesi soltanto un asciugamano perché nonostante cappello e cappuccio i miei capelli erano grondanti. Don Toffoli girò la richiesta alla sua perpetua – aveva una perpetua –, che si chiamava Gina e sembrava ancora più vecchia di lui. Con la lentezza della lumachina di Pinocchio Gina andò a prendere l'asciugamano e me lo portò, e durante quel tempo don Toffoli passò dal suo studio – aveva uno studio – e ne tornò con un telefono cellulare in mano. Aspettò che mi fossi asciugato, mi chiese di nuovo se volessi qualcosa di caldo da bere, e dopo che ebbi di nuovo rifiutato affrontò la sua faccenda importante.

Il telefonino che aveva tra le mani, disse con solennità, apparteneva alla dottoressa Giovanna Gassion, psichiatra presso l'ospedale di Trento e distaccata presso il presidio di Cles. Era stato trovato il giorno prima dal dottor Bonardi sul bancone della sua farmacia, seminascosto dietro un espositore di occhiali. Il farmacista, disse, lo aveva appena preso in mano quando l'apparecchio aveva squillato e sul display era apparsa la scritta "mamma". Convinto che quella fosse la maniera più rapida per risalire al proprietario, aveva risposto e aveva parlato con una simpatica signora di Codroipo, in Friuli, la quale gli aveva detto che quel telefonino apparteneva a sua figlia, la dottoressa Gassion, appunto, e che l'unico modo per restituirglielo era contattarla al numero della canonica della parrocchia di Borgo San Giuda, dove lei viveva da quasi un mese. Dopodiché gli aveva dato il numero della canonica e lo aveva ringraziato.

A quel punto, disse don Toffoli, il dottor Bonardi era andato da lui: come tutti, aveva anch'egli sentito girare delle voci circa la presenza di una donna nella canonica di San Giuda, e prima di compiere qualche mossa sbagliata aveva pensato di rivolgersi al proprio parroco. Il quale aveva a propria volta inteso quelle voci, e non solo provenienti dal basso, cioè dalla gente comune, ma, mi rivelò, anche dall'alto: *l'Arcivescovo in persona*, scandì, era stato raggiunto da quelle dicerie, e aveva incaricato il Vicario Foraneo di Cles monsignor Fabbri di raccogliere informazioni al proposito. Sapevo bene anch'io, disse don Toffoli, quanto il nostro caro Vescovo stesse attento a verificare oltre ogni ragionevole dubbio le voci di quel genere, poiché prestare attenzione alla maldicenza era da lui considerata una mancanza di carità anche peggiore della violazione del celibato. Perciò, disse, quando monsignor Fabbri era venuto da lui per consegnargli il messaggio dell'Arcivescovo da leggere durante il funerale di quel suo povero parrocchiano ucciso nella strage – *suo*, Beppe Formento –, lo aveva interrogato sull'argomento. Risultava anche a lui che il parroco di San Giuda, suo collega e vicino, ospitava una donna in canonica? Don Toffoli gli aveva risposto di aver inteso anche lui quelle maldicenze ma, conoscendo bene quel collega, si sentiva di escludere che tali voci corrispondessero a verità. A ogni modo, disse, si era offerto di approfondire personalmente la faccenda in modo che il vescovo avesse una risposta certa, il vicario lo aveva ringraziato – e così, disse, quella che era partita come un'insidiosa indagine della Diocesi era finita nelle sue mani amiche.

Dalla lunga pausa che fece a questo punto, mi accorsi che qui don Toffoli si aspettava di esser ringraziato, e perciò lo ringraziai. Allora continuò, dicendo che sebbene nei giorni successivi le voci si fossero infittite – specie, disse, dopo che la famiglia Formento aveva deciso di seppellire il proprio defunto a Serpentina e non nel cimitero di San Giuda –, lui era rimasto saldo nella certezza che si trattasse solo di maldicenze: aveva saputo della catena di morti al Borgo, del mio *encomiabile superlavoro*, della rappacificazione con la famiglia Formento, e non si era nemmeno dato pena di spingersi fino a San Giuda a controllare di persona. Perciò quando il Vicario Foraneo si era rifatto vivo per chiedergli cosa avesse scoperto, don Toffoli gli aveva risposto che le voci erano infondate, chiudendo così la faccenda senza nemmeno avermi dovuto importunare. Ora, disse, capivo senz'altro il suo imbarazzo quando il farmacista era arrivato da lui con quella testimonianza: e anche se probabilmente si tratta di un ulteriore malinteso, anche se probabilmente aveva capito male il dottor Bonardi, o la madre della dottoressa si era sbagliata, o non era correttamente informata, e sua figlia le aveva semplicemente dato quel recapito grazie alla mia disponibilità ma non *risiedeva* in canonica – tuttavia, disse, visto che oltretutto doveva restituire il telefonino alla proprietaria, a quel punto si era sentito in dovere di controllare di persona. Tacque, mi fissò un istante. Poi mi pregò di non volergliene e mi domandò direttamente se era vero o no che la dottoressa risiedeva in casa mia.

Io lo avevo ascoltato in silenzio ma avevo capito subito dove sarebbe andato a parare. Conoscevo quel tipo di sacerdoti – *conoscevo lui* – e sapevo che erano molto bravi a nascondere il proprio reale sentimento sotto un mucchio di parole di circostanza – perciò non mi lasciai ingannare dalla sua apparente benevolenza. Al contrario, percepii tutta intera la sua rabbia nel dover prendere atto di essersi sbagliato a garantire sul mio conto e, sebbene io non avessi ancora proferito parola, nel sentirsi tradito da me. Era chiaro che non credeva affatto che si trattasse di un nuovo malinteso, e probabilmente stava pensando a quali conseguenze potesse avere *per lui* quello che ormai considerava un grave scandalo.

Gli risposi la verità, e lo feci col massimo della naturalezza, come avrei fatto con chiunque altro. Gli dissi che dopo la strage la salute psichica dei miei parrocchiani era precipitata; che la dottoressa si era resa disponibile ad aiutarmi; che l'unico modo di farlo era trasferirsi al Borgo – dove però, come lui ben sapeva, non esisteva nemmeno una locanda; e che perciò avevo dovuto ospitarla in canonica. La verità, appunto – senonché per uno come don Toffoli si trattava di qualcosa d'inconcepibile. Mi squadrò come se fossi un marziano poi mi venne vicino, mi mise una mano sulla spalla e con un'espressione di solenne severità mi disse che non mi era lecito ospitare persone che potevano mettere in pericolo la mia serenità e creare situazioni incomprensibili per il popolo di Dio: pertanto dovevo immediatamente allontanare quella signora da casa mia, per non recare danno all'immagine della Chiesa e non espormi a tentazioni che potevano essere più forti della mia fede. "Non tentare il Tentatore", fu l'espressione che usò agitandomi il dito indice sotto il naso, e si offrì di confessarmi, nel caso la mia integrità si fosse già corrotta.

Ricordo che mi sforzai per un momento di considerare l'ipotesi di reagire come lui si aspettava, cioè scusandomi per averlo turbato e promettendogli che avrei fatto come mi ordinava; in fondo, pur se profondamente ipocrita, quella reazione poteva anche essere considerata saggia, data la situazione: ma proprio mentre mi sforzavo di considerarla essa bruciò nella vampa di indignazione che mi salì alla testa. Ma come, sbottai, a un tiro di schioppo era accaduta una cosa terrificante, che anche se fosse stata davvero quello che credeva lui – *e non lo era*, mi sfuggì – era di sicuro il più nero e orrendo e inspiegabile mistero in cui si fosse imbattuto in tutta la sua vita, e lui menzionava il Tentatore per mettere in guardia me da una donna? Perché non parlava mai della strage? In che mondo viveva, così diverso dal mio da non essere minimamente influenzato da quell'orrore? Il bosco che ci divideva era davvero un abisso tanto profondo? Come poteva non capire che i miei parrocchiani, e molto probabilmente anche i suoi, erano stati investiti da un trauma tremendo e avevano bisogno di aiuto? E soprattutto, conclusi, cosa lo autorizzava a dubitare della mia integrità?

Trattengo ancora nella memoria lo sconcerto che si dipinse sul suo volto rubizzo, l'autentica incredulità che lo paralizzò. Niente più rabbia, adesso – quella gliel'avevo portata via io: solo uno stupore preoccupato e privo di parole, col quale il vecchio prevosto mi osservò mentre giravo i tacchi e uscivo ad ampi passi da casa sua. Nel viaggio di ritorno pensai costantemente a quella mia reazione, così insolitamente dura e rabbiosa, alla ricerca dentro di me di un po' di pentimento – ma non c'era. E però, per una volta, non c'era nemmeno il rimpianto per non aver detto qualcosa di cruciale che mi veniva in mente troppo tardi. No, avevo detto tutto quel che dovevo dire.

Era già sera, e il faro della motoslitta falciava il buio perfetto della valle. Ero l'unica cosa che si muoveva. Per tutta la piana di Fondo Natale tenni il gas a tavoletta e all'ingresso del bosco arrivai così veloce che rischiai di schizzare giù nel torrente. La vista dell'albero ghiacciato centrato dalla sciabolata del faro non mi fece alcun effetto, intento com'ero a incitarmi nella mia trasgressione. Non l'avrei mandata via. Non l'avrei mandata via. Non l'avrei mandata via. Mi sentivo nel giusto, ma anche sul punto di scoppiare: i miei parrocchiani stavano impazzendo, il lavoro dei miei ultimi dieci anni stava finendo in cenere, avevo gli incubi, le allucinazioni, la mia vita stava diventando realmente *impossibile* e se volevo tenere duro sentivo che la presenza di quella donna mi era necessaria. No, continuavo a pensare sfrecciando nella nebbia, non l'avrei mandata via – non in quel momento, non con quello che avevamo cominciato a dirci quella mattina, e non perché me l'ordinava un vecchio prete pruriginoso.

Del resto, cosa rischiavo? Per quel che ricordavo, ospitare una donna in canonica non figurava tra i delitti che potessero muovere a scomunica nei confronti di un prete. C'era il delitto contro la religione e l'unità della Chiesa, c'era l'usurpazione degli uffici ecclesiastici, c'erano i delitti contro la vita e la libertà dell'uomo, l'attentato al Papa, l'uso abietto e sacrilego delle sacre specie e l'assoluzione del complice in peccato contro il sesto comandamento: ma nel diritto canonico non ricordavo menzione di niente di simile alla sconveniente convivenza. Certo, c'era un canone che parlava del chierico concubinario, ma ero sicuro che per tirare in ballo l'accusa di concubinato occorrevano prove certe, e quelle non avrebbe mai potuto procurarsele nessuno, perché non c'erano e non ci sarebbero mai state. D'altra parte, il fatto che don Toffoli avesse garantito per me presso l'inviato del Vescovo mi lasciava del tempo. Per il momento si tratta di una questione tra me e lui, e lui non aveva nessun interesse a denunciarmi, poiché in un certo senso la garanzia che aveva dato lo rendeva complice del mio operato, e lui stava così attento alla reputazione...

Così pensando correvo a tavoletta, rischiando altre volte di uscire di strada, per l'impazienza di tornare da lei, e scoprire se davvero sapeva cosa era successo nel bosco. Solo che quando arrivai a casa lei non c'era – e biglietti non ne aveva lasciati.

✳

Oh signùr, direbbe la mamma, che giornata... E quel che è più strano è ritrovarsi ad andare a letto così stanca, così satura, e così infelice. Quel che è più strano è che nel milione di cose che sono successe oggi quella più importante non è successa. E non ho mai capito se in questi casi allora è destino che non debba succedere o se invece è destino che uno debba lottare per farla succedere. Forse devo andare di là, bussargli, non lasciar passare la notte; forse se aspetto domani svanisce tutto. Ma magari è già tardi. Magari è già svanito tutto. Dopo quello che gli ho combinato, magari lui non vuole più. Oggi pomeriggio, prima che arrivasse Maria Lechner a chiamarmi, voleva – di questo sono sicura; ma ora non ci sarebbe da sorprendersi se non si fidasse più di me. Il telefonino, nientemeno; l'*Ungeist* del nostro tempo, lo spirito maligno tramite il quale la gente si stordisce e si ferisce e si tradisce, lo strumento di autoflagellazione della signora Magnoni – che quassù tra l'altro nemmeno funziona: e visto che non funziona, cosa mi invento io per fargli svolgere lo stesso la sua funzione malefica? No, via, ma come cazzo ho fatto? Ricordo benissimo quando l'ho tirato fuori dalla borsa, ieri mattina, per vedere le chiamate perse – ma mi ricordo anche di avercelo rimesso, porca troia. Com'è possibile che invece l'abbia lasciato lì? Quando ho richiamato la mamma e lei mi ha detto che lo avevo lasciato in farmacia ero sicura che si sbagliasse. E come mi sono inalberata: mamma, non insistere, se ti dico che ti sbagli vuol dire che ti sbagli. Ma, amore, non posso sbagliare. Oh, ora lei non può sbagliare, nientemeno. Sei diventata infallibile, adesso, come il papà? No, tesoro, non sono diventata infallibile ma, vedi, io ti ho chiamato, capisci? Ho chiamato il tuo numero e mi ha risposto quel farmacista. Quindi il tuo telefonino ce l'ha per forza lui. Guarda in borsa, tesoro, e vedrai che... Ok, avevo torto. Ok, sono stressata. Ok, si tratta di un atto mancato pazzesco, altamente autodistruttivo, sul quale con – *ah* – Livi ci sarebbe stato da lavorare per un bel pezzo; ma mica me l'ha detto, la furbetta, di averci fatto anche conversazione, col farmacista, di avergli raccontato tutti i fattacci miei – e soprattutto, con un candore che sconfina nella malizia, di avergli detto dove sto. E brava mamma: così io chiamo il farmacista e quello, glaciale, mi dice che siccome c'è un prete di mezzo ha portato il telefonino al suo parroco, e che a restituirmelo ci penserà lui. Perfetto. Così ora anche il suo parroco sa che sto qui. Grazie, mamma. È sempre la stessa storia, del resto: riesce ad aver torto anche quando ha ragione – così come, al contrario, non c'è volta in cui abbia torto senza avere anche un po' di ragione, da qualche maledetta parte. Io invece no: com'è che se io ho torto ho torto e non ho mai *anche* ragione? E che se invece ho ragione non la macchio subito dopo con una cazzata madornale come fa lei? Del resto, è ciò su cui abbiamo tanto tribolato con – *ah*: l'ingombrante discontinuità di mia madre e l'irrilevante costanza di mio padre. Scilla e Cariddi. Secondo – *ah* –, è tipico dei figli unici rendere i genitori uno il reciproco dell'altro, per farsi schiacciare dal loro incastro. E insomma, grazie al lavoretto della premiata ditta Giovanna Gassion & Madre ora magari lui non ne vuole più sapere di me. Dobbiamo avergli creato un casino enorme, altro che storie. È dovuto andare all'improvviso dal parroco di Serpentina – *chissà perché*. Passerà un guaio, questo è sicuro, un prete non può tenere una donna in casa. Io dovrò andarmene da qui. Non finiremo mai il discorso che ero finalmente riuscita a cominciare stamattina, non parleremo mai della strage e io non potrò mai prendermi cura – come psichiatra – di lui, e anzi i suoi superiori gli faranno un culo come un paiolo per colpa mia e tutta questa avventura finirà nel peggiore dei modi e— Che poi sarebbe anche l'ora che la smettessi di raccontarmi balle, perché non è vero che voglio occuparmi di lui, è il contrario: voglio, desidero, ardentemente, che lui si occupi di me. Per quello che dice, per quello che provoca in me quando lo dice, per l'estensione che produce nel mio campo percettivo, è forse la persona più illuminata che abbia mai incontrato. E io ora sono al buio, e ho bisogno della luce che si sprigiona da lui. Sono al buio, sull'orlo nero del lutto, in conflitto perenne con mia madre, nel perenne disinteresse nei confronti di mio padre, nel perenne pericolo di rimanere incagliata in Alberto – e ho bisogno di essere guidata fuori da tutto questo, ispirata, governata verso un nuovo punto d'individuazione, e questo prete stanco e favoloso è la mia occasione – la prima e l'unica che finora abbia avuto in vita mia. I racconti che mi ha fatto, il suo segreto, la forza che contengono – come di una promessa, come di un'era che comincia: tutto è sempre così teso in lui, così vero e vibrante. Anche questi ultimi dieci anni che ha passato qui, *ad andare a letto presto*, anche il fallimento ormai incombente del suo tentativo di salvare questo posto. Chi altri ci avrebbe anche solo provato? Chi altri al mondo la vede, questa povera gente invisibile? Con chi altro potrei mai parlare di quello che è successo davvero nel bosco, e della mia cicatrice? Perché è evidente che *sa*, uno come lui non può non sapere una cosa che so io, la conoscenza è il suo destino, l'essere il solo tra tanti a possederla è il suo destino – e allora è destino anche che io ci parli, maledizione, visto che sono finita quassù da lui. E anche Zeno, che stasera mi ha strappato da questa casa e dalla paura di vederlo ritornare incazzato con me per via della rospata che deve essersi buscato da quel parroco, Zeno che a furia di farmi confidenze in quella stalla mi sa che ha finito col farsi qualche ardimentosa fantasia, considerando come mi guardava stasera, il che, come atto puramente difensivo, ma anche perché ormai era arrivato il tempo di farlo, mi ha spinto a rivelargli che sono una psichiatra e non una dottoressa generica, rivelazione da lui incassata con noncuranza ma che invece deve averlo abbastanza sconvolto, considerando che da più di dieci anni in un modo o nell'altro è ossessionato dalla psichiatria – insomma, Zeno lo ha ripetuto ancor più fermamente anche stasera: lui *sa*. E io mi fido di Zeno, a parte il rischio corso di ritrovarmi le sue mani addosso ma questo per colpa mia – perché, daccapo, non ho saputo difendere i miei confini; è un ragazzo incontaminato, sostanzialmente e incomprensibilmente sano, e io mi fido della sua sensibilità e soprattutto della sua adorazione per don Ermete, talmente pura e scintillante da risultare contagiosa – così com'è contagiosa l'adorazione che don Ermete stesso ha per il suo santo, del resto, e anzi i successi conseguiti col culto di San Giuda nonostante la cattiva fama di cui esso gode da queste parti credo dipendano più che altro dal fatto che, esposta quotidianamente alla sua potenza, questa gente adora adorare quel che adora lui; ragion per cui, pur essendo andata nella stalla con Zeno principalmente per tenermi lontana dall'eventualità di vederlo tornare a casa dopo esser stato cazziato o peggio ancora punito, sospeso, scomunicato (che cazzo ne so cosa possono fargli) per colpa mia, mi sono ritrovata ad aver bisogno di lui ancora di più. Perciò può ben darsi che la micidiale combinazione della mia dabbenaggine e quella di mia madre – per limitarsi a chiamarle così – lo abbia danneggiato enormemente e che lui sia stato chiamato a pagarne gravi conseguenze, e può darsi anche che io debba andarmene da qui, e soprattutto che a lui questo suoni come un sollievo, ma intanto è quasi mezzanotte e non si può pretendere che me ne vada *adesso*, né che riesca a prender sonno, e dunque c'è ancora una notte da passare, qui dove mezza giornata fa sembrava che il nostro destino fosse molto diverso da come appare adesso ed eravamo sul punto di non so cosa ma di sicuro di qualcosa che ci avrebbe fatto un gran bene, dico io, così confusi e soli e schiacciati come siamo; e può senz'altro darsi che quel momento di grazia non ritornerà più, e soprattutto che lui non abbia più voglia di ritrovarlo, e che si sia pentito di esserci arrivato, mezza giornata fa, e che se ne stia ancora pentendo e che non voglia più avere a che fare con me – ma, insomma, ormai non ho più niente da perdere tranne per l'appunto l'occasione contenuta in quest'ultima notte, e non è certo una questione di orgoglio, e se poi anche lo fosse non si tratterebbe tanto del mio quanto del suo, visto che quando lui è uscito mi ha lasciato un biglietto per dirmi dove andava e io invece no, dunque anche da questo punto di vista tocca a me prender l'iniziativa – e perciò io esco dalla mia stanza, ecco, in pigiama, certo, perché questo è un pigiama castissimo, anzi non è nemmeno un pigiama, è un vecchia felpa larga e sformata – *sfusgnaccata*, direbbe mia madre –, e soprattutto provatamente anafrodisiaca, dato che me la mettevo gli ultimi tempi in cui dormivo con Alberto per frustrare ogni sua potenziale velleità, e funzionava – combinata, certo, col mal di testa dichiarato fin dall'ora di pranzo e con la provvidenziale narcolessia difensiva che mi ero fatta venire e che spacciavo per *sonno della lavoratrice*, in virtù della quale lui non poteva andare in bagno a lavarsi i denti che, bum, crollavo addormentata come un sasso, ma sul serio, senza bisogno di fingere, con la luce accesa e tutto, ma certo se anziché questa felpa avessi indossato uno dei completini di pizzo che lui si è ostinato a regalarmi fino all'ultimo lo vedi quanto poco ci avrebbe messo a svegliarmi o addirittura, come è scandalosamente accaduto una volta in cui c'erano tipo quaranta gradi e mi ero azzardata ad addormentarmi *nuda*, a scoparmi come un macaco mentre dormivo –, e cammino in questa gelida penombra attraverso il tinello, senza accendere la luce, con solo il bagliore scarlatto della brace che si estingue nel camino, e già a questo punto lui deve avermi sentito, a meno che non sia addormentato ma non credo, e però non mi fermo in cucina, no, proseguo verso la sua porta, e la raggiungo, ecco, ci sono, sono immobile davanti alla sua porta riparata da poco, con il braccio alzato e il pugno pronto, ecco, e ciecamente, ipnagogicamente, come agiscono i tossici, o come ricominciano a farsi dopo che avevano smesso, cioè senza avere l'esatta cognizione del momento esatto in cui la faccenda esce dall'incasinatissimo ottovolante delle loro pulsioni e si fa *atto*, ecco, in questo stesso identico modo io, sì, ho deciso, e poi succeda quel che succeda, ma certo, e se mi rimanda a letto non sarà la prima umiliazione della mia vita, né l'ultima, di bussare, e dunque busso, ecco fatto – e però, lo ripeto, non so bene in quale momento, esattamente: se lo sto facendo adesso, per esempio – o adesso – o adesso – o adesso – o sto per farlo – o magari ho appena bussato – alla sua porta – e via...

✗

Lo fece lei, ma se non l'avesse fatto lei l'avrei fatto io. Non riuscivo a dormire, né a pregare, né a leggere – non riuscivo a far nulla. Sentendola rientrare avevo pensato di uscire dalla stanza, ma lei era stata talmente svelta a infilare in camera sua da farmi credere che non desiderasse incontrarmi – ed era questo, soprattutto, a tenermi sveglio. Stavo per farlo, stavo veramente per uscire e andare a bussare alla sua porta, quando lo fece lei.

Sembrò, sulle prime, che avesse bussato solo per scusarsi – "per il pasticcio del telefonino", disse. Era molto avvilita. Io neanche immaginavo che sapesse di averlo perduto, ma lei lo sapeva eccome, aveva parlato con sua madre e poi col farmacista, aveva saputo che il telefonino era finito nelle mani di don Toffoli e ovviamente aveva immaginato che questo mi avesse creato dei problemi. Volle a tutti i costi sapere quali. Non le dissi del coinvolgimento del Vescovo, né dell'ordine ricevuto di mandarla via, né tanto meno della mia reazione rabbiosa della quale continuavo comunque a sentirmi fiero, e mi limitai a informarla che don Toffoli mi aveva amichevolmente chiesto spiegazioni circa la sua presenza in canonica; le dissi che a quel punto avevo dovuto spiegargli che era una psichiatra e che stava lavorando *in incognito*, per così dire, sui miei poveri parrocchiani traumatizzati, e che alla fine me l'ero cavata con un virile ammonimento a non tentare il Tentatore. Cioè, le raccontai quello che sarebbe successo in un mondo perfetto, e perciò mentii. Lei però non sembrava molto convinta e insistette a chiedere e a scusarsi, ma io non volevo continuare a mentire e perciò tagliai corto e tornai a bomba dove eravamo stati interrotti quella mattina: davvero, le chiesi, lei sapeva cosa era successo nel bosco? Lei sorrise, tirò un lungo respiro e propose di fare un caffè, allora – poiché si profilava, disse, una lunga veglia; e in quel sorriso, e in quel caffè, e nella prospettiva di quella lunga veglia, tutto il gelo e il magone e l'allarme e il malcontento che si erano accumulati in me nelle ultime ore si sciolsero. Fu, quel caffè, il rito che rinnovava l'alleanza che sembrava perduta, e in realtà non fu solo un caffè ma una vera e propria colazione, con biscotti, miele, latte, pere, pegorin, pane abbrustolito in forno, burro e marmellata – perché entrambi ci accorgemmo d'essere digiuni e molto affamati. In questo somigliò alla pasta al burro che ci eravamo fatti la sera del suo arrivo, così emozionante e piena di auspici, anche se l'illusione che avevamo allora di poter fare qualcosa per la mia gente era ormai svanita. Perciò non ci affrettammo, mangiammo e bevemmo con calma, e tacemmo, per mangiare e bere ma anche per specchiarci l'uno nell'altra, nel sollievo di essere sul punto di fare una cosa da entrambi a lungo desiderata. Tutto questo può sembrare pericolosamente sensuale – me ne rendo conto –, e può spingere a pensare che i timori di don Toffoli fossero fondati, e velleitaria la mia indignazione, senonché proprio mentre consumavamo quella colazione notturna, qualcosa che tra noi era sempre rimasto in secondo piano emerse con una chiarezza decisiva: fisicamente non c'era attrazione. Cioè, non solo io non attraevo lei, cosa abbastanza scontata considerando che avevo cinquant'anni e che la bellezza non mi aveva visitato nemmeno quando ero giovane, ma – e questa era la cosa veramente risolutrice – *nemmeno lei attraeva me*. Conoscevo bene il morso della concupiscenza, e avevo imparato a tenere alla giusta distanza le persone che me lo facevano sentire – ma Giovanna non era una di loro, ed era con questo paradossale conforto che percorrevo con lo sguardo i suoi lineamenti inoffensivi. Era bella, certo, ma di una bellezza che non intercettava mai le mie debolezze. Gli occhi li aveva neri come il petrolio, i capelli corti, lisci e ugualmente neri, mentre io sapevo di dovermi guardare da biondezza e occhi chiari; le sue labbra erano sottili, esangui, appena disegnate, e non rosse e fondenti come quelle che avrebbero potuto traviare me; gli zigomi patrizi, il torso minuto, i seni piccoli che affogavano nella felpa, tutto questo non infiammava la mia fantasia, vulnerabile invece a più materne abbondanze e cedevolezze. Solo il biancore della sua pelle mi attraeva, latteo e infantile, su cui sarebbe rimasto il segno di qualunque tocco – ma quell'insidia era disinnescata dal suo temperamento, che era l'esatto contrario di quello che avrebbe potuto mettermi in difficoltà. Il senso di efficienza e di forza che il suo essere sprigionava, e che rendeva così rassicurante averla al fianco, era la negazione stessa dell'indolenza che avrebbe potuto tentarmi. Abituato com'ero a vivere in montagna, subivo il fascino delle ragazze freddolose, che si tengono l'orlo delle maniche stretto nel pugno e alle quali si arrossa subito la punta del naso – ma Giovanna era capace di resistere un'ora nella tormenta senza lamentarsi. Era coordinata nei movimenti e sicura di sé mentre io sapevo di dovermi tenere alla larga dalle ragazze goffe e insicure, quelle che ridono di imbarazzo e tendono a presentarsi nei posti con una foglia impigliata nei capelli. Era bella, Giovanna, come no, ma fortunatamente la sua era una bellezza molto più atletica di quella con la quale i miei lombi erano abituati a lottare, e vorrei riuscire a spiegare quanto questa misera constatazione potesse confortarmi, in quel momento, con l'assoluta certezza che produceva in me di essere enormemente interessato a lei, sì – ma come *persona* e nient'altro. Era quella certezza che aveva alimentato la mia indignazione nei confronti di don Toffoli, e anche se la causa era vile e fin lì l'avevo evitata perfino nei miei pensieri, toglieva di mezzo qualunque dubbio circa la possibilità che la sua presenza mettesse a rischio il mio voto di castità: no, non lo metteva a rischio – perché, molto banalmente, lei non mi piaceva.

Finito di mangiare riaccesi il fuoco nel camino, che ormai si era spento. Poi tornai a sedere al tavolo davanti a lei. Poi la pregai di darmi del tu, come lei stessa aveva cominciato a fare, la mattina, prima che Maria Lechner ci interrompesse, e poi però, quella sera, non faceva più, e già che c'ero la pregai anche di chiamarmi col nomignolo che usavano gli amici, e che suonava molto più intimo di "don". Poi le ripetei la domanda: allora, Giovanna, davvero sai cosa è successo? E lei cominciò a parlare, e per prima cosa mi disse come faceva a saperlo, chi glielo aveva detto, in quali circostanze e perché, dopodiché cominciò a raccontare quel che sapeva e non solo quel che sapeva coincideva con quel che sapevo io, la qual cosa era già un dono immenso, per me, poiché mi alleggeriva di colpo del peso terribile che ero convinto di dovermi portare dietro per tutta la vita, ma si spingeva molto oltre. Mi sbalordì, mostrandomi che qualcosa di sanguinoso e d'inspiegabile quella mattina era successo anche a lei, a Trento, mentre dormiva – alla sua carne, fisicamente, *realmente*.

E io che credevo di essermi imbattuto in lei per caso...

XY

E poi, anche se avessi urtato non è che mi sarei potuta fare un taglio così uguale al vecchio, non credi?
Già...
– Vedi che c'è una cicatrice sola? Lo vedi? Due tagli e una sola cicatrice? Com'è possibile?
– Non è possibile.
– Si è riaperta quella vecchia, non c'è niente da fare. Ma anche questo è impossibile.
– E di questo sei sicura?
– Di cosa?
– Che è impossibile. Sei sicura?
– Cosa vuoi che ti dica, *sicura* è una parola che non userò mai più, ma stando a quel che si sa delle cicatrici è impossibile. La riapertura delle cicatrici si chiama deiscenza, e in certe situazioni, tipo appunto traumi ulteriori o particolari trattamenti farmacologici, può verificarsi; dopo sei mesi, però, dopo un anno, al limite anche dopo due anni – ma dopo quindici è proprio impossibile. Perciò qui non si tratta solo di capire cosa è successo nel bosco, ma anche cosa è successo a me, se permetti.
– Capire è una parola grossa, Giovanna.
– È l'unica parola che conosco. Per questo è importante quello che sai tu. Io ti ho detto tutto quello che so, ma tu non hai ancora detto niente. Cosa sai?

– Non posso dirlo, Giovanna. Sono sotto vincolo.
– Ma come? Anche se io lo so già? Qui non devi rivelare nessun segreto, facciamo che ti limiti a confermare o smentire quello che ho detto io. Va bene? Puoi farlo, questo?
– Sì. Questo posso farlo.
– E allora che fai, lo confermi?
– Lo confermo.
– Tutto?
– Giovanna, io ne so meno di te. Ma quello che hanno detto a me coincide con quello che hanno detto a te.
– Le morti tutte diverse?
– Sì.
– L'albero rosso?
– Quello l'ho proprio visto.
– Il sangue di tutti?
– Sì.
– La bambina scomparsa?
– Sì.
– *Lo squalo*?
– Sì. Mi è stato raccontato tutto esattamente come a te.
– Oh signùr...
– ...
– E cosa non ti avevano detto? Cos'è che non sapevi?
– La faccenda degli orologi tutti fermi alla stessa ora non la sapevo. Né del tempo zero.
– Poi?
– La storia del sangue nell'albero ghiacciato che è stata raccontata a me era molto meno dettagliata.
– Poi?
– Basta.
– ...
– ...
– E che pensi?

– Di cosa?
– Di tutta la faccenda. Cosa pensi che sia stato?
– ...
– ...
– Io sono un prete, Giovanna.
– Sì. E allora?
– E allora io non penso, io credo.
– Ok. Cosa credi che sia successo?
– ...
– Cioè, te lo sarai pur chiesto. Lasciamo stare tutto il resto e dimmi solo cos'hai pensato, anzi, cos'hai creduto quando ti hanno detto che una di quelle persone è stata uccisa da uno squalo – perché a quanto pare non ci sono proprio dubbi, hanno anche fatto venire dall'Australia il più grande esperto di squali del mondo e quello ha confermato che si tratta di un attacco di squalo, aggiungendo che quella particolare specie di squalo cui è possibile risalire analizzando la gigantesca ampiezza del morso si chiama ora-non-mi-ricordo-più-come e purtroppo è estinta da più di due secoli – insomma, ti sarai pur chiesto come diavolo fosse possibile...
– ...
– ...
– Sì, Giovanna, me lo sono chiesto,
– E che risposta ti sei dato?
– Aspetta. Prima ci sono delle osservazioni da fare.
– Osservazioni?
– Sì.
– Tipo?
– Tipo, per dirne una, che in tutta questa storia c'è una costante, e cioè che ogni tentativo di scoprire qualcosa con metodi diciamo così scientifici viene umiliato. Cioè, la scienza, o la ragione, o la logica, chiamala come ti pare, non è che fallisca, non è che non riesca a trovare una risposta alle

domande: la trova sempre, ma è sempre così scientificamente, razionalmente e logicamente incongrua da risultare umiliante. Ogni passo fatto fin qui con l'aiuto della scienza ha prodotto un vistoso allontanamento da qualsiasi affermazione accettabile dalla scienza stessa: non puoi negarlo, questo.

– E chi lo nega.

– Anche la faccenda dello squalo estinto, che non sapevo, lo conferma: si chiama il grande esperto nella speranza che getti un po' di luce sulla faccenda e invece il suo sapere ulteriore porta solo a un'ulteriore assurdità.

– Ok. E dunque?

– E dunque forse la scienza non è lo strumento adatto per indagare in questa vicenda.

– E quali altri strumenti ci sarebbero?

– Oh, ce ne sono tanti.

– Strumenti che spieghino l'attacco di uno squalo estinto in un bosco d'alta montagna? Per esempio?

– Per esempio la fede, Giovanna. Ma capisco che se uno non ce l'ha non se la può inventare.

– Infatti. E allora?

– Allora un altro strumento può essere l'osservazione pura delle cose, come ti dicevo, la mera constatazione di quello che sono, senza la necessità di scoprirvi per forza un senso.

– Non capisco.

– Ma sì che capisci. Ciò che ho appena detto riguardo alla scienza che viene umiliata è una cosa che scaturisce dall'osservazione. Un dato di fatto.

– E cosa ce ne facciamo?

– Cosa ce ne facciamo dei dati di fatto? Si mettono uno accanto all'altro e magari si arriva a vedere qualcosa che prima non si vedeva.

– Ok. Qui però ce n'è uno solo: niente scienza. Non mi pare che porti a vedere granché.

– Non è il solo. Ce ne sono altri.
– Per esempio?
– Per esempio i nomi. I nomi delle vittime.
– E quale sarebbe il dato di fatto?
– Il problema è che non ne sono sicuro. Tu hai per caso la lista dei nomi delle vittime?
– Io? No. Anzi, sì, nella chiavetta di Alberto dovrebbe esserci. Perché?
– Potresti farmela vedere, per favore?
– Certo. Vado a prendere il computer.
– Grazie. Io intanto ravvivo un po' il fuoco.
– ...
– ...
– ...
– Mi sembra di ricordare una cosa strana dei nomi di quelle persone, quando mi è stato raccontato come sono morte! Ma in realtà non l'ho mai controllata!
– Senti, ma almeno chi te l'ha raccontato lo puoi dire?
– No che non posso!
– ...
– ...
– Scusa, ma non trovo la chiavetta!
– Fai con calma!
– Dove diavolo l'ho messa?
– ...
– È stato Errera?
– Cosa?
– Trovata! No, dico, è stato il procuratore Errera a raccontarti tutte quelle cose?
– ...
– Ecco qua. È stato lui, vero?
– Be', non è che ci volesse molto a indovinare. Per due settimane ho visto solo lui.

– Appunto. Va attaccato alla corrente, perché la batteria non dura nulla.
– La presa è lì sotto.
– Quando te li vendono durano tre ore e dopo un anno, non si sa perché...
– ...
– ...
– ...
– Ed è anche diventato lentissimo a caricare i programmi.
– Vabbè, non ci corre dietro nessuno.
– Certo. Ma perché si è confessato, Errera?
– Eh. Me lo sono chiesto anch'io.
– Cioè, ti stava interrogando e a un certo punto si è inginocchiato e si è confessato?
– Più o meno. Senza inginocchiarsi...
– Per come l'ha sempre dipinto Alberto, non sembra uno che si pente...
– Infatti non era pentito. Sì, ha detto che si sentiva un peso sulla coscienza, ma...
– Non ti ha convinto.
– No di certo. Mi è parsa più che altro una mossa, ecco.
– Tipo per fregarti col segreto confessionale, di modo da impedirti di testimoniare contro le cavolate che si era deciso a sparare?
– Il dubbio è quello.
– Da come ne parla Alberto, è capacissimo di farlo.
– È un uomo... *perduto* è la parola. Mi è sembrato un uomo perduto.
– È un demonio, secondo Alberto. Un pazzo pericoloso.
– Pazzo non lo so, ma certo la sua incapacità di accettare la realtà mi ha impressionato. Accidenti, però: è lento sul serio...
– Te l'ho detto. E anzi che non si è impallato. Ci vuole pazienza.

– ...
– Una cosa strana nei nomi, dicevi?
– Sì.
– E cosa?
– Troppe Marie.
– Troppe che?
– Aspettiamo, dai. Non ne sono sicuro. In realtà non ci avevo mai nemmeno ripensato, prima d'ora, mi è venuta in mente all'improvviso.
– Cosa?
– Questa osservazione sui nomi. Ammesso poi che sia come ricordo.
– ...
– ...
– Ecco. Ora va infilata la chiavetta...
– ...
– ...
– ...
– *Che diavolo c'è?*
– La stai infilando al contrario. Credo.
– Cioè al dritto sarebbe così?
– Sì.
– ...
– ...
– È vero... E ora?
– I nomi.
– Giusto. Ma come li trovo? È un papiro che non finisce più, questo. Mica ce lo possiamo leggere tutto.
– Fai "trova Formento". Dove è menzionato il povero Beppe ci saranno anche i nomi degli altri.
– Giusto. Dunque: modifica... trova... For-men-to. Vai.
– ...
– Eccoli.

– Fammi controllare, per piacere.
– ...
– ...
– ...
– ...
– Allora?
– Allora ricordavo bene. Senti qua: Massatani *Maria* Rosa, Formento Giuseppe *Maria*, Gigliotti *Maria* Elena, Estevez Ana *Maria*, Albach-Retty *Maria*, Biolcati *Maria* Sofia. Sei Marie – su tre, sei, nove, undici persone.
– Fa' un po' vedere.
– Prego...
– ...
– ...
– Be', Maria è un nome molto comune.
– Sì, ma non così comune che se prendi undici persone risulti normale che più della metà si chiamino Maria.
– ...
– ...
– Però sono tutti nomi composti, a parte uno.
– E con questo?
– E quella dello squalo si chiama Olga.
– E cosa c'entra?
– ...
– Giovanna, dai: sei su undici. Compreso un uomo...
– È un caso.
– Un caso...
– E sennò cosa?
– Niente. Però mettiamolo da parte, questo caso.
– Sì, ma per farsene cosa? Per arrivare dove?
– Eh, non lo so. Ma è proprio perché non abbiamo idea di dove ci porteranno che le facciamo, queste osservazioni. E intanto sono due.

– Niente scienza, troppe Marie.
– ...
– ...
– E poi non è mica detto che si debba sempre capire tutto. L'indeterminatezza non può essere solo motivo di frustrazione: se così fosse sarebbe un bel guaio, dato che la maggior parte delle cose che ci governano sono indeterminate. Sei troppo negativa, Giovanna. Abbiamo davanti un mistero enorme, come possiamo pretendere di scioglierlo? Accontentiamoci di osservarlo...
– ...
– Lasciati andare...
– ...
– ...
– Osservarlo, tu dici.
– Sì.
– Anche senza capirlo.
– Soprattutto senza capirlo.
– ...
– Chiamala contemplazione, va bene? Fai yoga, no?
– ...
– ...
– ...*affidarsi anziché padroneggiare...*
– Sì.
– ...
– ...
– ...*farsi avvolgere dal mistero...*
– Esatto.
– ...*senza memoria né desiderio...*
– Proprio così. Vedi che hai capito benissimo?
– Per forza: è la capacità negativa.
– Cos'è?
– Wilfred Bion. Uno psicoanalista inglese. Ha teorizzato

questa attitudine a tollerare l'*insaturo*, lui dice, cioè il vuoto, l'assenza di senso – senza preoccuparsi di pervenire alla comprensione. In questo modo, dice, si può prestare attenzione a cose che altrimenti verrebbero trascurate, e sviluppare le associazioni intuitive. Se si osserva solo ciò che si comprende finisce che si esiste solo in ciò che si comprende.

– È proprio quello che dicevo io, detto un po' meglio. Come si chiama questa teoria?

– Capacità negativa. Bion ha preso il concetto da Keats, che parla di Shakespeare come di qualcuno che aveva la capacità di stare nell'indeterminatezza senza nessun bisogno di cercare fatti e ragioni, e lo ha posto come modello per il rapporto tra analista e paziente. Tu ora è come se la estendessi al rapporto con i fenomeni.

– Esatto. Dove vai?

– A prendere un libro.

– ...

– ...

– ...

– Ecco qua.

– *Il cambiamento catastrofico*, di Wilfred Bion...

– E la cosa paradossale è che Bion è stato il maestro del mio maestro, e la capacità negativa è uno dei capisaldi del mio tirocinio per diventare psicoanalista – perché io vorrei fare la psicoanalista; la stavo studiando proprio in questi mesi, la capacità negativa di Bion e l'attenzione fluttuante di Freud, e però finché non ne hai parlato tu io non ho nemmeno pensato di applicarla a questa faccenda. E soprattutto quando ne hai parlato non l'ho riconosciuta.

– Non è vero. L'hai riconosciuta, tant'è vero che ne stai parlando.

– Sì, ma non subito. Non immediatamente.

– E vabbè, che c'è di male?

– È la seconda volta in due giorni che mi richiami alla mia materia, te ne rendi conto? Ieri con *Caducità* e stanotte con—
Cos'è stato?
– ...
– ...
– Non lo so...
– Sembrava contro la porta.
– Vado a vedere.
– ...
– ...
– ...
– Non c'è nulla!
– E fuori?
– ...
– ...
– Niente, Giovanna. Nemmeno fuori!
– Come niente? Sei sicuro?
– Qui non c'è niente!
– Era come una zoccolata contro la porta!
– ...
– ...
– Poteva anche essere sul tetto, però.
– Sul tetto?
– Sì. A me sembrava più che venisse dall'alto.
– Un colpo secco, giusto?
– Sì.
– Tipo legno contro legno.
– Sì.
– Qualcosa sarà pur stato.
– Eh, sì.
– E come si fa a sapere cos'è stato?
– Non si fa. Non posso andare sul tetto adesso.
– ...

– ...
– Nevica ancora?
– Indovina un po'...
– Ma quando smette? Non è mica normale, neanche questo...
– No che non è normale. Non era mai—
– ...
– ...
– Che c'è?
– Niente. Mi è venuta in mente una cosa.
– Che cosa?
– Una cosa strana che è successa qui a ottobre.
– E c'entra con questo tempo?
– Non lo so. Ma me ne sono ricordato adesso.
– E cos'è?
– Era *la fine* di ottobre, perché è successo a cavallo della festa di San Giuda, che è il ventinove...
– Ma cosa?
– Una mattina venne a bussarmi Desiré Nones, che era andata a cambiare i fiori sulla tomba di sua madre, e aveva trovato il cimitero pieno di piccioni.
– Il cimitero qui a fianco?
– Sì. Ma pieno, Giovanna. E sporco, naturalmente, perché tutti quei piccioni facevano i loro bisogni sulle tombe. Ora, quassù siamo a millecinquecento metri, e i piccioni non ci sono mai stati. Cornacchie, rapaci, ma piccioni mai. E quelli erano proprio piccioni di città, non colombacci o capitombolanti: erano grossi, lenti, goffi a volare... Piccioni di città. Quassù. A centinaia.
– E che hanno fatto? Erano ostili?
– *Ostili?* Oh, no. Si sono semplicemente installati, così, da un giorno all'altro, come se fosse normale. Di giorno svolazzavano per la piazza, di sera si radunavano nel cimitero, sul campanile, sui tetti. Come se si fosse giù in pianura.

– E allora?
– E allora nessuno capiva cosa stesse succedendo. C'è stata la festa di San Giuda, in quei giorni, e come sempre è venuta parecchia gente dai paesi qua intorno, e tutti erano stupiti perché di piccioni quassù non se n'erano mai visti. Tutt'a un tratto: pieno. Ma veramente: venivano a mangiarti in mano, si sentiva tubare dalla mattina alla sera, sembrava di essere a Venezia. E il bello è che negli altri paesi non ce n'era nemmeno l'ombra, sebbene fossero più bassi: erano venuti tutti qui.

– Forse erano saliti fin quassù per via del caldo. È stato un autunno caldissimo, giù: forse sono solo venuti a cercare la temperatura giusta, per quel periodo dell'anno.

– Certo. L'abbiamo pensato. Anche quassù ha fatto caldo, del resto: Notburg ha detto che è stato l'autunno più caldo che ricordasse. Però era strano. Per non parlare di come era ridotto il cimitero: tutte le tombe coperte di guano. Il due novembre volevamo commemorare i defunti al cimitero, all'aperto, come tutti gli anni, ma non abbiamo potuto perché era troppo sporco. Si puliva alla mattina e al pomeriggio era già di nuovo tutto imbrattato. Era un disastro.

– E come avete fatto?

– Eh, ci siamo riuniti – perché era così che funzionava, prima della strage: quando c'era un problema ci si riuniva, qui in canonica, o allo spaccio, e si decideva come affrontarlo, tutti insieme, come gli indios... Ci siamo riuniti, dicevo, e abbiamo discusso come fare per mandarli via. L'esperto di uccelli, qua, l'avrai capito, era Giuliano Lechner. Hai presente?

– Quello del merlo?

– Esatto: e lui propose di piazzare dei *giandarmi*, come li chiama lui, che poi sarebbero degli spaventapasseri giganteschi di sua invenzione, gli stessi che sistema con successo giù nei suoi frutteti contro i fringuelli, le ghiandaie e gli altri uccelli che attaccano le mele. Piazzò i suoi giandarmi nel

cimitero, che facevano anche un po' impressione perché sembravano delle anime morte, neri, enormi, col cappuccio, ma non funzionò: i piccioni non si spaventarono neanche un po'. Dopo un pomeriggio erano coperti di guano anche loro.
– E allora come avete fatto?
– E allora un giorno i piccioni se ne sono andati, da soli, misteriosamente, così com'erano venuti. Fine della storia.
– Era venuto freddo?
– No, non ancora. È rimasto caldo ancora per una settimana.
– ...
– Una strana storia.
– Già.
– E secondo te *c'entra*?
– Con cosa?
– Col fatto che non smette più di nevicare? O con la strage? O con la mia cicatrice?
– Non lo so, Giovanna. Mi è solo tornato in mente.
– ...
– Però se mi è tornato in mente proprio adesso, mentre cerchiamo di aprirci alle intuizioni, potrebbe anche entrarci...
– ...
– ...
– Niente scienza. Troppe Marie. Piccioni...
– ...
– ...
– ...
– ...
– ...
– Senti, così non si va da nessuna parte.
– Aspetta. Non scoraggiarti. Andiamo avanti. Tiriamo fuori tutto ciò che possiamo, prima di arrenderci. Sono sicuro che anche tu hai delle osservazioni da fare.

– ...
– ...
– Una specie di disperato "accerchiamento descrittivo"...
– Sì. Ma non disperato. *Ispirato.*
– ...
– Prendendo sul serio tutto quello che viene: ricordi, pensieri, associazioni.
– ...
– ...
– ...
– ...
– Be', una cosa che non si può fare a meno di notare di quelle morti ci sarebbe...
– Cioè?
– Be', sono tutte diverse una dall'altra, sì, ma non sembrano diverse *a caso*... Cioè, giusto per osservare i nudi fatti senza cercare di comprenderli, come dici tu, sembrano formare una specie di, insomma, di repertorio delle morti orribili. Anzi, più che altro sembrano formare il repertorio delle morti di cui si ha più paura.
– È vero.
– Cancro, Al Qaeda, pedofilia, traffico di organi, overdose... Ora parlo da psicoanalista, ma è come se in quel bosco fosse scoppiata la bolla che conteneva le paure del mondo...
– Già.
– Anche le morti sceme: l'ossido di carbonio della stufa difettosa, la crosta di pane incastrata in gola... E il regolamento di conti con le fucilate in faccia. Le morti del telegiornale. Quelle che ci gonfiano di paura.
– Già.
– ...
– ...
– E c'è anche da dire che...

– ...
– ...
– Sì?
– Questa però è un po' più azzardata.
– Azzarda.
– Forse è un po' troppo azzardata.
– E dai! Che abbiamo da perdere?
– Non lo so. Il senno, magari...
– No, che dici? Non sono mai stato così lucido.
– Se è per questo neanch'io...
– E allora? Dai, dillo.
– ...
– ...

– Quello che volevo dire è che, così com'è, questa storia somiglia a un incubo. Tecnicamente, intendo: non sembra tanto un avvenimento oggettivo del mondo reale quanto una sua rappresentazione soggettiva, mentale e non-lineare come quelle che si formano nel corso dei processi onirici. Il crollo dei nessi di causalità, l'impossibilità di trovare vie d'uscita, il simbolismo radicale di ogni singolo evento, sono tutte cose che fanno di questa storia quanto di più vicino a un incubo mi sia mai capitato di vivere. In realtà rispetto ai sogni è ancora troppo rigida e intrecciata, troppo *sensata*: i sogni sono molto più sfrenati. Per esempio, non viene mai contraddetto il principio di identità, che nei sogni decade spessissimo; pur tra le tante incongruenze che siamo qui a lamentare non c'è mai stato un momento in cui l'identità di qualcuno si sia confusa con quella di qualcun altro. Sembra più che altro un falso sogno, di quelli che i pazienti ti raccontano ma non li hanno sognati del tutto, li hanno prima sognati e poi elaborati...

– ...

– Oppure, be', azzardare per azzardare, potrebbe sembrare un "sogno lucido". Tu lo sai cosa sono i sogni lucidi?

– No…
– Sono il frutto di una pratica un po' new age che si chiama *Onironautica* nella quale mi sono imbattuta facendo yoga. Anzi, confesso che l'ho anche praticata, per qualche tempo, peraltro con scarsissimi risultati. Consiste nello sviluppare la capacità di accorgersi del fatto che si sta sognando e nello stesso tempo di continuare a sognare senza svegliarsi, esplorando e modificando il sogno diciamo così dall'interno e trasformandolo, dicono, in una straordinaria esperienza mentale. Io però non ci sono mai riuscita.
– E come si fa ad accorgersi di star sognando?
– Eh, ci sono delle tecniche. Innanzitutto, quando si è sicuri di essere svegli, bisogna prendere l'abitudine di fare certi controlli che si chiamano *test di realtà*, tipo: guardare l'orologio molto spesso; leggere due o tre volte di seguito le scritte che si incontrano per strada; saltellare – dopodiché quest'abitudine dovrebbe riprodursi anche nei sogni, perché è abbastanza logico che i gesti che compiamo nei sogni siano gli stessi che compiamo nella realtà, e allora la natura onirica del contesto dovrebbe rivelarsi: nel sogno l'ora cambia improvvisamente tra una volta e l'altra che si guarda l'orologio, le scritte spariscono quando le si guarda di nuovo dopo avere distolto lo sguardo, dopo avere saltato non si ricade a terra ma si comincia a volare… In quel momento una persona allenata dovrebbe rendersi conto che sta sognando e approfittarne per farsi il suo viaggio attraverso la propria mente. Senza svegliarsi, capito? Dico dovrebbe perché come ripeto a me non è mai riuscito farlo.
– Però a me capita di accorgermi di star sognando e non svegliarmi subito.
– Spontaneamente, certo. Ma quello è un disturbo del sonno, non mi ricordo più come si chiama, che fa irrompere lo stato di veglia nel pieno della fase REM col risultato che si ha la sensazione di esser svegli e di sognare contempora-

neamente. Ma è una simultaneità che dura pochi secondi, perché appena si cerca di esercitare la volontà sul sogno, tipo rimuovere il pericolo che ci sta minacciando, il sogno s'interrompe e ci si sveglia definitivamente. Vero?

– Be', sì. Dura poco. Ma è molto intensa, come sensazione.

– Tra parentesi tu soffri di disturbi del sonno: incubi, insonnia, perdita della funzione ristorativa – l'hai lamentato più volte. Nell'onironautica invece lo stato di veglia dovrebbe attivarsi solo dietro nostra decisione, e dovrebbe produrre una specie di assurdità controllata, se si può dir così. Un po' come sembra questa vicenda, appunto: abbastanza assurda da umiliare la ragione che cerca di spiegarla ma non così assurda da impedirci di star qui a osservarla...

– ...

– ...

– Cioè staremmo vivendo all'interno di un sogno, e questa sarebbe la spiegazione delle incongruità legate alla strage?

– Più o meno.

– ...

– ...

– E di chi sarebbe, questo sogno?

– Bella domanda. Be', mio, immagino – e in questo momento allora ne starebbe cominciando la parte lucida, dato che quanto ho appena detto dovrebbe rappresentare la presa di coscienza che sto sognando.

– ...

– ...

– Cioè io non esisterei.

– No. O invece sì, ma magari non saresti un prete, e soprattutto non saresti qui.

– ...

– Dico per dire, naturalmente.

– ...

– A che pensi?

– Senti, ma perché no? Si spiegherebbe tutto. Io non esisto, la strage non c'è mai stata e tutta questa vicenda non è che un tuo incubo. All'improvviso ti sei accorta che stai sognando e, se ho capito bene, invece di svegliarti è come se a questo incubo tu ci fossi salita in groppa, per dirigerlo dove ti pare. D'altronde, hai fatto un corso per questo: alla fine ti è riuscito. Perché no? Potrebbe veramente essere la spiegazione. Tra un po' ti svegli e finisce tutto.

– Mi dispiace ma non è così. Questo non è un sogno. Questo tavolo è reale – senti? Ahi...

– Che c'entra? Potresti star sognando anche il rumore del legno, il male alle nocche, tutto.

– Ma no, oh, ma che dici? Che, non sei sicuro di esistere? Hai bisogno che te lo provi? Ok, guarda qua: cosa c'è scritto su questo barattolo di marmellata? *ARANCE*, c'è scritto. Ce l'hai scritto tu? È la tua calligrafia? Bene. Ora guardo da un'altra parte, guardo te. Ora lo riguardo: *ARANCE*, di nuovo, di nuovo con la stessa calligrafia. Guardo l'orologio: le due e tredici. Riguardo la marmellata: *ARANCE*. Riguardo l'orologio: le tre e tredici. *Le tre e tredici?* Aspetta un momento, devo aver visto male prima, certo, erano le tre e tredici anche prima, è che ora all'improvviso qualsiasi lapsus diventa... Ricominciamo: sono le tre e tredici, giusto? Ora guardo il barattolo: *ARANCE*. Ora riguardo l'orologio, con calma: le tre e tredici – vedi? Mi alzo in piedi, salto: vedi? Non spicco il volo. Non spicco nessun volo! *ARANCE*! Le tre e tredici! *ARANCE*! Non sto sognando! Tu esisti eccome! A me si è riaperta una cicatrice di quindici anni fa mentre uno squalo estinto divorava una donna in un bosco!

– ...

– ...

– Va bene, Giovanna, calmati. Sei stata tu a tirare fuori

questa cosa che potrebbe essere tutto un tuo sogno lucido, e io cercavo solo di—

– Alt. Io non ho detto che potrebbe essere un mio sogno lucido. Ho solo detto che questa storia *somiglia* a un sogno lucido – anzi a ciò che io mi sforzo di immaginare possa essere un sogno lucido, dato che pur seguendo quel maledetto corso per un anno intero non ho mai avuto il bene di farne uno – perciò di che stiamo parlando? Oh signùr, che li ho tirati in ballo a fare i sogni lucidi? E che l'ho seguito a fare, quel corso? Quella roba non ha alcuna base scientifica, e infatti io non ci ho mai creduto, l'ho fatto solo perché Miriam mi ci ha trascinato, e io sono curiosa, e come al solito queste cose new age partono bene, hanno presupposti interessanti per una persona che studia la mente umana – solo che a un certo punto salta sempre fuori qualcuno che ha dei *poteri* e che se ne va a spasso nel tempo, o nell'aldilà, per poi tornarsene pieno di profezie sulla fine del mondo o sui segreti di Fatima… No, guarda, scordati i sogni lucidi, per favore. Scordateli!

– …

– …

– Va bene.

– E che diavolo…

– …

– …

– …

– …

– Senti, ho notato una cosa. Tu dici sempre diavolo: cosa *diavolo*, dove *diavolo*…

– Di solito non lo dico mai.

– Come sarebbe a dire?

– Di solito dico cazzo. "Cosa cazzo", "e che cazzo". Mi sforzo di dire diavolo per rispetto nei tuoi confronti.

– Be' meglio ancora. È tutta la sera che stai dicendo diavo-

lo e di solito non lo dici mai. Strano, no? Aspetta, lasciami parlare. Prima mi hai chiesto quale risposta avevo dato alle domande sull'assurdità della strage. Ti ricordi io cosa ti ho detto?
– Sì. Che volevi prima fare delle osservazioni.
– Esatto. Ora le abbiamo fatte. Vuoi ancora saperla, la risposta?
– Sì.
– Allora per favore ascoltami. Ma prima cerca di recuperare quell'attitudine che dicevi, per piacere. Come si chiama?
– Capacità negativa.
– Quella. Altrimenti è inutile. D'accordo?
– Tanto l'ho già capito, quello che dirai.
– Aspetta. Fammelo dire. E comunque osservalo, prima di rifiutarlo.
– D'accordo.
– Calmati, però. Sei troppo tesa.
– Va bene.
– Brava. Rilassati.
– ...
– ...
– ...
– ...
– Ok. Sono calma.
– ...
– ...
– Allora: io lo capisco che per te è difficile, ma ti prego di considerare che non sono poi tanto diverso da te. Culturalmente, intendo. Faccio parte della generazione di preti del dopo Concilio, aperti al mondo, affascinati dalla modernità – anche se prima d'essere ordinati sacerdoti ci fanno fare il giuramento *contro* la modernità. Preti che amano la scienza fino a sposarne spesso le tesi per spiegare la Bibbia ai fedeli. Perché

Dio può essere solo dentro la scienza e non fuori, nell'attualità del mondo e mai contro di essa. Faccio parte di una generazione di preti molto liberi, in tutti i sensi. Ebbene, pur con tutto ciò, ora pronuncerò un nome riguardo al quale mi trovo in disaccordo con la maggior parte dei miei coetanei. Satana. Molti di loro considerano il male come semplice assenza di bene, e quindi considerano Satana semplicemente come un vuoto. Be', io non sono d'accordo. Non sono certo come quei vecchi preti che hanno passato la vita a vedere il diavolo dappertutto ma, visto e considerato che se c'è qualcuno che ha parlato tanto di Satana quello è stato Gesù – ma proprio tantissimo, sai: così a occhio lo nominerà almeno una ventina di volte –, per me Satana non è solo un'invenzione della mente umana. Si dice che il suo capolavoro sia stato far credere che non esiste, e secondo me è proprio così. Ho partecipato a esorcismi impressionanti, Giovanna, ho conosciuto e confessato tantissime persone che praticano lo spiritismo, e so che il diavolo c'è, so che agisce e che è potentissimo. Gesù riusciva a batterlo – dato che era, tra le altre cose, un formidabile esorcista –, ma gli uomini dinanzi a lui soccombono. Per questo ti dico che per me l'artefice di ciò che ci ha colpiti potrebbe essere lui: non mi sorprenderebbe certo. L'ho sempre pensato, del resto – ma il problema era che avevo anche un altro dubbio. Me lo sono portato dentro fin dall'inizio, da quando sono arrivato in quel posto e ho provato il desiderio di stendermi tra quei poveri corpi e farmi ricoprire anch'io dalla neve che cadeva, e morire anch'io, lì, in mezzo a loro.

– ...

– ...

– Che dubbio?

– Il dubbio che non fosse opera di Satana, che fosse opera di Dio.

– ...

– Anzi, più che un dubbio era una paura. Dio ha compiuto atti anche più sanguinosi, del resto, ha colpito tante volte i figli suoi. Poi c'è sempre stato qualcuno che li ha spiegati, che li ha interpretati, e quei massacri sono apparsi sensati, necessari, perfino giusti: ma per gli uomini e le donne che cadevano sotto la sua furia, o per quelli che rimanevano in piedi e vedevano gli altri cadere, be', per loro doveva essere abbastanza difficile distinguere la necessità e la giustizia in quegli atti. Ecco, Giovanna, la mia paura era che noi potessimo essere i testimoni di un atto divino spietato e necessario, costretti a distogliere gli occhi come Lot per non tramutarci in statue. Nel qual caso quel Procuratore avrebbe fatto la cosa giusta, tra l'altro, depistando in quel modo e dunque *volgendo lo sguardo altrove*.

– ...

– ...

– E perché Dio avrebbe dovuto compiere un atto del genere?

– Ecco, appunto. Proprio qui, poi, proprio a noi. Perché? Ho pregato ogni giorno, Giovanna, per avere un segno che mi sbarazzasse di questa paura, e stanotte l'ho avuto. Me l'hai dato tu.

– Perché dico diavolo invece che cazzo?

– No, non esageriamo. Quello è solo il segno che hai intuito ciò che non ti avevo ancora detto. *Le sei Marie*, Giovanna. Questo è il segno. Un caso, hai detto, una coincidenza. Benissimo: ma è impossibile che l'ira di Dio si abbatta proprio sul punto di mondo in cui questa coincidenza si verifica. È impossibile che più della metà delle sue vittime portino il nome di colei che ha il compito di intercedere presso di lui. Il segno che io chiedevo non doveva essere più esplicito di così, perché i segni non sono mai più espliciti di così.

– ...

– E perciò ascolta quello che ti dico: io credo che quelle

morti, e anche tutto ciò che è venuto dopo, la scienza che viene umiliata, le menzogne delle autorità, il degrado morale, la follia che dilaga, tutto – io credo che sia opera di Satana.
– ...
– ...
– Anche la mia cicatrice?
– Tutto.
– ...
– ...
– ...
– ...
– ...
– ...
– ...
– ...
– Che ti devo dire? Mi piacerebbe crederci – anche se a quel punto mi cacherei sotto, con rispetto parlando, soprattutto pensando al colpo alla porta di poco fa. Ma proprio non...
– Lo so, Giovanna...
– ...non so da dove cominciare...
– E io lo capisco. Del resto io credo a Satana perché credo in Gesù Cristo che ne parla tanto. Fa parte della mia fede. È la prima cosa che ti ho detto: se uno la fede non ce l'ha non può inventarsela. E tuttavia...
– ...
– ...
– Sì?
– Be', vorrei pregarti di considerare che è già la seconda spiegazione che non sei disposta ad accettare. Il sogno: no. Satana: no. Quante spiegazioni possibili devono esserci, a una cosa che non ti torna?
– ...
– ...

– Ma io non voglio una spiegazione possibile. Allora perché non gli extraterrestri? Ci sono ancora gli ufologi, in piazza, con quell'imbuto sul tetto del furgoncino – *che capta i segnali dal cosmo*. Se chiedi a loro, loro te la danno la spiegazione: non sanno nemmeno cosa sia successo, ma la spiegazione ce l'hanno – quella che fa comodo a loro.
– ...
– Io vorrei la spiegazione giusta, capisci? Quella vera.
– ...
– ...
– Non offenderti, Giovanna, ma non sei tanto diversa dagli ufologi. Anche tu pretendi che la spiegazione concordi con quello in cui credi – solo che in questo caso per te è impossibile, e per loro no.
– Ma io credo nella scienza, e la scienza è una cosa seria! È metodo, la scienza, è controllo, è verifica! E poi non basta *crederci*, per praticarla: bisogna studiare, specializzarsi, farsi il culo, scusa l'espressione, e rendere costantemente conto del proprio operato alla comunità. Quelle persone che sono state umiliate dalla strage, come dici tu, gli anatomo-patologi che hanno fatto le autopsie, i ricercatori che hanno fatto gli esami del DNA, e anche l'esperto di squali venuto dall'Australia, sono tutte persone serie, cosa credi? Hanno dei titoli...
– ...
– ...
– ...
– ...
– Vorrei raccontarti una cosa, Giovanna. Una cosa che mi torna in mente in questo preciso momento. Ti va?
– Sì, certo...
– Vedi, io sono stato tanti anni senza guardare la televisione. Dove vivevo io non c'era mai – compreso qua. Si può dire che negli ultimi venticinque anni io non l'abbia mai guarda-

ta, tranne che per il mese in cui sono stato al capezzale di mio padre. Lì, in camera sua, c'era la televisione sempre accesa, perché se la spegnevi o anche solo se toglievi il volume lui si agitava. Una notte, una delle ultime, quando era già imbottito di morfina, davano un film. Mi piacerebbe ricordarmi il titolo, perché era molto bello e vorrei rivederlo, ma non me lo ricordo. Mi ricordo altre cose di quella notte: il gran vento che soffiava, fuori, le finestre che scricchiolavano, mia sorella addormentata sul lettone accanto a nostro padre – ma il titolo di quel film non lo ricordo. Era un film americano, comunque, e si svolgeva in un posto di montagna simile a questo: meno sperduto, certo, ma simile, perché i posti di alta montagna alla fin fine si somigliano tutti. La storia era molto triste, parlava di un incidente tremendo nel quale morivano praticamente tutti i bambini del paese, dato che lo scuolabus finiva in un lago. E c'era un avvocato di New York che veniva su in questo paesino cercando di fomentare la gente per dare la colpa a qualcuno e montare una grande causa collettiva. Questo avvocato era un uomo molto stressato, divorziato, solo e tormentato da una figlia drogata e malata di AIDS che gli telefonava di continuo per chiedergli soldi. A un certo punto, in aereo, durante uno dei suoi viaggi in su e in giù da New York, si ritrova seduto accanto a un'amica d'infanzia di sua figlia, e si mette a parlare con lei. Non le dice nulla del dramma in cui si trova la ragazza, le racconta semplicemente una cosa avvenuta vent'anni prima, quando il suo matrimonio filava liscio e la figlia aveva solo tre anni. Racconta che erano andati, lui, la moglie e la bambina, in una casa isolata nel bosco, per un week-end d'amore lontano da tutto. Appena arrivati in questo eremo racconta che si erano messi a dormire tutti e tre insieme, su un materasso appoggiato per terra. D'un tratto l'uomo viene svegliato da uno strano rumore, e questo rumore è il rantolo della bambina: paonazza in volto, brucia di febbre e si gonfia a vista d'occhio. Naturalmente queste cose che lui racconta il film le fa vedere. Disperato, telefona all'ospedale più vicino, dove uno sconosciuto dottorino mostra di aver capito perfettamente cosa è successo: nel materasso deve esserci un nido di vedove nere, dice, e una di esse deve aver punto la bambina. Una appena nata, aggiunge, perché se la puntura fosse stata fatta da un esemplare adulto la bambina sarebbe già morta. Comunque non c'è tempo da perdere, dice, bisogna che gliela portino immediatamente lì all'ospedale, che però dista quasi cento chilometri. Il dottore chiede con quale dei due genitori la bambina di solito stia più tranquilla, e l'avvocato risponde che sta più tranquilla con lui. Bene, dice il dottore, allora sua moglie guiderà la macchina, andando più veloce che potrà, mentre lei si occuperà di tenere calma la bambina, cullandola e cantandole le sue canzoncine preferite affinché il cuore pompi meno veleno possibile agli organi vitali. Poi, prima di riagganciare, il dottore chiede all'avvocato se ha sottomano un coltello, e l'uomo risponde che ha un temperino svizzero. Il dottore gli dice di sterilizzarlo con una fiamma e gli spiega in fretta e furia come praticare una tracheotomia d'urgenza – nel caso che durante il tragitto la bambina smettesse di respirare. Inorridito, l'uomo risponde che non riuscirà mai a farlo, poiché si tratta in pratica di tagliarle la gola, e il dottore gli dice che se la bambina smetterà di respirare lui avrà a disposizione un minuto scarso, altrimenti la bambina morirà: quindi sarà bene che si tenga pronto a farlo. Così partono, in automobile: la madre alla guida e il padre dietro con la bimba in braccio, sempre più gonfia e rossa – e mentre le canta dolcemente una ninnananna, con la mano destra le tiene il coltello puntato alla gola; è pronto a sgozzarla, se solo la bambina smettesse di rantolare – e noi, gli spettatori, siamo con lui, anzi, *siamo* lui, poiché sappiamo che nella stessa situazione faremmo esattamente la stessa cosa.

– …
– …
– …
– Ora, a me è venuta subito in mente la Genesi, quando Dio mette alla prova Abramo chiedendogli il sacrificio di Isacco: anche lì si arriva a un padre pronto ad affondare il coltello nella gola del figlio. Tutti noi sacerdoti, quando abbiamo a che fare con questo passaggio proviamo difficoltà a identificarci in una fede così cieca da rendere un padre pronto a sgozzare suo figlio; e non ci consola il fatto che poi Abramo non debba realmente sgozzarlo; ci consola piuttosto l'idea di vivere in un'epoca diversa, in cui una simile prova di fede non verrà mai chiesta a nessuno… Ma lì, nel cuore della notte, mentre guardavo quel film, con mio padre che moriva vicino a me e il vento che sembrava squassare la casa, mi sono reso conto che non è vero: questa prova di fede oggi può venirci chiesta in qualsiasi momento – e non da un Angelo di Dio bensì da un dottore di guardia all'ospedale, per telefono. E tutti noi, Giovanna, e mi ci metto dentro anch'io, saremmo pronti ad affrontarla. Solo che…
– …
– …
– Solo che?
– Be', è ancora più agghiacciante, secondo me. All'improvviso al posto di Dio spunta il cadavere sezionato da Leonardo – e si tratta di credere in questo altrettanto ciecamente che in quello. Di' la verità: non è ancora più agghiacciante?
– …
– …
– Sì. Lo è.
– …
– …
– …

– E come va a finire la storia, nel film? Dovette farlo, il padre?
– Oh, no. Arrivano in tempo all'ospedale, le fanno l'iniezione con l'antidoto e le passa tutto.
– ...
– ...
– E lei da grande diventa drogata per via di quell'iniezione?
– ...
– ...
– Questo non lo so. Non credo.
– ...
– ...
– *Credo, non credo*: e siamo sempre lì...
– Già.
– Non se ne esce...
– ...
– ...
– Credere è un modo di accettare il mistero, Giovanna, e di andare oltre. Restare scettici invece impedisce di superarlo, e di vedere cosa c'è di là.
– Ma neanche quello che c'è di là si vede. Anche a quello si deve credere...
– È vero. Si deve credere sempre.
– ...
– ...
– *Si deve capire tutto. Altrimenti si deve credere tutto.*
– ...
– ...
– Chi l'ha detto?
– Non mi ricordo chi l'ha detto. Un grande, però...
– ...
– Tipo Proust...
– ...

– …
– …
– …
– …
– Allora, senti: è venuta in mente una cosa anche a me. La dico sennò mi addormento. Anzi, mi faccio un altro caffè, che mi si chiudono gli occhi… Tu lo vuoi?
– No, grazie. Ne ho già bevuto troppo.
– Io invece ne ho bisogno.
– Oh, se hai sonno andiamo a dormire, Giovanna. Continuiamo domani…
– No, no, no, per carità. Un caffè e sono a posto.
– …
– …
– …
– …
– …
– …
– …
– Ecco. Cosa stavamo dicendo?
– Dicevi che ti è venuta in mente una cosa.
– Sì, già. È una storia che mi ha raccontato Livi – il mio maestro, quello che è morto l'altro giorno –, di un suo paziente che era stato lasciato dalla moglie, con tre figli, il mutuo sul groppone, i genitori anziani e malati. La moglie lo aveva lasciato per un altro, uno più ricco, che pagava una avvocatessa-iena per massacrarlo, e infatti l'uomo veniva massacrato; rimaneva in piedi solo perché andava da Livi quattro giorni a settimana e lì, in quelle che avrebbero dovuto essere delle sedute psicoanalitiche, e che invece erano diventate dei consigli di guerra, l'uomo riusciva a concepire la resistenza a quell'assedio mediante la ricostruzione di tutte le *cose giuste* che avrebbe dovuto fare. Quella lista era impressionante. Avrebbe dovuto

innanzitutto evitare di cadere nelle provocazioni della moglie e non aggredirla, né verbalmente né tantomeno fisicamente. Avrebbe dovuto limitarsi a presentare freddi appelli al tribunale denunciando ogni abuso subito da lui e dai figli, mettendo però in conto il fatto che ognuno di quegli appelli ne avrebbe generato uno analogo presentato da lei con accuse del tutto false nei suoi confronti, inventate al solo scopo di confondere sempre di più la situazione, e avrebbe dovuto credere che alla fine, trascorsi i tempi biblici che i tribunali impongono a questi casi, il giudice – tra l'altro, una donna separata con figli – avrebbe saputo distinguere le accuse fondate da quelle inventate e ricostruire la realtà dei fatti riconoscendo a lui e ai bambini le loro ragioni così selvaggiamente calpestate. Nel frattempo avrebbe dovuto trasferirsi in un'altra casa, lasciando alla moglie quella che stava ancora pagando e al rivale ricco il piacere di rimboccare le coperte tutte le sere ai suoi bambini. D'altra parte avrebbe dovuto cercare di stare il più possibile con i figli, sobbarcandosene da solo tutti gli oneri e i disagi, poiché la moglie cercava di scoraggiare con qualsiasi pretesto i loro incontri per poi accusarlo di trascurarli. Avrebbe dovuto evitare tassativamente di parlar male ai figli della loro madre, e anche, dato che erano piccoli – il più grande aveva otto anni, il più piccolo tre – di dir loro la verità sulla separazione, dato che questo avrebbe immancabilmente generato una versione uguale e contraria – ancorché ovviamente falsa – da parte della loro madre, col risultato che i bambini ne sarebbero stati confusi e lacerati. Avrebbe dovuto mentire pietosamente anche ai propri genitori malati e raccontar loro che la separazione era consensuale, per evitare che la semplice nozione della sua sofferenza potesse aggravare la loro malattia o addirittura ucciderli. Avrebbe dovuto fare tutto questo per mesi e mesi, se non per anni, se non per sempre, e siccome era lui stesso che lo diceva – Livi stava zitto e tutt'al più faceva qualche domanda – era

difficile che a quel punto l'uomo si accontentasse di sopravvivere senza farlo, o addirittura di abbandonarsi alla barbarie imposta dalla moglie a tutta la faccenda. E a un certo punto – il punto *decisivo*, secondo Livi –, dopo che aveva per l'ennesima volta ricapitolato la lunga lista di eroismi che avrebbe dovuto compiere, l'uomo si fece una domanda: "Ma *io*", chiese, "a fare così cosa ci guadagno?". Livi aspettò che si rispondesse da solo, ma l'uomo stavolta voleva la sua risposta, e allora gli rispose. "Niente", gli rispose, "lei non ci guadagna niente."
– …
– Ecco…
– …
– …
– …
– …non mi ricordo più perché te l'ho raccontato…
– Perché ti è venuto in mente dopo che ti ho detto che bisogna credere sempre.
– Giusto. Credere sempre, senza vedere, senza capire, mai.
– Il caffè…
– *Senza guadagnarci niente*. Sicuro che non ne vuoi?
– Sì.
– …
– …
– E insomma io mi chiedo: ma se uno non crede? Se uno non ce la fa?
– S'interroga invano.
– Be', mica sempre invano.
– Quasi sempre. E si ossessiona.
– *Cos'è successo in quel bosco? Cos'è successo in quel bosco? Cos'è successo in quel bosco?* Così?
– Appunto.
– …
– …

– E tu invece no, siccome credi.
– In questo caso no.
– ...
– ...
– Vediamo se credi a questo: mi è tornata fame.
– Quella anche a me.
– Che dici, ce lo finiamo, questo formaggio?
– Sì...
– Con la pera?
– Lascia, la sbuccio io.
– ...
– ...
– È buono.
– È quello di Primo Antonaz.
– È *molto* buono...
– ...
– ...
– ...
– Mmmn, col miele è anche meglio. Dove vai?
– A riattizzare il fuoco. Tu non hai freddo?
– Un po'...
– ...
– ...
– ...
– ...
– Ecco...
– Cavolo. Che fiamma.
– È legna buona, questa. Va meglio, no?
– Eh sì.
– ...
– ...
– ...
– E insomma tu non ti ossessioni.

– Non so. Dipende.
– Da cosa?
– Per esempio, la paura che la strage fosse stata un atto divino mi ossessionava.
– ...
– ...
– Ma, scusa, la fede non è essa stessa una forma di ossessione? Tutto questo credere, credere... Quest'*obbligo* di credere...
– Non lo chiamerei obbligo.
– No? E perché?
– Perché non lo è.
– E che altro è? L'hai detto tu stesso: siccome credi in Gesù, e Gesù nomina spesso Satana, sei obbligato a credere anche in Satana.
– Non ho detto così, Giovanna. Non ho detto *obbligato*.
– Vabbe', ma il senso è quello. Il senso è quello. Tu non puoi permetterti di credere a quello che ti pare, devi prenderti il pacchetto completo.
– E che male c'è? Credo in un Dio che è Bene Assoluto, perché non dovrei credere al suo avversario? Quel "pacchetto", come lo chiami tu, è abbastanza collaudato: se lo stanno prendendo miliardi di persone da duemila anni.
– ...
– ...
– ...
– ...
– E dunque per te la faccenda è chiusa. Cioè, succede il finimondo sotto il tuo naso, e siccome più della metà delle vittime si chiama Maria ne deduci che è stato Satana, ti liberi della tua ossessione *e ti va bene così*?
– No che non mi va bene così. Perché sei così sarcastica? Col sarcasmo sì che non si va da nessuna parte...
– ...

– ...
– Hai ragione, scusami.
– Niente, Giovanna. Siamo stanchi, tutti e due.
– ...
– ...
– È che sento che siamo a tanto così da qualcosa d'importantissimo – *tanto così* –, e continuiamo a mancarlo. Arriviamo a un niente da... capito? E all'improvviso siamo di nuovo al punto di partenza.
– ...
– ...
– Io credo che sia per via del fatto che continuiamo a concentrarci sulla domanda sbagliata. Cos'è successo in quel bosco? Cos'è successo alla tua cicatrice? Cosa, cosa, *cosa*?
– E quale sarebbe la domanda giusta?
– La domanda giusta è *perché*, Giovanna. Perché Satana ha deciso di manifestarsi proprio qui, di colpire proprio noi? Perché la cicatrice si è riaperta solo a te e non a un altro?
– E tu che ne sai che si è riaperta solo a me? Magari è successo a un sacco di persone, magari alle nove e quarantacinque di quella mattina si sono riaperte migliaia di cicatrici in tutto il mondo, milioni: se hanno fatto tutti come me, che non l'ho detto a nessuno, non lo sapremo mai. E se davvero è stato Satana, scusa, ma che importanza ha il perché? *Perché sì*: Satana è uno spirito libero, fa quel cazzo che gli pare – ho detto cazzo: scusa. Non deve certo rendere conto a te, non ha certo bisogno di buone ragioni.
– Buone no, ma di ragioni ne ha bisogno eccome. Ha uno scopo.
– E qual è?
– La "morte secunda" di cui parla San Francesco nel *Cantico delle creature* – cioè la morte dell'anima. "Screditare Dio presso la Creatura e la Creatura presso Dio", come dice Padre

Dolindo. Lo scroscio del caos sull'ordine delle leggi e dei fenomeni naturali, di modo da farceli percepire feroci e ingiusti e folli, e toglierci la speranza. Ciò che è accaduto qui risponde in tutto e per tutto a questo scopo, e per questo diventa importante chiedersi perché abbia preso di mira proprio noi. Perché te? Perché me?

– ...

– ...

– Tu non sei stato colpito, Mète.

– Come no? Ho dubitato fino a stanotte che quell'orrenda strage fosse opera di Dio. Ciò per cui ho lavorato dieci anni è distrutto. Il Borgo è spacciato, il Santo al quale ho consacrato la mia vita non vuole più sentirlo nominare nessuno, e ora qui finirà tutto. Sono io che ho scoperto i corpi, sono io che ho visto l'albero rosso, sono io che non riesco più a dormire. Beppe era un mio amico oltre che un mio parrocchiano, il Procuratore ha tormentato me per quindici giorni e poi ha raccontato a me la sua impostura... Sono stato colpito eccome.

– ...

– ...

– E invece no. Scusa se te lo dico, ma non è così: Beppe Formento è stato colpito, non te. Lui è sotto terra, tu sei qui a mangiare formaggio. Il santo che adori era e resterà sempre un santo difficile, qui da noi, e il fatto che questa comunità si disgregherà non è certo una tua sconfitta personale. Non c'è bisogno di scomodare il Maligno per spiegare quello che sta succedendo qui, compreso l'intimo dubbio tra Bene e Male che ti ha tormentato fino a stanotte – e che è normale, mi capisci? È normale. Questo posto era già segnato quando sei arrivato tu – anzi, tu sei arrivato proprio perché era segnato. Le persone qui non sono impazzite per via della strage, la follia se la portavano dentro da prima. A furia di stare isolati e incrociarsi tra di loro e non preoccuparsi minimamente della propria salute mentale si sono ammalate, e in quella malattia hanno addirittura trovato identità. Prendi Zeno; lo sai perché ha lasciato lo sport e ha vissuto tutti questi anni come uno zombie, sempre appiccicato a suo padre, senza vedere nessun coetaneo, senza un'esperienza propria, niente? Perché è stato morso da una vipera, capisci? Una vipera – e da quel momento non è più riuscito a stare all'aperto senza sentirsi male.

– Una vipera? Quando?

– Al collegio, dieci anni fa. Non l'ha mai detto a nessuno perché aveva paura che lo mandassero in manicomio come sua madre e suo nonno – dato che qualche *genio* gli aveva raccontato dove erano morti. Satana non c'entra. Bastava che ne parlasse con qualcuno e avrebbe potuto guarire, in fretta, anche, e andarsene davvero alle Olimpiadi. Bastava davvero lo psicologo della ASL, *bastavo io*.

– ...

– ...

– ...

– Tu hai ragione, io devo accettare il fatto che non saprò mai cos'è successo nel bosco, né al mio dito. Come per la legnata di prima contro la porta: Stutun! Cos'è stato? Niente, non si saprà mai... È vero, non combinerò mai nulla se non riuscirò ad accettarlo. Tu però non sei messo meglio. Devi accettare di avere un futuro fuori da qui, un futuro che probabilmente desideri molto più del tuo presente – devi rassegnarti, tu, un *impossibile*, a questo minimo di normalità, di possibilità, perché altrimenti finisci male. Sei andato avanti di pura forza, eroicamente, per dieci anni, e la tua forza sta finendo. Il demonio non c'entra: forse molto più semplicemente c'entra la morte di tuo padre, dato che è stata quella, alla fin fine, a portarti qui. Conteneva dell'energia, quella morte, e forse ora quell'energia si è esaurita, ed è solo arrivato il momento di andarsene. Ma niente, tu non lo accetti: ti tieni sotto ricatto, ti dici che non puoi andartene senza biasimo, e quel biasimo non esiste, è una tua invenzione. Per forza poi non dormi, per forza hai gli incubi. E anche questo sentirti colpito senza esserlo – la domanda stessa con la quale hai deciso di ossessionarti, non cosa è successo ma *perché*: sembra studiata apposta per tenerti prigioniero qui. Ma questo posto è un piano inclinato, ormai, e in fondo alla china c'è la follia. Lorenzetto. Suo fratello. I gemelli. Giuliano. Hanno bisogno di gente come me, ormai, non come te. Devi andartene, Mète. Anche Zeno se ne va, si trasferisce al centro ippico, prende il posto di suo zio – oltrepassa quel maledetto bosco, finalmente, e sarà libero. Ci ho messo un'ora a convincerlo, stanotte, anche se andarsene era ciò che desiderava: non voleva farlo per non lasciarti solo, diceva, ma in realtà aveva paura di quel tuo benedetto biasimo.

– ...

– Non ha importanza il perché, capisci? Smetti di chiedertelo.

– ...

– ...

– ...

– ...

– Senti, allora ti dico questo: chiunque sia stato io lo so perché ha colpito anche me. È semplice, in fondo. Mi ha colpito perché me lo meritavo. Eccolo, il perché.

– ...

– Capisci di cosa sto parlando? Io mi meritavo di essere colpita! Per una cosa che ho fatto, una cosa brutta che ho fatto. Anzi, diciamo pure che mi sono colpita da sola, va bene? *Mi sono colpita da sola:* fine del mistero. Capisci di cosa sto parlando, vero?

– ...

– Quel tuo parrocchiano, quello che si è accusato di tutto e che poi è morto... Come si chiamava?
– Polverone...
– È lo stesso di cui si diceva fosse il vero padre di quella ragazza che si è fatta suora, no? La figlia di suo fratello? Com'è, la storia?
– Desiré Nones si è sposata con Giovanni, il fratello di Polverone, e hanno avuto una figlia, Esmeralda. Quando Giovanni è morto, piuttosto giovane, Polverone si è preso cura di Desiré e di Esmeralda, ma la ragazza a quindici anni se n'è andata in convento e si è fatta suora. Più o meno in quel periodo sono cominciate le voci – ma sono solo voci, Giovanna, dicerie – secondo cui Polverone era il vero padre della ragazza, perché Desiré era innamorata di lui e non del fratello defunto che aveva sposato. E pare che la ragazza sia stata raggiunta da quelle voci.
– Ecco, mi sa che non erano solo voci, sai? Mi sa che è andata proprio così. Se una persona si incolpa di un delitto che non ha colpevoli vuol dire che una colpa se la sente – e l'esperienza mi insegna che se uno si sente una colpa quasi sempre è perché ce l'ha. L'esperienza di psichiatra, intendo, ma anche la mia esperienza personale, perché io di certo una colpa ce l'ho, e allora ti dico che per quanto riguarda me il mistero è bello che svelato: ho versato io stessa il mio sangue, va bene? Per punirmi della mia colpa.
– ...
– ...
– ...
– ...
– Quale colpa, Giovanna?
– ...
– ...
– ...

– Quale colpa?

– ...

– ...

– Io te lo dico, ma tu non azzardarti ad assolvermi.

– ...

– ...

– ...

– Ho abortito, un anno fa. Dopo me ne sono pentita, me ne sono pentita immensamente, ma ormai era fatta e non si poteva rimediare. Ho abortito perché Alberto mi aveva messa incinta a tradimento, ora non sto a spiegarti come ma fidati, sapendo benissimo che eravamo agli sgoccioli e non avrei mai accettato di fare un figlio con lui. Ero furiosa, indignata, e ho agito come se non ci fossero alternative – dando per scontato che quella sola fosse la soluzione del mio problema. Invece un'alternativa c'era, e consisteva nel non considerare quel che mi era capitato come un problema, bensì come un'opportunità: un'opportunità per accettare, per l'appunto, anziché negare, per accogliere anziché rifiutare, e avvicinarmi alla donna che ho sempre desiderato diventare – autonoma, coraggiosa, generosa, *saggia*. E la verità è che io quell'opportunità l'ho anche vista, non è che nel furore del momento io non l'abbia vista; l'ho vista e ho fatto in tempo a riconoscere che il mio bene passava da lì: non abortire, dare un solenne calcio in culo ad Alberto ma tenere quel figlio non programmato – *proprio perché non programmato*, è chiaro? – e consegnarmi a un futuro improvvisamente – e finalmente, penso adesso, e meravigliosamente – ignoto, del quale non potevo prevedere alcunché, al quale non potevo porre condizioni – cioè quello che sognano tutte le persone insoddisfatte: un grande palpitante cambiamento, una svolta vera. Quest'opportunità io l'ho vista, l'ho riconosciuta come il mio bene ma poi subito dopo l'ho negata, e ho abortito. È successo esattamente come quando mi sono tagliata il dito, quindici anni fa – ed ecco perché non posso stupirmi, a questo punto, che quella cicatrice si sia riaperta: anche allora, quando stavo per compiere l'atto autolesionistico, nell'istante in cui stavo attaccando la crosta del pane col coltello sbagliato, io ho visto la sequenza di azioni giuste che avrei dovuto compiere – e poi però, l'istante dopo, ho ugualmente compiuto quella sbagliata. Io la chiamo sindrome di Bezuchov, come quel personaggio di *Guerra e pace* che si chiede perché, dopo avere riconosciuto dove sta il bene, continua a fare il male.

– …

– E poi non credevo che fosse un'esperienza così dura, così raggelante. E dolorosa. E non credevo che il dolore scendesse così in profondità, e che durasse così a lungo, e che a un certo punto, anziché passare, potesse trasformarsi in colpa. Non credevo che avrei dovuto lottare ogni giorno con la tentazione di chiedermi se sarebbe stato un maschio o una femmina, o di fare i conti su quanti mesi avrebbe avuto, e non credevo che mi sarei ritrovata a tenere sempre lo sguardo alto, senza poterlo abbassare mai – per paura, abbassandolo, di incrociare quello di un bambino. Non credevo che mi sarebbe successo tutto questo, no. E soprattutto, non credevo che dopo – ma non la settimana dopo, Mète: sei mesi dopo, un anno dopo – io mi sarei sentita così sola, così vinta e sola. Perché i consultori sono pieni di programmi di assistenza, sì, ma solo per le donne che fanno aborti terapeutici – io stessa le assisto dopo che hanno dovuto interrompere gravidanze a rischio: per quelle che abortiscono come ho abortito io, per rabbia, per frustrazione, per *infelicità* – be', per loro non può esserci nulla perché queste donne, le donne come me, semplicemente spariscono. Non possono parlarne con nessuno perché il loro aborto sparisce. Anche il mio aborto è sparito. Alberto non sa nemmeno che ero incinta. Mia madre non lo sa. La mia amica

Miriam lo sa, ma crede che sia stato un aborto terapeutico per una trisomia. Solo Livi ha saputo la verità, ma dopo, a cose fatte, e infatti mi ha chiesto perché non glielo avessi detto prima. *"Aveva paura di mandare a monte il suo piano?"*, mi ha chiesto. Ed è così. Avevo paura di mandare a monte il mio piano. Il mio rozzo, cruento, autolesionistico piano: prima abortire e poi lasciare Alberto – cosa che non sono mai riuscita a fare, ovviamente, perché non sono mai riuscita a—

– ...
– ...
– ...
– ...
– ...
– ...
– ...
– ...

– Non piangere, Giovanna.
– ...
– Dai, non piangere...
– ...
– Chiudi gli occhi, dai. Così. Brava. Riposati...
– ...
– ...
– ...
– ...

– Capisci, ora? Tu non hai commesso nulla di simile, e non sei stato colpito...
– ...
– ...
– ...
– ...

– Ti sbagli, Giovanna. Anch'io ho commesso un'azione abbietta, tanti anni fa, che continua a tormentarmi.

– ...

– Non chiedermi cosa, però, perché non te lo dirò mai. Mi sono pentito, l'ho confessata a Padre Pedro, Padre Pedro mi ha assolto – ma è vero che dentro di me il rimorso non si è ancora spento, e sto ancora aspettando di svegliarmi una mattina e non sentirlo più...

– ...

– ...

– ...

– ...

– Io invece voglio continuare a sentirlo. Io voglio che non finisca mai.

– ...

– ...

– ...

– ...

– Dimmi la verità, Giovanna – ma la verità vera. No, non tirarti su: resta giù, però ascoltami, e rispondimi. Ciò che hai appena detto è terribile. Ciò che hai appena detto sarebbe il trionfo di Satana, se fosse vero – la tua morte secunda: è veramente quello che vuoi?

– ...

– ...

– ...

– ...

– ...

– ...

– ...

– ...

– ...

– ...

– No. Non è vero. Voglio anch'io che finisca.
– ...
– ...
– Allora, avendo io ricevuto l'esplicito permesso di farlo in situazioni come questa, io devo assolverti, Giovanna. E devo dirti che per tramite mio è Dio Padre che ti assolve, riconciliandoti con Sé e con la vita.
– Ma io non—
– E devo ricordarti che un'assoluzione di Dio Padre è un Sacramento inconfutabile, e universale. È come la sua condanna, vale indifferentemente per chi crede e per chi non crede.
– ...
– E che una volta assolti da una colpa non si può più portarsela dietro. Chiaro?
– ...
– È vietato. Chiaro?
– ...
– ...
– ...
– ...
– Stai parlando con me o con te stesso?
– ...
– ...
– Con tutti e due.
– ...
– ...
– Ah...
– ...
– ...
– ...
– ...
– ...

– …
– …
– …
– …
– …
– …
– …
– …
– E davvero non me lo dici cos'hai fatto?
– …
– …
– Sì.
– …
– …
– …
– …
– Sì davvero non me lo dici o sì me lo dici?
– …
– …
– Sì davvero non te lo dico.
– …
– …
– …
– …
– …
– …
– …
– …
– Vaffanculo, Mète…
– …
– …
– …
– …

– …
– …
– …
– …
– Vacci tu…
– …
– …
– …

L'eroe di questa storia

L'ultimo mistero di questa storia riguarda don Toffoli. Va accettato come tutti gli altri, naturalmente, e al confronto con gli altri potrà anche sembrare irrilevante, ma tuttavia resta un mistero anch'esso: perché per riportare la luce, la vita e la speranza fu scelto proprio lui?

Sta di fatto che all'alba fui svegliato da dei colpi molto forti al mio portone, ed era don Toffoli che bussava. Io e Giovanna ci eravamo addormentati sulle sedie, in cucina, le braccia distese sul tavolo, la testa appoggiata sulle braccia. Andai ad aprire intontito, e quando mi vidi davanti il vecchio prevosto con la bambina in braccio pensai che si trattasse di un sogno. Chi è?, diceva don Toffoli, stupito, protendendo la bambina verso di me. Me la sono trovata davanti all'improvviso, diceva, stava attraversando la strada, per poco non la investivo. Chi è? La bambina era sveglia, tranquilla, ben coperta, apparentemente in buona salute. Ricordando ciò che quella notte Giovanna aveva detto sui sogni, guardai due volte di seguito l'orologio: le sei e ventiquattro, le sei e ventiquattro. Frattanto si era svegliata anche lei ed era comparsa al mio fianco, spettinata, col segno della cucitura del maglione che le attraversava il viso come una cicatrice; di fronte a noi don Toffoli continuava a litaniare le sue domande, con la bambina in braccio e gli occhi illuminati di stupore: è la figlia di qualcuno di qui? Perché era sola, a quest'ora, sulla strada? Perché non parla, perché non dice nulla? Chi è? E più faceva quelle domande e più si rispondeva da solo, e a rispondergli era il suo stesso stupore.

Giovanna prese la bambina dalle braccia del prevosto, le tolse berretto e giacca a vento e la fece sedere al tavolo della cucina, con gesti lenti e rassicuranti, senza dir nulla. Noi due la seguimmo, io in silenzio e don Toffoli seguitando a parlare. Stava attraversando la strada, diceva. Dove andava? L'ho vista all'ultimo momento, ripeteva, quasi la investivo. Mi sono fermato, diceva, mi sono guardato intorno, ho chiamato, ho urlato, ma non c'era nessuno. Le ho chiesto come si chiama, ma non parla...

Giovanna mise a scaldare del latte, e sempre senza proferire parola porse dei biscotti alla bambina, che si mise a mangiarli con naturalezza – sveglia, tranquilla. Non sorrideva, non piangeva e non aveva nessuna espressione particolare sul viso: sembrava semplicemente quello che era, una bambina di circa tre anni che faceva colazione. Don Toffoli continuava a ruminare le sue domande – rivolte direttamente a lei, adesso: chi sei? Come ti chiami? Cosa ci facevi lì fuori? Poi, a noi: vedete? Non parla, non risponde: chi è? Era sconvolto. Giovanna, con autorità, ci invitò ad andare a parlare fuori. Avrebbe chiamato lei i carabinieri.

Non nevicava più. La nebbia si era alzata, il vento era cessato e le montagne erano tornate a incombere su di noi: la vertiginosa muraglia del Dente della Vecchia a sud, il massiccio del Libro Aperto a est, e più in lontananza, verso ovest, il magico profilo del Gruppo del Brenta. C'era perfino, sopra di noi, uno squarcio di cielo sgombro che stava colorandosi di rosa: era la prima alba mite da oltre due mesi.

Don Toffoli era confuso, cercava di raccontare, di spiegare, ma non ci riusciva. Sembrava un disco rotto, s'incantava sempre negli stessi punti. Ovviamente avrei preferito restare in casa con la bambina, ma riconoscevo che il mio posto in quel momento era lì, vicino al vecchio prevosto che si stupiva e si ammalava d'esser finito dentro a una storia fino a quel giorno così accuratamente evitata – e con un ruolo così importante, poi. Cercai di sbloccarlo, gli feci io delle domande: cosa ci faceva *lui*, a quell'ora, sulla strada? Don Toffoli rispose che stava venendo da me. All'alba? Sì. E perché? Perché doveva parlarmi con grande urgenza. Di cosa? Sempre della stessa cosa, perché ci aveva pensato sopra e... Così, piano piano, rispondendo a una domanda dopo l'altra, don Toffoli riuscì a raccontare. Aveva passato una notte agitata, turbato dalla nostra discussione della sera prima. Era pentito d'aver messo in dubbio la mia integrità, ma soprattutto preoccupato per la reazione che avevo avuto, temeva di aver causato qualcosa di irreparabile – tipo la mia rinuncia ai voti, addirittura. Per questo non era riuscito a prender sonno, e un'angoscia insopportabile gli era cresciuta in petto di ora in ora, di minuto in minuto, finché, appena il cielo aveva cominciato a schiarire un poco non aveva più resistito ed era uscito, diretto a casa mia. Erano anni che non guidava più su quella strada coperta di neve – da prima che arrivassi io, quando per qualche mese aveva sostituito il suo collega deceduto e poi, proprio per il disagio di quegli spostamenti, aveva rinunciato alla supplenza: eppure non aveva esitato a partire. Era andato troppo forte nei rettilinei e troppo piano nei tornanti, aveva rischiato di finire fuori strada e di rimanere impantanato, si era fermato al bivio di Pozzo Caterina improvvisamente incerto su quale fosse la direzione giusta – ma mai aveva pensato di tornare indietro. Tutto aveva cospirato per farlo passare da quel punto nel momento in cui la bambina stava attraversando la strada: trenta secondi prima o dopo sarebbe stato impossibile vederla, e don Toffoli mi sarebbe piombato in casa convinto che il problema urgentissimo da affrontare, che non l'aveva fatto dormire e lo aveva sfinito d'angoscia, fosse la mia convivenza con una donna. Invece era passato da lì in quel preciso momento e adesso, di colpo, si rendeva conto che la chiamata cui aveva risposto era di tutt'altra natura, e aveva tutt'altro scopo. Sì, don Toffoli sapeva benissimo chi era quella bambina: forse lui che vedeva la televisione l'aveva perfino riconosciuta, dato che immagino abbiano trasmesso e ritrasmesso su tutte le reti qualche sua fotografia – di quelle che solitamente strappano il cuore, in cui la bambina scomparsa ride facendo il bagno con la paperella, o sgrana gli occhi travestita da fatina a Carnevale, o cerca di venire a capo di una torta con tre candeline sopra, e chi le vede a tutto pensa tranne che a imprimersi nella memoria quel volto per poterlo poi riconoscere nel caso che per un miracolo la incontrasse per strada, poiché dà per scontato che sia già morta – ma che alla fine, a furia di ripetizioni, funzionano lo stesso, perché nella memoria s'imprimono comunque e permettono, il giorno del miracolo, all'alba, mentre si guida su una strada di montagna, su tutt'altra faccenda concentrati, di riconoscere davvero la bambina, e dunque anche il miracolo... Sapeva eccome don Toffoli chi era la bambina, e la prova ce l'aveva scritta in volto, nel misto di stupore, confusione, vaghezza, spavento e ilarità che l'aveva invaso – quell'estasi beota di cui si legge a proposito delle persone toccate da Dio.

Rimane il mistero del perché, come dicevo – perché proprio lui. Certo, che il privilegio di ritrovare la bambina non sia stato riservato a me o a Giovanna lo capisco: noi stavamo perseverando, non ne avevamo bisogno. Ma con tutti i bisognosi che c'erano a Borgo San Giuda – i poveri miei parrocchiani strapazzati dal lutto e dalla follia, che avevano mollato o stavano mollando proprio in quei momenti –, perché sia toccato proprio a questa specie di don Abbondio pettegolo e pruriginoso che si era fin lì così ostinatamente rifiutato anche solo di *rendersi conto*, questo non si capisce. Stava forse perdendo la fede? O magari il senno? Stava forse lui subendo quelle tentazioni che aveva attribuito a me? Era forse lui che meditava di scendere, alla sua età, dalla barca di Cristo? Ma niente: anche nelle numerose interviste che concederà da qui in avanti, dopo essere diventato l'eroe di questa storia, don Toffoli non dirà nulla che possa aiutarci a capirlo – perciò mettiamoci il cuore in pace perché non sapremo mai nemmeno questo.

Il Giorno Zero

Ecco sto per sciare di nuovo dopo cinque anni che bella idea che ho avuto stamattina sono la prima a salire ho preso il primo giro di seggiovia e guarda che giornata limpida guarda che neve sono la prima troverò la pista vuota e immacolata come quando facevamo gli allenamenti di lunedì di martedì di mercoledì mentre le altre andavano a scuola e adesso è uguale di mercoledì mentre gli altri vanno a lavorare guarda che sole che visibilità giù il termometro segnava meno cinque che per fine marzo mi sa che è proprio un record e la neve dev'essere strepitosa dura con la spolveratina sopra e il tizio del noleggio voleva fare il furbo con me voleva sbolognarmi gli sci da gigante senza filo alle lamine e come insisteva a dire che il filo c'era va bene gli ho detto non prendo più nulla vado all'altro noleggio qui di fronte e allora come per magia il tizio si è accorto che il filo alle lamine non c'era e me lo ha fatto lì per lì che cosa meravigliosa essere competenti nessuno ti può fregare e io ero una maestra nel fare il filo alle lamine più brave non si poteva diventare perché poi se ti prendevano in nazionale lì non si doveva fare più nulla c'erano gli skimen ma io ero arrivata proprio al limite della nazionale senza però mai riuscire a entrarci e dovevo farmi ancora gli sci da sola e sulle lamine ero pazzesca mentre per esempio a sciolinare ero un disastro non c'indovinavo mai con la neve troppo fredda troppo umida troppo asciutta più fluoro meno fluoro oh sto per arrivare in cima manca solo un pilone sto per farmi questo regalo nel giorno in cui ufficialmente ritorno disoccupata ma sì non aveva senso star lì a perder tempo ormai la decisione era presa tanto valeva metterla in atto subito via dall'ospedale via dalla proiezione via dall'ASL via via via da zero cazzo voglio ricominciare da zero e oggi per l'appunto è il giorno zero e stamattina quando mi sono svegliata l'alba era spettacolosa e su internet dicevano che l'innevamento qui a Campiglio era ancora perfetto e allora ho detto vaffanculo cos'è che so fare meglio nella vita sciare va bene allora stamattina ricomincerò da lì andrò a sciare ed eccomi qui ci siamo ecco scendo sono proprio la prima buongiorno al ragazzo della seggiovia e ora stringere bene gli scarponi così prima uno poi l'altro respirare bene guardare il panorama madonna che bellezza il Brenta proprio davanti cazzo me lo ricordavo che era fantastico ma non così fantastico e le altre Dolomiti per di là quella dev'essere la Marmolada e nel mezzo da qualche parte in quel dedalo di valli e di boschi invisibili c'è anche San Giuda che esperienza assurda e giù gli occhiali e sistemare bene il cappellino sopra le orecchie pronti allora la farò tutta d'un fiato d'accordo senza fermarmi fino al paese come ai vecchi tempi pronti via la prima curva è importantissima ecco qua neve perfetta guarda l'ombra proprio davanti la posizione è buona solo il culo un po' troppo indietro il mio difetto di sempre ora la correggo seconda curva senti come tengono le lamine e su questo lato l'ombra non si vede più terza curva sto già viaggiando abbastanza veloce c'è di nuovo l'ombra e ora la posizione è perfetta wow che bellezza senza puntare il bastone solo di conduzione è proprio vero che di sciare non ci si dimentica mai quarta curva ma io devo essere impazzita a smettere per così tanti anni mi volevo male la velocità la leggerezza la destrezza la delicatezza la natura oh pura e incontaminata è veramente bellissimo e voglio andare più forte devo mollare di più soprattutto qui prima del falsopiano voglio più velocità attenzione però stavo per spigolare come una stronza devo stare col peso centrale ecco così senti che meraviglia il freddo sulle guance il vento che s'infila nel collo guarda che spettacolo proprio davanti ancora due curve poi giù dritta fino alla compressione all'inizio del bosco e che esperienza assurda a San Giuda veramente non sono riuscita nemmeno a parlarne eppure mi ha trasformata mi ha rivoltata e soprattutto è proprio vero come diceva quello sketch in TV *esistono cose che non esistono* qualsiasi bambino lo sa benissimo e anch'io lo sapevo quando ero bambina e il problema sta tutto lì e sarà meglio frenare cazzo c'è un dosso ma no via lo so cosa c'è oltre quel dosso c'è il canalone comesichiama quello in mezzo agli alberi la conosco questa pista ci ho fatto la gara della vita ci ho bastonato la Tramor e la Roasenda e la pista oltre il dosso sarà sgombra per forza perché sono la prima in assoluto a scendere stamattina perciò via in posizione fino al dosso ecco ci siamo quasi molla molla molla non frenare e va bene gente in pista no però potrebbe esserci un gatto delle nevi che sta battendo la— wooow non c'è nessuno no non c'è nulla ma che strizzata di culo e che curve favolose adesso larghe e veloci ecco di nuovo l'ombra sto praticamente volando e qui però è più ripido qui bisogna rallentare per forza e per parlarne c'era solo lui ma ora che ha deciso di tornare in Perù non ci sarà più nemmeno lui occhio alle gobbe qui e mica male però ho ancora una bella indipendenza di gambe poi comunque non ne abbiamo più parlato lo stesso da quando è finito tutto l'avrò sentito sì e no tre volte sì tre volte due per telefono e una quando abbiamo pranzato insieme a Cles e mi ha detto che tornerà in Sudamerica e io gli ho detto che farò *solo* la psicoanalista ma sembravamo davvero i complici dell'omicidio che si rivedono dopo un po' di tempo e *parlano d'altro* ma certo come si fa a parlarne è veramente una storia pazzesca anche la beffa finale che cazzo c'entrava l'altro prete se fossi stata io a decidere quel miracolo non l'avrei mai buttato via in quel modo perché si tratta di un miracolo non c'è niente da fare la bambina è scomparsa per quasi due mesi ed è stata ritrovata precisa come se fossero passate due ore e in quel poco tempo in cui l'ho avuta davanti e l'ho fatta mangiare e bere e disegnare posso garantire che non era minimamente traumatizzata ho avuto la mesmerica certezza che per lei quei due mesi non c'erano proprio stati e perciò ogni sforzo per aiutarla a superarli sarebbe stato ridicolo punto e basta e ho anche provato a dirglielo alla professoressa Rivelli cui ci mancherebbe altro è stato affidato l'incarico di seguirla nel reinserimento gliel'ho detto che probabilmente la piccola non ha subito nessun trauma gliel'ho detto che non parla di quei due mesi perché probabilmente non li ha vissuti gliel'ho detto che probabilmente la fame che le ho tolto io con latte e biscotti la mattina del ritrovamento era la stessa fame con cui era salita sulla slitta la mattina della sua scomparsa ma niente figuriamoci già sono cose indicibili di per sé dette poi a lei con quella scopa nel culo che si ritrova io non la capisco dottoressa mi ha detto ma di che sta parlando ah sì non mi capisci e allora vattene un po' affanculo nella tua— ehi occhio c'è un bivio da che parte devo andare a sinistra credo sì a destra c'è lo stradello che s'infila nel bosco e a sinistra c'è lo schuss e però qui devo rallentare sul serio mi sa perché non so— wow c'era un *salto* che non mi ricordavo se non rallentavo sai dove schizzavo e certo però non sento ancora la minima stanchezza eppure guarda come mi piego guarda che distensioni dice perché ti sei fatta quel culo immane per dodici anni della tua vita sempre su e giù dalle montagne sempre sotto stress la palestra gli allenamenti le gare lo sci estivo sul ghiacciaio alzarsi sempre all'alba a letto sempre presto mai una domenica libera per uscire con le amiche o con i ragazzi perché l'hai fatto e la risposta è per ritrovarmi oggi qui nel giorno zero in questa discesa a sciare così bene anche dopo anni che non scio più ecco perché foss'anche solo per questo ne valeva la pena sono una donna libera cazzo libera libera libera anche dalla forza di gravità e ora c'è il pratone dove umiliai la Tramor in quella gara magica le tre porte angolate che c'erano qui me le fumai recuperai sei decimi anche a Karen Putzer che vinse la gara ed era il mio mito e alla fine mi strinse la mano e mi fece i complimenti perché avevo preso meno di un secondo e avevo messo dietro anche qualche sudtirolese del cazzo sua compagna di nazionale e infatti ecco wow su questo pratone mi ci sento a casa con questa neve poi senti com'è dura e liscia e c'è poco da fare ci sono dei posti speciali nel mondo per ognuno di noi dei posti dove risplendiamo e siamo in salvo e questo pratone per me è uno di questi posti e San Giuda allora è un altro insomma è tutto così indicibile quello che è successo laggiù quello che è successo nel bosco quello che è successo a me la decisione di trasferirmi là il fallimento con quei poveri montanari quell'intimità che si è creata con Mète qualcosa che se appena appena provassi a dirlo se solo mi azzardassi a farlo passare attraverso le parole diventerebbe immediatamente una cosa di sesso e invece non lo era o forse sì molto remotamente forse era anche di sesso ma che c'entra molto remotamente tutto è sesso e chissà cos'è che ha commesso chissà qual è l'azione abbietta di cui prova rimorso ogni giorno non riesco nemmeno a immaginarlo sarà roba di terrorismo mi sa e infatti era finito nelle Filippine e poi in Sudamerica era espatriato avrà militato in qualche gruppo armato negli anni Settanta che poi negli anni Settanta non è possibile perché era troppo giovane negli anni Ottanta magari ma insomma io non credo abbia torto un capello a nessuno saranno responsabilità collettive si starà portando addosso le colpe di qualcun altro ehi occhio cosa c'è qua *una buca* devo saltare wow appena in tempo questi son pazzi una specie di crepaccio senza segnalazione meglio se rallento ecco rallento sì e ora sento anche la fatica tutta insieme nelle cosce nelle chiappe nei polpacci e soprattutto il male alla schiena che poi sarebbe il mio punto debole la parte infortunata l'alibi che mi ha permesso di lasciare le gare *senza biasimo* e che adesso potrebbe anche funzionare da scusa per fermarmi a rifiatare un momento visto che comincio a fare fatica per davvero e invece no cazzo ho detto tutta d'un fiato fino al paese e tutta d'un fiato fino al paese sarà dopotutto sono ancora tonica non sarò allenata ma ho pur sempre continuato a fare attività fisica questo cazzo di yoga a qualcosa servirà pure e anche Karen Putzer alla fine ha praticamente smesso per via degli infortuni e siamo nate lo stesso giorno lei un anno prima di me il ventinove settembre giorno peraltro in cui sono nati anche Berlusconi Ševčenko Lech Wałęsa Antonioni Cervantes Jerry Lee Lewis Caravaggio Tintoretto e poi chi altri una volta ho tirato giù la lista da Wikipedia e non finiva più ah sì Enrico Fermi Felice Gimondi Loretta Goggi Berlusconi l'ho già detto ma anche Bersani mi pare e poi ovviamente c'è *29 settembre* la canzone di Lucio Battisti seduto in quel caffè io non pensavo a te ma insomma degli altri non mi frega niente mentre Karen Putzer era il mio idolo e il fatto che fossimo nate lo stesso giorno lo interpretavo come un preciso segno del destino e come sciava ragazzi come cazzo sciava c'è stato un momento in cui avrei veramente voluto essere lei dico sul serio avrei voluto svegliarmi la mattina ed essere lei mi sono perfino fatta quasi sverginare da quel figlio di puttana di slalomista solo perché si diceva che fosse stato con lei e parlo di prima che vincesse tutte quelle medaglie d'oro ai campionati mondiali juniores parlo di quando aveva quindici sedici anni e non era ancora diventata così gnocca che dopo erano buoni tutti ma io credo di esser stata la sua prima vera fan e insomma almeno una volta la mano gliel'ho stretta ed è stato proprio qui proprio alla fine di questa pista e anche quella volta mi ricordo benissimo in questo ultimo pezzo non ce la facevo più come adesso ed era una sofferenza bellissima come adesso allora perché capivo che era la mia giornata e che stavo facendo un tempone adesso perché mi sento libera come non mi sono mai sentita in tutta la mia vita è magnifico non ho ancora incontrato nessuno e mordo con le lamine questa neve spettacolosa e guardo la mia ombra perfetta che mi precede sulla pista mentre le mie cosce si sfanno dalla fatica dal dolore ma io non mollo oggi ricomincio da zero ricomincio la mia vita da qui da questa fatica e da questo dolore e mi dirigerò dove veramente desidero dirigermi ripartirò daccapo col tirocinio farò come mi aveva detto Livi andrò da quella psicoanalista di Milano mi affiderò a lei e studierò e mi sacrificherò e starò senza quattrini e farò a meno di tutto e quanto durerà durerà e alla fine diventerò quello che ho sempre sognato di diventare cazzo senza farmi sballottare dai concorsi dai contratti a tempo dai calci in culo degli amici degli amici di papà per poi ritrovarmi schiava di un primario come la Rivelli a rimpinzare di risperidone dei poveri disgraziati diagnosticati schizofrenici per fare prima e trattati come cani dai loro stessi familiari chiedendomi quand'è stato che mi sono fottuta quand'è stato che il mio sogno di diventare psicoanalista è finito giù per il cesso no no no mille volte meglio fare la fame e provarci con tutta me stessa e se fallirò amen allora vorrà dire che non ero proprio portata ma io non credo che fallirò anzi mi sento che ce la farò mi sento dentro una forza enorme una forza nuova che non mi ero mai sentita prima e questa forza io lo so da dove viene viene da quell'invisibile e sperduto e presto disabitato luogo del mondo chiamato San Giuda da quei due mesi di grandioso fallimento quotidiano e di invisibilità che non posso raccontare a nessuno viene da quella cicatrice che s'è riaperta e non poteva riaprirsi e da quella strage che c'è stata e non poteva esserci e viene dal fatto che io *ho accettato* cazzo di non sapere cosa è successo sì l'ho accettato e mi sono salvata e anche Mète si è salvato anche lui ha accettato quello che doveva accettare e se ne va via magari così ci perdiamo fisicamente lui nel suo villaggetto in culo al Perù io nel fondo buio delle sale di convegno della Mitteleuropa ma ci siamo salvati sì e non possiamo nemmeno dirlo dobbiamo accontentarci di essere salvi e ormai ce l'ho fatta ormai c'è solo l'ultimo canalone come si chiama Miramonti dove fanno lo slalom di Coppa del Mondo cazzo se è ripido e poi è in ombra e la neve è ancora più dura devo fare curve più strette ah che male le cosce la schiena i polpacci devo tenere duro e comunque scio ancora da dio è davvero la cosa che so fare meglio nella vita e anche quella che mi piace di più ah che dolore ma manca veramente poco eccoci di nuovo al sole ecco di nuovo la mia ombra ecco di nuovo che tengo il culo troppo indietro su con quel culo hop hop hop serpentina ah più faccio curve strette e più mi fanno male le gambe ma del resto più mi fanno male le gambe più sento la forza di sopportarlo sì e questa forza io so da dove viene ho finalmente cambiato personaggio nella storiella di Livi già quella del viandante e del contadino già gli unici due personaggi diceva previsti dal copione della psicoanalisi l'*Unendliche Aufgabe* l'impegno senza fine o si è l'uno o si è l'altro o si è il viandante che si perde nella campagna o si è il contadino che zappa il campo o si è il viandante che si avvicina al contadino e gli chiede per favore la strada per la stazione più vicina o il contadino che continua a zappare e gli risponde gentilmente che non la sa o si è il viandante che allora gli chiede la strada per la fermata degli autobus più vicina o il contadino che continua a zappare e gentilmente gli risponde di non sapere nemmeno quello ho le gambe di burro ormai ma manca veramente pochissimo o si è il viandante che sono sempre stata nella vita e che a quel punto dice al contadino scusi ma lei non sa proprio niente o si è il contadino che poi è come mi sento adesso con questa forza immensa che sono finalmente riuscita a trovare mentale ma anche fisica e infatti ecco ce l'ho fatta la pista è finita ah che dolore ora mi butto in terra sì ecco lunga distesa mi butto in terra non ce la faccio più mi fa male la milza mi manca il respiro sto per morire muoio ecco sono morta e anche quel giorno mi buttai in terra senza fiato appena dopo il traguardo e oggi *è* quel giorno sì è il giorno zero sono appena morta sto per rinascere Karen Putzer sta per darmi la mano è bellissimo finalmente è *Gesundheit* finalmente è salute è terreno solcato da un carro solo e infatti a farci caso non ho ancora pensato a mia madre cioè questa è la prima volta da stamattina all'alba e il male alle cosce comincia a passare e il respiro comincia a tornare è bellissimo sto rinascendo l'ho detto che è il giorno zero e insomma o si è il viandante che sono sempre stata che accusa il contadino di non sapere niente o si è il contadino che sarò da ora in poi e che gentilmente e continuando a zappare gli risponde sì signore è vero signore io non so niente signore ma quello che si è perso è lei.

XY
Prato-Roma, 2006-2010

Ringraziamenti

Ringrazio col cuore in mano mia moglie Manuela – e non *per avermi sopportato*, come dicono di solito quelli che ringraziano la moglie, ma per aver lottato al mio fianco, capitolo dopo capitolo, durante questi quattro anni, per avere corretto, messo in dubbio, bocciato e suggerito, sempre pretendendo che cercassi di fare un po' meglio di quanto bastava a me: senza di lei non sarebbe stata peggiore solo la mia vita, ma anche la mia scrittura.

Ringrazio Giovanni e Valeria per la supervisione *at large* e i miei tre figli più grandi per avermi, ognuno, suggerito qualcosa.

Un ringraziamento speciale va a Stefano Calamandrei e a Jean-Jacques Ilunga, per la paziente, costante e decisiva consulenza che mi hanno prestato, rispettivamente in materia di psicoanalisi e di teologia.

Ringrazio Andrea Garello per avermi convinto ad andare a vedere una seconda volta *A Serious Man* e per avermi mostrato la porta per uscire da questo romanzo.

Per preziosi consigli sempre in materia di psicoanalisi ringrazio anche Diego Mautino, mentre per altre importanti consulenze ringrazio Pierluigi Amata, Gianrico Carofiglio, Pasquale Catalano, Giovanni Nuti, Paolo Carbonati, Dario Degli Innocenti, Cristina Guarducci, Daniela Mantellassi, Piero Zaccagnini e Giovanni Pizzorusso.

Ringrazio Dori Ghezzi, generosa e gentilissima.

Per l'incoraggiamento sempre ricevuto ringrazio Luigi e Tiziana, Ester, i due Edoardi, Filippo, Chicca, Leopoldo, Cecilia, Massimiliano e Rosaria.

Infine, ringrazio tutti i membri della Fandango che questo romanzo hanno voluto, atteso, accolto, commentato, corretto e impreziosito con passione e intelligenza: Domenico, Laura, Mario, Tiziana, Andrea, Alessia, Manuela, Francesca, Serena, Giovanni F. e Giovanni G., Gianluca, Daniela, Sonia, Gianluigi, Damir, Federico, Federica e Leonardo.

Il film che contiene la scena della bambina punta dalla vedova nera è *Il dolce domani*, di Atom Egoyan, tratto dall'omonimo e bellissimo romanzo di Russell Banks.

Si deve capire tutto. Altrimenti si deve credere tutto è una frase di Francis Scott Fitzgerald.

Tutti i nomi e i personaggi (eccetto Karen Putzer) e quasi tutti i luoghi citati nel romanzo sono frutto di fantasia. Eventuali omonimie sono da considerarsi frutto del caso.

eXtra

Arrigo Boito
L'alfier nero

Chi sa giocare a scacchi prenda una scacchiera, la disponga in bell'ordine davanti a sé ed immagini ciò che sto per descrivere.

Immagini al posto degli scacchi bianchi un uomo dal volto intelligente; due forti gibbosità appaiono sulla sua fronte, un po' al di sopra delle ciglia, là dove Gall mette la facoltà del calcolo; porta un collare di barba biondissima ed ha i mustacchi rasi com'è costume di molti americani. È tutto vestito di bianco e, benché sia notte e giuochi al lume della candela, porta un *pince-nez* affumicato e guarda attraverso quei vetri la scacchiera con intensa concentrazione. Al posto degli scacchi neri c'è un negro, un vero etiopico, dalle labbra rigonfie, senza un pelo di barba sul volto e lanuto il crine come una testa d'ariete; questi ha pronunziatissime le *bosses* dell'astuzia, della tenacità; non si scorgono i suoi occhi perché tien china la faccia sulla partita che sta giuocando coll'altro. Tanto sono oscuri i suoi panni che pare vestito a lutto. Quei due uomini di colore opposto, muti, immobili, che combattono col loro pensiero, il bianco con gli scacchi bianchi, il negro coi neri, sono strani e quasi solenni e quasi fatali. Per sapere chi sono bisogna saltare indietro sei orc e stare attenti ai discorsi che fanno alcuni forestieri nella sala di lettura del principale albergo d'uno fra i più conosciuti luoghi d'acque minerali in Isvizzera. L'ora è quella che i francesi chiamano *entre chien et loup*. I camerieri dell'albergo non avevano ancora accese le lampade; i mobili della sala e gli individui che conversavano, erano come sommersi nella penombra sempre più folta del crepuscolo; sul tavolo dei giornali bolliva un *samovar* su d'una gran fiamma di spirito di vino. Quella semi-oscurità facilitava il moto della conversazione; i volti non si vedevano, si udivano soltanto le voci che facevano questi discorsi:

"Sulla lista degli arrivati ho letto quest'oggi il nome barbaro di un nativo del Morant-Bay".

"Oh! un negro! chi potrà essere?"

"Io l'ho veduto, milady: pare Satanasso in persona."

"Io l'ho preso per un *ourang-outang*."

"Io l'ho creduto, quando m'è passato accanto, un assassino che si fosse annerita la faccia."

"Ed io lo conosco, signori, e posso assicurarvi che quel negro è il miglior galantuomo di questa terra. Se la sua biografia non vi è nota, posso raccontarvela in poche parole. Quel negro nativo del Morant-Bay venne portato in Europa fanciullo ancora da uno speculatore, il quale, vedendo che la tratta degli schiavi in America era incomoda e non gli fruttava abbastanza, pensò di tentare una piccola tratta di *grooms* in Europa; imbarcò segretamente una trentina di piccoli negri, figliuoli dei suoi vecchi schiavi, e li vendé a Londra, a Parigi, a Madrid per duemila dollari l'uno. Il nostro negro è uno di questi trenta *grooms*. La fortuna volle ch'egli capitasse in mano d'un vecchio lord senza famiglia, il quale dopo averlo tenuto cinque anni dietro la sua carrozza, accortosi che il ragazzo era onesto ed intelligente, lo fece suo domestico, poi suo segretario, poi suo amico e, morendo, lo nominò erede di tutte le sue sostanze. Oggi questo negro (che alla morte del suo lord abbandonò l'Inghilterra e si recò in Isvizzera) è uno dei più ricchi possidenti del cantone di Ginevra, ha delle mirabili coltivazioni di tabacco e per un certo suo segreto nella concia della foglia, fabbrica i migliori sigari del paese; anzi guardate: questi *vevay* che fumiamo ora, vengono dai suoi magazzini, li riconosco pel segno triangolare che v'è impresso verso la metà del loro cono. I ginevrini chiamano questo bravo negro *Tom* o l'*Oncle Tom* perché è caritatevole, magnanimo; i suoi contadini lo venerano, lo benedicono. Del resto egli vive solo, sfugge amici e conoscenti; gli rimane al Morant-Bay un unico fratello, nessun altro congiunto; è ancora giovane, ma una crudele etisia lo uccide lentamente; viene qui tutti gli anni per far la cura delle acque."

"Povero *Oncle Tom*! Quel suo fratello a quest'ora potrebbe già essere stato decapitato dalla ghigliottina di Monklands. Le ultime notizie delle colonie narrano d'una tremenda sollevazione di schiavi furiosamente combattuta dal governatore britannico. Ecco intorno a ciò cosa narra l'ultimo numero del *Times*: 'I soldati della regina inseguono un negro di nome Gall-Ruck che si era messo a capo della rivolta con una banda di 600 uomini ecc. ecc.'."

"Buon Dio!" – esclamò una voce di donna – "E quando finiranno queste lotte mortali fra i bianchi ed i negri?!"

"Mai!", rispose qualcuno dal buio.

Tutti si rivolsero verso la parte di chi aveva proferito la sillaba. Là v'era sdraiato su d'una poltrona, con quella elegante disinvoltura che distingue il vero *gentleman* dal *gentleman* di contraffazione, un signore che spiccava dall'ombra per le sue vesti candidissime.

"Mai" – riprese quando si sentì osservato – "mai, perché Dio pose odio fra la razza di Cam e quella di Iafet, perché Dio separò il colore del giorno dal color della notte. Volete udire un esempio di questo antagonismo accanito fra i due colori? Tre anni fa ero in America e combattevo anch'io per la 'buona causa', volevo anch'io la libertà degli schiavi, l'abolizione della catena e della frusta, ben che possedessi nel Sud un buon numero di negri. Armai di carabine i miei uomini, dicendo loro: 'Siete liberi. Ecco una canna di bronzo, delle palle di piombo; mirate bene, sparate giusto, liberate i vostri fratelli'. Per istruirli nel tiro avevo innalzato un bersaglio in mezzo ai miei possedimenti. Il bersaglio era formato da un punto nero, grosso una testa, in un circolo bianco. Lo schiavo ha l'occhio acutissimo, il braccio forte e fermo, l'istinto dell'agguato come il *jaguar*, in una parola tutte le qualità del buon tiratore, ma nessuno di quei negri colpiva nel segno, tutte le palle escivano dal bersaglio. Un giorno, il capo degli schiavi, avvicinandosi a me, mi diede nel suo linguaggio figurato e fantastico questo consiglio: 'Padrone, mutate colore; quel bersaglio ha una faccia nera, fategli una faccia bianca e colpiremo giusto'. Mutai la disposizione del circolo e feci bianco il centro; allora su cinquanta negri che tirarono, quaranta colsero così…" – e dicendo queste ultime parole il raccontatore prese una pistoletta da sala ch'era sul tavolo, mirò, per quanto l'oscurità glielo permise, ad un piccolo bersaglio attaccato al muro opposto e sparò. Le signore si spaventarono, gli uomini corsero alla fiamma del *samovar*, la presero e andarono a constatare da vicino l'esito del colpo. Il centro era forato come se si fosse tolta la misura col compasso. Tutti guardarono stupefatti quell'uomo, il quale con una squisita cortesia domandò perdono alle dame della repentina esplosione, soggiungendo: "Volli finire con una immagine un po' fragorosa, altrimenti non mi avreste creduto".

Nessuno ardì dubitare della verità del racconto.

Poi continuò: "Ma combattendo per la libertà dei negri, mi sono convinto che i negri non sono degni di libertà. Hanno l'intelletto chiuso e gli istinti feroci. Il berretto frigio non dev'esser posto sull'angolo facciale della scimmia".

"Educateli" – rispose una signora – "e il loro angolo facciale si allargherà. Ma perché ciò avvenga non opprimeteli, schiavi, con la vostra tirannia, liberi, col vostro disprezzo. Aprite loro le vostre case, ammetteteli alle vostre tavole, ai vostri convegni, alle vostre scuole, stendete loro la mano."

"Consumai la mia vita a ciò, signora. Io sono una specie di Diogene del Nuovo Mondo: cerco l'uomo negro, ma finora non trovai che la bestia."

In questo momento comparve sull'uscio un cameriere con una gran lampada accesa; tutta la sala fu rischiarata in un attimo. Allora si vide in un angolo, seduto, immobile, l'*Oncle Tom*. Nessuno sapeva ch'egli fosse nella sala, l'oscurità l'aveva nascosto; quando tutti lo scorsero fecesi un lungo silenzio. Gli sguardi degli astanti passavano dal negro all'Americano. L'Americano si alzò, parlò all'orecchio del cameriere e tornò a sedersi. Il silenzio continuava. Il cameriere rientrò con una bottiglia di *Xeres* e due bicchieri. L'Americano riempì fino all'orlo i due bicchieri, ne prese uno in mano: il cameriere passò coll'altro dal negro.

"Signore, alla vostra salute!", disse l'Americano al negro, alzando il bicchiere verso di lui come insegna il rito della tavola inglese.

"Grazie, signore; alla vostra!", rispose il negro e bevettero tutti e due. Nell'accento del negro v'era una gentilezza tenera e timida e una grande mestizia. Dopo quelle quattro parole si rituffò nel suo silenzio, s'alzò, prese dal tavolo de' giornali l'ultimo numero del *Times* e lesse con viva attenzione per dieci minuti.

L'Americano, che cercava un pretesto per rientare il dialogo, si diresse verso l'angolo dove leggeva Tom, e gli disse con delicata cortesia: "Quel giornale non ha nulla di gaio per voi, signore; potrei proporvi una distrazione qualunque?".

Il negro cessò di leggere e s'alzò con dignitoso rispetto davanti al suo interlocutore.

"Intanto permettete ch'io vi stringa la mano" – riprese l'altro – "mi chiamo sir Giorgio Anderssen. Posso offrirvi un avana?"

"Grazie, no; il fumo mi fa male."

Allora l'Americano, gettando lo zigaro che teneva fra le labbra, tornò a dimandare: "Posso proporvi una partita al bigliardo?".

"Non conosco quel giuoco; vi ringrazio, signore."

"Posso proporvi una partita agli scacchi?"

Il negro titubò, poi rispose: "Sì, questa l'accetto volentieri" e s'avviarono a un piccolo tavolo da giuoco che stava all'angolo opposto della sala; presero due sedie, si sedettero l'uno di fronte all'altro. L'Americano gettò i pezzi e le pedine sul panno verde del tavolino per distribuirli ordinatamente sulla scacchiera. La scacchiera era un arnese qualunque a quadrati di legno grossolanamente intarsiati, ma gli scacchi erano dei veri oggetti d'arte. I pezzi bianchi erano d'avorio finissimo, i neri d'ebano, il re e la regina bianchi portavano in testa una corona d'oro, il re nero e la regina nera una corona d'argento, le quattro torri erano sostenute da quattro elefanti come nelle primitive scacchiere persiane. Il lavoro sottile di questi scacchi li riduceva fragilissimi. All'urto che presero quando l'Americano li riversò sul tavolo, l'alfiere dei neri si ruppe.

"Peccato!", disse Tom.

"È nulla" – rispose l'altro – "s'aggiusta subito." E s'alzò, andò allo scrittoio, accese una candela, pigliò un pezzo di ceralacca rossa, la riscaldò, intonacò alla meglio i due frammenti dell'alfiere, li ricongiunse e riportò al compagno lo scacco aggiustato. Poi disse ridendo: "Eccolo! se si potesse riattaccare così la testa agli uomini!".

"Oggi a Monklands molti avrebbero bisogno di ciò", rispose il negro sorridendo tetramente. L'accento di questa frase destò nell'Americano un'impressione di stupore, di compassione, di offesa, di ribrezzo.

Tom continuò: "Con che colore giuocate, signore?".

"Coll'uno o coll'altro senza predilezione."

"Se ciò v'è indifferente, pigliamo ciascuno il nostro. A me i neri, se permettete."

"E a me i bianchi. Benissimo" – e si misero a disporre i pezzi sulle loro case. S'aiutavano scambievolmente con eguale cavalleria nell'ordinamento de' loro scacchi; il negro, quando gli capitava, metteva a posto una pedina bianca, il bianco ricambiava la cortesia mettendo al loro posto alcuni pezzi neri. Quando furono tutti e due schierati, Anderssen disse: "Vi avverto che sono piuttosto forte; potrei chiedere di darvi il vantaggio di qualche pezzo, d'una torre, per esempio?".

"No."

"D'un cavallo?"

"Nemmeno. Mi piacciono le armi eguali s'anco è disuguale la forza. Apprezzo la vostra delicatezza, ma preferisco giuocare senza vantaggi di sorta."

"E sia. A voi il primo tratto."

"Alla sorte!" – e il negro chiuse in un pugno una pedina nera e nell'altro pugno una pedina bianca; poi diede a indovinare all'Americano.

"Questo."

"Ai bianchi il primo tratto. Incominciamo."

Intanto le persone che stavano nella sala si erano avvicinate una ad una verso il tavolo da giuoco.

Fra quelle persone v'era chi conosceva il nome di Giorgio Anderssen come quello d'uno fra i più celebri giuocatori a scacchi d'America e costoro prendevano un particolare interessamento alla scena che stava per incominciare. Giorgio Anderssen, originario d'una nobile famiglia inglese emigrata a Washington, si era fatto quasi milionario sulla scacchiera. Giovane ancora, aveva già vinto Harwitz, Hampe, Szen e tutti i più sapienti giuocatori dell'epoca. Questo era l'uomo che si misurava col povero Tom.

Prima che Anderssen avesse avuto tempo di muovere la prima pedina, il negro prese dalla sua destra la candela che era rimasta accesa sul tavolo da giuoco e la collocò a sinistra. Anderssen notò quel movimento e pensò meravigliato: "Quest'uomo ha certamente letto la *Repeticio de Arte de Axedre* di Lucena e segue il precetto che dice: *Se giocate la sera al lume d'una candela, mettetela a sinistra; i vostri occhi saranno meno offesi dalla luce e avrete già un grande vantaggio a fronte dell'avversario*"; e pensando ciò, prese i suoi occhiali affumicati e se li piantò sul naso; poi staccò la prima mossa. Indi si volse a coloro che s'erano fatti attorno e disse con gaia disinvoltura: "I primi movimenti del giuoco degli scacchi sono come le prime parole d'una conversazione, s'assomigliano sempre; eccoli: pedina bianca, due passi; pedina nera, due passi; poi gambitto di re ecc. ecc. ecc.". E così, ciarlando sbadatamente, fece la seconda mossa e mise avanti due passi la pedina dell'alfiere di re, aspettando che l'avversario gliela prendesse colla sua. Il negro non prese la pedina, ma invece con una mossa meno regolare difese la pedina propria sollevando il suo alfiere di re sulla terza casa della regina. Anderssen rimase un po' sorpreso anche di ciò e pensò:

"Quest'uomo risparmia le pedine; segue il sistema di Philidor che le chiamava l'anima del giuoco".

Seguirono ancora cinque o sei mosse d'*apertura*; i due giuocatori si esploravano l'un l'altro come due eserciti che stanno per attaccarsi, come due *boxeurs* che si squadrano prima della lotta. L'Americano, abituato alle vittorie, non temeva menomamente il suo antagonista; sapeva inoltre quanto l'intelletto d'un negro, per educato che fosse, poteva fievolmente competere con quello d'un bianco e tanto meno con Giorgio Anderssen, col vincitore dei vincitori. Pure non perdeva di vista il minimo segno del nemico; una certa inquietudine lo costringeva a studiarlo e, senza parere, lo andava spiando più sulla faccia che sulla scacchiera. Egli aveva capito fin dal principio che le mosse del negro erano illogiche, fiacche, confuse; ma aveva anche veduto che il suo sguardo e gli atteggiamenti della sua fronte erano profondi. L'occhio del bianco guardava il volto del negro, l'occhio del negro era immerso nella scacchiera. Non avevano giuocato in tutto che sette od otto mosse e già apparivano evidenti due sistemi diametralmente opposti di strategia.

La marcia dell'Americano era trionfale e simmetrica, rassomigliava alle prime evoluzioni d'una grande armata che entra in una grande battaglia; l'ordine, quel primo elemento della forza, reggeva tutto il giuoco dei bianchi. I cavalli, che dagli antichi erano chiamati i "piedi degli scacchi", occupavano uno l'estrema destra, l'altro l'estrema sinistra; due pedoni erano andati a ingrossare da una e dall'altra parte l'avamposto segnato dalla pedina del re; la regina minacciava da un lato, l'alfiere di re dall'altro lato, e il secondo alfiere teneva il centro davanti due passi del re e dietro le pedine. La posizione dei bianchi era più che simmetrica: era geometrica; l'individuo che disponeva così quei pezzi d'avorio, non giuocava a un giuoco, meditava una scienza; la sua mano piombava sicura, infallibile sullo scacco, percorreva il diagramma, poi s'arrestava al punto voluto colla calma del matematico che stende un problema sulla lavagna. La posizione dei bianchi offendeva tutto e difendeva tutto; era formidabile in ciò, che circoscriveva l'inimico a un ristrettissimo campo d'azione e, per così dire, lo soffocava. Immaginatevi una parete animata che si avanzi e pensate che i neri erano schiacciati fra la sponda della scacchiera e questa parete, poderosa, incrollabile.

A volte pare che anche le cose inanimate prendano gli atteggiamenti dell'uomo, il più frivolo oggetto può diventare espressivo a seconda di ciò che lo attornia. Ecco perché i pezzi d'ebano de' quali componevasi l'armata dei neri, parevano, davanti allo spaventoso assalto dei bianchi, colti anch'essi da un tragico sgomento. I cavalli, come adombrati, voltavano la schiena all'attacco, le pedine sgominate avevano perduto l'allineamento, il re che s'era affrettato ad *arroccarsi*, pareva piangere nel suo cantuccio il disonore della sua fuga. La mano di Tom, fosca come la notte, errava tremando sulla scacchiera.

Questo era l'aspetto della partita veduta dal lato dell'Americano. Mutiamo campo. Veduto dal lato del negro l'aspetto della partita si rovesciava. Al sistema dell'ordine sviluppato dall'*apertura* dei bianchi, il negro contrapponeva il sistema del più completo disordine; mentre quegli si schierava simmetrico, questi si agglomerava confuso, quegli poneva ogni sua forza nell'equilibrio dell'offesa e della difesa, questi aumentava a ogni passo il proprio squilibrio, il quale, pel crescente ingrossar della sua massa, diventava esso pure, in faccia allo schieramento dei bianchi, una vera forza, una vera minaccia. Era la minaccia della catapulta contro il muro del forte, della *carica* contro il *carré*: mano mano che la parete mobile del bianco s'avanzava, il proiettile del negro si faceva più possente. I due eserciti erano completi uno a fronte dell'altro; non mancava né un solo pezzo né una sola pedina, e codesta riserva d'ambe le parti era feroce. L'Americano non iscorgeva in sul principio nella posizione del negro che una inetta confusione prodotta dal timor panico del povero Tom; ma appunto per la sua inettitudine gli pareva che quella posizione impedisse un regolare e decisivo assalto. Ma il negro vedeva in quella confusione qualcosa di più: tutta la sua natural tattica di schiavo, tutta l'astuzia dell'etiopico era condensata in quelle mosse. Quel disordine era fatto ad arte per nascondere l'agguato, le pedine fingevano la rotta per ingannare il nemico, i cavalli fingevano lo sgomento, il re fingeva la fuga. Quello squilibrio aveva un perno, quella ribellione aveva un capo, quel vaneggiamento un concetto. L'alfiere che Tom aveva collocato fin dal principio alla terza casa della regina, era quel perno, quel capo, quel concetto. Le torri, le pedine, i cavalli, la regina stessa attorniavano, obbedivano, difendevano quell'alfiere. Era appunto l'alfiere ch'era stato rotto e aggiustato dall'Americano; un filo sanguigno di ceralacca gli rigava la fronte e, calando giù per la guancia, gli circondava il collo. Quel pezzo di legno nero era eroico a vedersi; pareva un guerriero ferito che s'ostinasse a combattere fino alla morte; la testa insanguinata gli crollava un po' verso il petto con tragico abbattimento; pareva che guardasse anche lui, come il negro che lo giuocava, la fatale scacchiera; pareva che guatasse di sott'occhi l'avversario e aspettasse stoicamente l'offesa o la meditasse misteriosamente. Nel cervello di Tom quello era il *pezzo segnato* della partita; egli vedeva colla sua immaginosa e acuta fantasia diramarsi sotto i piedi dell'*alfier nero* due fili, i quali, sprofondandosi nel legno del diagramma e passando sotto a tutti gli ostacoli nemici, andavano a finire come due raggi di mina ai due angoli opposti del campo bianco. Egli attendeva con trepidazione una mossa sola, l'*arroccamento* del re avversario, per dare sviluppo al suo recondito pensiero. Senza quella mossa tutto il suo piano andava fallito; ma era quasi impossibile che Anderssen commettesse quella mossa. Tom solo vedeva e sapeva la sua occulta cospirazione e nessun giuocatore al mondo avrebbe potuto indovinarla. Al vasto e armonico concepimento del bianco, il negro opponeva questa *idea fissa*: l'*alfiere segnato*; all'ubiquità ordinata delle forze dei bianchi i neri opponevano la loro farraginosa unità, al giuoco aperto e sano il giuoco nascosto e maniaco. Anderssen combatteva colla scienza e col calcolo, Tom colla ispirazione e col caso; uno faceva la battaglia di Waterloo, l'altro la rivoluzione di San Domingo. L'*alfier nero* era l'Ogé di quella rivoluzione.

La partita durava già da un paio d'ore; erano circa le nove della sera; alcune signore si allontanarono dalla scacchiera, stanche d'osservare, per darsi quale a un lavoro, quale a un ricamo, e quale, caricando e ricaricando la pistoletta da sala, si dilettava al piccolo bersaglio.

I due antagonisti erano sempre fissi al loro posto. L'Americano, che non vedeva ancora lo scaccomatto e che non capiva la selvaggia tattica del negro, cominciava ad annoiarsi e a pentirsi dell'eccessiva cortesia che l'aveva spinto a quella partita. Avrebbe voluto finirla presto a ogni costo, anche a costo di perdere; ma dall'altra parte il suo orgoglio di razza glielo impediva; un bianco e un gentiluomo non poteva esser vinto da uno schiavo; inoltre la sua coscienza di gran giuocatore e il lungo studio de' scacchi non gli permetteva di fare un passo che non fosse pensato. Giunto alla quindicesima mossa, s'accorse che il suo re non s'era ancora *arroccato*, alzò le mani, colla sinistra sollevò il re, con la destra la torre, e stava per compiere il movimento quando scorse nell'occhio del negro un ilare lampo di speranza; non indovinò la ragione; stette ancora coi due scacchi per aria studiando la partita, titubò; l'occhio di Tom seguiva affannosamente, fra la gioia e il timore, i più piccoli segni delle due mani, bianche come l'avorio che serravano. Anderssen, turbato, stava per rimettere al loro posto di prima i due pezzi, quando il negro esclamò vivamente:

"Pezzo toccato, pezzo giuocato".

"Lo sapevo" – rispose in modo urbano ma secco, mentre cercava ancora un sotterfugio per evitare la mossa, senza darsene precisamente ragione; ma i *pezzi toccati* erano due, bisognava *giuocarli* tutti e due: il codice del giuoco parlava chiaro; non era possibile altro passo che l'*arroccamento*. Anderssen si *arroccò alla calabrista*, come dice il gergo della scienza, cioè pose il re nella casa del cavallo e la torre nella casa dell'alfiere. Poi piantò gli occhi nel volto del nemico. Il negro, fatta che vide la mossa tanto sperata e tanto attesa, tornò a fissare più intensamente che mai l'*alfiere segnato*, e acceso dalla emozione e dalla sua natura tropicale, non si curava né anche di temperare gli slanci della sua fisionomia. Correva su e giù coll'occhio dall'alfier nero al re bianco, facendo e rifacendo venti volte la stessa via quasi volesse tirare un solco sulla scacchiera. Anderssen vide quelle occhiate, le seguì, notò l'alfiere, indovinò tutto; ma sulla sua faccia non apparve un indizio solo di quella scoperta. Del resto Tom non guardava mai l'Americano; era sempre più invaso dall'*idea fissa* che lo dominava, Tom in quella stanza non vedeva che una scacchiera, in quella scacchiera non vedeva che uno scacco: fuor di quel piccolo quadrato nero e di quella figura d'ebano, nessuno e nulla esisteva per esso. Coi pugni serrati s'aggrappava agli ispidi capelli, sostenendosi così la testa, appoggiato coi gomiti alla sponda del tavolo; la pelle delle sue tempie, stiracchiata dalla pressione che facevangli i polsi delle due braccia, gli rialzava l'epiderme della fronte; le palpebre, in quel modo stranamente allungate all'insù, mostravano scoperto in gran parte il globo opaco e bianchissimo de' suoi occhi. In questo atteggiamento stette maturando il suo colpo per ben quaranta minuti, immoto, avido, trionfante; poscia attaccò; prese una pedina all'avversario e gli offese un cavallo. L'Americano aveva previsto il colpo. Il fuoco era incominciato. A quella prima scarica rispose un'altra dell'Americano, il quale prese la pedina nera e offese la torre; cinque, sei mosse si seguirono rapidissime, accanite. La vera lotta principiava allora. A destra, a sinistra della scacchiera vedevansi già alcuni pezzi e alcune pedine messe fuori di combattimento, primi trofei dei combattenti; l'assalto lungamente minacciato irruppe in tutta la sua violenza; da una parte e dall'altra si diradavano i ranghi, un pezzo caduto ne trascinava un altro, i bianchi facevano la vendetta dei bianchi, i neri facevano la vendetta de' neri, un bianco prendeva ed era preso da un nero, un nero offendeva ed era offeso da un bianco; mai la legge del taglione non fu meglio glorificata. Anderssen cominciava anch'esso a eccitarsi. Egli aveva tutto preveduto, tutto combinato prima; appena scoperta la trama di Tom, durante quei quaranta minuti nei quali Tom immaginava il suo colpo fatale, Anderssen aveva letto nelle sue intenzioni e aveva risposto al primo urto in modo da condurre il negro di pezzo in pezzo a una posizione senza dubbio attraentissima e favorevolissima pel negro stesso; ma voleva trarlo a quella posizione a patto di sacrificargli l'alfiere. Anderssen sapeva già che, tolto l'alfiere, Tom non avrebbe più saputo continuare.

V'hanno degli entomati che non sanno due volte tessersi la larva, dei pensatori che non sanno rifar da capo un concetto, dei guerrieri che non sanno ricominciar la pugna: Anderssen pensava ciò intorno al suo antagonista.

Giunto al varco dove l'Americano l'attendeva, Tom non vacillò un momento, rinunciò alla posizione, sacrificò invece dell'alfiere un cavallo, costrinse l'avversario a distruggere le due regine e la partita mutò aspetto completissimamente.

Il pieno della mischia era cessato, i morti ingombravano le due sponde nemiche, la scacchiera s'era fatta quasi vuota, all'epica furia degli eserciti numerosi era succeduta l'ira suprema degli ultimi superstiti, la battaglia si mutava in disfida. Ai bianchi rimanevano due cavalli, una torre e l'alfiere del re; al negro rimanevano due pedine e l'*alfiere segnato*.

Erano le undici. Evidentemente i neri avrebbero dovuto abbandonare il giuoco. Gli astanti, vedendo la partita condotta a questi termini, salutarono i due giuocatori e, congratulandosi con Anderssen, escirono dalla stanza e andarono a letto.

Rimasero soli, faccia a faccia, i due personaggi nostri.

Anderssen chiese al negro: "Basta?".

Il negro rispose quasi urlando: "No!" e fece un movimento; poi nella sua agitazione, volle mutarlo...

Anderssen lo interruppe, dicendogli con ironica intenzione:

"Casa toccata, pezzo lasciato".

Tom obbedì. Ripiombarono nel più sepolcrale silenzio. La sicurezza della vittoria faceva Anderssen nuovamente annoiato, e già la testa cominciava a infiacchirglisi e il sonno a offuscarlo.

Tom era sempre più desto, sempre più acceso e sempre più cupo.

L'alfier nero stava in mezzo alla nuda scacchiera, ritto, deserto, abbandonato dai suoi; una pedina soltanto gli era rimasta per difenderlo dagli attacchi della torre; le altre due pedine erano avanzatissime nel campo dei bianchi: una di queste toccava già la penultima casa. Tom pensava. Le lucerne della sala si oscuravano. Non s'udiva altro rumore fuor che quello d'un grande orologio che pareva misurare il silenzio. Scoccava la mezzanotte quando l'ultima lampada si spense; quel vasto locale rimase illuminato dalla sola candela che ardeva sul tavolo dei giuocatori. Anderssen cominciava a sentire il freddo della notte. Tom sudava.

Il selvaggio odore della razza negra offendeva le nari dell'Americano.

Vi fu un momento che in fondo al giardino si udì cantarellare il *bananiero* di Gotschalk da un forestiere attardato che ritornava all'albergo; Tom si rammentò quella canzone, una nuvola di lontanissime memorie si affacciò al suo pensiero; vide un banano gigante rischiarato dall'aurora dei tropici e fra quei rami un *hamac* che dondolava al vento, in questo *hamac* due bamboli negri addormentati e la madre inginocchiata al suolo che pregava e cantava quella blandissima nenia. Stette così dieci minuti, rapito in queste rimembranze, in questa visione; poi quando tornò il silenzio profondo, riprese la contemplazione dell'alfiere.

Vi è una specie di allucinazione magnetica che la nuova ipnologia classificò col nome di *ipnotismo* ed è un'estasi catalettica, la quale viene dalla lunga e intensa fissazione d'un oggetto qualunque. Se si potesse affermare evidentemente questo fenomeno, le scienze della psicologia avrebbero un trionfo di più: ci sarebbe il *magnetismo*, che prova la trasmissione del pensiero, il così detto *spiritismo* che prova la trasmissione della semplice volontà sugli oggetti inanimati, l'*ipnotismo* che proverebbe l'influenza magnetica delle cose inanimate sull'uomo. Tom pareva colto da questo fenomeno. L'*alfier nero* lo aveva ipnotizzato. Tom era terribile a vedersi: egli si mordeva convulsivamente le labbra, aveva gli occhi fuori dell'orbita, le gocce di sudore gli cadevano dalla fronte sulla scacchiera. Anderssen non lo guardava più, perché l'oscurità era troppo fitta e perché anche esso, come attirato dalla stessa elettricità, fissava l'*alfier nero*.

Per Tom la partita poteva dirsi perduta; non erano le combinazioni del giuoco che lo facevano così commosso, era l'allucinazione. Lo scacco nero, per Tom che lo guardava, non era più uno scacco, era un uomo; non era più nero, era negro. La ceralacca rossa era sangue vivo e la testa ferita una vera testa ferita. Quello scacco egli lo conosceva, egli aveva visto molti anni addietro il suo volto, quello scacco era un vivente... o forse un morto. No; quello scacco era un moribondo, un essere caro librato fra la vita e la morte. Bisogna salvarlo! salvarlo con tutta la forza possibile del coraggio e della ispirazione. All'orecchio del negro ronzava assiduamente come un orribile bordone quella frase che l'Americano aveva detto ridendo, prima d'incominciare la partita: *Se si potesse riattaccare così la testa ad un uomo!* e quell'incubo aumentava l'allucinazione sua.

La fronte di quella figura di legno diventava sempre più umana, sempre più eroica, toccava quasi all'ideale e, passando da trasfigurazione in transumanazione, da uomo diventava idea, come da scacco era diventata uomo. L'*idea fissa* era ancora là, nel centro dell'anima del negro, sempre più innalzata, sempre più sublimata. Da mania si era mutata in superstizione, da superstizione in fanatismo. Tom era in quella notte, in quel momento la sintesi di tutta la sua razza.

Passarono così altre quattro ore, mute come la tomba:

due morti o due assopiti avrebbero fatto più rumore che non quei due uomini che lottavano così furiosamente. Il pugilato del pensiero non poteva essere più violento: le idee cozzavano l'una contro l'altra; i concetti cadevano strozzati da una parte e dall'altra. I volti non si guardavano più, le due bocche tacevano. A una certa mossa l'*alfier nero* perdette terreno, la torre bianca colla sua marcia potente e diritta lo offendeva e a ogni passo minacciava di coglierlo. L'alfiere schivava obliquamente con degli slanci da pantera la sua formidabile persecutrice; Anderssen seguiva perplesso la corsa furibonda dell'alfiere spingendo sempre più avanti il suo pezzo e rinserrando il pezzo nemico verso un angolo della scacchiera. Questa fuga febbrile, ansante, durò un'intera mezz'ora; i due re anch'essi prendevano parte in questa frenetica scherma; e lottando anch'essi l'uno contro l'altro, parevano due di quegli antichi re leggendari d'Oriente che si vedevano errare dopo la battaglia sul campo abbandonato, cercandosi e avventandosi fra loro tragicamente.

Dopo mezz'ora la scacchiera aveva di nuovo mutato faccia; la fuga dell'alfiere e lo sconvolgimento dei due re, della torre e delle pedine avevano trascinato cosifattamente i pezzi fuori dai loro centri, che il re bianco era andato a finire nel campo nero, sull'estremo quadrato a sinistra; il re nero gli stava a due passi sulla casa stessa del proprio alfiere. Anderssen, abbagliato dalle evoluzioni fantastiche dell'*alfier nero*, continuava ancora a inseguirlo, a rinserrarlo, a soffocarlo.

A un tratto lo colse! lo afferrò, lo sbalzò dalla scacchiera assieme agli altri pezzi guadagnati e guardò in faccia con piglio trionfante la sconfitta nemica.

Erano le cinque del mattino. Spuntava l'alba. La faccia del negro brillava d'uno splendore di giubilo. Anderssen, nella foga della caccia al pezzo fatale, aveva dimenticato la pedina nera che stava sulla penultima casa dei bianchi alla sua destra. Quella pedina era là già da quattro ore ed egli ne aveva sempre differita la condanna. Quando Anderssen vide quella gran gioia sul volto del negro, tremò; abbassò con rapida violenza gli occhi sulla scacchiera.

Tom aveva già fatta la mossa. La pedina era passata regina? No. La pedina era passata alfiere, e già l'*alfiere segnato*, l'*alfier nero*, l'alfiere insanguinato, era risorto e aveva dato scacco al re bianco. Il negro guardò alla sua volta con orgoglio la scacchiera. Anderssen stette ancora un minuto secondo attonito: il suo re era offeso obliquamente per tutta la diagonale nera del diagramma; da un lato l'altro re gli chiudeva il riparo, dall'altro lato era inceppato da una sua stessa pedina. Il colpo era mirabile! *Scaccomatto!*

Tom contemplava estatico la sua vittoria. Giorgio Anderssen spiccò un salto, corse al bersaglio, afferrò la pistola, sparò.

Nello stesso momento Tom cadde per terra. La palla l'aveva colpito alla testa, un filo di sangue gli scorreva sul volto nero, e colando giù per la guancia, gli tingeva di rosso la gola e il collo. Anderssen rivide in quest'uomo disteso a terra l'*alfier nero* che lo aveva vinto.

Tom agonizzando pronunciò queste parole: "Gall-Ruck è salvo... Dio protegge i negri...", e morì.

Due ore dopo il cameriere che entrò nella sala per dar ordine ai mobili, trovò il cadavere del negro per terra e lo scaccomatto sul tavolo.

Giorgio Anderssen era fuggito.

Venti giorni dopo arrivava a New York, e là, incalzato dai rimorsi, si era costituito prigioniero e denunciato come assassino di Tom.

Il Tribunale lo assolse, prima perché l'assassinato non era che un negro e perché non poteva sussistere l'accusa di omicidio premeditato; poi perché il celebre Giorgio Anderssen si era denunciato da sé, infine perché si era scoperto nelle indagini giudiziarie che il negro ucciso era fratello di un certo Gall-Ruck che aveva fomentata l'ultima sollevazione di schiavi nelle colonie inglesi, quel Gall-Ruck che fu sempre inseguito e non si poté mai trovare.

Anderssen rientrò nelle sue terre col rimorso nel cuore non alleggerito dalla più tenue condanna.

Dopo la catastrofe che raccontammo giuocò ancora a scacchi, ma non vinse più. Quando si accingeva a giuocare, l'*alfier nero* si mutava in fantasma. Tom era sulla scacchiera! Anderssen perdé al giuoco degli scacchi tutte le ricchezze che con quel giuoco aveva guadagnate.

In questi ultimi anni povero, abbandonato da tutti, deriso, pazzo, camminava per le vie di New York facendo sui marmi del lastricato tutti i movimenti degli scacchi, ora saltando come un cavallo, ora correndo dritto come una torre, ora girando di qua, di là, avanti e indietro come un re e fuggendo a ogni negro che incontrava.

Non so s'egli viva ancora.

L'alfier nero è stato recentemente pubblicato dalle Albus Edizioni, Napoli 2009

Indice

Prima parte	7
Il destino non è invisibile	11
Il tempo scorre in un verso solo	31
L'edera è salita più in alto del muro che la sostiene	67
Se esistono le parole per dirlo, è possibile	101
Seconda parte	129
Deiscenza	133
Oh, la splendente assurdità di essere qui	163
Perché proprio a noi?	186
Eppure l'accettarono	211
Vergänglichkeit	247
Terza parte	275
Impossibile	279
XY	308
L'eroe di questa storia	354
Il Giorno Zero	359
Ringraziamenti	369
Fandango Extra	371
Arrigo Boito, *L'alfier nero*	373

Fandango Libri

Alessandro Baricco *Questa storia*
Albinati&Timi *Tuttalpiù muoio*
Sandro Onofri *Vite di riserva*
Rupert Holmes *False verità*
Eraldo Affinati *Compagni segreti*
Davide Enia *Rembò*
Dario Voltolini *Le scimmie sono inavvertitamente uscite dalla gabbia*
Beppe Salvia *Un solitario amore*
Ken Kalfus *Uno stato particolare di disordine*
Rocco Ronchi *liberopensiero*
Alessandro Baricco *I barbari*
La matematica del gol a cura di Marta Trucco, testi di Gianni Biondillo, Federico Calamante, Antonio Dipollina, Davide Enia, Pietro Grossi, Marco Lodoli, Edoardo Nesi, Umberto Nigri, Darwin Pastorin, Francesco Piccolo, Giorgio Porrà, Nicola Roggero, Andrea Scanzi, Walter Veltroni, Carlo Verdelli, Sandro Veronesi e con il film in dvd di Umberto Nigri "Con la mano di Dio"
Elena Varvello *L'economia delle cose*
Goffredo Parise *I movimenti remoti*
Bill Buford *Calore*
Edoardo Albinati *Orti di guerra* (libro + cd)
Antonio Leotti *Il giorno del settimo cielo*
Alessandro Baricco *Seta*
Filippo Timi *E lasciamole cadere queste stelle*
Carlo Lucarelli *Tenco a tempo di tango* (libro + cd)
Emma Richler *Date da mangiare ai miei amati cani*
Vestal McIntyre *Non sei tu*
Mario Perrotta *Emigranti Esprèss*
Salvador Plascencia *Gente di carta*

Ismail Kadaré *Dante, l'inevitabile*
Rebecca Miller *Le vite private di Pippa Lee*
Helen Cross *I segreti che lei custodisce*
Arianna Giorgia Bonazzi *Oggi stesso sarai con me in paradiso*
Florian Henckel von Donnersmarck *Le vite degli altri*
Peter Bogdanovich *Chi c'è in quel film?*
Raffaele La Capria, Emanuele Trevi *Letteratura e libertà* (libro + dvd)
Ismail Kadaré *Il crepuscolo degli dei della steppa*
Filippo Bologna *Come ho perso la guerra*
Herman Melville *Tre scene da Moby Dick* tradotte e commentate da Alessandro Baricco e Ilario Meandri
The Paris Review. Interviste vol. 1
Edoardo Albinati *Guerra alla tristezza!*
Davide Longo *L'uomo verticale*
Mishna Wolff *Credetemi, c'ho provato*
The Paris Review. Il libro.
Precious *Sapphire*
Ismail Kadaré *Il mostro*
Mark Strand *Il Monumento*
The Paris Review. Interviste vol. 2

Finito di stampare per conto di Fandango Libri s.r.l.
nel mese di ottobre 2010
presso Grafiche del Liri
03036 Isola del Liri (FR)

Redazione Fandango Libri

Ristampa	Anno
10 9 8 7 6 5 4 3	2010